还好遇到你。
否则没有机会尝到
甜甜的恋爱，
多可惜。

有爱的青春陪伴者

折纸
蚂蚁

Zhezhi
Mayi

著

Love you
forever

喜欢你

江苏凤凰文艺出版社
JIANGSU PHOENIX LITERATURE AND
ART PUBLISHING

图书在版编目（CIP）数据

喜欢你 / 折纸蚂蚁著. -- 南京 : 江苏凤凰文艺出版社，2021.7
ISBN 978-7-5594-5809-4

Ⅰ. ①喜… Ⅱ. ①折… Ⅲ. ①长篇小说－中国－当代 Ⅳ. ①I247.5

中国版本图书馆CIP数据核字（2021）第069501号

喜欢你

折纸蚂蚁 著

责任编辑　孙金荣
特约编辑　伍　利
责任校对　周　萍
出版发行　江苏凤凰文艺出版社
　　　　　南京市中央路165号，邮编：210009
网　　址　http://www.jswenyi.com
印　　刷　长沙鸿发印务实业有限公司
开　　本　880mm×1230mm　1/32
印　　张　11
字　　数　417千字
版　　次　2021年7月第1版
印　　次　2021年7月第1次印刷
书　　号　ISBN 978-7-5594-5809-4
定　　价　45.80元

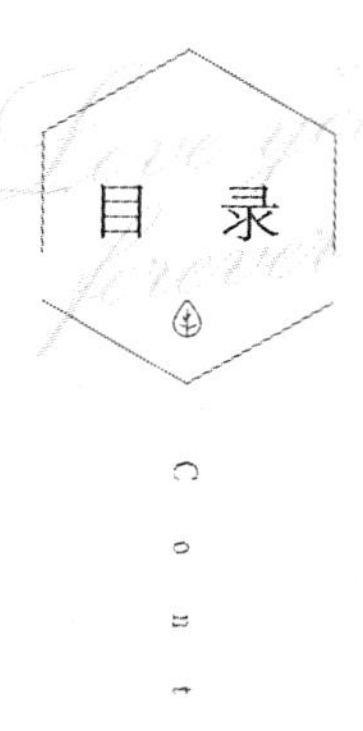

目录

Contents

目录

Contents

第一章
温修远，男主好苗子

豆豆(出版)：亲爱的，你发来的新文我看完了，好看是好看，但……还是不够“苏”、不够甜。

豆豆（出版）：要不……先去谈个恋爱？

顾悠然看着编辑发来的消息，后槽牙都快咬碎了，噼里啪啦敲了一行字回复过去。

攸心：你这是在教唆我出轨吗？ [可怜巴巴 .jpg]

豆豆（出版）：……

攸心：我和我老公相爱多年，不能给他戴绿帽子呀！

攸心：[纯洁脸 .jpg]

豆豆（出版）：亲，想开一点，结婚还能离婚呢。

豆豆（出版）：更何况，你只是“老婆粉”！

在顾悠然第 101 次用头捶桌子的时候，钱朵乐端着一盘刚出炉的曲奇饼坐在她对面。

“怎么了大文豪，又被退稿了？”

对，用词非常准确，就是“又”。

顾悠然是言情小说作者，出过几本书，有幸卖了影视版权，在网上有很高的人气。

可是自从上一本书完结后，她就写不出满意的作品了。已经七个月零二十一天，她前前后后写了不下十个版本，都被推翻了。

顾悠然哀号一声：“编辑嫌我没谈过恋爱。写小说跟谈恋爱有关系吗？”

“没有吗？”钱朵乐反问，“别人家的‘车’又快又猛，你的‘车’

呢？凭空捏造、虚头巴脑，要什么没什么。”

顾悠然忽然抓起一把饼干塞进她嘴里：“你闭嘴吧。”

钱朵乐开了一家咖啡馆，名叫“有点甜”，除了咖啡，还经营各种甜品，盘踞在十字路口，地理位置绝佳，装潢设计十分有格调，咖啡、甜点味道一绝，在城中小有名气，但依然入不敷出。

自从“有点甜”开门，顾悠然天天泡在这儿码字，从早上开门到晚上打烊，白吃又白喝。

顾悠然啃着小饼干，若有所思：“是不是这地方风水有问题？”

钱朵乐冷哼：“自己写不出来就甩锅，这锅风水先生不背。”

顾悠然睨了她一眼：“我说的是你，从去年赔到今年。”

钱朵乐无语。

即便赔钱，“有点甜”也坚挺地熬过两周年。

毕竟，从这里出门左转200米以内的房子，都是钱朵乐的家产，地地道道的包租婆，哪会在乎“有点甜”这点小赢小利?

“然姐，有人找。”

听到服务生小宋的声音，顾悠然和钱朵乐不约而同朝他看过去。

看到来人，顾悠然差点被小饼干噎到。

来人正是顾悠然亲妈，杨文欣。

她穿着丝质衬衫、白色长裤，手腕挎着爱马仕铂金包，身材高挑、气度不凡。

钱朵乐十分狗腿地起身迎上去，热情似火地说：“杨阿姨，您怎么又年轻了，怎么保养的嘛！我一定要跟您学学。”

杨文欣摘下墨镜，露出和顾悠然极相似的眉眼，因为有四分之一葡萄牙血统，眉眼间带着一丝异域风情，很是妖媚。顾悠然很好地继承了这一点。

她瞧着又热情又会说话的钱朵乐，心情也是不错，嘴角微勾：“你这里弄得很有情调。”

钱朵乐挥挥手：“随便玩玩，差得远呢。”

相比钱朵乐的热情，顾悠然倒是有些意兴阑珊：“您怎么来了？”

杨文欣不由得叹气：“看你啊。”

钱朵乐十分有眼力见儿地说：“阿姨您坐，我给您做咖啡，您喜欢喝什么？”

“Espresso（特浓咖啡），谢谢。”

钱朵乐走开了，母女俩面对面坐下来。

杨文欣把墨镜不轻不重地往桌上一搁，言语之间颇有些不屑：“你就准备一直耗在这儿？”

顾悠然不着痕迹地合上电脑，推到一旁："也挺好的啊。"

"那你入股吧，也算你的产业，说出去也好听。否则别人问我女儿做什么，我都不知道怎么回答，无业游民？"

"那不能够。"顾悠然瞧着她，手指挑起一绺发丝，"怎么着也是名媛吧？"

作为"资深名媛"，一年四季只会买买买的"杨·无业游民·文欣"冷冷一笑："事业没个正经，花钱也不会，文化衫、牛仔短裤、夹板拖？有你这样的名媛？"

顾悠然低头看了一眼涂了指甲油的脚趾，再次感慨她爸妈离婚的决定太明智了。

"这么大年纪了，什么都做不好，恋爱也没谈一个。"

顾悠然揉着生疼的耳朵："二十三岁已经算年纪大了？"

"不大吗？我像你这么大的时候已经跟你爸结婚了。"

"还不是离婚了。"顾悠然小声嘟囔了一句。

"你……"

杨文欣被惹恼了，钱朵乐端着咖啡适时出现，她只好剜了顾悠然一眼，继续维持端庄高贵的名媛本色。

钱朵乐殷勤地端上咖啡："阿姨您尝尝，多提宝贵意见。"

杨文欣微微一笑，端起咖啡，浅抿一口，点头称赞："味道很好。"

"谢谢阿姨。"钱朵乐转而一本正经地同顾悠然说，"阿姨说得对，你是该谈恋爱了。"

顾悠然刚要开口反驳，被钱朵乐一把按住，小声提醒："想想你的新文，谈恋爱啊！"

顾悠然果然听话地闭上嘴。

钱朵乐这一打岔，杨文欣的情绪也缓和了一些，摆出了慈母姿态："妈妈又精挑细选出一个优秀的男孩子，去见见吧。"

钱朵乐立刻打包票："阿姨您说地点，我一定把人送到。"

杨文欣做事十分有效率，当天晚上就通知了见面地点，是城东一家中式私人会所，包间名叫"蒹葭苍苍"。

钱朵乐尽职尽责，说送你相亲，就绝不带你去浪。她把顾悠然送到会所车库的电梯厅，亲眼看着顾悠然进电梯才驱车离开。

会所是会员制，进入需视网膜认证，私密性非常好。

进入会所后，顾悠然想四处转转，便挥退了引路的侍应生。

中式装修风格，在会所内筑起九曲回廊、小桥流水，环境静逸、优雅，就是太大了，像迷宫一样，顾悠然转来转去，都快绕晕了，终于看到"蒹葭"二字，舒一口气，推开门。

门一开，顾悠然便愣了。

包间内，温修远刚刚端起一杯茶，隔着袅袅雾气，看到顾悠然那张娇艳面庞，讶异之色从双眼一闪而过，随之恢复平静。

就在顾悠然进退两难之际，温修远微微弯了弯嘴角，淡声道："来都来了，进来喝杯茶。"

顾悠然舒一口气，走到他对面，款款坐下，甜甜唤了一声："师兄。"但还是觉得别扭，什么叫"来都来了"？咱不是约好的吗？

温修远拿起青瓷茶壶，为她斟上一杯茶。

他的手真好看，手指又长又直，指甲饱满，小小的月牙十分可爱。

"我没想到你在这儿。"顾悠然又紧张又欣喜。

看着她盈盈笑意，温修远抿了一口茶："我也没想到。"

杨文欣也真是的，又不是不认识，何不直接告诉她相亲对象就是温修远呢？那样她肯定会提早准备，盛装打扮，而不是像现在，随便套了一件白色T恤、牛仔裤，全身上下唯一的点缀，就是花花绿绿的手机壳了！

反观坐在对面的温修远，三件式西服，领带束着修长脖颈，喉结轻轻凸起，蓝宝石领扣在灯下熠熠生辉。腕线很长，斟茶的手上戴着百达翡丽传承腕表，与袖口处微露一厘米的白衬衫相得益彰。就连手臂弯起的褶皱，都仿佛恰到好处。

相形见绌。大意了。

大概终于意识到不能太冷落了顾悠然，温修远开始和她聊天。

"我记得你应该毕业了吧？"

"嗯，毕业一年了。"

"现在在做什么？"

顾悠然捏着茶杯的指尖不由自主地收紧，不能暴露相亲的真正目的，更不能承认是无业游民。

"我和朋友……开了一家咖啡馆。对。"

温修远的唇边一直有一丝笑意，把玩着一只小杯点头："挺好的。"

接下来便是令人窒息的沉默。

为了不那么尴尬，她只能拼命找话题。

"哇！"

她忽然惊叹。

温修远斟茶的手明显晃了一下。

"茶汤色好漂亮，可惜我不太懂，你能给我讲讲吗？"

温修远放下茶壶，抽了张纸，慢条斯理地擦掉手指上的茶水，看向一脸求知欲的她："不需要懂。"

"……"

"喜欢喝茶，自然都会懂，不喜欢也没必要强迫自己。"

“……”

“师兄，我身边的朋友都很喜欢你做的手机！”

温修远看了一眼顾悠然的手机：“你不喜欢？”

“喜欢的。”顾悠然不动声色地抓起水果牌手机反扣在桌面上，自以为风情地撩动长发，很做作地说，“你不是还没送我吗？”

“既然喜欢，花钱支持一下也未尝不可。”

“……”

撩不动，好累。

“你们现在的品牌代言人好漂亮，我超喜欢她的。”

“那你要抓紧时间，她的合约快到期了。”

“嗯？”

“现在买，销量还可以算她的。”

“……”

行吧。

你将为了一部手机，失去一个女朋友。

就在顾悠然放弃找寻话题的时候，门再次被推开，她闻声望过去，一位西装革履的男子出现在门口。

相亲还能带帮手?

早知道把钱朵乐带来，也不至于尬聊到现在。

温修远介绍说：“我朋友，过来谈点事情，不介意吧？”

“不会啊，你们谈。”顾悠然自以为非常温柔体贴、善解人意地说完，轻快地起身走到一旁的软榻，拿出手机刷论坛。

她终于松一口气，尬聊伤身体。

朋友打量着顾悠然的背影，低声打趣：“藏娇啊？”

温修远不以为意地笑了一下：“就一小孩，坐。”

顾悠然的手机一向静音，今天也不例外，看到手机上几通未接来电也压根儿没在意。她刷了论坛又刷微博，温修远那边丝毫没有要结束的样子。

“叮咚”一声，顾悠然打开微信。

钱朵乐：然宝小亲亲，小哥哥帅不帅?

顾悠然：帅。

钱朵乐：啊啊啊！我要看！

顾悠然：这种男人在小说里就不配拥有爱情。

刚回完微信，杨文欣的电话打来。

顾悠然看了一眼温修远，小声接起电话。

“你在哪儿？”

"相亲啊。"

杨文欣按捺着翻涌的火气："跟谁相亲？"

顾悠然气笑了，反问："不是你安排的吗？"

杨文欣快被气炸了，如果不是自己老公拦着，她早把手机摔了。

她尽量让自己心平气和，却还是控制不住地发火："顾悠然，你少给我装蒜！人家男方刚给我打电话了，说你一直不接电话，到现在都没有出现。"

"不可能，我早就来了，而且他压根儿没打电……"顾悠然看向正在谈事的温修远，声音渐渐没了底气。

此刻的他一脸认真、心无旁骛，和她聊天时全是她在找话题，跟别人就能侃侃而谈。

——我没想到你在这儿。

——我也没想到。

哪里是没想到！压根儿就不是你！

一时出神，手机从顾悠然的掌心滑落，掉在软榻的红木小桌上，发出"啪嗒"一声。

温修远闻声朝顾悠然看来。

"怎么了？"他问。

他的朋友也看着她，她从那眼神中读到两个字：暧昧。

相亲认错人，还能聊那么久，顾悠然都佩服自己。当然，她更佩服温修远。

她抱着来相亲的目的，说着不着四六的话，他竟然没什么反应，果然是见惯了大场面，什么情况都能波澜不惊。

事到如今，肯定不能承认相亲走错包间，她面子还要不要了？只能将错就错。

于是，她淡定地捡起手机，假装淡定地说："我，饿了。"

温修远拨了会所内线。

很快，侍应生便送来了杨梅、车厘子、白杏和黑提，还有一个三层甜点盘，最后递给她一个电子菜单。

温修远也走过来，站在软榻旁，居高临下地看着她。

顾悠然捧着菜单，顺着他的腰线向上，看到他若隐若现的胸肌轮廓、修长颈线、仿佛出自雕刻家之手的完美下颌线，如墨一般幽深的双眸中浅浅映着她的影子。

她"咕咚"吞了一下口水。

看到顾悠然吞咽的动作，以为她是真的饿了，温修远轻笑一声："吃点水果、点心先垫着，想吃什么菜告诉他就行。"

顾悠然的父亲顾海生是80年代走出农村的大学生，靠着过人的才智和毅力一路披荆斩棘，成为全国排名第三的大学的博士生导师，一生桃李满天下，温修远就是他教过的最得意的本科生，没有之一。

温修远的外公是C大法学院前院长，一直住在C大家属院，和顾悠然家邻居多年。所以，早在温修远成为她爸的学生之前，他们就认识了。他们年龄相差八岁，彼此都不是可以玩耍的合适人选，所以也只是认识而已。毕竟他读大学的时候，她才上初中。

直到十六岁那年，出于好奇，她躲在墙角偷偷学抽烟，被来家里做客的温修远逮个正着。

她赶紧扔了烟头用脚踩住，把剩下的烟和打火机死死攥在手里，当做什么都没发生，指着天边晚霞说："火烧云好漂亮。"

他却只是笑着说："放心，我不会告诉教授的。

"你还小，少抽烟。

"女孩子还是吃棒棒糖比较可爱。"

眼前的他英俊、高大，背后是一大片夕阳染红的天空。她的心，从来没有跳那么快过。

从那之后，她就有了吃棒棒糖的爱好。

岁月无情、时间有痕，让十六岁的她长大成人，但是对他却分外友好，眉眼、轮廓和八年前没什么变化，多了成熟气质，反而更有魅力。

有一瞬间，八年前的他和现在的他重合在一起。

"女士？"

顾悠然猛然回神，看向侍应生。

侍应生微微俯身，恭敬礼貌道："您想吃什么，我可以帮您介绍。"

温修远已经坐回朋友对面，顾悠然低头看手里的菜单，随便指了四菜一汤，便把菜单还给他。

侍应生离开，顾悠然舒一口气，这才看到钱朵乐发来的一串微信。

钱朵乐：帅哥做什么了，就被你判处终身孤寂?

钱朵乐：快讲啊!

钱朵乐：从前，有个人说话只说一半，然后就死了。

钱朵乐：[听到我说话吗.jpg]

顾悠然回复钱朵乐：自这一刻开始我就是有男朋友的人了！恭喜我吧!

钱朵乐：？？？

钱朵乐：刚刚是你说这种人在小说里不配拥有爱情。

顾悠然：笔在我手里，只要我愿意，十八线男配分分钟变男主。

钱朵乐：谢谢，这文我弃定了。

顾悠然：……

温修远和朋友又聊了一会儿，对方接了一个电话，便匆匆离开。

温修远喝了一口茶，起身朝顾悠然走过去。

尽管时间短暂，但顾悠然的心情已经经过了几重变化。

温修远这么好的苗子，没道理舍近求远去相亲，反正是为了写小说，跟谁谈不是谈？她敢说，再优质的相亲对象，也不会比温修远更优。

担心他下逐客令，她便先下手为强。

“我点了菜，吃完再走？”顾悠然仰脸看着他，充满期盼道。

温修远抬腕看了眼时间，在她对面坐下。

“师兄，”她把手机放在桌上推过去，“加下微信？以后只要一个微信，咖啡外送上门。”

她单手托腮，漂亮的眼睛闪着妖异的光。

温修远看了她片刻，拿出手机扫二维码。

顾悠然欣喜地通过好友申请，微信名就是他本名。之前看过一个性格分析，上面说，微信用本名的人，性格都很无趣。

无趣就无趣吧，谁让他长得帅呢？

随后她又把自己的手机号发给他。

“如果我没有及时回复微信，可以给我打电话。风里雨里，小店一直等你。”

温修远莞尔，放下手机：“先谢了。”

他的笑让她很没出息地红了脸，怕被他看到，只能把头埋得低低的。

这时，敲门声响起。

侍应生走进来，微微欠身：“温先生，现在上菜吗？”

“嗯。”

刚刚点菜的时候心不在焉，顾悠然已经忘记点了什么菜。

此刻，一道道菜肴端上桌，龙虾、银鳕鱼、芦笋、虫草鸡汤，还有一道看不出食材的菜。

“温先生，酒水需要吗？”

“喝酒吧。”顾悠然小声插了一句。

温修远看她一眼，对侍应生说：“来一杯鲜榨果汁。”

侍应生点头，退出房间。

“小孩子家家喝什么酒？”

顾悠然腹诽：我爸都不管我了，你还管我喝酒？

算了，第一次正式见面就喝酒，的确有些不合适，慢慢来吧。

顾悠然确实有点儿饿了，拿起筷子，每样菜都尝了尝。最后，她夹起那道看不出食材的菜，仔细端详一番：“这是什么菜？”

温修远挑眉看她，仿佛在说，你自己点的，你不知道？

顾悠然被看得不自在，不管三七二十一塞进嘴里。食材被烤过，外焦里嫩，口感细滑软嫩，唇齿留香。

吃到好吃的食物，她的眼睛蓦然一亮，原本就很漂亮的眼，此刻更是如繁星般璀璨。

“好吃，下次还要点。”说罢，她又夹了一块。

“这是白子。”

“嗯？”

顾悠然的手顿在空中。

“河豚的精巢。”

顾悠然隐忍着胃里的翻涌，看着已经夹起的白子，迟疑片刻，放在温修远盘里，强力安利：“你吃，强身健体，吃啥补啥。”

“……”

这之后，顾悠然便没有什么食欲了，甚至还有点恶心。

温修远吃得也差不多了，顾悠然便主动说：“我吃好了，走吧？”

温修远点头，正要起身，放在桌上的手机屏幕亮起，有电话进来。

顾悠然便又坐下去，乖乖地等着他接完电话。

对方不知道又说了什么，温修远的眉间有一丝不耐，片刻后，忽然看向她。

放下电话后，他问：“晚上有事吗？”

难道要约我看电影？

顾悠然的嘴角不由自主地上扬，摇头道：“没事。”

“帮个忙。”

“？？？”

温修远所谓的帮忙，是帮他把喝了酒的朋友送下楼。

顾悠然跟着温修远走出房间，忽然想到什么，回头看了一眼房间门牌：蒹葭萋萋。

然而杨文欣发来的房间名是：蒹葭苍苍。

两字之差。老板也是，就算是《诗经》终极拥护者，房间名也没必要这么相似吧。

不过，也好在是相似的。

顾悠然跟着温修远左拐右拐，进了一间包房，比他们那间小一点，一女子歪在沙发上，栗色长发遮住脸，手里拿着酒杯，桌上有两个空酒瓶。

听到动静，女子坐起来，头发散开，露出真容。

“代薇？”顾悠然下意识地低声惊呼。

当下最炙手可热的流量小花竟然深夜买醉？还给温修远打电话？

凭她资深饭圈女孩的敏感度，这其中必有猫腻！

代薇没想到温修远还带了其他人，失落之色一闪而过。

她放下杯子，摇摇晃晃地站起来，眼看要摔倒在温修远身上，顾悠然一个箭步冲上去扶住她。

与此同时，刚刚立身于代薇面前的温修远一个闪身，退得更远。

如果不是顾悠然及时扶着，代薇就要脸着地了。

代薇脸上闪过一丝失落，又看向顾悠然，美眸流转，轻轻吐气："谢谢。"

"走吧。"

一直冷眼旁观的温修远发话，率先离开房间。

就这样，温修远走在前面，顾悠然搀扶着代薇，一步一坑似的，走得很慢。代薇看着瘦弱，却重得不行，一会儿工夫顾悠然就热得出汗了。

代薇的经纪人就在楼下等着，因为会所进出严格，经纪人上不来，只能干着急。

电梯门一开，经纪人看着电梯里的三人，先是一愣，随后和助理冲进去，给代薇戴帽子、口罩，然后一左一右搀扶着代薇，流程十分娴熟。

经纪人对着温修远点头哈腰地说："不好意思，温先生，给您添麻烦了。"

温修远冷冷瞧她一眼："酒醒后告诉她，下不为例。"

"是……是，"经纪人把头埋得更低，"抱歉。"

商务车就在电梯厅外，经纪人和助理扶着代薇上车，温修远带着顾悠然朝另一方向走去。

顾悠然捏着酸麻的胳膊，费力地追着温修远的步伐："你和代薇很熟？"

温修远回头看她，意识到自己走得过快，便放慢步速："一般。"

终于不用再小跑着追赶，顾悠然也松一口气，故意试探："该不会是男朋友吧？"

"不是。"

过了片刻，顾悠然又问："金主？"

温修远停下来，垂眸看她。

车库的灯有些暗，他的眸色更加幽深。

她紧闭着嘴巴，有些忐忑地看着他。

"收起你的想象力。"

又排除一项，顾悠然更放心大胆了。

"你该不会看不出来代薇对你有意思吧？喝醉酒故意给你打电话，说不定就是知道你在这儿，才喝得烂醉，等着你来接。"

"逻辑推理能力这么强，不写小说可惜了。"

"你怎么知道我不写？"顾悠然小声嘟囔一句。

“嗯？”

顾悠然看着他，正正经经地答：“我说，我会认真考虑你的建议。”

温修远轻声哼笑，一脸无奈。

顾悠然没有回家，而是去了“有点甜”。

店里已经没有客人，正准备打烊。

钱朵乐站在收银台后盘账，听到门上的铃铛叮当作响，抬眸看见进门的顾悠然，立刻放下钞票拔腿往外冲，可惜只看到消失在路口的车尾灯。

钱朵乐望眼欲穿，埋怨道：“怎么不提前说一声，我好守株待兔？”

“不就是想看他长什么样子嘛，附耳过来。”顾悠然对她勾勾指头。

钱朵乐乖乖地俯身过去，十分期待地看着她，和店里那只橘猫活脱一个样。

回来路上，顾悠然已经翻了温修远的朋友圈，空空荡荡，寸草不生。

作为网络 5G 冲浪选手，顾悠然自然不能拘泥朋友圈这一亩三分地。于是在网上随便搜一下温修远的名字，搜索结果就有成千上万条，全是各种工作动态，所附的照片各个角度都有，便顺手存了几张。

其中一张照片，他站在一群大佬中间，真不是看不起其他大佬，但的确是鹤立鸡群的既视感。身材高大、英气逼人，黑色三件式西服，嘴角虽挂着一抹笑，目光却锐利，令人望而生畏，一眼看过去，再看不到其他人。

娱乐圈里的小鲜肉们也未必有这么高的颜值，当然，她的偶像苏亦除外。

更何况他纯素颜，不化妆，财经新闻的附图没有滤镜。

钱朵乐看着温修远的单人照片，半天都没反应。

顾悠然忽然把手机一翻，警告意味满满地说：“想都不要想，他是我的！”

钱朵乐瞧着她，长长叹了一口气，颇有些心痛。

“没想到你妈让你去相亲给你造成这么大伤害，竟然开始幻想了。”

“谁幻想了？”顾悠然皱眉。

“你是知道用苏亦做挡箭牌你妈肯定不信，所以找了一个脸生的小哥哥？”

“……”

钱朵乐走回收银台后，说：“小哥哥确实好看，刚出道的‘爱豆’吗？刚出道的话，年纪是不是有点大？你知道在娱乐圈年轻就是资本啊！”

竟然说温修远年纪大？

顾悠然大步跟上去，隔着收银台据理力争：“哪里年纪大？这叫

成熟！”

她的反应让钱朵乐愕然。

太夸张了！什么时候顾悠然为了除苏亦以外的男人有这么大反应？

“你不要看我找这么帅的男朋友就柠檬精发作好吗？年轻人，心态放平一点。”顾悠然语重心长地说道。

钱朵乐皱眉，这入戏也太深了。

不得已，她只好拿出手机，找到苏亦的照片，指着照片问她：“看到了吗？”

“嗯。”

“他要是你男朋友，这就是我老公。”

顾悠然愣了半秒，马上翻脸：“呸！明明是我老公！”

三言两语之间，两人已经为“苏亦是谁老公”争得你死我活，温修远早被抛诸脑后。

正在拖地的服务生小宋看到此情此景，再次感慨：“女人真可怕。”

两个女人你追我赶地争论苏亦到底是谁老公，筋疲力尽之后，终于冷静了下来。

顾悠然翻出财经新闻报道，戳到钱朵乐面前：“就是他，不是刚出道的爱豆。”

钱朵乐看着屏幕，一字一句地念出来：“求索集团总裁温修远？”

她的表情忽然变得很复杂，有点难以置信，又有点可惜。

“真不是演员啊？这么高颜值的霸总，我只在你写的小说里见过。”

“小说来源于生活嘛！”顾悠然得意地挑挑眉。

钱朵乐越看越怀疑：“你和他相亲？他像是缺女朋友的人吗？”

这话的确让顾悠然坐不住了，但还是给自己往回找补：“太忙……没时间谈恋爱，不行吗？”

“温修远。”钱朵乐又念叨了一遍，“这名字好耳熟啊，路漫漫其修远兮……”

钱朵乐猛地一拍桌子：“对了！他不就是你的初恋？”

钱朵乐之所以记得这么清楚，就是因为《离骚》，又长又难背，顾悠然一个从来不背课文的人，竟然只用了一节自习课就全背会了。

“不是吧姐妹，在一个男人身上栽倒两次，你也太没出息了。”

顾悠然被钱朵乐盯得浑身不自在，站起来走到冷柜旁抠玻璃。

“那时候年幼无知，只是对他好奇，不能算初恋，他什么都不知道。”

钱朵乐“嘁”了一声。

知道钱朵乐有大段论断要说，顾悠然赶紧打断她：“你知道我今晚看见谁了？”

“你初恋。”钱朵乐没好气地说。

“不是，你肯定想不到。代薇。”

钱朵乐的重点果然被转移，一把抓住顾悠然的胳膊。

“在哪儿？跟谁在一起？有照片吗？”

“会所，她认识温修远，喝多了，还让温修远去接她。”

钱朵乐用力拍桌子。

“看吧，我就说，这样的男人不可能没有女人！与女明星混在一起，果然是有钱任性。渣。”

“……”

“拜托你长长脑子，让你谈恋爱，不是和渣男谈啊！”钱朵乐恨铁不成钢地说。

顾悠然无奈：“你能不能先听我说完！”

钱朵乐压根儿不听，自顾自地继续说：“拍到他俩照片了吗？把照片发网上，看她以后还怎么拉着亦宝炒绯闻！”

苏亦和代薇半年前一起参加过一档综艺节目，节目播出后，收视和口碑都很好，从那之后，关于苏亦和代薇的绯闻就没有断过。所以她们这些粉丝都不喜欢代薇，觉得她拉苏亦炒绯闻的手段实在是太低级了。

顾悠然仰天长叹，女人脑补起来，根本听不进任何解释。

“你闭嘴！”她终于忍无可忍！

钱朵乐被吓得缩了下肩膀，果然乖乖闭嘴。

顾悠然瞧了她一会儿，确定她彻底闭嘴，才说：“温修远全程冷眼旁观，是我把代薇送出会所，交给她经纪人的。”

说到这里，顾悠然也叹口气：“多总，拜托你也长长脑子，温修远是要成为我男朋友的人，我怎么可能拍他和别的女人的照片？再说，他见了代薇就跟见了瘟疫似的，全程站得远远的。我就是想拍，也没机会啊。”

顾悠然费尽了口舌解释，钱朵乐却不为所动。

“哦，是吗？假如今天你没有和温修远见面，他也会以同样的态度对待代薇吗？”

顾悠然：“……”

钱朵乐痛心疾首地说：“就是做个样子给你看啊，这是给相亲对象最基本的尊重。笨蛋！真是没谈过恋爱，头发长见识短，长帅点就把你迷得找不到道了。”

可是，站在温修远的角度来说，她并不是他的相亲对象啊。

顾悠然愣了片刻，无所谓地摆摆手：“反正我也只是利用他找灵感，大不了一拍两散。”

钱朵乐不禁摇头。疯了，这个女人疯了。

顾悠然尽管说得轻松，却还是忍不住想。

假如，今天自己没有走错房间，没有见到温修远，当他接到代薇的电话，会如何处理呢？

——酒醒后告诉她，下不为例。

——收起你的想象力。

——逻辑推理能力这么强，不写小说可惜了。

这一夜顾悠然睡得格外不踏实，总是梦到温修远，以至于第二天早上顶着两个黑眼圈起床。

顾海生买了早餐回来，她唯一的弟弟顾南山已经去上学。

顾海生在餐桌前看报纸，看着顾悠然走近，关心地问："没睡好？"

"还好。"

他翻了一页报纸，又问："你妈让你去相亲了？"

"嗯。"

她的话音刚落，顾海生便"砰"的一声把报纸拍在桌上，一点征兆都没有。

吓得顾悠然一个没拿稳，包子掉进豆浆里，溅了一脸。

顾海生冷冷一哼，面如黑炭："相什么亲，你才多大？听我的，正正经经找个工作，别整天泡在咖啡馆当跑堂了，否则你妈都要把你卖了。"

顾悠然捞出包子扔进空盘，抽了纸擦掉脸上的豆浆。

"我妈嫌我不谈恋爱，您嫌我游手好闲，我都二十三岁了，我自有我的人生规划，求求你们不要管我了，行吗？"

顾海生点头："行，你来说说，你的规划是什么？"

"我说过的。"

"哦，写小说啊。"顾大教授对此嗤之以鼻，"情情爱爱的言情小说有什么前途可言？"

"所以，您别管我了，别再气出个好歹来。"

"你……"

顾悠然站起来："我困了，去补觉。"

如果问杨文欣和顾海生离婚的原因，他们能说三天三夜，但归根起来就是三观不合。

一个 80 年代走出农村的大学生，一生勤俭，专心科研；一个是含着金汤匙出生的国民集团大小姐，不需要工作，单是股份分红就足够她买豪宅、打飞的看时装秀，每季度都有品牌上门服务。

他们连最基本的金钱观念都天差地别，走到离婚这一步，没有人感到意外。

当初他们的结合也十分肤浅，就是看脸，以至于顾悠然也是看颜值。

杨文欣不想顾悠然过得太辛苦，她可以给顾悠然提供优渥的生活，顾悠然只要负责做一个美美的小公主，找到和她门当户对的王子，就可以了。

顾海生则认为，顾悠然应该去工作、去奋斗，通过自己的努力实现人生价值。

但是很抱歉，她两头都不占，所以“腹背受敌”。

尽管离婚多年，杨文欣也再嫁，生活幸福，但是一提到“顾悠然和顾南山”，两个人还是能隔空吵架。

顾悠然一直觉得，他俩的婚姻能坚持十年且生下两个孩子，已经是尽了彼此最大的努力。

顾悠然在床上趴了一会儿，听到敲门声，接着，顾海生的声音隔着门传来。

“晚上请客人回家吃饭，你早点回来。”

她将头埋在枕头下闷闷哼了一声：“知道了。”

虽然累，但是睡不着。顾悠然在床上躺了一会儿便起床，收拾一下，背着电脑去“有点甜”。

夏日天气多变，早上还是晴天大太阳，一会儿就乌云密布。

顾悠然亲手做了一杯热摩卡，挤上她最喜欢的奶油。

服务生萌萌在一旁殷勤地说：“然姐，要不还是我来做吧？”

“不用。”

顾悠然又小心撒上巧克力粉。啧，撒多了。

萌萌终于忍不下去：“真的太丑了！

“……”

“姐，客人看到这个，大概一辈子不会再来了。”

“……”

听萌萌这么一说，顾悠然也觉得奶油挤得像大便，巧克力粉压根儿没撒开，一坨坨粘在一起……

萌萌又重新做了一杯，漂亮、精致，看着就好喝。

顾悠然找好角度、调好滤镜，拍了几十张照片，最后挑了一张发给温修远。

配文：阴天和摩卡很配哦。

微信犹如石沉大海，顾悠然隔一会儿就要拿起手机看看有没有微信。

店里的 Wi-Fi 正常，手机也有流量。温修远一直未回复，意思就是不想搭理她呗。

顾悠然整个下午都没精神，一直在店里耗到晚上八点，顾海生给她打来电话，她才记起要早点回家。

她匆匆收拾好电脑，拦了出租车往家赶。

顾海生偶尔会请学生回家吃饭，那些博士“老油条们”喊顾悠然叫“小师妹”，开起玩笑毫不含糊，顾悠然最擅长跟他们插科打诨。

所以，顾悠然理所当然地认为今天也是那些“老油条”。

可是，一进门她就傻了。

此刻坐在餐桌前的人，竟然是等了一天都没有等到只言片语的——温修远！

她一路小跑着回来，身上已经起了薄汗，回来得匆忙也没有补妆，姿态颇有些狼狈。

现在转身离开，晚不晚？

他们似乎并不在乎顾悠然此刻是否狼狈，皆是笑意浓浓地看着她，像是发生了非常值得高兴的事情。

温修远只穿了一件黑色衬衫，袖口挽起，小臂肌肉线条紧实流畅，领口解开一粒扣子，锁骨若隐若现。也许是喝了酒的缘故，他眼睛微红，本就幽深的眸子，此刻更显得深邃迷人。

她有点眼晕。

顾海生面色红润，笑得眉飞色舞。

“悠然就拜托你多照顾了。”

？？？

温修远的声音像陈酿的酒，分外低醇动听。

“您放心，我一定照顾好她。”

什么情况？她爸明明早上还诟病杨文欣让她去相亲，晚上就把她交给温修远了？朝令夕改，大忌啊！

况且，这么大的事难道不该提前通知她？想给她惊喜？

哼。

那你们就……你们成功了！

顾悠然回来晚了，饭局已经接近尾声。

温修远和顾海生都喝了酒，顾悠然抓住时机，主动请缨送温修远回家。

“司机跟着。”温修远婉拒。

顾悠然不肯放弃，脸颊殷红，仰着小巧的下巴看着他，眼神热切：“我还是送送你吧。”

司机已经等在楼下，温修远很绅士，让顾悠然先上车，自己则绕到另一侧。

宾利车内饰豪华，空间又大，可当温修远俯身坐进来时，空间一下子变得逼仄起来，就连空气的流动都变慢了。

顾悠然正襟危坐不敢乱动，仿佛动一下就会碰到他，呼吸也变得小心翼翼。

此刻她的心情，和昨天已经有了天壤之别。

他既然当面应允了顾海生要照顾她，那就是接受了她做他的女朋友。

虽然昨天在钱朵乐面前很上头地称温修远为“男朋友”，可那都是嘴炮。真到这一刻，她的心怦怦跳个不停，从头发丝到脚后跟都是紧张的，完全不知所措，更不知道说些什么。

终于，她忍不住，偷偷瞄了他一眼，他已经闭上眼睛，后脑贴在椅背上，开始养神。

她舒了一口气，胆子也大了起来，干脆打量起他来。

他的脸轮廓明晰，很有立体感，即使在昏暗的光线下，也有极强的存在感，让人挪不开眼。

他忽然睁开眼睛，幽深的目光锁住她。

她一惊，瞬间慌乱，不知作何反应，慌张之下，“咕咚”吞了一下口水。

又咽口水？温修远轻笑。

笑声犹如羽毛扫过她的耳郭，半截身子都僵了。

“饿了？”他声音又低又轻，却十分有磁性。顾悠然觉得自己的骨头都要酥了。

“也是，你还没吃东西。”他继续说。

顾悠然握紧拳头，强迫自己冷静，然后，从包里摸出一根棒棒糖。

他看到了棒棒糖，英气的眉毛极轻地挑了一下。

“低血糖，吃了就好了。”顾悠然三下五除二拆开包装，把棒棒糖塞进嘴里。

紧张的情绪果然缓解许多，而且还是她最爱的樱桃味，简直不能更棒！

温修远看着顾悠然吃到棒棒糖就一脸满足的样子，幽深的眸海起了一丝波澜。他忽然想到了多年前的一幕。

她身上的蓝白校服还没来得及换下，猫在墙角偷偷学抽烟，黑亮的头发在脑后束成高高的马尾。

明明惊慌得像只兔子，却佯装镇定地欣赏晚霞。

想至此，他不由得勾唇。

顾悠然咬着棒棒糖纸棍，愣愣地看着温修远。

喝了酒的男人就是不一样，那天在会所对她客客气气，今天白天还对她不理不睬的。

现在就温柔多了，他眼睛里都是笑意。

酒果然是个好东西。

“我不喝甜的。”

噙着棒棒糖的顾悠然闻言一愣。

看出她的疑惑，温修远解释说：“咖啡。今天太忙，没来得及回复。”

原来是这个，不是故意不理她的。

她一阵欣喜，有些娇羞地说：“没关系，以后我会给你准备不含糖的咖啡，美式、冷萃或是拿铁。”

“不必了，我喝茶比较多。”

“……”

那你说个锤子哦！

“嘎巴”一声，棒棒糖被她咬碎了一块。

一路高架，很快到了温修远所住的江畔公馆，临江而建，寸土寸金。

车在地下车库停稳，虽然顾悠然跑的这一趟没什么意义，温修远还是礼貌地向她道了声谢。

“司机会送你回家。”

眼看着他打开车门，一条腿已经迈下去，顾悠然抓住最后的机会，拽住他的袖子。

他停下来，低头，看着揪住衣袖的手指。

她本来就很白，在黑色衬衫的衬托下，她的手指更如笋尖般纤细白嫩。

她松了手，漂亮的眼眸中闪烁着晶莹的笑意：“我渴了，可以上去喝点水吗？”

温修远住 21 楼，一梯一户，三层复式。

地板光洁透亮，装修风格很简单，没有繁缛复杂的装饰点缀，像他本人，干净到禁欲。

走过玄关，是一条摆满博物架的长廊，摆着各个时期的古董字画，穿过长廊才进入客厅。

客厅和餐厅相连，两面全景落地窗，整个江上夜景尽收眼下。

温修远放下西服外套，走向厨房：“喝什么？”

“可乐。”

已经打开冰箱的温修远看着仅有的苏打水和矿泉水，顿了片刻，抽出一瓶水。

“没有可乐。”

看着他递来的绿瓶子，顾悠然飞快接过去：“这个我也喜欢。”

温修远指着瓶子，说：“我帮你拧……”

话还没说完，她已经扭开瓶盖，大口大口喝起来。

他抿唇看着她似是一副酣畅淋漓的样子，不禁勾唇：“随便坐。”

顾悠然刚坐下去就听见“叮咚”一声，门铃响了。

她不禁眯眼，瞧向温修远——这么晚，该不会是女人来找你吧？

温修远一脸坦然的样子，走出去开门。

顾悠然站起来，蹑手蹑脚地跟着，远远躲着、偷偷看着。

门开了，温修远高大的身影把外面的人挡得严严实实，她什么都看不到，而他似乎也没有请人进门的意思。

到底是谁啊？

顾悠然想看，又怕被温修远发现，太难了。

片刻后，她听见一个女人的声音说：“我是来道歉的。”

顾悠然几乎立刻便分辨出来，这是代薇的声音。

代薇长得美，在同年龄段的小花中，算出众的，业务能力很强。在和苏亦传绯闻前，顾悠然也挺喜欢她的。在她和苏亦传绯闻后，顾悠然就对她转路人了，现在，转黑！

门外。

代薇看着眼前高大的温修远，眉眼含羞：“我能进去说吗？”

温修远瞧着她，眸色淡淡：“不太方便。”

代薇神色一僵，低眸沉吟片刻，说：“对不起，昨晚给你添麻烦了。”

说到这里，她自嘲地笑起来：“我也不知道怎么就给你打了电话，没有给你造成困扰吧？”

“有。”

代薇没想到温修远说得这样直白，一时失语。

“你好自为之。”

代薇的脸上渐渐没了血色。

就在这时，从房里传出一声：“亲爱的，帮我拿一下毛巾。”

故意捏腔拿调，黏腻又暧昧。

纵使见惯大场面的温修远，听到这里也是一愣。

代薇苍白的脸色变得更复杂，难以置信，说话都有些磕巴：“你、你有女朋友了？是昨天……”

温修远耐心耗尽：“这是我的私事，无可奉告。我要去拿毛巾了。”

“那……再见。”代薇露出一抹苦笑，刚一转身，背后的门便重重关上。

那“砰”的一声巨响，把代薇吓了一跳，她更是悲从中来，瞬间红了眼圈。

温修远回到客厅，顾悠然半坐半躺在单人沙发上，牛仔短裤下，两条白生生的长腿搭在沙发扶手上，晃啊晃啊。

“走了吗？”她啃着苹果问道。

他停在不近不远的距离，看着她，神情若有所思。

可能被代薇这么一闹，他的酒醒了不少，神色又恢复了一贯的清逸平静，头顶的水晶灯映在他眼中，带着无声的压迫感。

顾悠然赶紧收起腿坐好。

“不要随便进出任何一个男人的家，尤其是晚上。”他沉声道。

“……”

“包括我。”

尤其是晚上……包括我……

顾悠然细品了一下，低眸笑起来，随后，又害羞地捂住脸。

他这是，对她起“坏”心思了吧！

唉，真的不是她不谈恋爱，只是不想而已。要谈，还不是分分钟的事情？

温修远这样优质的男人也不例外，轻易就被她弄到手。而且他还为了她，拒绝大明星的投怀送抱。

想到这里，她又是一笑，还笑出了声。

温修远不禁蹙眉，看她笑成这样，什么毛病？

顾悠然忍住笑，让自己显得矜持一些：“我回家了。”

“司机在楼下，他会送你回去。”

紧接着，他又说：“明天早上九点，到求索大厦60层找我。”

这是要和她约会吗？

顾悠然抿唇忍着笑，忙不迭点头。

“谈一谈你的工作。”温修远说。

顾悠然一愣，笑容僵在嘴角。

工……工作？

“什么工作？”她问。

他好看的眉眼闪过一丝疑惑：“从明天开始，到求索上班。”

上班？

顾悠然稍稍一琢磨，忽然就明白了。

温修远太忙了，一忙起来微信都顾不上回复，如果她去公司上班，那他们岂不是有更多的时间相处了？

温修远啊温修远，没想到你小心思还挺多。

回家的路上，顾悠然总是忍不住想笑。奈何有司机在，她要维持形象，不敢太明目张胆。

进了家门，她没有着急换鞋，而是先给温修远发微信报平安。

忽然，客厅的大灯亮起，通明的灯光照得她睁不开眼。

接着，顾海生幽幽的声音传来：“把修远送回家了？”

顾悠然眯着眼睛适应了一会儿，才说：“您怎么还没睡？”

“有些话要跟你说，过来坐。”

“明天再说吧，我今天要早点睡。”

早上父女俩的一场争执，并没有改变顾海生的想法，而是让他再度起了给顾悠然找工作的念头。

顾悠然毕业一年以来，他不是没有帮她安排过工作，以他 C 大博导的身份，桃李满天下，想给女儿安排一个工作有何难？况且她也是 C 大本科毕业，全国排名前三的名牌大学。

只要她愿意，她母亲的杨氏集团，她也可以随时进去混个一官半职。关键是她不愿意。

几次工作都安排好了，她硬是不去，搞得他也很被动，干脆就不管了。

但他实在不能看着她去相亲，他的女儿又漂亮又聪明，为什么要像摆在货架上的商品一样被人选择？她应该主动争取，给自己创造一个美好未来，好让自己有更多的权利选择自己喜欢的人。

所以，他没打招呼，便做主让温修远给她安排一个职位，今晚特意在家里招待他，就是为了这个。

眼看一切都谈好了，只要当事人点头同意，明天就能上岗。

但以顾悠然以往的行事风格，他担心这次又要打水漂。

顾悠然意兴阑珊地走过去，在单人沙发坐下去：“能快点吗，我明天一早还有事呢。”

顾海生闻言皱眉：“明天什么事？”

“很重要的事情。”

“有多重要？推掉。”顾海生没好气地说。

“不能推，您要有事，排号吧。”

顾海生不敢相信自己的耳朵，要不是怕影响顾南山睡觉，他就要嚷起来了。

“让我排号？”他不可思议地重复。

顾悠然点头：“对，从明天开始，我每天都有事，您如果实在有事，提前排号，我有空了会优先考虑。”

顾海生气得牙痒，但还是忍住没有发作。

“行，你说说，你有什么重要事？”

“我要去求索集团上班。”

顾海生冷哼：“你去求索……你去求索集团上班？”老父亲的脸上瞬间蔓延起绝处逢生的笑意。

顾悠然点点头。

“是的，您没有听错，从明天开始，我要上班啦！”

“……”

“您说得对，我应该出去工作。”

“……”

“多见见世面。”

“……”

“每天窝在咖啡馆，能有什么前途？”

“……”

“多见人，多学东西，加强业务能力，变成更好的自己，实现人生价值。”

“……”

这些话顾海生说过千百遍，她从来都听不进去，没想到，有朝一日竟然从她嘴里说出来！

温修远到底给她吃什么了？狗嘴也能吐出象牙来了？

顾悠然等了半天，她的老父亲不知道在想什么，神游似的，半天没理她。

她抬手在他眼前晃了晃：“到底什么事，我周末应该有空。”

顾海生激动得就差热泪盈眶了：“没事了，你好好上班。”

顾悠然狐疑地打量着他:“真没事？那我去睡了？您要是不提前说，周末我也未必有空哦。”

“快去洗洗睡，好好休息啊。”顾海生催促道。

顾悠然也不再追问，想到第二天要去上班，就有些兴奋，兴致勃勃地起身往卧室走，嘴里还哼着不成调的歌。

顾悠然洗完澡，头发没吹就跑出来，第一时间拿起手机，安静得如死机一般。她又气呼呼地扔回去，恨铁不成钢地狠狠瞪了一眼。

“连个屁都没有，好像我是个假女朋友。”

但是，温修远的“冷漠”并没有阻挡顾悠然激动兼亢奋的情绪，往常粘床就睡的她，像贴煎饼一样在床上翻来覆去，想着明天一定要早点起床，做爱心早餐。

睡着之前，她脑海里停留的还是早餐食谱，甚至做梦都是做早餐。

温修远结束海外视频会议才看到顾悠然发来的消息，已经深夜一点，便没有再回复。

他从来不看朋友圈，自己也不发，微信对他来说，最多是个通信工具。

可是这一刻，他鬼使神差地打开顾悠然的朋友圈。

14 点 15 分，发了一张摩卡咖啡。

——是咖啡不好喝？

22 点 45 分，发了一张自拍。

——还是我不够美？

照片里，她坐在窗前，单手托腮，阳光在镜头下有了纹路。明眸善睐的她，侧眼看着镜头，内眼角尖，眼尾弯出微妙的弧度，将可爱与娇媚融合得恰到好处。

他轻笑，顺手点了赞。

第二天的闹钟很早就响了，顾悠然从来没有这么早起床，挣扎着坐起来，身上的每个细胞都在叫嚣着“我不想起床”。

迷迷糊糊中，她打开微信，看到温修远点赞。

她瞬间就清醒了。

不回复微信，却点赞朋友圈？

这操作……看起来就是：我知道了，但我并不想搭理你。

那个赞仿佛极其讽刺的“朕，已阅”。

顾悠然立马给钱朵乐打电话。

“温修远太骚了，发微信不回，却给我朋友圈点赞？”

“……”

“他什么意思？”

“他是什么意思我不清楚，”钱朵乐从睡梦中被吵醒，声音沙哑无力，却放狠话，“我的意思是，弄死你。”

“……”

挂了电话，顾悠然又打开朋友圈，只有温修远孤零零一个赞。

是的，朋友圈只对他可见。

点赞的时间竟然是深夜一点十三分！

这么晚？

又或者，他看到微信时已经太晚了，不方便回复，于是在朋友圈点个赞？示意他看到了，但不方便打扰？

这个想法瞬间就说服了她，然后便欢欢喜喜地起床做早餐。

顾海生出门晨练，等到顾南山起床的时候，早餐已经做得七七八八，有模有样——心形三明治 + 水果，好看又有营养。

顾南山迷迷瞪瞪地走进厨房，脑子还没清醒，味蕾已经打开，捏起顾悠然好不容易煎成的心形鸡蛋，三两口吃了下去。

下一刻，他被紧紧扼住喉咙，无法呼吸。

顾悠然从他背后勒紧他的脖子，咬牙切齿地威胁："你给我吐出来！"

"呕……"

顾南山弯腰干呕，顾悠然快速弹到一旁，嫌弃至极，随后拿了一个普通三明治塞给他："滚吧。"

顾南山趿拉着拖鞋，咬着三明治优哉游哉地出去了，顾悠然又为了一个煎蛋奋战半天。

终于做好早餐，顾悠然换上新买的连衣裙，腰细腿长，身材窈窕，蓬松长发几乎及腰。

她皮肤白嫩无瑕，不需要在化妆方面费时间，只涂了薄薄一层隔离，用草莓色口红提亮气色，便提上餐盒匆匆出门。

去求索大厦的路上，杨文欣打来电话。

她是真的不想接，在电话自动切断之前，才慢悠悠地接起来。

杨文欣："上次相亲放鸽子的事情，暂且不跟你计较，这次我又选了几个，从明天开始，每天见一个。"

几个？还每天见一个？

"妈，正式通知你一下，我有男朋友了。"

电话那头的杨文欣沉默了，过了好半天，她才语重心长地劝道："我知道你不想相亲，所以特意给你排开了，就当是交个朋友。"

呵，我谢谢您嘞！

顾悠然看着自己光洁如贝母一般的指甲，缓缓说："我男朋友知道了会不高兴的。"

杨文欣陡然提高嗓门："顾悠然，你适可而止。"

顾悠然无奈："杨女士，您为什么不相信我呢？"

"你说为什么？单身二十三年，一让你相亲就说不想谈恋爱，现在又变新花样了，还男朋友？"说到最后，杨文欣还冷冷一笑。

顾悠然一听就不高兴了。

怎么，看不起人？她就不能有男朋友吗？

"以我这姿色，找个男朋友还不是分分钟？"

杨文欣也不愿费口舌："行，今晚把人带回家见我。否则，明天就给我乖乖去相亲。"

顾悠然到达求索大厦时，正值上班时间，大厦一楼人头攒动、步履匆匆，咖啡馆里白领们排着队买咖啡早点。

顾悠然一出现，便吸引到了所有人的目光。

不是普通上班族的样子，包、裙子、鞋，都是极有名的奢侈品牌，美艳无方、光彩照人，仿佛自带光环，让人过目难忘，说是网红、明星也不为过。

更何况，还有温修远的助理周昊亲自在门口等她。

周昊在公司里就是温修远的代言人，他的一举一动，都代表着温修远的态度。虽然只是助理，却享受着比部门总监更高的待遇，是连公司高层都要礼让三分的角色。

是以，需要他亲自来接的人，哪怕没有只言片语，也能迅速成为公司上下的焦点。

电梯直达60层，转出电梯间，入眼是一片开阔的办公间，只有寥寥几人，都在认真工作，训练有素的他们见多识广，连头都没有抬一下。

左手方向有一片休息区，皮质沙发，大落地窗。

周昊带着顾悠然走在松软的地毯上，办公区域的尽头，就是温修远的办公室。

周昊推开门，将顾悠然请进去，谦和有礼地说："温总有个临时会议，请在这里稍作等候。"

顾悠然道了声谢，对方便出去了。

办公室很大，两面落地窗，采光极好，视野开阔。窗外便是滚滚江水，江上的轮渡缓缓驶过，江畔美景尽收眼下，城市风光一览无余。

顾悠然在沙发前坐下，十分无聊地等着。

她把餐盒放在茶几上，打开盖子确定早餐完好无损，又欣赏了一番。

就在这时，钱朵乐打来电话。

顾悠然一接起来，对方就大喊："我刀磨好了，你人呢？"

"上门让你砍吗？"

"你说地方，我亲自上门砍也行啊。"

顾悠然撩起长发，双腿交叠，单手撑着额角，风情万种。

"我要上班，就不去店里了。"

"上什么班？"

"求索集团。"

"求索？"钱朵乐低声念叨着，瞬间恍然大悟，"温修远？你去他公司上班？"

"没错。"

"我十分怀疑你到底是不是写小说的，会不会撩啊？欲擒故纵你懂不懂，哪有这样上赶着去追的？"

"……"

"撩一下就跑，让他看得见，抓不着，让他抓心挠肺。"

可关键是，她撩了，没撩动啊。

这时，手机提醒有新的来电，顾悠然匆匆看了一眼："不说了，

我爸电话。”

电话切过去，顾海生说：“悠然，见到修远了吗？”

“还没有，他在开会。”

“你能答应去求索上班，爸爸真的很欣慰，希望你好好表现，努力工作，不要辜负大家对你的期待。

“之前你拒绝那么多次，还以为这次也不会同意，你确实长大了。”

顾悠然蒙了，过了好半晌，才喃喃着开口：“爸，您的意思是，工作是您找温修远安排的？”

“是啊。”

“昨晚他回家吃饭是……”

“就是为了你的工作。”

“……”

——悠然就麻烦你多照顾了。

——您放心，我一定照顾好她。

原来此“照顾”，非彼“照顾”，是她误会了？

相亲相错人，找工作都能跟找男朋友似的——顾悠然，你可太虎了。

不是好像假女朋友，你就是假女朋友啊！

那张“自以为美”的自拍在疯狂打她的脸，她辛苦做的“爱心早餐”仿佛在嘲笑她。

想到昨晚那个“矫揉造作”的自己，她就想瞬间从这里消失。

刚跟杨女士炫耀了一番，现在就翻车了。

造孽啊！

不行，不要慌，稳住。

顾悠然不停地安慰自己。

反正她的目的是追到温修远，现在的情况，无非就是继续追嘛！真的一下子变成男朋友，她也挺不适应的。

就在这时，她似乎听到门外传来了说话声，看了一眼亲手准备的心形三明治，又看了一眼大门，紧张得连心都快跳出来了。

她原本的想法是，端上心形三明治，告诉他：这是我亲手为你准备的爱心早餐，就连水果都是爱你的形状。

可是现在怎么办？

就在门被推开的一瞬间，顾悠然一把抓起三明治，大口小口地吃起来，吃相不要太难看。

还是别往前凑了，又不是真的男朋友。还是钱朵乐说得有道理，撩一下就跑，让他看得见、摸不着。

温修远和周昊一前一后地进来。

周昊看到顾悠然狼吞虎咽的样子，彻底愣了。不对，刚刚那位，不是这样的。

温修远微皱着眉，看到她拼命下咽的样子，偏首吩咐道：“拿水。”

“是。”

周昊正要出去，温修远看了一眼窗外又被乌云遮住的天空，又补充：“再准备一杯摩卡。”

“是。”

一个食材相当丰富的三明治，被顾悠然三两口吞下肚，差点儿没噎死她。

幸好温修远及时递了杯水给她，她抚着胸口，半天才缓过来。

温修远又端起咖啡递给她：“今天适合喝摩卡？”

顾悠然看了一眼窗外的乌云，虽然喝不下，但自己夸过的咖啡，跪着也要喝完。

她接过咖啡，微微一笑：“谢谢师兄。”

温修远解开西服扣子，在旁边的沙发坐下。

他长腿交叠，胳膊肘撑在沙发扶手，修长手指交叉在胸前，目光专注地看着她。

“你对工作有什么要求，或者对未来有什么规划，都可以说来听听。”

“没考虑过。”

顾悠然觉得自己在作死。

接着，她更作死地说：“要不，师兄推荐一下？”

假如你去应聘，老板问你有什么职业规划，你回答没考虑过，还让老板给你推荐工作，你觉得你还有可能留下来吗?

肯定不可能!

但是在温修远这里，没有不可能。

温修远看了一眼窗外，又看向顾悠然，缓缓说：“听说你本科读的计算机科学，要不要考虑去技术部门？”

“不了吧，写代码容易码掉头发，我发量本来就堪忧。”顶着一头蓬松长发的顾悠然一本正经地胡说八道。

“平时有什么爱好？”温修远耐心地继续问。

咖啡、撸猫、写小说，可是这些根本没办法拿到台面上讲。

“或者，有什么特长？”

腿特长，算吗?

以她对自己的了解，除了长得漂亮、身材好，好像也没什么优势了。

再这样耗下去，顾悠然担心温修远把她从办公室踹出去，于是，一不做二不休。

她深吸一口气，说：“我想留在你身边。”

这样一句让人浮想联翩的话，任谁听了，都会有反应。

可这位不是别人，是泰山崩于眼前依然不动声色的温修远。

此刻，他平静的神情毫无波澜，默不作声地看着顾悠然，幽深眸子带来的凝视，让她越来越没有底气。

“为什么？”温修远问，声音低沉，带着浓浓的压迫感。

顾悠然顶住压力，面不改色地说了一句：“因为我，赏心悦目。”

“……”

就怕空气忽然安静，死一般地安静。

顾悠然咧咧嘴角，紧跟着往回找补：“开个玩笑。我爸总说，你是他最得意的学生，让我多向你学习，我想，只有离你近一点，才能学到东西。”

她又补充了一句：“师兄，你觉得呢？”

窗外密布的乌云并未带来雨水，倔强的阳光穿透厚重的乌云洒下来，一点一点洒满办公室，将他的影子在地上拉长。

顾悠然满怀期待地看着温修远，等着他的答复。

此刻她的心情就如同那束倔强的阳光，明知道可能性很小，却还是想要试一试。

温修远沉吟片刻，终于开口道：“这样吧，你先了解公司，看看对哪一方面感兴趣，这几天就先留在秘书办。我要出差，一周后回来，到时候再给我一个答复。”

顾悠然自动过滤掉所有话，只留了一句：我要出差，一周后回来。

那不就是，一周都见不到面了？

你不在，我留在秘书办还有什么意义？

在顾悠然犹豫的空当，温修远以为她没有异议，便起身走到办公桌前，拿起电话：“进来一下。”

很快，周昊敲门而入。

温修远：“带她去办理入职，暂时留在秘书办，把公司情况，各项工作推进情况拿一份资料给她。”

“是。”

第 二 章
事出反常必有妖

除了周昊这位特别助理外，温修远还有四位秘书，分别负责不同的业务，他们的工作就是要协调沟通各个部门，让温修远第一时间知道各项工作进度。

四位秘书分工明确，各司其职，周昊忽然又带来一位，这四位难免有点儿犯嘀咕。

四位之中，只有一位女士，名叫康宁。

考虑到女生之间比较方便交流，周昊把顾悠然介绍给大家之后，又让康宁多关照她。

康宁是211学校经济学硕士毕业，而秘书办的其他人都是国内外顶尖大学的硕士学历，在这一方面她本来就不占优势，再加上她本身就有些自卑，工作上小心翼翼，患得患失，工作之外一直独来独往。

如今周昊特意把顾悠然交给她，这难免让她多想，是不是要用顾悠然顶替她?

想到这里，面对顾悠然的热情寒暄，她也只是挤出一个浅浅的微笑。

康宁的不冷不热让顾悠然意识到对方并不喜欢自己，但她也不在意，反正她来的目的也不是为了工作。

她坐在康宁对面，她们之间一板之隔。

顾悠然刚把新注册的公司邮箱打开，就收到了周昊发来的资料，足足有1G之多，下载就要好半天。

压缩包里至少二十个PDF和文档，她根本不想打开。反正已经入职，就赖着不走了，看温修远能把她怎么样。

就在这时，钱朵乐发来微信。

钱朵乐：以你网络人气言情小说作者的身份，你该不会选择留在温修远身边当个秘书吧？

顾·秘书·悠然：……

她这是长透视眼了吗？

钱朵乐：你不是吧？再次怀疑你到底是不是言情作者。要不是亲眼看过你码字，我都怀疑你请枪手了。

钱朵乐：刚教你欲擒故纵，你到底有没有放心上？

钱朵乐：不、要、离、他、太、近，字面意思，不懂？

放下手机，顾悠然再度打开1G多的文件夹，她觉得还能再挽救一下。

就在她看完公司发展历程，即将进入主营业务介绍时，接到陌生号码来电。

只听到对方的自我介绍，她就要疯了，半天说不出话。

为了不影响其他人工作，她按捺着激动的心情，特地走了很远去接电话。

她两年前的作品《有一点动心》进入电视剧筹备阶段，正在创作剧本。

制片人从合同上找到她的电话，特地联系她，想看看她有没有兴趣参与剧本创作。

有啊，当然有！

“什么时候方便，我们见一见，聊聊剧本？”制片人说。

这种好事，当然越早越好，免得夜长梦多，于是便约在了下午。

挂了电话，她回到座位拿起包就走。

众目睽睽、堂而皇之，一点也没有刚入职的觉悟，引起了四位忙碌的秘书的注目。

直到等电梯的时候，她才猛然意识到似乎应该给温修远打个招呼，便又拐回去，径直走到温修远的办公室门口。

她敲了门，没等里面有回应，便自顾自地推门进去。

刹那间，办公室里四双眼睛齐齐聚焦在她身上。

都是三四十岁的年纪，正值壮年，一个个西装革履，大背头梳得一丝不苟，十分精英，看她的眼神却……很耐人寻味。

顾悠然站在门口愣怔了一会儿，道了声“抱歉”，又匆匆退出去。

刚才她只顾着接电话，压根儿不知道温修远的办公室何时多了这么多人。她刚要舒一口气，忽然意识到那些“耐人寻味”的眼神，不是别的，是八卦、好奇、兴奋融合在一起的结果。

对她八卦、好奇？兴奋又从何而来？

她还没琢磨明白，办公室大门被人从里面打开，温修远走了出来。

厚重的办公室大门还未完全关闭，顾悠然听到从里面传来的嬉闹声音：“干吗，有什么话不能在这儿说？”

顾悠然：“……”

温修远顺手关了门，居高临下地看着她。

“怎么了？”

“师兄，”她脱口而出，又意识到不妥，急忙改口，“不是……温总，我有点私事需要处理，下午想请假。”

“嗯。”

她一阵窃喜，没想到温修远这么好说话，压根儿不追问，白白浪费她打了半天腹稿。

可是“谢”字还没说出口，就听他说：“OA 走请假审批流程，批准后再走。”

“……”

办公室里，温修远一离开，剩下三位高层便凑在一起窃窃私语。

几人单拎出去都是城内首屈一指的大佬，八卦起来也是“八气十足”。

一大早消息就传遍了，周昊亲自下去接了一位大美女上 60 层，这位美女衣着不菲，还带着餐盒。

没过多久，又听说大美女入职了，就在秘书办。

在公司没有招人计划的时候招人，没有经过人事部门面试，直接总裁钦点入职，还不偏不倚地去了秘书办，离他最近的地方。

这没问题吗？肯定有问题啊！

温修远是谁？

自打认识以来，连一丝绯闻都没传过，从来对女人不感兴趣。

于是这三个人凑在一起，各种猜测揣摩。

大美女、大美女地传了一上午，能有多美？

百闻不如一见，仅一眼就惊艳。

当真绝色，又美又妖艳，还带着一股异域风情。

没想到，温修远喜欢这个类型的女人。还以为他会喜欢人淡如菊、婉约优雅型的。

那么，问题来了。

温修远虽然年纪不小，但是没谈过恋爱，这姑娘看起来像是高手，会不会遇到爱情骗子啊？

他们还在呢，就把他们丢下去私会——绝对是被美色迷了眼啊！

很快，温修远去而复返，八卦三人组像弹簧一样，纷纷弹开。

其中一位副总裁率先开口：“有个不该问的问题，想……”

温修远拿起文件，头也不抬地说：“不该问的别问。”

First Blood（第一滴血）！

“那我有一个该问的问题。”另一位副总裁紧跟着说。

“和工作无关的问题一律不回答。”

Double Kill（双杀）！

最后一位副总裁顶住压力，语重心长地唤了一声：“修远啊。”

温修远的目光立刻就锁定了他，锐利如剑。

他如鲠在喉，那句“男孩子出门在外一定要保护好自己”的忠告，最后只变成两个字：

“保重。”

顾悠然回到座位，可是OA请假审批流程怎么弄？

她敲敲隔板，摆出礼貌客套的微笑，低声咨询对面的康宁：“我想请假，怎么办？”

康宁从电脑屏幕前抬起头，一板一眼地说：“《入职手册》上有。”

顾悠然继续微笑：“《入职手册》是什么？”

康宁虽然不情愿，但还是帮她发起了审批流程，又发了一份《入职手册》给她。

终于等到周昊同意她请假，顾悠然一刻也不想多待似的匆匆离开。

康宁惊愕于顾悠然急不可耐的背影，却也暗自窃喜，一上班就请假，应该不是派来顶替她的吧？

作为总裁秘书，一忙起来饭都顾不上吃。难得温修远和高层在公司用餐，手边的工作提前完成，康宁终于可以正点吃饭。

刚一进餐厅，便遇到和她同一批入职的市场部同事赵子莹。

她们一起参加过一个月的新人培训，仿佛有了同学情谊，赵子莹三天两头找她聊天。

其实康宁知道，纯粹是因为她在秘书办，所以赵子莹千方百计地从她这里打听老板的八卦。

赵子莹端着餐盘在康宁对面坐下来，一开口就是打听顾悠然。

“听说温总留她在秘书办了？”

“嗯。”康宁头也不抬地应了一声。

“人怎么样？”

“请假了，不清楚。”

“我就知道！一定是这样！”

康宁心里“咯噔”一下，抬头看她：“什么样？”

“近水楼台先得月啊，她肯定是为了温总来的。”

康宁松口气，语气也轻松了不少：“你怎么知道？”

赵子莹一副“你在开玩笑吗”的表情：“她穿的裙子，抵我一个月的工资；背的包，抵我半年的工资。她那么有钱，来公司上班，肯定另有所图啊。”

赵子莹说得头头是道，康宁若有所思地咬住筷子。如果真是这样，她倒是放心了。只要不威胁到她的工作，怎么样都行。

下午快下班时，请假的顾悠然竟然又回来了。

一坐下来就开始工作。

康宁也要加班，一直忙到晚上九点，顾悠然还在忙，心无旁骛，没有要离开的意思。

本来准备关电脑回家的康宁，又堪堪坐了下去。

什么情况？说好的不为工作，另有所图呢？

顾悠然和制片人一见如故，他们就小说改编电视剧的方向聊了一下午，相谈甚欢。

制片人希望她尽快拿出前五集的分集大纲，通过后就签约。

顾悠然打了鸡血似的，回到公司就开始码字，忘记下班，连什么时候天黑，她都不知道。

直到接到杨文欣的电话。

那时已经是晚上十点多，秘书办只剩下她和康宁两人。

分集大纲基本写完，保存了文档，她才慢吞吞地接起电话。

杨文欣："不是要带男朋友来见我吗，我都等困了。"

顾悠然："你自己说的，我可没答应。"

杨文欣冷冷一哼："明天给我相亲去。"

"不去。"

"由不得你。"

"您只管约，去了算我输！"

挂了电话，顾悠然合上电脑，起身看到康宁还在，惊讶得不行："哇，你太努力了吧，老板出差还加班？

"还没忙完吗，那我先走咯！"

康宁的脑瓜子当时就嗡嗡的。

绝了！这绝不是一盏省油的灯。

顾悠然这"婊里婊气"的样子让她想起了读书时班里的学霸，每次都说自己没准备好，但是考试总是第一。

先让她放松警惕，再打她个措手不及。

太讨厌了。

顾悠然自然不知道这些，一心只有剧本。现在的她超感谢当年的自己。

当初刚卖影视剧版权的时候，为了能参与剧本创作，特地去旁听电影学院的编剧课程，还买了一堆工具书。

可是等了两年都没有音信，连她自己都放弃的时候，竟然又柳暗花明。

大概是因为兴奋，码起字来超有效率，文思泉涌，五集分集大纲，

一晚上就搞完了，第二天一早便发给了制片人。

对方对大纲很满意，只提了几点修改意见，便把合同发了过来。

小心起见，顾悠然找律师看了合同，没有问题才签的约。

接下来的一周，顾悠然每天早出晚归，在公司码字。

可她不知道的是，她日日埋头码字，在康宁看来，就像一张密织的网，让康宁透不过气，压力巨大。

康宁每天都在自我怀疑，难道总裁发现她能力不行，所以把更多的工作交给顾悠然处理？

顾悠然就像一台永动机，精力充沛到可怕，从不午休，午饭点外卖，晚饭不吃，总是忙到晚上十一点左右才离开。

她曾试图趁着顾悠然去上厕所的时候偷看对方的电脑，但是毫无头绪。

因为压力过大，安排给康宁的工作频频出错，这让康宁更加崩溃。

周六晚上，又一个会议记录出现错误，周昊打来电话时，语气非常严厉。虽然及时纠正了错误，康宁还是心怀不安，打算第二天到公司，把近期的工作重新梳理一遍，以防再出错。

可是到了公司，她看到了什么？

周日，清晨八点，顾悠然已经坐在工位上。

这是要逼死她吗？

然而她不知道的是，周六顾悠然也来了……

其实顾悠然来公司的目的非常简单，纯粹是因为在这里码字异乎寻常地顺利。果然，这里比"有点甜"的风水要好。

赶了一周的稿，终于在周日中午之前写完前五集，校对完错别字后，发给制片人。

按照合同，只要那边不提修改意见，她就能拿到稿费了。虽然不多，但这是她第一笔写剧本所得，想想还是很开心。

顾悠然伸了个懒腰，站起来活动筋骨，看到坐在隔壁的康宁，又是一惊。

这姑娘真的太拼了，大周末还来加班，想必秘书办薪资一定很好，很有升职空间。

听说公司供应一日三餐，餐品上佳，她来这么多天还没去尝过，怪可惜的。

于是，她小声敲了敲隔板，看到康宁抬头，便笑起来："要不要一起去吃午餐？"

康宁挑眉，我们有这么熟？

看康宁不说话，顾悠然又说："你还没忙完吗，要不给你带回来？"

见她忽然这么热情，事出反常必有妖。康宁合上电脑，站起来："不用，一起去吧。"

餐厅在26楼，因为求索是科技公司，工作时间比较弹性，所以一周七天都有三餐供应，晚上九点还有班车。

但是顾悠然已经透过现象看到了本质，不就是变着花样让你加班吗？

周日来加班的人不多，餐厅三三两两的人，一边吃一边聊天。

顾悠然一出现在餐厅，就被人认了出来，大家纷纷凑在一起，窃窃私语。

“她怎么来了？”

“平时都没见过她来餐厅。周末来加班？”

“温总应该还没回来吧，加班没意义啊。”

……

顾悠然不知道自己已经成为全公司的谈资，和康宁进了餐厅就分开了，循着自己喜欢的食物而去，很快就盛了满满一盘。

“吃这么多？”

“嘁，装吃货人设呗，每样最多吃一口。”

……

顾悠然在康宁对面坐下来，最近几天为了赶稿，吃外卖都快吃吐了，此刻二话不说，对着满满一盘食物大快朵颐。

赵子莹也来吃饭，看到康宁，便径直走到她旁边坐下去。

“你今天也加班？”赵子莹说。

康宁看了她一眼，轻应了一声。

“温总不是出差了吗，还这么忙？”

康宁勉强笑了笑，不置可否。

听到“温总”二字，顾悠然不禁抬头看向赵子莹，没想到，对方一下子愣了。

她不解地眨了眨眼睛，咧出一抹礼貌的笑，便继续吃饭。

很快，对方便热情地打起招呼。

“你好，我是赵子莹，是市场部的。”

“你好，顾悠然。”

“我知道，我知道。你也来加班啊？”

“啊？”

“你也太努力了！”

“不是……”

“哇，你这条裙子好漂亮。”

顾悠然看了一眼身上这条去年打折季秒杀的裙子。

不是，这是谁啊？太夸张了吧？

赵子莹的狗腿让康宁看不下去，放下筷子说：“我吃饱了，先走了。”

赵子莹压根儿没理会康宁，饭都不怎么吃了，拉着顾悠然聊个不停，就跟多熟似的。

顾悠然虽然不抵触和陌生人接触，但是赵子莹这种特别自来熟的，她也受不了，太聒噪了，第一次见面打个招呼，彼此安静地吃完饭不好吗？

顾悠然是真的饿了，所以边含含糊糊地应着话，边认认真真地吃着饭。

“天哪，她真的吃完了。”

“她……一天只吃一顿吧。”

从餐厅出来，顾悠然着实松口气，要不是及时拒绝，赵子莹就要拉着她去逛街了。

回到60层，竟然看到了和温修远一起出差的秘书小郭和小王。

那就是说，温修远出差回来了？

小郭先看到顾悠然，惊讶地打起招呼：“咦，悠然？你怎么周日还在公司？”

“我……”

“加班吗？”小王跟着说道。

已经听第二个人这么说，顾悠然忽然顿悟了。

她在公司每天忙着写剧本，可是其他人并不知道，他们只会以为她在工作，非常卖力地工作。

顾悠然笑了笑，岔开话题：“你们今天回来的？”

“是啊，刚到。”

“温总呢？”

小郭和小王对视一眼，立刻暧昧地笑起来。

不是，你们笑什么？而且，笑得也太不正经了。

“温总有私人行程，已经走了。”小郭转而对小王说，“对了，今天好像是温总生日。”

“今天几号？”小王说着，就开始翻手机日历。

顾悠然插话道：“温总今天生日？”

小郭和小王齐齐看向她，不约而同地皱起眉，一副“你在开玩笑吗”的表情。

好像她应该知道今天是温修远生日一样。

就在这时，康宁从周昊办公室出来，眼睛红红的，似乎是哭过。

康宁从身边经过时，顾悠然拦住她：“你怎么哭了，没事吧？”

康宁甩开她：“不用你假好心。”

顾悠然看着被甩开的手，气笑了：“我在关心你啊。”

“不需要！”

康宁径直朝着洗手间走去，留下一脸蒙的顾悠然。

她还以为，最近一周她们一起工作、一起加班，已经有了一点同事情谊，彼此关心一下是理所当然，没想到竟然被怼？

真是好心当成驴肝肺，她招谁惹谁了？心情瞬间就不美了。

小郭和小王也面面相觑，十分尴尬。

小郭试着劝道："你别介意，康宁最近工作总是出错，昊哥估计把她叫进去说了几句，所以不高兴了。"

"对，她不是冲你的。"小王也跟着附和。

想想康宁每天那么卖力地工作，估计也是压力太大了吧，顾悠然说："算了，我先走了，不留在这儿当靶子。"

"跟温总过生日吗？"小王笑嘻嘻地说。

顾悠然被提醒了，眼睛里瞬间闪烁出光芒："对啊！这是个好主意。"

顾悠然推开"有点甜"的大门，萌萌正在给客人点单，小宋和另外两个服务生正在做咖啡，忙碌有序。

正值周末，客人不少，顾悠然没打扰他们，找到正在窗边嗑瓜子追剧的钱朵乐，在她对面坐了下去。

不知道看到了什么搞笑剧情，钱朵乐笑得跟朵花儿似的，压根儿没注意到对面有人坐下。

被忽略了半天，顾悠然终于忍不住敲了敲她面前的桌子。

钱朵乐抬眸看着她，摘下耳机："哟，稀客啊。"

顾悠然拱拱手："多总，生意兴隆。"

"托福，最近你不在，我这生意老好了。"

"巧了不是，最近不在你这码字，超有效率，我都交稿了。"

"……"

这可能是毕业后，两人第一次这么久不见面，打了一会儿嘴炮，两人又好得跟一个人似的，共用一副耳机、同看一部 iPad，同追一部剧。

看了半天，顾悠然才想起来她有正事，站起来就往厨房走："厨房借我用用。"

钱朵乐赶紧追上："干什么小祖宗，别把我厨房给点了。"

今天是温修远的生日，为表诚意，顾悠然打算亲手做一个生日蛋糕送给他。

钱朵乐不知道用什么法子请来了一位甜品大师，做出来的甜品不仅颜值高，味道也是一绝，口感超丰富，个个都是米其林三星级别的，每天限量供应，端上货架就会被瞬间抢空，谁吃了不说一句绝了？

甜品大师今年二十五岁，名叫郑路宁，长得很帅，就是脾气不太好。好像因为打赌输给钱朵乐，才被迫来这里做三个月的甜点师傅。

郑路宁平时就拽得跟二五八万似的，不乐意帮忙，但是钱老板在，

哪轮得到他来造次？

所以，顾悠然很顺利地做了一个六寸的草莓蛋糕。

钱朵乐打量着奶油蛋糕上可爱的小草莓，忍住咬一口的冲动："卖相不错，应该能叩开温总的心扉。"

顾悠然睨了她一眼："想什么呢，我是想拿着蛋糕找他辞职。"

"辞职？"钱朵乐惊了。

顾悠然把最后一点奶油抹匀，放下刮刀，认认真真地分析起来。

"你看啊，我要写剧本，新文写不写得出来都无所谓，反正我也没时间，与其花时间追他、跟他谈恋爱找灵感，不如好好研究一下我的新剧本。你觉得呢？而且我开始写剧本之后，哪还有时间去工作，更别说追他了。"

郑路宁忽然幽幽插话："女人就是薄情。"

"有你什么事儿，烤你的小饼干去。"钱朵乐二话不说地怼回去。

郑路宁被怼得无语，乖乖去看烤箱。

钱朵乐看向顾悠然，坦言道："但你确实有点薄情。"

顾悠然一副无所谓的样子："从今天起，我要做莫得感情的码字机器。"

"……"

钱朵乐"啧啧"两声："温总实惨。"

顾悠然被盯得有些心虚，解释说："我又没对他做什么，倒是想撩来着，但是根本撩不动。他对我……也就是关照一下老师的女儿而已。"

钱朵乐："行吧，祝你好运。蜡烛要吗？"

"有吗？"

"这还真没有，我又不是开蛋糕店的。"

"那你就别说话了。"

从"有点甜"出来，顾悠然直接打车去了城中公馆，路上给温修远打电话，他没接，发微信也没回。

为表诚意，她准备去他家门口等着。

刚上班一周就要辞职，想来的确有点儿辜负顾海生，拉下老脸去找温修远，还请他吃饭。不过这也不是第一次，顾教授应该已经习惯了。

也有点儿对不住温修远，一路开绿灯进公司，还给她时间考虑更适合做什么，可她考虑的结果是辞职。

顾悠然盘腿坐在温修远家门外，这一等，就是好几个小时。她最近起早贪黑地赶稿，整个人乏得不行，最后竟然坐在他家门口睡着了。

温修远喝了不少酒，司机扶着他送到楼上。

一出电梯，就看到抱腿坐在门口睡着的顾悠然，脚边还放了一个方形盒子，浅蓝色的丝带系成蝴蝶结。

温修远打量了顾悠然片刻，偏头低声吩咐司机：“你走吧。”

司机也配合着低声说：“是，明天还是老时间来接您？”

“嗯。”

司机朝他微微颔首，转身走入电梯。

温修远很少喝酒，今天是特殊情况。他酒量不错，不至于会醉，但头晕是真的。

顾悠然黑发浓密，在灯光下晕起光圈，想到她那句发量堪忧，他不由得笑了一下。

记忆中她一直是个小姑娘，很漂亮，像瓷娃娃一般。忽然之间就长大了，他还有点儿不适应。

现在的她，长相依然优越。他见过各种各样的美人，能让他记忆深刻的，大概就是她了吧。

教授说她性格大大咧咧的，所言不虚，否则也不会坐在一个成年男人家门口睡着了，一点儿戒备心都没有。

顾悠然睡得很浅，听到若有似无的声音便转醒，慢慢悠悠地活动着酸痛的肩膀。

“醒了？”

“嗯，这么睡太难受……”

她话都快说完了，才后知后觉地抬起头，随后整个人惊得张大嘴巴。

白炽灯的光从温修远的头顶射下来，整个人宛若带着光芒一般，五官即使藏在阴影中，也依旧精致，淡淡酒味和雪松混在一起，她明明没喝酒，却要醉了。

他本来就很高，此刻她坐着，更显他的高大，居高临下，带来无尽的压迫感。

随着门锁的“咔嗒”声响，专注发呆的顾悠然犹如受惊的兔子，缩了下肩膀。

“进来。”

他扶着门，对她伸出手。

他的手指修长，掌纹清晰，透着浓浓的力量感。

她稳着逐渐失速的心跳，把手放上去，动了下腿，又坐了回去。

她忍着尴尬，朝他微微一笑：“稍等。”

一个姿势坐太久，腿麻了。

她的手虚握成拳捶大腿，希望麻木尽快过去。可是下一刻，整个人就被他一把捞起。

过程太快了，她完全无防备，整个愣住。

惊愕之后，她才意识到他一只手正扶在她腰间，她整个人已经贴

在他怀里，视线停留在他的锁骨上。

他的白衬衫的领口松开两粒扣子，应该是喝酒的缘故，锁骨附近的皮肤红红的，微微凸起的喉结轻轻滑动。

隔着薄薄的衣料，能清晰感受到他掌心的温度，犹如烙铁一般，灼烫腰间的皮肤，并快速蔓延，让她整个人都热了起来。

他收回扶在她腰间的手，低眸看着地上的方形盒子："那是什么？"

大概是喝了酒的缘故，他的声音有了一丝喑哑，沙沙的，好像更能诱惑人了。

她忙弯腰捡起蛋糕盒，双手捧着，递到他面前，献宝似的说："蛋糕，生日快乐。"

他的视线在盒子上流连许久："等到现在，就是为了给我这个？"

"是啊。"

想起他曾经的嘱咐，她又补充说："我很早就来了，天还不黑。"

我主观上并不想在晚上到你家哦，是你回来太晚了！

他的视线重新回到她的脸上，唇边弯起一抹弧度："谢谢。但我不过生日。"

顾悠然努力给自己找台阶下："那个，不一定过生日才要吃蛋糕的，就当是……欢迎你出差归来，接风洗尘。你看，我都没有准备蜡烛。"

嗯，来的路上忘记买了。

可是他为什么不过生日？喝这么多酒，难道不是过生日去了？

这么想着，人已经跟着他进了门。

他径直走向沙发："喝什么自己拿。"

顾悠然打开冰箱，除了矿泉水和苏打水，竟然还有两听可乐。

她的手指拂过，最后，拿出一瓶苏打水，一口气喝了小半瓶。等他的这段时间内，她水米未进，早就渴得要命了。

远远看到他的头仰在沙发靠背上，双眼紧闭。

她放下苏打水，走进厨房，找到一瓶蜂蜜，用温水冲了半杯蜂蜜水，又拿了刀叉盘子，走到他旁边，轻轻叫醒他："把这个喝了，胃里舒服一点。"

他缓缓睁眼，猩红的眼睛凝视着她，让她心头不禁一颤。

他接过杯子："吃饭了吗？"

她示意手里的盘子："准备吃蛋糕。"

语毕，她席地而坐，打开蛋糕盒子，当场蒙了。

这浓郁的一坨，是她做的那个蛋糕吗？样子也太恶心了。

这会儿她才想起郑路宁说过的话：动物奶油稳定性差，尽快吃，要不就放冰箱。

"你做的？"温修远在背后哑声问道。

“不是。”顾悠然矢口否认。

他轻笑，直言道：“蛋糕店应该买不到这么丑的蛋糕。”

“味道……应该还不错，都是好东西，不要浪费。”

为了证明自己这个蛋糕不是闹着玩的，她忍着恶心，用叉子挖了一大口。

嗯！味道非常好，只是卖相差了点。

她努力切了一块还算能看的蛋糕，递到他手里：“不骗你，真的很好吃。”

他接过蛋糕，并没有吃，而是把玩着叉子问：“听说，你最近总是加班？”

话题转换太快了，她有点儿跟不上。

“加班做什么？”他追问，目光灼灼地望着她。

其他人还以为温修远给顾悠然安排了不得了的工作，才让顾悠然日日加班，可面对温修远，她还怎么编？

她只能硬着头皮说：“你不是让我熟悉公司情况嘛，我就、就努力学习。”

“唔，学到什么了？”

被酒酿过的眼神，更加深邃，带着漩涡似的，能轻易将她吸进去。她不敢再看，忙低下头，手指不由自主地抠着指甲。

“学、学到……”她磕磕巴巴地说着，忽然长出一口气。

顾悠然，清醒一点，你是来辞职的，用蛋糕讨好他，然后辞职！

她轻咬唇，变脸似的笑起来：“师兄，蛋糕好吃吗？”

面对她期待的眼神，尽管他不吃甜的，却还是尝了一口。奶油不甜不腻，戚风蛋糕松软，草莓酸甜可口。

“好吃。”

得到称赞，她更有信心了：“是我亲手做的。”

“嗯。”他应了一声，“这些天就在学怎么做蛋糕？”

不是，学什么做蛋糕！

顾悠然调匀呼吸，手握成拳，给自己打气，一不做二不休。

“师兄，其实我今天来，除了给你送蛋糕过生日，还有一件事想跟你说。”

他放下盘子：“什么事？”

“经过这一周的学习了解，我觉得，我不能胜任这份工作。”

许久，他都没有说话。

她被看得心虚，越来越没底，完全不敢跟他对视。

“你在威胁我？”

“啊？”

“因为不让你留在秘书办，所以跟我闹情绪？”

顾悠然无语。

温修远竟然是这样想的，难道他以为她是这样矫情的人?

她好半天都答不上话，想解释，可是脑子里却一片空白。

“不是的。”她十分苍白地说道。

“那是如何？”他紧追不舍，探究的眼神让她无处可躲。

顾悠然勉强组织了一下语言，舔了一下干涩的唇说道：“你知道的，我毕业后一直没有工作，这次被我爸赶上架，不能不去。但是经过这一周的自我认知，我真的不是这块料。”

“你对自己的认知是什么？”

她浅吸一口气，看着他说：“才疏学浅。”

——要写剧本。

片刻后，她又补充：“不能胜任。”

——没有时间。

第三章
灵感来了！

距离顾悠然向温修远提出辞职已经两天了。

那晚她说了那样一番话之后，他并未再追问，只是让她自己好好想清楚。

“你自己的人生，当然由你自己决定。”

然后她就决定了，没有再去过求索集团。

那晚，她还向他提了一个非分要求，拜托他暂时不要把辞职的事透露给顾海生。

所以，她依然要每天起早，梳洗打扮，背着电脑，装作出门上班的样子，然后在“有点甜”泡上一天。

剧本已经交上去两天，制片人迟迟没有给她回复，当时交稿的时候明明说的是第二天给回复的。

“不会是骗子吧，空手套剧本？”钱朵乐说道。

顾悠然摇头：“那个制片人还挺有名的，而且签过合同的。”

“再等等吧。”她这样说着，心里却越来越没底。

她忍不住给制片人发了微信，忐忑地从上午等到晚上，等来了一条银行收款信息。

她只用了五秒，便确定了这是前五集剧本的稿费。

支付她稿费的意思就是，前五集剧本通过了？

顾悠然激动得一下子跳起来，举着手臂哈哈大笑，把正在帮客人选咖啡豆的钱朵乐吓了一跳。

送走客人，钱朵乐一路小跑到顾悠然身边，竹筒倒豆子似的追问：“怎么样，怎么样？回复了吗？剧本通过了？”

顾悠然摇头。

“那你激动个锤子！”

"付稿费了。"

钱朵乐愣了两秒，也激动得跳了起来。

"付稿费不就是通过了？啊，太好了！然宝贝太棒了！你是我的骄傲！记得一定要请苏亦当男主角，听到了吗？"

咖啡馆环境优雅静逸，此刻还有几桌客人，她俩这一惊一乍的，已经引起几桌客人频频侧目。

小宋急忙跑过来制止她们："嘘……小声一点，还有客人呢。"

他一个服务生还得提醒老板不要打扰客人，他可太难了。

钱朵乐和顾悠然纷纷闭嘴，却依然难以掩饰兴奋。

钱老板非常豪气地一挥大手："给那几桌客人送甜品，就说是打扰他们很抱歉。"

小宋点点头，领了命就往甜品柜走。

顾悠然眨眨漂亮的眼睛，浓密的睫毛像羽毛一样忽闪着。

"海鲜啤酒小烧烤，走着？"

"走着！"

终于送走最后一桌客人，她俩带着所有人去了附近很有名的烧烤大排档。

大家听说顾悠然的剧本通过了，都为她开心，纷纷要求出演，不给钱也行，主要是想演。

菜、酒都点上了，制片人忽然打来电话。

大排档很吵，顾悠然接着电话走到一旁，勉强听到对方说："剧本没有通过，需要解除合同。"

顾悠然脚步顿住，四周的喧闹瞬间安静了，静到几乎找不到自己的声音。

半晌，她才喃喃着说："可我已经收到钱了。"

"就当是，解约赔偿金。"

她只觉得口干舌燥，脑袋发昏："钱总，您觉得剧本哪里不好？我可以改的，我全职，有的是时间，您只要提出来，我都能改的。"

"抱歉，今后一定还有机会合作。"

顾悠然努力让自己的声音听起来很轻松："按照合同约定的条款，我有三次修改的机会，您不能就这样给我判死刑啊。"

"以你现在的稿子质量，根本拿不到这笔稿费，你能保证修改三次就能让大家满意吗？"

顾悠然努力抗住打击，做垂死挣扎："分集大纲您很满意，我是完全按照大纲来写的。"

"大纲和剧本是两码事，我们是专业团队，做过很多剧，以专业的眼光来判断，这个剧本的确不够好，可能一开始的构架就是错的，也可能是编剧功底太薄弱。

“你应该没有工作过吧，职场内容全靠凭空想象？

“总之，现在的结果并不是我一个人的决定。听我一句劝，你还年轻，以后还有机会，好好锻炼讲故事的能力，以后还有很多机会。”

顾悠然对着路上闪烁的霓虹灯吐了口浊气：“你们不按照合同来，我可以起诉你们的。”

对方像是听了笑话一样。

“小姑娘，我劝你还是好好思量一下，你还没有出道，就要把所有路子堵死？你还太年轻，不要冲动，多找找自己身上的不足。当你能力足够强，才会有更多话语权。到那时，是你挑制作团队，而不是制作团队挑你。我们也是考虑到你的辛苦，所以支付了你一笔稿费作为赔偿。希望你继续努力。”

顾悠然看着手机屏幕上“通话结束”的字样，一切恍惚得不真实。

她觉得很生气，也很委屈，像是被抢走了最喜欢的糖。

十天前，她没有这颗糖，但她依然觉得生活很甜。后来，忽然得到了这颗糖，她爱不释手，分外珍惜。

当她没有这颗糖的时候，她觉得也很好。可是，当有了糖却又被拿走时，这种感觉实在是太难受了。

而且，他们不仅拿走了她的糖，还贬低她不配拥有这颗糖。

顾悠然失魂落魄地走回去，大家都发现了异样，纷纷收起嬉闹。

钱朵乐扶着她坐下来，关切地问：“这是怎么了，谁的电话？”

“制片人。”

“怎、怎么了？”

“他说要解约。”

解约？

大家面面相觑，刚刚不还说剧本通过了，这才多久，就要解约？

太难以置信了！

“为什么？不是都给钱了吗？逗你玩呢？”钱朵乐厉声追问。

顾悠然撇撇嘴，倒在钱朵乐怀里，委屈地说：“多总，我好伤心。”

钱朵乐抱着她安慰道：“那帮人太没眼光了，什么玩意儿啊！”

“是我太差劲了吗？”

“不差，你有那么多粉丝，出了好多本书，写作成绩那么好，怎么可能差？”钱朵乐一边安慰她，一边冲其他人使眼色。

小宋急忙跟着说：“对啊对啊，我好几个同学都是你的粉丝，每天追更新那种。”

萌萌也附和：“我身边也有你的读者，大家都好喜欢你。然姐，千万不要气馁啊！”

顾悠然看着他们，更委屈地说：“你们俩又不喜欢。”

小宋：“……”

萌萌：“……”

钱朵乐赶紧说：“喜欢，怎么不喜欢，他们都追你的文。”

萌萌忙不迭点头：“对啊，我们都追的。而且你最近不是没写新文嘛！”

钱朵乐狠狠瞪了她一眼，真是哪壶不开提哪壶。

萌萌后知后觉地赶紧用手捂住嘴巴。

小宋也是一副恨铁不成钢的表情，不会安慰就别说话了。

听到这里，顾悠然更难过了：“我连新文都写不出来，有什么资格去写剧本。”

钱朵乐双手握住顾悠然的肩膀，让她看着自己。

“然宝，振作起来！用你的作品打肿他们的狗脸，让他们知道，你是他们永远得不到的爸爸！”

“噗！”小宋呛了口酒，萌萌狠狠瞪了他一眼。

好在顾悠然并未注意到他，而是忽然受到鼓舞。

“对！说我不行，我就偏要做出成绩给他们看！”

顾悠然抹了一把眼泪，“啪”地一拍桌子，说：“来，喝酒。今天谁不喝倒就别想走。”

顾悠然的酒量很一般，再加上心情不好，一杯扎啤没喝完就有点儿醉了。话特别多，絮絮叨叨，没完没了，还死赖着不肯走。

顾 · 放狠话 · 悠然：“我就是你永远得不到的爸爸！”

顾 · 不甘心 · 悠然：“竟然说我写作功底差？他们都不知道我这一周有多辛苦。”

顾·伤心·悠然:“我到底哪里差嘛！可以告诉我,我会努力改的嘛！为什么一点儿机会都不给我？呜呜呜呜。”

顾 · 尿 · 悠然：“怎么办啊？为了剧本我都辞职了。现在回去找温修远，会被嘲笑吗？会被打吧！

“呜呜，我好后悔，为什么要辞职？”

浦江的西岸是老城区，过去曾是欧洲租界，房子都是欧洲风格；东岸是新区，高楼大厦鳞次栉比，两岸形成了鲜明对比，是国内著名旅游胜地。

温修远结束在西岸欧洲公馆的应酬，离开时需要经过一条小街。交通不太好，一路走走停停。

刚上车时，他就接到顾海生的电话。

想起顾悠然的拜托，便配合地帮她打掩护。

好在顾海生很信任他，听他说顾悠然表现不错，便没有再追问什么。

刚经过一盏红灯，此刻又因为红灯而停下来。

温修远放下手机，偏头看着窗外，眼神蓦然停滞。

是顾悠然。

她似乎喝了不少酒，小脸蛋红扑扑，头发有些乱，拉着同伴的手，唉声叹气。

他降下车窗，晚风没有白天的燥热，还有了丝丝凉意。

周围一片嘈杂，各种人声、车声，还有大排档的音乐声。大概是她的声音太过分明，让他轻易便分辨出来。

——找温修远，会被嘲笑吗？会被打吧！

——我好后悔，为什么要辞职？！

红灯转绿，车缓缓启动。

他听不到顾悠然后来又说了什么，但在他的视线里，她捶胸又顿足，一副悔不当初的样子。

一桌的人看她一个人表演。

呵，还说不是闹情绪？！

顾悠然喝多了，钱朵乐给顾海生打了电话，让顾悠然留宿她家。

第二天她醒来时已经是中午，头一晚的事情已经忘了大半。顾悠然唯独记得她被解约了，还被贬得一文不值。

她在床上翻腾、打滚。

钱朵乐的家就在“有点甜”隔壁，顾悠然洗了澡，换上干净的衣服，才慢悠悠地去店里。

剧本没得写，只能继续写新文，她硬着头皮打开文档，然而脑海里一片空白。

为了找寻灵感，她去文学城榜单上刷文看，又去追了新番，然而效果微乎其微。

又不能回头找温修远……

钱朵乐知道顾悠然心情不好，跟店里所有人强调不要去打扰她。就连新出炉的甜点，也只是放在桌子一角，根本不敢跟她说话。

傍晚时分，杨文欣来了，打破了大家维持一天的小心翼翼。

杨文欣来找顾悠然不外乎一个目的——相亲。

顾悠然心情不好，但是不想迁怒于杨文欣，所以努力按捺着情绪，不跟她吵架。

可是作为亲生母亲，杨文欣似乎根本不在意女儿的心情，只是一味地数落她。

什么任性、肆意妄为、不给她面子，让她在朋友面前抬不起头等。

顾悠然疲惫地扶额：“妈，我今天心情很不好，不想跟您吵架。”

杨文欣眉毛一挑：“你以为我很开心？我也不是来跟你吵架的。”

“有什么话过两天再说行吗？”顾悠然带着请求的语调说道。

杨文欣也终于不再坚持，声调缓和了不少：“明天跟我去逛街，我让司机来接你。”

“明天有事。”

“那就后天。”

“再说吧。”

杨文欣恼了：“顾悠然，你这是什么态度？你说心情不好，我都让步了，你到底想怎么样？”

“我就想静静。”

就在母女俩剑拔弩张的时刻，钱朵乐急急忙忙端着托盘过来打圆场。

“阿姨，喝咖啡。”

当着外人，杨文欣不好发作，勉强道了声谢。

钱朵乐又端了一个精致的骨瓷碟放在她面前：“我们新出了一款甜品，您给品鉴一下？”

杨文欣喝了口咖啡，微微叹气：“悠然要是有你一半省心，我就烧高香了。”

“悠然很好的。”钱朵乐忙说。

杨文欣冷哼：“好什么，天天就会给我添堵。”

“我怎么给您添堵了？不就是没找男朋友吗？”顾悠然终于忍不下去了，“只要我愿意，分分钟给您找一车男朋友。”

“你倒是找一车给我看看。”杨文欣立即反唇相讥。

“她在开玩笑，哈哈哈，好好笑是吧。”钱朵乐努力打着圆场，可是除了她之外，那对母女皆是一脸冷漠。

她可太难了。

郑路宁是钱朵乐请来的甜品师傅，但是每天只做他想做的甜品，做完就溜之大吉。

这会儿，他做完最后一块蛋糕，正准备离开。顾悠然看到他，立刻灵光一闪，指着他大喊：“那个谁，你给我站住。”

已经走到门口的郑路宁闻声回头。

顾悠然快速起身，朝他跑过去，一把挽住他的胳膊，低声请求：“拜托，帮个忙。大恩不言谢。”

郑路宁十分嫌弃地想把自己的胳膊抽出来，奈何顾悠然抓得太紧，根本就是徒劳。

别看顾悠然瘦，但是劲儿特别大，即使郑路宁十分不乐意，还是被她生拉硬拽着拖到了杨文欣面前。

“介绍一下，这就是我男朋友。”

郑路宁：？？？

钱朵乐：？？？

杨文欣摆明了不相信，挑了挑眉："男朋友？刚刚还说没有男朋友的。"

顾悠然脸不红心不跳地瞎编："主要是您事儿太多，不想让您知道。"

杨文欣一听就不乐意了，挑眉反问："谁事儿多？"

顾悠然没接茬，自顾自地说："你一而再地让我去相亲，他都生我气要跟我分手了。"

郑路宁一直是拒绝的，听到这里，眉头皱得更紧了。谁要分手？不是，他俩压根儿也没在一起过啊！

郑路宁没有放弃挣扎，只是顾悠然拽得太紧，他们一直在暗中较劲。

见摆脱不了，郑路宁正打算解释，就被钱朵乐狠狠掐了一下，疼得他差点流泪。

钱朵乐警告意味满满地瞪着他，小声说："演下去，赌约期限少十天。"

郑路宁立刻闭嘴。

杨文欣双手抱胸，冷冷挑眉："你们在演戏？"

"没有，是真的。"顾悠然说道。

迫于钱朵乐威胁的眼神，郑路宁不情愿地点点头："真、真的。"

杨文欣冷笑一声。

顾悠然："您要不信，我明天就去领证。"

郑路宁震惊了，领证？这就不必了吧……

杨文欣："少威胁我，有本事你现在去领一个给我看看。"

顾悠然紧咬着后牙根，热切地看着郑路宁，莞尔一笑："亲爱的，你带户口本了吗？"

郑路宁头摇得像拨浪鼓，一脸惶恐 + 拒绝。

"等下我们先去你家拿户口本，再回我家。"

真的不必了。

郑路宁都快哭了，向钱朵乐发出求救信号，她却对着他做了个打气的手势。

郑路宁欲哭无泪，这里太可怕了，我要回家。妈妈救我！

杨文欣低眸舒了一口气，让自己平静下来。以她对顾悠然的了解，再这样下去，就算是假的也会做成真的。

她再抬眸，问郑路宁："你多大了？"

顾悠然抢答："我们同岁。"

"怎么认识的？"杨文欣继续问。

"我们结缘于此。"

说着，她深情款款地看向郑路宁，他却躲着她的视线，偏头看向窗外。

杨文欣打量着郑路宁："你是做什么的？"

顾悠然继续抢答："甜品师傅。你面前那个蛋糕就是他做的，超好吃。"

杨文欣真的要气得爆炸了。她千辛万苦帮她挑男人，要家世好、样貌好、有能力，和她门当户对的。她倒好，找个甜品师傅？

杨文欣耐着性子问："你喜欢他什么？"

"长得帅啊。"

"光好看有什么用？"

"您当年不就是看上我爸长得帅，所以千方百计嫁给他，也没有看不起他是农村来的穷学生。"顾悠然继续说。

杨文欣气得胸口疼。

"你要气死我吗？"她抚着胸口。

顾悠然无辜地眨眨眼："怎么了，上行下效嘛！"

杨文欣"啪"地拍桌子，拿出了杨氏集团长公主、上市公司董事长夫人的霸道姿态。

钱朵乐被吓得一个激灵，步子往后缩了缩，生怕被祭天。

顾悠然依然一派平静，不为所动。

当初，杨文欣不顾家人反对，坚持要和顾海生结婚，结了婚之后才明白，门当户对有多么重要。

尽管顾海生很优秀，但是他们从生活习惯到兴趣爱好，都有着天壤之别。起初还能为了爱而委曲求全，但是随着时间流逝，爱一点一滴被消磨，剩下的只有煎熬。

杨文欣扶额坐了一会儿，拿起包，看都没看顾悠然一眼，站起来往外走。

钱朵乐赶紧跟上，送她出门。

顾悠然终于舒出一口气，短期内，杨文欣应该不会来逼迫她了。

其实，她也不想揭杨文欣的疮疤的，可是……

"我是不是可以走了？"郑路宁试着问。

顾悠然意识到手臂还挽着他，忙松开他。

"有个人一直在看你。"他提醒说。

"嗯？"

顾悠然抬头，顺着郑路宁的视线，竟然看到了温修远。

他什么时候来的？

温修远刚来不久，就看到顾悠然拉着男朋友和她母亲叫板。

他不好上前打扰，便找了一张桌子坐下来，点了一杯意式浓缩。

顾悠然站在原地眨了几下眼睛，确定自己没有看错，才走上前，热情招呼：“欢迎温总光临，小店蓬荜生辉。”

呵，有些浮夸了。

温修远点了点下巴：“坐。”

顾悠然乖乖在他对面坐下。向来日理万机的他，怎么能在下午三点坐在这里悠闲地喝咖啡？

莫非……

“师兄是来找我的吗？”心里这么想，她就这么说了。

“不是。”

她就不该抱有幻想，哪怕一丝都不可以。

温修远端起咖啡浅抿了一口：“开会路过，顺道过来看看。”话音刚落，放在桌面上的手机屏幕闪了起来。

他看了一眼窗外的周昊，拿起手机放置耳边。

“温总，王总又打电话了。”周昊抹了一把额头的汗说道。

绕路绕了一大圈，偏偏又遇到修路，堵了好久，又不敢催，只能小心翼翼地转述：“说人到齐了。”

“让他们先开始。”

“我说了，但他坚持要等您。”

顾悠然忽然想起刚刚出炉的甜品，想端来给温修远品尝，可她刚站起来，就被他一声喝住。

“坐下。”

顾悠然猛然被喊住，有点慌：“我、我去拿甜品。”

意识到语气重,似乎有些吓到她,温修远又缓了缓语调说:“先坐下，我说句话就走。”

顾悠然只好乖乖坐下。

“想不想回求索？”

惊喜就是来得这样突然!

在她被剧方解约，被羞辱功底差，写不出新文的时候，温修远抛来的橄榄枝，哪有不接的道理？

但是，稳住，不要慌。

当初是你要辞职的，现在人家只是勾了勾手指，你就激动，会不会显得太上赶着了？

“我都辞职了，再回去不合适吧？”她故作纠结。

然而顾悠然自以为是的小聪明，早就被温修远看透。果然，她是想回来的，昨晚那席话，应该是酒后吐真言。

温修远不动声色，并没有正面回答她的问题，而是说：“昨晚教

授给我打电话，差点就说漏嘴了。”

顾悠然听到这里如临大敌，急忙追问：“你怎么说的？他没发现什么吧？”

温修远瞧见她紧张不已的样子，嘴角弯出一丝不易察觉的弧度。

“进入求索集团的员工都有三个月试用期，试用期结束后，不适合留在公司的员工，公司会推荐他去其他公司。你既然来了求索，我希望你能做到试用期结束。这样教授追问起来，你和我都能轻松一些。”

他的意思就是，在公司待到试用期结束。到时候，再向顾海生坦白自己不能胜任工作，名正言顺地辞职。

这可太棒了！

此刻的顾悠然对温修远充满了感激之情。她打定主意了，再回到求索，一定不祸害他！

不跟他谈恋爱，只做一个旁观者，认真观察霸总真实的工作、生活状态，好好取材。

不是说她没有工作过，职场情节全凭想象吗？

她马上就要去工作了，看以后谁还能用这个理由羞辱她！

终于送走杨文欣，钱朵乐长长舒了一口气，但愿这次之后，杨女士能消停一段时间。夹在这母女俩之间，她真的太难了。

一回头，她看到郑路宁，不禁又是一声叹息，太难了。

郑路宁走近她，说了一句：“说话算话。”

钱朵乐愣了片刻，才意识到他指的什么，拍着他的肩膀说：“放心，你去这条街打听打听，谁不知道我钱朵乐向来说一不二。”

郑路宁冷冷一笑：“最好是这样。”

“但是呢……”钱朵乐试着商量，“你每天能不能多做几款甜品？做那些还不够塞牙缝的，端上架就一抢而空，客人都提意见了。”

“哦。”

还以为他答应了，钱朵乐满意地微笑。

“不能。”他又说。

“有点甜”的后厨本来就有一位甜品师傅小李，做出的甜品味道也是极好的。郑路宁来之后，就完全把他的光芒给遮住了，小李师傅不开心，闹着要辞职，还是钱朵乐给他涨工资才留下来的。

郑路宁不靠谱，店里每天客流量那么大，靠他做的几款甜品，客人只能就着空气喝咖啡了，还是要靠小李师傅撑场子的。

钱朵乐回到店里，口干舌燥得厉害，还没来得及喝口水，就被萌萌拽到一旁。

小姑娘一脸激动地说：“老板，老板，有个超帅、超有气质的大帅哥来找然姐，比小路师傅还要帅！”

“谁啊？”

“不认识，那呢。”

顺着萌萌手指的方向，钱朵乐几乎是瞬间便确定了他就是温修远。百闻不如一见，真是不错的。

可是温修远怎么来了？

要是早点来，直接用他做男朋友岂不是更好？

两个人不知道聊了些什么，没多久，温修远便起身离开。

顾悠然亲自送出门，站在路边，对着宾利挥舞着小手。直到车尾消失在滚滚车流中，她才哼着小曲儿回来，一脸荡漾。

钱朵乐和萌萌倚着柜台打量着她，笑得像朵花，跟不久前那黑脸煞神完全是两个人。

事出反常，必有妖。

萌萌：“然姐被表白了？”

“没有。”

钱朵乐：“你去表白了？”

顾悠然挑眉否认：“当然不是。”

钱朵乐：“那你这一脸盖不住的荡漾，是什么意思？”

顾悠然敛起眉，倚着柜台若有所思：“其实，我一直在思考一个问题。”

钱朵乐：“什么问题？”

“我男朋友叫什么来着？”

萌萌激动不已：“刚刚那位大帅哥是你男朋友？”

“就刚刚那位甜品师傅。”

你连人家叫什么都不知道，男朋友倒是喊得很顺口。

尽管顾悠然提出辞职，温修远一直没让人给她办理离职，连着几日不上班的理由是生病了。

顾悠然重新回到秘书办，看到大家分外亲切。

除了康宁之外的三位秘书，看到她回来都很高兴。

康宁想起那日对顾悠然的态度，不敢轻易和她搭话。正犹豫时，顾悠然主动和她打招呼：“你好啊，康宁。”

康宁尴尬地笑了笑，说了句：“你好。”

其实那天怼完顾悠然，她就后悔了，想跟顾悠然道歉，却一直没有机会。这些天她也反省了自己，顾悠然的到来给她造成不小的压力，她应该更加努力才行，而不是自乱阵脚。

最近顾悠然一直没有来上班，听说生病了。她一直犹豫要不要发信息关心一下，却在犹豫中错过了最好的时机，短信终究没有发送出去。现在顾悠然又主动和她说话，让她更不知道如何开口道歉，甚至侥幸地想，或许顾悠然已经忘记了。

寒暄过后，大家就各自工作了。

顾悠然在自己的位置坐下来，无所事事，十分无趣。

关键，也见不到温修远。

温修远多数时候不在公司，在公司的大部分时间也是开会。

无聊之下，她打开周昊发给她的文件夹，从头看起。

十分钟后，她成功地从“求索集团”发家史，跑神到经常逛的论坛，专注看一个爆料帖。

一个自称“业内”的ID，爆料“求索品牌代言人合约即将到期，目前正在接触顶流，八九不离十”。

“顶流”是最近因一部网剧圈粉无数的爱豆许星河的指代词。

许星河粉丝多，负面新闻也多，再加上他的团队极爱炒作营销，一直塑造他“顶流”之势，营销号更是经常“拉踩”各路爱豆、当红小生，得罪了各家粉丝，因此成为论坛群嘲，并用“顶流”的嘲词指代他。

顾悠然也像其他家粉丝一样讨厌许星河，因为许星河团队不仅骚操作多，还把苏亦当对家，超爱“拉踩”苏亦。

一想到亦宝受过的委屈，她就气不打一处来。

求索虽然是近几年刚兴起的电子产品品牌，但它的产品设计感强，蕴藏的黑科技更是抢眼，很受年轻人追捧，已经在市场上占据了重要地位。

求索每年更换一次品牌代言人，只有当下最红的艺人，才能拿到这份代言合约。

求索集团除了电子产品业务，还有5G开发和智能家居业务，实力强劲、资本雄厚，给代言人的待遇十分优越，电视广告、地面推广数不胜数，所以很多艺人宁愿自降身价，也要拿到代言。

往年都是由国民级的演员代言，若是今年代言被许星河拿到了，求索一定会被各家嘲死，品牌的格调也会直线下降……

这都是温修远的心血，她绝不能坐视不理！

温修远开了一上午的会，回到办公室，又交代了周昊几项工作。

周昊正一一记下，正要离开，又被他喊了回来。

“给顾悠然找些事情做。”

周昊一愣。

“做……什么？”周昊问，他不太理解温修远的用意。

秘书办四个人分工明确，是要把四个人的工作重新分工给五个人，还是说，仍然以四人为主，只是找些不痛不痒的工作，让她做？

温修远拿起钢笔把玩着。

“随便做什么，只要别让她太闲就行。”

看来是第二种。

周昊领命，正要出去，敲门声响起。

这次顾悠然学聪明了，听到里面人说“进来”，她才敢推门。

看到办公室只有温修远和周昊两人，她就放心了。

顾悠然停在距离温修远三米左右的地方。

看到来人是顾悠然，周昊便十分有眼力见地说：“温总，那我先出去了。”

“等等。”温修远说道，又看向顾悠然，“怎么了？”

顾悠然组织了一下语言，抑扬顿挫地说：“温总，我觉得您说得对，我应该对工作做一个长远的规划。经过深思熟虑之后，我决定不留在秘书办了。”

温修远：“……”

周昊只能当作什么都没有听到，看向窗外。

“你先出去。”

终于等到温修远发话，周昊如释重负，一溜烟离开办公室。

办公室剩下他们两人，温修远才说：“说说你的规划。”

就知道是这样，还好她已经早有准备。

“我没什么能力，专业课学得不好，也没有什么拿得出手的爱好。但我，特别关注娱乐圈。”

看到温修远的嘴角轻微抽动了一下，顾悠然赶紧说：“比如这位明星在粉圈和路人圈的形象如何、粉丝购买力强不强等，我都很清楚。如果我去市场部门工作，我一定能帮助领导为公司选出最合适的代言人。”

温修远笑了一下：“这就是你的工作规划？”

虽然他并未过多表现，但顾悠然还是感受到了浓浓的嘲笑。

温修远不想打击她，毕竟还年轻，自我认知不准确可以理解：“市场部可不是只有这一项工作。”

顾悠然并未被打倒，坚强地说：“我可以只负责这一部分。”

反正她就待三个月，也不指望升职加薪。而且，如果能近距离见到大明星，她应该会有更多灵感吧。没准儿还能见到苏亦呢。

“公司高价请来了专业的公关公司，全权负责代言人筛选。

“还要去吗？”温修远问。

顾悠然仍然不肯放弃：“公关公司……肯定要有人对接的吧，让我跑腿也行啊。”

顾悠然前后态度相差太大，温修远很难不多想。刚来时她偏要留

在秘书办，后来又是辞职，又是去市场部。

难道是因为有男朋友了？

想起昨天那位“男朋友”，长得还行，但是太年轻，不够稳重。

不是他看不起甜品师傅，只是，以她妈妈的身份和态度，虽然暂时没说什么，但是想深入发展，甚至结婚，应该很难。

不过，这些都是她的私事，他不该插手。

有好半晌，温修远都不说话，只是看着顾悠然。锐利幽深的目光，让人捉摸不透。

顾悠然心想，完了，他肯定不同意。

其实想想也知道，她什么都不会，只是因为关注娱乐圈，就想去市场部？想借机接触大明星的人多着呢，大家都想去市场部，公司还怎么运转？

“我考虑一下。”温修远说道。

顾悠然一愣，就是还有机会？考虑一下的意思是，看她表现？

于是，她思量片刻，走到温修远旁边，非常狗腿地说：“温总有什么需要吗？”

看见温修远微微挑起的眉峰，她眨眨眼睛：“Coffee or tea？（咖啡还是茶？）”

“……”

温修远考虑了一天，也没给个结果。

隔天早上，顾悠然还没到公司，接到小王的电话，问她到哪里了，会议马上开始。

顾悠然的沉默，让小王意识到不对劲，试探着问：“你不会压根儿没看到会议通知吧？”

这盲猜的水平不去天桥下算命着实有点可惜了。

挂了电话，顾悠然才看到昨晚收到的会议通知，毫无“工作觉悟”的她自动过滤了这条通知。

顾悠然气喘吁吁地来到60层，正赶上大家准备去会场。

温修远从他的办公室出来，她直接蒙了，双眼发直地看着他。

他今天居然戴了眼镜！还是那种金丝边的眼镜！

黑色暗纹双排扣西装，白色衬衫温莎领、细纹领带，目光锐利、步履生风，就像是……“撕漫男”，传说中撕开漫画走出来的男子。

她当时脑海里只有四个字：斯、文、败、类。

这种禁欲系风格最适合衣冠禽兽的人设，眼镜一戴，谁也不爱。

相当带感！

温修远从顾悠然身边经过，目光在她脸上短暂停留了几秒钟，脚步并未停下。

可那短短几秒，足以让她心跳加速、呼吸紊乱。等她回过神，大家已经走远，她忙拿起电脑匆匆跟上。

电梯里，她和其他人分立两侧，温修远站在正中央。

五官立体、身材挺拔，金丝边眼镜让他看起来又性感又克制，一边用修长手指整理着袖口和表带，一边若有所思地同周昊交代些什么。

顾悠然压根儿听不到他们在说什么，此刻的她只有满脑子的——

灵感来了！

温修远带着一行人浩浩荡荡进了会议室，落座在长桌主位，在他左右的是公司高层。

会场设置了秘书席位，顾悠然选了角落的位置，左右都没有人，落座后她便迫不及待地打开 Word。

顾悠然工作卖力的人设已经在公司里传开了，大家对这个长得好看、进公司就日日加班、食量还非常惊人的姑娘特别好奇。

今日一见，果然不同凡响。

会议还未正式开始，她便已经运指如飞，堪比速记员。

公司拥有一套完善的智能会议系统，可以实时收录会议现场音频并转换为文字，基本无误差。

所以秘书们只会偶尔记录一些重要信息，只有她一直没有停下来。

然而他们不知道，在他们眼中卖力工作的她，其实在写文。

“就给我这个？”

温修远轻蔑地质疑，修长手指轻轻一弹，飞页满天。

部门总监战战兢兢。

顾悠然的 Word 上。

——修长手指滑过颤抖的肌肤，犹如枯木逢山火，轻易便可燎原。

就给我这个？他欺身向前。

“经过反复试验，目前测试速度已经达到最快。”

“有多快？”

——他故意放慢速度，慢条斯理地折磨。

“与其解释，不如用实际行动来证明。”

——喜欢？证明给我看。

温修远话不多，多数时候都在听，然而他的寥寥数语总能轻易撩动顾悠然的脑洞，立刻脑补出一出大戏。

作为一个成熟作者，顾悠然可以做到脸不红心不跳地写言情情节。

一口气写了五千字，顾悠然十分有成就感，可是一抬头，温修远正看着她。

隔着半个会场，死亡一般的凝视，不知道已经看了多久。

她忽然心虚，克制着给小作文写结尾的冲动，匆匆关掉文档。她偷偷看到他的注意力终于从她身上转开，才长舒一口气。

等她再度打开文档，不仅写了结尾，还忍不住从头回味了一遍。

写的时候没想太多，重看却让她的大脑皮层高度兴奋。

温修远在开会时有多严肃正经，小作文里就有多不正经。

她摸着发烫的脸，赶紧关闭Word，努力收敛心情，盯着空白的桌面，尽量让自己去听会议内容。

但是会议内容太无聊，她听了一会儿又开始跑神。

不敢写了，倒是可以趁机观察一下他细微的表情和动作。

他正和旁边的高层说话，手臂支在会议桌上，腕线很长，手背上脉络清晰，满满的力量感。

骨节分明的手指时而翻动纸张，时而把玩钢笔。

这样一双手，戴戒指一定好看。

咦，怎么忽然不动了？

她带着疑惑，视线上移，然后与他视线交汇，他凛冽的眉峰微微挑起。

顾悠然几乎屏住呼吸——偷看被抓包了！

她脸一热，慌忙低下头，不敢再看他。

温修远：？？？

会议进行到最后，轮到市场部汇报。

终于等到顾悠然最喜欢的环节，她的注意力第一次离开温修远。

市场部总监是位女士，三十岁左右，姓简，单名一个柔字。人如其名，本人也是温柔优雅的类型，说话语速不快不慢，声音很好听。

她穿着白色纪梵希套装，齐肩长发，钻石耳钉十分亮眼。

她今天汇报的内容就是求索新一代品牌代言人。当她把代言人候选名单呈给各位高层后，温修远首先提出疑问：

“许星河是谁？”

许星河谁也不是！千万不要选！顾悠然拼命按捺着迫切的心情，

才没有喊出口。

简柔的笑容有些僵硬，依然温柔地解释："许星河是这两年新起来的流量明星，粉丝基础大，作品也很有口碑。"

"哦？"

温修远放下文件，看向简柔："作品是什么？"

温修远的两连问已经让简柔非常尴尬，红晕从耳朵蔓延到脖子。

连老板都不知道的代言人，显然不是一个明智的选择。

许星河大概率是没戏了。

简柔顶住压力说了一个电视剧的名字，高层们无动于衷。

这部作品是今年比较火的网剧，让许星河圈了不少粉丝，但是因为网剧比较有局限性，很难出粉圈，没有形成真正的路人缘。

简柔不再做过多解释，只是说："我们会继续做市场调查和商业价值评估，选出最适合求索的代言人。"

温修远："新产品还有两个月上市，代言人选务必在本月底定下来。"

"是，您放心。"简柔信心满满地打包票。

会议结束，温修远率先离开，周昊和秘书们跟在后面鱼贯而出。

走到电梯间，周昊按下电梯。

"你们去吃饭，不用管我。"温修远吩咐道。

"是。"周昊颔首。

温修远回头，看到走在最后面的顾悠然，朝她招手。

所有目光都落在她身上，顾悠然指指自己，得到他确定的眼神，顶着压力，走到温修远跟前。

她拼命抑制自己不去想不该想的东西，可是活色生香的文字都是她写出来的，不去想真的太难了。

电梯门开，温修远走进去，转身看着她。

"……"

不了吧，她想去吃饭。和他单独在一起……她不确定自己会不会做出可怕的事情。

可是温修远一直在等她，又不能当众拂了他的面子，她只好硬着头皮走进去。

电梯门缓缓关上的时候，她清楚看到小王和小郭那看似平静却十分躁动的眼神。

这几个人，也就周昊真正做到了波澜不惊。

不愧是温修远面前的第一红人。

电梯一路向上。

温修远问：“你对今天的会议有什么想法？”

“少壮不努力，老大当文秘。”顾悠然脱口而出。

“……”

意识到不妥，顾悠然赶紧解释：“我的意思是，秘书什么业务都要懂，很有挑战性，不好做。”

“还有吗？”

还有？早知道他要提问，她肯定认真听，绝不胡思乱想了。

“还有……”

感受到他的目光一直在自己身上，她鼓起勇气看向他。

真不怪她按捺不住地臆想，他今天真的好帅。

于是，她又一次脱口而出：“你戴眼镜是为了好看吗？”

温修远轻度近视，对视力没有太大影响，所以他不怎么戴眼镜。

过于疲惫的时候，才会戴眼镜舒缓疲劳。

昨晚的海外视频会议从晚上十点持续到深夜三点，会议结束后又接了四十分钟的电话，今天的确很乏。

眼镜是根据双眼度数配的，并没有花哨的装饰，他向来喜欢简单。至于好不好看，他没有这方面的概念。

倒是她，今天很反常，整场会议都在跑神，总是盯着他发呆，甚至还会脸红，不敢和他对视。

想起那天在“有点甜”见到的男生，她的男朋友……

或许，他不适合把她继续留在身边。

既然她喜欢明星、娱乐圈，去市场部也是个不错的选择，至少是她的兴趣所在，而不是把精力都放在他身上。

电梯到达60层，双扇门缓缓打开，温修远说：“明天去市场部报到。”

在电梯门几乎要关上时，顾悠然才从门缝挤出来。

真的可以去市场部了？

啊啊啊！亦宝！我来了！

第四章
私人跑腿

i love you

顾悠然调到市场部这件事很快在公司传开了。

在前一天的会议上，温修远直接否定了简柔提出的代言候选人，现在又派了“得力”秘书到市场部。在外人看来，很明显是温修远不满意简柔的工作，派了“钦差”来监督。

简柔虽然名字里带“柔”，看着也温柔，其实个性强硬，一点亏都吃不得。

温修远当众否定了她的工作，虽然嘴上没说什么，其实已经很不高兴了。现在顾悠然又自己送上门，大家都翘首以待这场戏接下来会怎么演。

简柔的助理不久前辞职了，一直是赵子莹代任。简柔便让顾悠然接了助理的工作。

顾悠然还沉浸在“这位姐姐又好看又温柔，说话声音好好听”的感慨中，就听简柔说：“那天开会你也看到了，温总对我们的工作很不满意，之前做的很多工作都白费了，需要重来，时间又很紧张，所以可能会很忙，你没问题吧？”

顾悠然信心满满地说：“没问题。”

简柔满意地微笑，继续说：“这里有刚刚做好的市场调查问卷，那就麻烦你了。”

调查问卷有何难？微博、论坛发一发，很容易的，于是顾悠然爽快地答应了。

“我希望明天下班前，收回一万份问卷。”

“明天？一万份？”顾悠然瞠目，简直难以相信。发出一万份问卷简单，收回一万份就太难了。

简柔歪头，微笑：“没问题吧？”

她收回对简柔“又美又温柔”的评价。温柔可亲的语调、无害的笑容，都是杀人不见血的刀。

她是从温修远身边来的，不能给温修远丢人。

她只能暗暗咬牙，笑着说：“没问题。”

当天下午，“有点甜”店内。

钱朵乐拍桌而起：“她摆明是刁难你，借刀杀人。”

顾悠然睨她一眼：“不会用成语就别用了，还借刀。”

钱朵乐无所谓地摆摆手说：“反正，她就是要给你下马威，把在温修远那里受的气撒在你身上。”

顾悠然点头，不能更同意。

“你打算就这么忍了？”钱朵乐质问。

顾悠然叹气：“不然怎么办？我自己提的要去市场部，总不能再跟温修远说我搞不定，要回去吧。”

钱朵乐最见不得她愁眉苦脸的样子，问道：“什么样的问卷？”

一听钱朵乐的话锋似乎有松动，顾悠然立即把打印出来的调查问卷双手奉上。

“很简单，二维码扫一扫，填一下调查人性别、年龄、职业，做十道选择题。我打算在微博、论坛、贴吧，都发一下。你店里客流量这么大，让我利用一下？”

说着，她很狗腿地抛了个 wink（眼波）。

钱朵乐拿起电话发了一条语音微信，很快，就有个年轻小伙子推门而来。

钱家有一条街的商铺、公寓，只租不卖，为了方便管理，专门成立了资产管理公司，就在“有点甜”隔壁。

小伙子走上前，恭恭敬敬地说：“钱总，您找我？”

钱朵乐拿着一张打印好的二维码递给他：“每家商铺都发一张，如果明天之内能收回 500 张答卷，免……一个月房租。”

“一个月？”小伙子瞠目。

顾悠然的眼睛也登时亮了起来。

钱朵乐挑眉：“还不快去？”

“是。”小伙子拿着二维码一路小跑着离开。

顾悠然一把就把钱朵乐给抱住了：“多总，你可太帅了！一掷千金，只为红颜笑。”

“呕！”钱朵乐做呕吐状，“你红颜？”语调十分鄙夷。

顾悠然松开她：“怎么了？我不配吗？”

“我就是想看那个什么柔被打脸的样子。最讨厌欺软怕硬的人，到时候记得拍照片给我。”

钱朵乐很傲娇，顾悠然却都懂，很感动，把头埋在她胸口撒娇：“多总最疼人家了。”

不远处，正倚着柜台喝咖啡的郑路宁看到这一幕，一口咖啡差点喷出来。

“你家老板好这一口？”他放下咖啡，问收银台里的小宋。

小宋看了一眼，非常平静地继续忙碌着：“习惯就好。”

“……”

除了线下，顾悠然还把二维码发在自己常去的几个论坛。

都是现在很火的论坛，用户量大，各家粉丝聚集，还有很多不混粉圈的路人，百家争鸣，最适合做市场调查。

钱朵乐是苏亦的大粉，微博粉丝十万，十分有号召力。钱朵乐特别想夹带私货，只要她把二维码发在微博，苏亦的支持率一定大增。

顾悠然很心动，最后还是忍住了。她相信，以亦宝的魅力，不搞这些手段，也一定能拿到代言。

顾悠然没有去公司，一直在“有点甜”，第二天下午三点左右，接到简柔的电话。

简柔一上来就质问她在哪儿。

顾悠然还很纳闷，不是她让自己去做市场调查吗?

“做市场调查。”顾悠然如实说。

简柔：“为什么不请假？”

请假？她还以为简柔把工作布置给她，就默认她可以不在公司的。

“我不知道还需要请假。”

“不管你是什么原因不在公司，都要请假。”

顾悠然想起第一次找温修远请假的时候，也要走QA审批。是她忽略了，于是她赶紧说：“我还不太熟悉公司的规定，不好意思。”

“现在马上回来。”

顾悠然挂了电话，钱朵乐立刻凑过来，问：“怎么了？”

顾悠然保存数据，合上电脑，说：“说我没请假，让我立刻回公司。”

“可你也没闲着啊，从昨天一直忙到现在。”

顾悠然轻叹：“怪我没搞清公司规定，走了。”

“这些问卷拿着。”钱朵乐抓起纸质问卷递给她，“用不用我跟你去？我觉得那个什么柔，不是善茬。”

顾悠然给了她一个宽慰的眼神：“放心吧，又不是去打架。”

顾悠然打车回到公司，市场部同事纷纷向她投来同情的目光。

怎么搞得跟上刑场一样?

她敲了敲简柔办公室的门,听到里面的人说“进来”,她才推门进去。

简柔正在给赵子莹交代工作，抬着眼皮瞧了她一眼，继续工作。

顾悠然被晾了二十多分钟，简柔仿佛才想起了她似的，说：“问卷做得怎么样了？”

顾悠然先将 200 份纸制的问卷递上去。

昨天那小伙子很热情，为了让更多人填写问卷，特地把问卷打印出来给老爷爷、老奶奶们填，虽然也用不上，但也是人家一片热心，不好辜负。

顾悠然还没来得及说话，简柔却笑了，很可笑的笑。

她涂着丹蔻的指尖轻蔑地点着问卷：“我要一万份，你就给我这些？还是纸质的，跟废纸有什么区别？”

“不是简总……”

可是简柔根本不听顾悠然说话，打断她说：“我还以为你能拿出让我非常惊喜的成果，结果呢，两天时间就做这点工作？还好意思不上班？”

顾悠然克制着情绪，努力保持微笑：“简总，您听我……”

“大家都说你很能干，看来大家只是因为你跟着温总，所以才高看你一眼罢了。”

顾悠然吐了一口浊气，不再说话，直接拿出电脑，打开问卷调查后台，推到简柔面前。

“这是最新统计的数据，一共收回 12033 份问卷，比您的要求多了 2033 份。”

简柔：“……”

顾悠然超高的效率惊到了赵子莹，她忍不住低声惊呼：“哇！”

简柔皱眉狠狠瞪了赵子莹一眼，自知失言的赵子莹赶紧闭上嘴。

调查问卷可以根据实时投票结果进行系统分析，单从这份问卷结果来看，苏亦各方面都遥遥领先，许星河根本没有竞争力。

简柔的眉心越皱越紧，半晌，稍稍抬眸看向顾悠然。

“你修改后台数据？”

顾悠然立即否认：“没有，都是真实的，我保证。”

简柔却还是不相信：“是不是真实的，我会搞清楚。你私自旷班，财务会扣你昨天和今天的薪水。”

没有请假的确是她的不对，扣薪她认了。可是凭什么质疑她的工作?

为了拉动网上的人填问卷，她昨晚只睡了三个小时，不断顶帖只为让更多人看到，钱朵乐为此还损失了几家商铺一个月的房租。

然而简柔上嘴唇碰下嘴唇，不费吹灰之力就把她们的努力给否定了。

简柔不再拿问卷说事，而是拿起一把车钥匙，还有一张名片，递给顾悠然：“我的车送去保养，你去开回来，然后到这个地方接我。”

见顾悠然迟迟不接，她轻笑：“怎么，不服气？那就去告诉温总，你做不了这份工作。”

顾悠然拼命咽下恶气，咬着牙微微一笑：“怎么会？我只是在想，我车技很一般，如果把简总的车剐了蹭了，那就不太好了。”

见简柔变了脸色，顾悠然心情好多了，安慰她道：“不过您放心，如果剐蹭，我一定给您修得完好无损，保证一丁点也看不出来。”

赵子莹在一旁打圆场：“要不我去开吧？”

简柔剜了赵子莹一眼，赵子莹堪堪闭嘴。

但是，简柔已经有了一丝犹豫，拿着钥匙的手也有要收回的趋势。

顾悠然自然察觉到了，眼明手快地夺走钥匙。

简柔猛地睁圆眼睛：“你！”

顾悠然恭恭敬敬地说：“我这就去4S店开车。”说罢，抱起电脑转身离开办公室。

简柔本来想给顾悠然一点颜色瞧瞧，让她回收一万份问卷，没想到她竟然做到了，还真是小看她了。

想着顾悠然刚刚那番话，她就有点儿没底，车是刚买的，会不会真的剐了蹭了？

简柔的座驾是白色特斯拉model x，顾悠然从4S店把车开出来，又按照她给的地址去接她。

那是城里非常有名的日料馆。

顾悠然到日料馆后，给简柔打了电话，简柔一句“等会儿”，让她等了足足两个小时。

直到晚上九点多，才看到简柔从饭店出来。

在她身后两米处，还跟了一个人，虽然双方没有说话，但应该是一起的。

顾悠然觉得那人很眼熟，便留个心眼，拍了一张照片发给钱朵乐。

顾悠然：这人好眼熟。

钱朵乐很快就回复：许星河经纪人！

钱朵乐：怎么了，怎么了？有料？

看着简柔越走越近，顾悠然匆匆回复：等会儿说。

许星河经纪人约简柔见面？或许正是因为双方之间有了利益关系，简柔才力推许星河。

简柔径直上了后排，带着酒味，完全把顾悠然当司机，并颐指气使地说："送我回家。"

顾悠然忍着，十分配合地说："您家地址？"

"导航有，自己找。"

顾悠然从后视镜看到简柔合着双眼，缓缓一笑："您可坐稳了，我开车比较猛。"

顾悠然的车技的确很一般，杨文欣送她的车一直在车库落灰，她几乎没开过。

车技虽然不高，但是人胆大，变道、提速，一番操作行云流水。

简柔撑了十分钟，终于撑不住了，拍着门喊停车。

顾悠然诧异："您要吐吗？这地儿不能停车，您忍忍。"

简柔不能忍受吐在车里，于是拼命忍着，终于，车在路边停下，她夺命似的跑下车，在花坛旁吐得稀里哗啦。

行了，就当扯平了吧。

简柔再也没有提过调查问卷的事情，大概实在是找不出顾悠然造假的证据。

但是从这天之后，简柔没再让顾悠然参与过工作，而是给顾悠然安排各种杂事，今天帮她送洗衣物，明天帮她取保养皮具，后天帮她接送朋友顺便当地陪导游，俨然沦落为简柔的私人助理。

市场部各位对此挺诧异的，好歹是从温总身边来的人，简柔不看僧面，总要看佛面的吧。更诧异的是，顾悠然还真是任劳任怨地照单全收。

这天，顾悠然又被简柔知会出去跑腿，赵子莹和市场部的同事一起去餐厅吃饭，恰好看到康宁，赵子莹便招呼她一起过来吃。

康宁是温修远的秘书，大家都想从她这里套一点总裁的边角料，可是她一向嘴很严，一问三不知，渐渐地也没人再问了。

康宁刚坐下来，赵子莹就关心她最近忙不忙、累不累。两人一来一往地聊了几句，赵子莹话锋一转，问起了顾悠然。

"她为什么忽然来市场部？"

康宁摇头："不知道。"

"她是不是跟温总很熟？"赵子莹又问。

康宁笑了一下，反问："你不是比我知道得多吗？"

赵子莹被噎了一下，便和旁边的同事聊："悠然今天又被派去跑腿了。"

同事故作诧异："真的？她真成私人跑腿了？"

"可不嘛！"

康宁停下筷子听她们说话，忍不住问："她给简总跑腿？"

赵子莹点头：“对啊，想不到吧？”

康宁咬着筷头，若有所思。

一旁的同事又开口：“总归是温总前任秘书，不知道怎么就沦落到这种地步了。”

“说不定做了错事，所以温总才不管不问的。”赵子莹说着，话锋一转，问身边的人，“康宁，你觉得呢？”

康宁听得认真，忽然被点名，先是一愣，随后又说：“我只知道她请了一周假，别的就不太清楚了。”

康宁这话一出，听者理所当然地认为，是顾悠然请假惹恼了温修远所以被安排来到市场部，而后又惹怒了简柔，所以变成跑腿了。

“顾悠然卖力工作人设”瞬间崩塌，“温修远身边红人”的身份也跟着翻车。

公司里渐渐有一些关于顾悠然的传言，称她当初因为工作出了错才被温总调到市场部，相当于“流放”。所以简柔压根儿就不把她放眼里，现在只能给简柔当“私人跑腿”了。

与此同时，许星河在网上发售了音乐单曲，三元一首，短短三天时间，销售额竟然破 5000 万，成为各大论坛热烈讨论的事件。

网友们扒出来，许星河的大粉在微博号召大家多多购买，声称这是为了哥哥拿代言的试水，品牌方要看到哥哥粉丝的购买实力。

顾悠然若有所思地分析道：“看来那晚许星河的经纪人和简柔见面，就是商量这个对策，拿出好看的数据，好让温修远同意许星河做代言人。”

钱朵乐气得牙痒痒。

顾悠然托着下巴继续说：“这样一来，许星河赚个盆满钵满，全都是粉丝买单，粉丝实惨。”

钱朵乐哼笑：“粉丝可不觉得惨，自己家哥哥，宠着！”

她转而又对顾悠然说：“你最好转告你们温总，如果真让许星河拿到代言，我这辈子绝不买求索的产品。”

说到温修远，顾悠然已经好多天没见到他了，几次去 60 楼找他，都扑了空，就跟故意躲她似的。

简柔根本不让她插手工作，不过，也不是全然没有办法。

“那份调查问卷苏亦的支持率是最高的，我这里还有后台数据，如果简柔坚持力推许星河，我就拿着后台数据，还有简柔和许星河经纪人见面的照片，去找温修远。”

钱朵乐一拍桌子：“对！好好给他上一课，资本捧出来的流量虚得不行，谁请谁倒霉！”

转眼间，顾悠然做简柔的“私人跑腿”已经一周，眼瞧着离月底

越来越近，时间越来越紧张。

这天回到家，顾海生在客厅等她。

“吃饭了吗？”

“嗯。”

“最近工作怎么样？”

“忙呗。”

顾悠然说得敷衍，顾海生却很满意，在他看来，只要顾悠然不是无所事事地晃荡就行。

“明天校庆，去学校转转，很热闹的，修远还要来演讲。”

校庆？演讲？顾悠然一愣，她还真不知道。

他要回学校演讲，这倒是一个聊聊代言人的好时机。

温修远从应酬的酒店出来，已经快十点。他和送他出来的人又聊了几句，便上车离开。

汽车平稳地驶上主路，温修远有些疲惫地捏捏鼻梁骨。

“温总，现在回家吗？”周昊回头问他。

“去 9 号别墅。”

“好的。”

温修远放下手，看向窗外。

“悠然最近怎么样？”他问。

周昊如实回答：“自从她按照简总的要求完成一万份调查问卷后，简总一直在提防她，基本不给她安排工作。对了，昨天她又来 60 层找您了。”

温修远轻应一声，神色晦涩不明。

“她已经第三次来找您了。”周昊一个没忍住便这样说了。

下一秒，温修远转头看向他。

虽然车里光线暗淡，周昊还是感觉到了目光如箭一般朝他“嗖嗖”地射来。

周昊急忙紧闭嘴巴，转头坐好。

盛子棠在城郊有一栋别墅，经常召集朋友们一起聚会。

温修远到时，别墅里已经相当热闹，见他来，大家纷纷打招呼。

温修远只是微微点头示意，兴致缺缺。

盛子棠正在和人说话，看到他便举手招呼。

温修远径直走过去，走近才看清坐在盛子棠旁边的人，就是那日在“有点甜”见到的，顾悠然的男朋友。

温修远在旁边的沙发坐下来，管家知道他不喝酒，按照他的喜好泡了一壶清茶端上来。

他一边把玩着精巧的茶杯，一边喝茶。

有人来攀谈，他根本没有心思听，也不说话。频频碰壁后，便没人敢轻易来搭讪了。

盛子棠是温修远为数不多的好友之一，此刻，拉着顾悠然的“男朋友”介绍说：“这就是我跟你提过的外甥，郑路宁。放着家业不继承，跑去法国当甜品师傅，最近刚回国。”

郑路宁友好地伸出手：“幸会，总听舅舅提起您。”

温修远礼貌回握，语气依旧淡淡：“你好。”

郑路宁看着他若有所思，又问：“我们是不是在‘有点甜’见过？”

“你们已经认识了？”盛子棠也有些惊讶。

温修远低眸喝茶：“不认识。”

盛子棠：“……”

郑路宁挠挠头，难道是记错了？为什么觉得他很眼熟呢？

打过招呼后，盛子棠和郑路宁继续聊天。

“你最近还在那家咖啡馆？”

郑路宁抿一口酒，点头说：“在那里很放松，想做什么做什么，也没有人在我耳边没完没了地唠叨。”

盛子棠却一眼看破玄机似的说：“有女朋友了吧？”

温修远抬眸，恰巧看到郑路宁翻了个白眼。

“没有的事。”郑路宁说。

盛子棠一脸不相信：“少骗我，我都听说了，连女方妈妈都见了。”

郑路宁冷笑了一下：“我就是工具，骗人的。”

“真不是你女朋友？”

“真不是。”

“我就说嘛，你有女朋友不可能不带来给我看看。”

温修远的手指摩挲着杯口，神情若有所思。难道那天是顾悠然为了敷衍她妈妈，故意说郑路宁是她男朋友？

见郑路宁没有一丝欺哄的样子，盛子棠便相信了，但也警告地说：“你可把皮绷紧了，在外面随便闹都行，男女关系要谨慎，尤其是不能搞出人命。”

“行了，我又不是小孩子。”

温修远斟满一杯茶，不紧不慢地拿起来，慢慢品着。

这时又有人来攀谈，温修远今晚第一次露出笑意。

来人受宠若惊，欣喜至极。

校庆当天正好是周六，顾悠然起床时，顾海生已经走了，顾南山

在家里打游戏。

终于可以摆脱拘束的OL风，她换上简单的T恤、短裤、帆布鞋，背着双G家marmont彩虹包，头发扎成马尾，元气十足，说她大学没毕业也不会有人质疑。

从家属院可以直接进入校园，已经是暑假的校园一改往日宁静，变得热闹非凡、喜气洋洋，路边的小摊卖着各种校庆周边。

顾悠然买了个校庆头箍戴着，欢欢喜喜朝着经管学院走去。

走到经管学院的礼堂，演讲已经开始。顾悠然一出现，立刻吸引了大家的目光，频频有人回头打量她。

她的长相本来就十分出众，今天虽然穿得简单，但是将她的好身材展示得淋漓尽致，细腰、翘臀，大长腿又白又直，虽然身高不足一米七，但是绝佳的头身比让她看起来不止一米七。

礼堂里人满为患，就连礼堂外的走廊都挤满了人。顾悠然没有往里挤，就在外围等着，还是能听到温修远的声音。

她一直都知道温修远的声音很好听，恍然间发现，一周没有见面，还真有些想念。

温修远的演讲很有意思，就是以一个学长的身份来跟学弟学妹们聊聊天，讲一讲有意思的事情，帮大家排解烦恼和疑惑。

一个小时的演讲很快接近尾声，进入提问环节。

大家都比较关心就业方面的问题，只有一个女生问："师兄有女朋友吗？"

现场氛围瞬间被推向高潮。

温修远笑了一下："没有。"

"那你喜欢什么样的女生？"女生又问。

这一下，氛围更热烈了，几乎要掀翻屋顶。

顾悠然下意识地咬紧嘴唇，等着温修远的回答，下一刻，却听到了简柔的声音。

简柔故作惊讶地说："你怎么在这儿？"问完，又自答，"哦，我忘了，你也是C大毕业。可你不是计算机学院的吗？来经管学院做什么？"

眼前的简柔，墨绿色束腰连衣裙，一字带凉鞋，闲适又不失端庄，很适合校庆氛围。但是，也太没有眼力见儿了！

顾悠然按捺着情绪，假笑一下："找人。"

"找温总？"

"是啊。"

既然看透又说透，也没什么可隐瞒的，顾悠然便大方地回答。她看了一眼里三层外三层的人，刚刚温修远到底是怎么回答的？

简柔找人调查过顾悠然，毕业一年，没有工作，不知道通过什么关系找到温修远，随后进入求索，计算机专业毕业，却做了温修远的秘书，打的什么主意，再明显不过。

礼堂里的演讲结束，人群渐渐散了，但是温修远却被学弟学妹们团团围住。

尽管如此，顾悠然还是能一眼就看到他。

他今天没戴眼镜。

也是，少戴眼镜，免得祸害小姑娘。

这么想着，听到简柔说："你不是我们学院的，年纪又差很多，可能不太清楚，那我就帮你介绍一下。"

顾悠然："……"

简柔看着礼堂，微微仰着下巴，十分骄傲地说："中间那位是法学院前院长，也就是温总的外公时院长，你看，有他在，校长都不敢坐主位。

"校庆这样的大事，校长还能亲自来听温总演讲，可见他有多重视温总。"

此话不假，时院长虽然退休了，但是江湖地位在这儿摆着，学校领导们对他都很恭敬。

"时院长的右边，是我们经管学院的院长顾教授，在校长的左边，是法学院现任院长时教授，也就是温总的母亲。"

顾悠然抿着唇，不言不语，笑着点点头。

就在这时，温修远的母亲时谨率先走出礼堂，简柔立刻撇下顾悠然，走上前打招呼。

"时教授，您还记得我吗？我是温总的师妹，简柔。"

时谨年逾五十，但保养得非常好，一袭改良旗袍，头发绾在脑后，温婉优雅。

她微微朝简柔点点头，脚步未停地说了一句："你好。"

简柔亦步亦趋地跟着："我现在在温总的公司工作。"

"那你应该很忙吧。"

"很充实，跟着温总进步很快。"

时谨笑而不语，看到前方的顾悠然，有些意外地停下步子："然然来了。"

"……"

顾悠然瞟了眼简柔几乎惊呆的样子，决定再接再厉。她上前亲昵地挽住时谨的胳膊："时教授！您怎么越来越年轻了，我差点没认出您！"

顾悠然嘴甜，把时谨逗得眉开眼笑。

"尽会说笑逗我开心。"

顾悠然故意端着脸说："我很认真的。"

时教授慈爱地摸摸她的头，说："我还有事，有空去家里玩。"

"嗯，教授再见。"

顾悠然挥着手和时谨再见，一回头，看到简柔已经僵硬的脸庞，轻轻清了下嗓子，挑眉笑了一下。

接着，时院长在校长的陪同下走出礼堂，包括简柔在内的学子们纷纷和二位打招呼，二位和蔼地点头算作回应。

时院长看到顾悠然，笑吟吟地停下脚步："小丫头，怎么在这儿？"

"等人呢。"顾悠然乖巧地回答。

时院长又问："工作怎么样？还顺利吗？"

"挺顺利的。"

校长也跟着打趣："这回你爸总算能放心了。"

顾悠然挺不好意思，她没有工作的事情在整个家属院无人不知，无人不晓，难怪顾教授觉得没面子。

时院长和校长走后，简柔已经接近崩溃了。

就在这时，顾海生从礼堂走出来。

顾海生是简柔的授业恩师，还记得她，主动和她打招呼，并聊了几句。

简柔的心情这才平复了许多。

可是下一秒，顾海生走到顾悠然面前，竟然问："我们学院聚餐，去吗？"

简柔："……"

顾悠然有些不屑地说："我们学院聚餐我还不去呢。"

顾海生皱眉："那你在这儿干吗？"

"您不是说温师兄有演讲吗？我来听听，学习一下。"

顾海生脸色更沉，原来不是等我，于是没好气儿地说："早点回家。"

简柔：？？？

顾海生是顾悠然的爸爸？

所以顾悠然认识时教授、时院长，甚至和校长都是邻居？

她刚刚费劲介绍，本想让顾悠然知难而退，却没想到让自己这么难堪。

简柔真是又气又恼，如果不是因为温修远还在，她立刻头也不回地走掉。

终于等到温修远走出礼堂，简柔立刻换了一副面孔迎上去，笑吟吟地说："师兄，学院聚餐你去吗？"

温修远瞧了简柔一眼，继续低头看手机：“不了，我还有事。”

简柔打量着他的神色，试探着问：“是慈善拍卖会吗？正好我也有打算去看看，不如……”

“不必了。”

“……”

温修远给顾悠然打电话，已经通了，却又变成忙音。

竟然把他的电话挂了？

下一秒，他又意外看到她，还有她头上毛茸茸的头箍，和她挺配的，毛茸茸，软乎乎。

他拉平的唇线渐渐有了一丝弧度。

他收起手机，向她走去。

夏末的正午还是很热，而温修远走来的时刻，却带来了沁人心脾的风，吹散了顾悠然额头冒出的薄汗。

“下午有事吗？”

“暂时没有。”顾悠然答。

“陪我去个地方。”

顾悠然看了一眼他背后，有些做作地问：“师兄，你这是在约我？”

而温修远也没有令她失望：“对。”

顾悠然却并不领情，挑了挑眉说道：“可是，约人都要提前的，哪有临时的？”

简柔：？？？

温修远：“是，以后我会注意。”

顾悠然傲娇地扬扬下巴：“那我就委屈一下，勉强答应你吧。”

温修远嘴角露出一抹浅笑：“谢谢。”

简柔：“……”

她站在他们中间，却被从头到尾忽视，就像空气一样。

司机把车开了过来，温修远十分绅士地等顾悠然先上车，自己才绕到另一侧上车。

演讲刚刚结束，礼堂外还驻足很多人，这一幕被许多学生看到，大家纷纷拿出手机拍照，议论不已。

在演讲最后的提问阶段，被问及他喜欢什么样的女生。

温修远说：“我喜欢，就是唯一标准。”

“那女生好面熟啊，大几的？”

“不是我们学院的吧，没见过啊。”

“长得很漂亮啊，原来温师兄也爱这一款。”

“我们系的男生要努力了，只要你够好，女友在中考。”

简柔听着旁人的议论，觉得自己就是一个天大的笑话，气得要爆炸了。

汽车平稳行驶在跨江高架，顾悠然从窗外收回目光，看着温修远：“去哪里？”

“下午有一场慈善拍卖会。”

顾悠然眯了眯眼睛，猜测道：“该不会你的女伴临时爽约，才想起让我来救场吧。”

温修远也看着她，没有丝毫隐瞒：“是。”

顾悠然感觉一股血气怄在胸口，忍着没发火：“停车，我不去了。”

车却没有停下来的意思，好像更快了。

“我要下车。”她重复。

“悠然。”温修远忽然轻唤她的名字。

她一时失语，心跳也有些快，只能愣愣地看着他。

或许，他会说些好听的话哄哄她?

“桥上不能停车。”

“……”

不行了，她想跳车!

宾利车驶下过江大桥，温修远吩咐司机：“靠路边。”

车才刚停稳，顾悠然便动手去开门。

温修远说:“时教授的生日要到了，想让你去帮忙挑一份生日礼物。本来约的时蓝，她临时有事爽约了。我想来想去，没有比你更合适的人了。”

顾悠然已经打开车门，却停住。

时蓝是他表妹……那也不行，不是第一人选就不行。

她一条腿已经迈下去，又听他说：“下次我会第一时间约你。”

还有下一次？哼，倒是很敢想!

尽管这样想，但是她已经动摇了。

温修远看出了她的犹豫，又说:“一直没问你，代言人选得怎么样？”

“……”

打蛇打七寸，这道理温修远太懂。

顾悠然想想苏亦，又想想今天来见温修远的目的，迈下去的一条腿，又堪堪收了回来，清了清嗓子说：“看在时教授的面子上，我不和你计较。”

温修远嘴角微勾，吩咐司机：“走吧。”

慈善拍卖会需要盛装出席，顾悠然完全没准备，穿得十分随意，肯定没办法就这样参加。

顾悠然想起言情小说里的经典桥段，霸道总裁带着灰姑娘去买衣服，像古代皇帝选妃一样，看着灰姑娘一件一件试衣服，直到他惊艳，一掷千金买下所有衣服。

这样的桥段写进小说里百试不爽，发生在自己身上……顾悠然脑补了一下，太狗血了，算了算了，这衣服不买也罢。

温修远带着顾悠然走进商场。

“你比较喜欢哪个牌子？”他问。

顾悠然没有回答，径直走入世界排名前三的奢侈品店。

她一进店，就被店员认出来，热情打招呼：“顾小姐，好久没来了。”

顾悠然微微一笑，坐在沙发上，长腿一跷，双腿交叠而放，帆布鞋轻点着地毯，纤细手臂支在沙发靠背上，美眸流转，环顾四周，slay（秒杀）全场。

“新款礼服拿来瞧瞧。”

“好的，您稍等。”

“别人买过的我可不要。”顾悠然又说。

店员满眼笑意：“您放心，都是单款单件。”

顾悠然虽然对珠宝包包兴趣不大，但是有个杨文欣那样的妈，隔三岔五就会被她拉出来shopping（购物），从来没有空手离开过。

这家商场是城中最有名的奢侈品聚集地，如果哪家柜姐不认识顾悠然，只能说明那家店不够入流，不在杨文欣的选择范围内。

从刚刚开始就默默跟着顾悠然的温修远，在她旁边坐下。

顾悠然拨拨额前碎发，给温修远打预防针：“我买衣服从来不看价钱，买贵了你可别心疼。”

温修远抬腕看了眼时间：“你可以慢慢买，不着急。”

好样的！

很快，店员们拿着几件礼服出来，顾悠然跟着她们去试穿。

顾悠然肌肤白皙如雪，弹指可破，精致好看的眉眼间有一丝妖异的娇媚，朱唇犹如熟透的樱桃。

她将扎起的马尾放下来，栗色微卷长发披在肩上，不管是清纯、知性，还是性感风，都能轻松驾驭。

店员被惊艳了，把她夸得天上有地上无的。

顾悠然毕竟跟着杨文欣见过不少世面，对于这种夸奖只是一笑而过。

三条裙子，三种风格，选哪一条，顾悠然有些犹豫。

店员说：“不如让先生帮您看看？”

他？那不又变成言情小说桥段了。

“就这一件吧。”顾悠然指着身上的裙子说。

店员应下，又给她搭配了珠宝首饰。

顾悠然让店员打包自己的衣服，她直接穿着礼服走。

从试衣间出来，温修远正在签单，眼皮抬起，看到她时，眼神有片刻停滞。

顾悠然很满意他的反应，自以为风情地撩了一下长发。

温修远却将目光从她身上移开。

“……”

温修远将签好的单子递给店员：“其他的包起来。”

其他？

很快，顾悠然就懂了。

虽然她并未在温修远面前展示，也没有征求他的意见，但他还是把她所有试过的裙子都买下来了，还有几个限量款包包。

林林总总的袋子摆了一排，颇有杨文欣出街风范。

温修远走过来说：“就当是赔礼。”

“……”

行吧。

慈善拍卖会，说白了就是社交晚宴。不少人奔着社交的目的而来，像温修远这样的人，就是他们极力攀谈的对象。

温修远带着顾悠然在写有他们名牌的首桌坐下，不断有人上前打招呼。

温修远是城中名媛争相追逐的对象，一向独身出席晚宴的他，今晚竟然破天荒带了女伴，简直是头等新闻。

短短时间内，关于顾悠然的身份，已经有了无数种猜测。

顾悠然能感受到女人们看她的视线，而她始终波澜不惊，保持不浅不淡的微笑，端庄又高贵。

虽然她不是正儿八经的名媛，但她妈是，从小就被耳提面命坐没坐相、站没站相，以前也不在意，可这礼服一穿，还真是要昂头挺胸才出气质，才能把场面彻底撑住。

直到女人们的视线被新来的人吸引，顾悠然才终于缓口气，捏捏已经僵硬的脸部肌肉。

顾悠然顺着女人们的视线望去，看到了大明星代薇，还有她身边，英俊高大的许星河。

难怪女人们这么激动，原来是许星河来了。

如果来的是苏亦就太棒了！顾悠然分外可惜地想。

在她眼中，明星只分两种：苏亦，不是苏亦。

只有见到苏亦，才能让她激动。

趁着温修远和人说话的空当，顾悠然凑到他耳边，低声说：“代薇旁边的就是许星河。”

她的呼吸如兰花般轻盈，带着丝丝香气，温修远抬眸瞧了她片刻，才朝着她说的人看去。

代薇也恰好看过来，目光交汇后，她微微一笑，带着许星河朝温修远走来。

“温先生，好久不见。”

代薇热情地打招呼，温修远只是淡淡点了点头。

代薇的神色有些尴尬，目光转到他旁边，笑着问：“这位是？”

顾悠然主动站出来自我介绍：“顾悠然，你好，我们见过面。”

代薇想起来了，那晚在会所喝酒，就是眼前这姑娘送她出去的。她微微一笑：“上次的事，谢谢你。”

“不客气。”

顾悠然理所当然站在温修远身边的样子，以及透露着与温修远关系非比寻常的态度都让代薇反感，便不再理她。

“温先生，这位是许星河，很努力的后辈。星河，这位就是温先生，求索集团总裁。”

许星河立即殷勤地伸出双手，微微鞠躬：“温先生您好，早就听闻您的大名，如雷贯耳。”

温修远表情浅淡地点头，轻握他的手：“你好。”

代薇见温修远不排斥，又趁机介绍了许星河参演的作品，顺道提了他最新单曲销量破纪录的成绩。

许星河一直谦虚地笑，嘴里说着：“哪里哪里，不敢当。”

温修远却只是不动声色地看着他俩一唱一和。

待拍卖会正式开始，代薇才带着许星河离开。

顾悠然轻声说：“看出来了吗？”

“什么？”

“代薇特地带着许星河来打招呼，就是想在你面前刷存在感。这下，你可不能再说不认识许星河了。”

温修远轻哂：“不是通过作品知道的明星，不适合求索。”

“既然这样，师兄，我可以给您推荐一个人吗？”

温修远看向她，她似乎正在努力压制激动的情绪。

“如果是你的爱豆，就算了。”他说。

顾悠然一愣，咬着牙否认：“当然不是，我只是觉得他很适合。”

温修远饶有兴致地看着她：“那你说说，什么样的人适合求索？”

“思想有深度，生命有厚度。敢于急流勇退，沉淀自己，不迷恋流量、人气，能沉下心打造自己。不要什么一夜爆红，没有多年沉淀，哪来爆红？”

温修远认同地点头：“说说吧，你推荐谁？”

“苏亦。”

顾悠然热切地看着温修远，却又很忐忑。就怕他一句“没听过”，一切都白瞎。

只是短短几秒钟，对顾悠然来说，分外漫长，看到温修远轻微点下头，顾悠然真的长出一口气。

“演技还可以，形象也不错。”

顾悠然克制着心底的激动，继续说：“我刚做过市场调查，一万多份调查问卷，苏亦的支持率是最高的，但是简总似乎不满意，没有再提过这件事。”

她点到为止，不到最后关头，她不准备拿出照片，那是她的杀手锏。

温修远瞧着她“卖力推销”的样子，眉梢微挑：“你不是苏亦的粉丝？”

顾悠然立即举起三根手指：“我发誓，真的不是。”

老天爷啊，千万不要当真，我做的一切都是为了亦宝，老天爷您一定要理解我。

拍卖会从一个清代雍正时期的钧釉瓷瓶开始。

拍品一个个花落有家，展出明代山水图时，温修远动了心思，顾悠然看出他有意，一把按住他举牌的手。

温润的指尖按在他手背，他低眸瞧着，纤长手指如笋尖一般，只要他轻轻翻手，就能将她娇软似无骨的手指握在手中。

“不要这个。”她看着他，异常坚定地说。

怕他不同意似的，她又重重点头，一副“你信我不吃亏”的表情。

“听我的。”她又说。

他莞尔，轻轻点头：“好，听你的。”

时谨是大学教授，不喜戴珠宝首饰，喜欢收藏。

每年生日，温修远都会投其所好，给她找一些古卷典籍、古董字画。但是年年这样，似乎也没有了新意，喜欢是喜欢，却没有惊喜。

顾悠然看中了一只清代翡翠镯，成功拍得，她献宝似的说：“时教授一定喜欢。”

后来，温修远还是拍了那幅明代山水图。

“你还是不信我？”顾悠然反问。

“外公的生日也快到了，这幅画送他。”

顾悠然笑了笑，你家过生日真够贵的。

一只玉镯两千万，一幅山水图三千万。

想想他才给自己买了几条裙子和几个包而已，真后悔没有狠狠敲他一笔。

第五章
颜色小作文

顾悠然和温修远一起出席慈善拍卖会的事情很快就传到了杨女士耳朵里，一分钟都等不了，她直接杀入“有点甜”。

刚好顾悠然在，还没看清杨女士今天背的那款限量包，就被她堵在墙角，一通质问。

“虽然我也觉得修远非常不错，但是，出轨是绝对不可以的。”

顾悠然一脸蒙，不由得提高嗓门：“谁出轨了？”

她的声音有点儿大，周围的人纷纷朝她们看过来。杨文欣只好坐下来，压低声音说：“你不是和你们这做甜品的小伙子谈恋爱吗？”

顾悠然想了想，好像是有这么一件事。于是她点点头：“对啊。”

杨文欣耐着性子继续说：“你是不是和修远去拍卖会了？还很亲密？”

“我是去帮忙的，他要给时教授买礼物。而且那种场合不都是挽着胳膊吗？难道要离一丈远？谁又跟您乱嚼舌根子？”

听到这里，杨文欣冷冷一哼：“他去拍卖会给他妈妈买礼物，那你给我买什么了？”

顾悠然一愣，这话锋转得也太快了吧！

她不禁失笑道：“我的妈妈，这醋您也吃。您是豪门大小姐，和时教授的经济水平差别那么大，您跟她比什么？”

“我哪是跟时教授比，是你跟修远比。看看人家修远多争气，你呢？要钱没钱，要工作没工作，哪样比得上人家？挑男人的眼光也不行。”

要是这么说就没得聊了！

不过，顾悠然自认比不过温修远，有几个人能比得过温修远的？

“你和修远真的没什么？”

话题能不能别转这么快，她跟不上节奏了，好累。

面对母亲求知若渴的眼神，顾悠然只好郑重地说："他是我的老板、师兄，仅此而已，我不喜欢他。"

听顾悠然这么说，杨文欣更加失落了，长长叹息一声："我越看越觉得，修远要比那做甜品的小伙子强。"

"小路师傅挺好的啊，又高又帅又年轻，在法国拿过很多奖的，比温修远小六七岁呢！正当年！"

"修远也就三十岁出头吧，也是正当年啊！"

顾悠然无语了，刚刚还斥责她不能出轨，现在又开始感慨选男朋友应该选温修远。

"妈妈，您到底是来干什么的？"

"我来找气受的。"杨文欣咬着牙恨铁不成钢地说。

顾悠然也不说话了，感觉说什么都是错的。于是，母女俩干坐着，钱朵乐远远看着，不敢轻易靠近，怕当炮灰。

杨文欣又不甘心，又无可奈何，心情十分复杂，坐了一会儿，提着包起身往外走。

顾悠然看着杨文欣的背影，道："司机跟您来的吧，我不送您了哦。"

杨文欣压根儿没搭理她，头也不回地离开"有点甜"。

钱朵乐才敢小跑着到顾悠然身边，小声问："你家太后来干吗？"

顾悠然摇头，如实说："不知道，我也没明白。"

"……"

一周后，时谨生日到了。

时谨的作风一向低调，不喜欢热闹，虽然是生日，也只有母子二人吃饭。

温修远的父亲很忙碌，很少回家，夫妻关系三十年如一日的淡薄，形同虚设。

打开儿子送的礼物，时谨欣喜不已，当场就要戴上试试。

温修远失笑，还真被顾悠然给说对了。

"儿子眼光真好。"时谨端详着玉镯，十分满意。

说到这里，时谨看向温修远，故意说："如果是未来儿媳妇挑的，那就更好了。"

温修远想到拍卖会上，顾悠然被翡翠诱惑而大放异彩的双眸，唇边蔓延出一抹笑意。

时谨打量着他的神情，有些激动地追问："真是女朋友挑的？"

温修远收起笑："不是。"

时谨难掩失落："如果遇到喜欢的姑娘就主动一点。"

“嗯。”

知道他在敷衍，时谨也不再多说，她根本左右不了他的想法。

“然然那丫头在公司怎么样？”

说起顾悠然，她最近一周都在请假，请假理由是家中有事，但今天遇到顾教授，不像是有事的样子。

他喝了口茶，摇头：“不太清楚。”

时谨听到这里就不高兴了：“你也太不关心她了。”

温修远无奈：“我每天那么多事情，总不能天天盯着她吧。”

“你总要了解她的工作情况，有没有受委屈之类的？”

时谨耳提面命，好一番教导，温修远只能点头：“行，我知道了。”

陪母亲过完生日，温修远驱车回家。

路上，周昊打来电话。苏亦的新电影首映式的门票拿到了，本周日晚上八点。

挂了电话，恰逢红灯。

就在等红灯的空当，他从电话簿找到顾悠然的电话，绿灯亮起时，电话恰好接通。

“周日有空吗？”他问。

“没空。”

温修远没想到顾悠然拒绝得这么干脆，一丝一毫的犹豫都没有。

顾悠然意识到拒绝得太生硬了，又说：“周日不行，有什么事吗？除了周日都可以。”

“没事了。”

顾悠然若有所思地挂了电话。

温修远约她？又要去什么拍卖会？为什么偏偏是周日啊？

钱朵乐在手账本上写写画画，皱眉又抓头发地说：“帮我想想，有没有漏掉的？”

等了半天没动静，一看，顾悠然正在出神，于是她撞了撞顾悠然的胳膊肘：“想什么呢？谁的电话？”

顾悠然摇头，放下手机说：“没谁。”

钱朵乐才不相信，但是她这会儿没工夫管其他的：“我现在脑子不够用，易拉宝、应援手幅、杂志，都准备妥当了，还有什么？”

“灯牌。”顾悠然说。

“对对，灯牌。”钱朵乐赶紧记上一笔。

周日晚上是苏亦的新电影首映式，钱朵乐要组织应援，最近半个月都跟打仗一样，忙得不行。

首映式不像演唱会，只在剧场外应援，人也不适宜太多，但是排面一定要给足了。

这是苏亦主演的第二部电影，超级班底，大制作，正主那么给力，她们这些做粉丝的绝不能拖后腿！

苏亦的新电影首映式当日，大家中午就到了，纷纷在会场外拉起应援摊位，有苏亦做封面的杂志、代言的产品，还有清凉解暑的饮品，免费提供给首映式的观众们。

钱朵乐的摊位有五个人负责，大家各司其职地忙碌着。

顾悠然从早上开始就不太舒服，大姨妈来的第一天，腰酸肚子痛，实在撑不住，和钱朵乐打了招呼，便去附近的药店买药。

她在货架找到自己常吃的布洛芬缓释胶囊，接了杯热水，坐在药店的玻璃窗前，就着热水吞了一粒胶囊。

不知道是不是心理作用，她吃了药立刻觉得舒服多了。

喝完整杯热水，正打算离开，看到一辆熟悉的车在路边停下来，她只能堪堪坐回原位。

该不会……这么巧吧……

可偏偏，就是这么巧。

司机打开车门，矮身下车的人，不就是约她见面又被她拒绝的温修远？！

温修远今天没有穿正统西装，休闲款白衬衫、浅蓝色九分裤，脚上是一双一尘不染的白色板鞋，这一身至少让他减龄十岁。

三十岁出头的男人，原来也能如此有少年感。

顾悠然几乎看呆了。

他似乎朝这边看过来，顾悠然赶紧闪身，躲在墙后。

惊魂未定时，她匆忙拿出手机，打给钱朵乐。

“注意隐蔽，温修远来了。”

“他来看首映？”说完，钱朵乐才琢磨出不对劲，“我为什么要隐蔽？”

顾悠然偷偷看着窗外，小声说：“我跟他发誓我不是苏亦的粉丝，他如果认出你，肯定猜到我在骗他，亦宝就真没有机会了。”

钱朵乐本来还不太乐意，她喜欢苏亦光明正大，为什么要躲？可是当她目光扫到远处一个高大身影时，立刻吓得躲到花坛后面。

也不知道为什么，反正就是想躲。

温修远似乎对应援挺感兴趣的，在应援摊前流连许久，翻看了杂志，还一一看了苏亦代言的产品。

应援摊位旁边有三个二十岁左右的姑娘，惊喜于眼前真实的帅哥，互相推搡着去和他搭话。

一个姑娘被推出来，红着脸说：“帅哥，来看首映式吗？”

温修远点点头。

小姑娘赶紧拿起一杯饮料递过去：“请你喝饮料，谢谢你支持苏亦。”

温修远没有接：“谢谢，不用。你们都是苏亦的粉丝？”

“对啊。”小姑娘骄傲地回答。

温修远又看了一会儿，准备离开时，目光扫到放在椅子上的一只小包。

原本，他对女士皮包不感兴趣，但是这只不一样。

店员说，这是复古链条包，限量款，全城只有一个，精巧玲珑、可爱灵动，非常适合顾悠然。包上那只毛茸茸的小狐狸挂饰，还是他亲手挑的。

温修远又问：“你们会进去看首映吗？”

“我们没有买到票。”小姑娘颇有些失落地说。

另一个小姑娘不无羡慕地接话：“多总和然然有票。咦，她俩怎么都不在？”

药店里，顾悠然挪到角落的货架后面，小声问：“他走了吗？”

“没有，聊天呢。”

“聊天？”

温修远可不是那种喜欢搭讪的人，难道是觉得人家姑娘漂亮？

哼，肤浅！

钱朵乐轻叹一声：“你这么搞，还怎么进去看首映式？”

冲击灵魂的一问。

对啊，温修远如果去看首映式，那她怎么看？

首映式门票不公开发售，都是圈内人来观影，她们托了许多关系，费了九牛二虎之力才搞到第二排的票。

总不能为了躲温修远，不看首映式吧？那可是亦宝啊！

难道要戴面具、戴口罩？

正发愁的时候，手机提示新的电话进来，顾悠然看了一眼，差点气绝。

真是怕什么来什么。

温修远该不会发现什么了吧？

顾悠然不无失落地说：“先不说了，我接个电话。如果我没有回去，请把我的祝福带给亦宝。”

顾悠然调匀呼吸，带着视死如归的心情，接通温修远的电话。

温修远：“你在哪儿？”

蹲在药店货架后面的顾悠然信口胡诌："我在家，看书。"

一旁正在整理药品、身穿白大褂的售货员大姐一脸不可思议地看着她。

小姑娘？有病吧？这种病得去医院，光吃药可不行。

温修远："不是有约吗？"

"被人放鸽子了。太讨厌了。"顾悠然义愤填膺地说。

"苏亦的新电影首映式门票，多了一张，要看吗？"

顾悠然怕自己是幻听，久久没有回应。

"不看？"他又问。

顾悠然按捺着激动，让自己的声音听起来有一丝勉为其难："那……好吧，也不能浪费。"

"八点开始，能赶上吗？"

"可以，我马上到，挂了。"

"等等，我还没说地址。"

顾悠然哈哈笑着，尴尬到头皮都开始发麻："对哦，你不说地址我怎么去找你呢，呵呵呵。"

电话彼端，温修远忍着笑："位置微信发你。"

挂了电话，他看了一眼椅子上的小包，信步走入剧场。

温修远终于走了，钱朵乐腿都蹲麻了，扶着花坛缓缓站起来。

为了以防万一，她从包里摸出一个口罩戴上。

就在这时，顾悠然又打了过来。

"他走了吗？"她一上来就追问。

钱朵乐看了一眼剧场："走是走了，但他在剧场的休息区坐下了，落地窗、大玻璃，外场情况一览无余。"

"多总，你拿着我的包来前面的药店找我吧，我实在回不去。"

钱朵乐无奈地翻了翻眼皮："真是败给你了，祖宗。"

挂了电话，钱朵乐拿起顾悠然放在椅子上的包，和其他人打了声招呼，便匆匆朝着药店跑去。

她找到蹲在货架角落吃着棒棒糖的顾悠然。

一看到钱朵乐，顾悠然便激动地把她抱住，开心得几乎蹦起来。

"太好了，温修远约我看首映式，这说明什么？"

说明什么？钱朵乐想了想："他在追你啊？"

顾悠然翻了个白眼。

"说明他把我的话听进去了，他可能会选亦宝做代言人，所以来看亦宝的电影！我太开心了！"

"真的吗？"钱朵乐也喜出望外，两个人在药店里激动得手舞足蹈。

刚刚那位整理药品的大姐看着她们疯疯癫癫的样子，"啧啧"了两声，可惜了，可惜了。

激动之余，钱朵乐又问：“那你的票呢？”

顾悠然无所谓地说：“她们几个不是没票吗，随便你送谁。”

“你这是难为我，她们能为一张票打起来。”

顾悠然拍着她的肩膀，委以重任地说：“考验你领导力的时候到了。”

钱朵乐无语，怎么摊上这样一个闺蜜呢？

回去的路上，钱朵乐一直在发愁一张票怎么分，忽然被人拍了肩膀。

一回头，竟然是郑路宁。

“你怎么在这儿？”钱朵乐诧异。

郑路宁耸耸肩膀：“有人送了票，不来可惜。”

钱朵乐仿佛抓到了救命稻草：“别可惜，不想要给我，我正发愁呢。”

郑路宁：“……”

钱朵乐拿出手机，催促道：“你有几张？我全买了，快快，微信转账。”

郑路宁：“……”

钱朵乐拿走郑路宁的两张票，算上顾悠然的，正好三张，完美！

郑路宁看着手机上的转账信息，气得手发抖。

钱朵乐走了几步，又匆匆回来。

“你应该不着急走吧？”她问。

郑路宁没好气儿地瞪她：“干吗？”

钱朵乐微笑：“帮我看摊。”

郑路宁：“……”

十分钟后，一米八二的他，坐在应援摊前，目光呆滞，像个三岁的傻子。

顾悠然把棒棒糖纸棍扔进垃圾桶，整理好心情，走出药店。

温修远就站在剧场外，在往来的人群中，十分显眼。

顾悠然顿了顿，快步走上前，微喘着问：“师兄，我迟到了吗？”

温修远看着挂在她包上随着她的脚步而晃动的小狐狸挂件，笑了一下：“没有，进去吧。”

“好的呢。”

顾悠然进场的时候，人已经坐满，灯还未关，看到钱朵乐戴着帽子和口罩坐在第二排，捂得严严实实，还偷偷和自己比了个胜利手势，顾悠然亦挑了下眉回应。

跟着温修远来到第七排正中间，非常好的观影位置，但是不利于粉丝和爱豆之间的互动。

他们刚坐下不久，灯光便暗了下来，电影正式开始。

这是一部悬疑警匪片，苏亦饰演的是一名卧底警察，前期他把小混混那种浑不吝的痞子气质拿捏得非常到位，真是坏到心坎里了。随着故事情节发展，为了保护他的卧底身份不被暴露，同事、挚友、亲人一个接一个地死去，最后虽然圆满完成任务，可是他却失去了所有。

苏亦的演技真的绝了，人物情绪非常饱满，他在银幕上哭，顾悠然在下面哭，特意化的妆都哭花了。

顾悠然接过温修远递来的纸巾，擦完眼泪又擦鼻涕。

“别哭了。”温修远劝道。

顾悠然：“他太可怜了。”

温修远无奈：“没纸了。”

嗯？顾悠然低头，看到他递来的最后一张纸巾，忽然一个激灵。

她怎么忘了，她现在不是苏亦的粉丝。一个路人哭成这样，确实不太像样……

她只能试着替自己解释：“我的泪点一向比较低，一想到男主角最后一无所有，我就忍不住了。”

说着说着，她的眼泪又来了。她吸吸鼻子，用力忍住，用最后一张纸擦干眼泪，顺带擦了把鼻涕。

她的眼睛、鼻子都哭红了，就连呼吸都是抽抽的，温修远收回看她的目光，看向前方，嘴角不自觉地弯起一抹弧度。

电影结束后，灯光大亮，主创们一一登台，全场响起热烈掌声，顾悠然十分用力地鼓掌，手掌都拍红了。

虽然在场的粉丝不多，基本都是圈内人，但是大家给足主创面子，主持人一一介绍的时候，在座的观众们掌声、吆喝声此起彼伏。

顾悠然也想跟着喊，但她不能，忍得好辛苦。

苏亦今天穿了纯黑色西装，一米八五的身高如山峰般高大挺拔，意气风发、英气逼人。

我们亦宝真的太帅了啊！

顾悠然差点克制不住地尖叫起来。

主持人点了几位观众和主创互动，其中一位，正是拿到顾悠然的票的那姑娘。

顾悠然真是羡慕得红了眼。

如果不是温修远，和苏亦说话的就是她了。这样的机会千载难逢，一辈子可能只有一次，就这样硬生生错过了。

大合影的时候，前排都能出镜，像顾悠然离镜头十几米远的，肯定连轮廓都不清晰。

啊啊啊啊啊！

她后悔对温修远撒谎了！她想和亦宝说话！她想和亦宝合照！

但是同时，一个声音在她脑海里响起：顾悠然你清醒一点！想想亦宝的代言，这点牺牲算什么？真拿到求索的代言人，还愁没有机会见面吗？

她不后悔，她能忍，她可以！

顾悠然自以为演“路人”演得很好，只是因为电影而动情，并未因为见到苏亦而激动。可她却不知道，温修远早已洞晓一切，清醒地看着她一个人表演——

为了不喊出声，她手指紧紧抓着座位扶手，眼睛会放光一样盯着苏亦，嘴角不由自主地挂着笑，一颦一笑，都是她不自觉的情绪流露。

温修远失笑。

喜欢一个人，是藏不住的。

首映式结束时，已经接近十一点，现场的人陆陆续续离开。

温修远接到一通电话，正是这部电影的出品人，刚刚也在台上。

电话一通，对方便惊喜地说：“老弟，真的是你。”

“是我。”

“我还以为看错了呢，我在门口。”

温修远看向门口，一人正在冲自己挥手。

对方紧接着又问：“我们这部电影怎么样？”

温修远毫不吝啬地夸奖：“制作精良，可以冲奖。”

出品人听闻爽朗大笑：“有空吗？我介绍苏亦给你认识，很不错的年轻人。”

温修远本来没有这方面的打算，但看到顾悠然的样子，便改了主意说：“好。”

挂了电话，温修远看着还在吸鼻子的顾悠然，问道：“想去后台看看吗？”

顾悠然原本暗淡的眼睛瞬间一亮：“后台？”

去后台的话，是不是能见到苏亦了？

“一个朋友是出品人，刚打来电话。”

出品人！稳了！

顾悠然抑制着心底的激动，十分善解人意地说：“去吧，也不好拒绝人家的好意。”

温修远不言不语地看着她，看得她都心虚了，只能低着头笑问：“不是说去后台吗？”

“走吧。”

顾悠然走在他背后，偷偷松了口气。

有点吓人，总觉得他的眼神里透露着什么。

这部电影的出品人十分有名，在圈里很有地位。没想到，他竟和温修远是熟人，两人一见面便聊了起来。

一来一往，没完没了了。

顾悠然在一旁等得没了耐心，伸长脖子左看右看，真怕苏亦走了，她又扑了空。

“怎么样？要不要一起合作？”出品人再次抛出橄榄枝。

温修远笑了笑，依然不为所动：“我还是先把主业做好，主业不精，怎好意思涉足其他行业。”

出品人哈哈笑起来：“谦虚，你还不精，谁才算精？等会儿有个饭局，一起去？”

“不了，太晚了。”

出品人看了一眼他旁边的小姑娘，心照不宣地笑了笑。

顾悠然：“……”

不是，您这笑容是几个意思？

就在他们聊天的这一会儿工夫，剧场的观众已经全部离场，前方出现浩浩荡荡一行人。

苏亦也在其中，顾悠然一眼便看到了！

啊啊啊，他来了！他带着迷人的微笑走来了！脚踏星辉，身披彩霞，光芒万丈！

苏亦太帅了，让她忘记呼吸，忘记身边一切，完全无法把目光从他身上挪开。

苏亦不是歌手，她只能在出席各种活动的时候才有机会见到他。他性格勤勉又低调，平时连自拍都不发，最近在组里拍戏更是一点消息都没有，宛如失踪人口。今天终于见到活生生的苏亦，她怎能不激动？！

已经有116天没有见过他了，在今天之前，她唯一的期待就是能在首映式见到他，所以动用了一切可以动用的力量，高价买来首映式门票。哪怕只是看他一眼，她就心满意足了。

完全不敢想，苏亦走到她面前，握住她的手，介绍自己说：“你好，我是苏亦。”

我是谁？我在哪儿？我该做什么？灵魂三连问，顾悠然蒙圈。

他的手掌温暖干燥，那种要命的安全感立刻将她溺毙。

她总是脑补苏亦有力的大掌牢牢握住自己，当真到这一刻，她失语了，任何词汇都不足以形容她此刻的心情。

这太疯狂了。

你敢信？她跟苏亦握手了，苏亦向她自我介绍，还对她笑。如果这是梦，那就让她永不醒来。

苏亦想收回自己的手，发现被顾悠然紧紧抓着。

出品人哈哈笑了一声，拍着苏亦说：“小姑娘喜欢你，是你的粉丝吧？”

嗯？粉丝？

顾悠然的灵台突然恢复清明，矢口否认：“不是。”

苏亦：“……”

出品人：“……”

温修远无奈扶额。

顾悠然意识到自己失言了，就算真的不是粉丝，也不可能这样直白地说出来啊。

顾悠然，你是傻子吗？

亲口否认自己是粉丝，她的心在滴血，试着解释：“我特别喜欢苏老师的演技，电影看到最后真的哭到不行。苏老师特别棒！”

“谢谢。”苏亦微笑着说。

这会心的一击！亦宝笑得太好看了，超级无敌治愈。

顾悠然又看呆了。

温修远无奈，凑到她耳边低声提醒：“先松手。”

嗯？

顾悠然低头，才意识到自己一直紧紧抓着苏亦的手，急忙松开，忙不迭道歉：“不好意思啊，我有点紧张。”

她默默将手藏在身后，手指上还留着他的温度，这手，她是不打算洗了。

和他们分开后，温修远和顾悠然一起离开影院。

顾悠然走在后面，脑子里还在回忆刚刚见到苏亦的一点一滴。他专注地看着她的眼神，嘴角弯起的弧度，甚至是低眸时一根一根的睫毛，她都要记清楚。

几个小朋友在追逐打闹，眼看就要撞上顾悠然，她却神游在外，完全不知道躲。

温修远喊了一声：“小心。”

他抓住她的手腕，将她拉到身后护着。

下一刻，却被她狠狠挣开。

温修远挑眉，难以置信地看看自己被甩在半空的手。

她把手护在背后，一副“谁碰我手我跟谁急”的样子。

温修远：“……”

呵，苏亦握一下就当宝贝了？

幼稚。无趣。无聊至极。

温修远把顾悠然送回家，道别后，顾悠然头也不回地迈上台阶，急不可耐地往家赶。

温修远无奈地扶额，看着她进门，才吩咐司机："走吧。"

终于不用再伪装掩饰，一进门顾悠然就发出"鸡"叫，又是蹦又是跳，还和自己的手自拍，闹得家里鸡犬不宁。

还好顾海生不在家，否则肯定要把她扫地出门了。

终于，累了，倦了，她也消停了，拍了一张右手照片，用追星小号发到苏亦超话。

苏亦是我的小太阳：这是和亦宝握过的手，求洗澡不湿手的办法。

——啊啊啊，姐妹今天去首映了？太羡慕了！

——套保鲜膜。

——戴手套。

——不行不行，亦宝温度和痕迹全蹭手套上了。

评论里纷纷羡慕嫉妒恨，也纷纷献计献策。

很快，钱朵乐一个电话打过来，厉声追问顾悠然为什么能和苏亦握手。

"明明我坐得更靠前，也只是勉强抢了一个合影位而已。"

顾悠然嘿嘿一笑，眉飞色舞地把当时的情形叙述了一遍。

她现在完全理解祥林嫂的心情，如果可以，她想把这件事说给全世界听。

相比于她的激动，彼端的钱朵乐却十分冷静，顾悠然还以为电话断线了，"喂"了两声，正要挂电话，听筒里忽然传出刺耳尖叫，差点把她震聋。

钱朵乐："为什么不叫我？啊！"

顾悠然揉揉耳朵，就知道，她的反应已经算矜持了。

过了许久，钱朵乐终于平静下来，两人又一帧一帧回味了当时的情景，一边回味，一边尖叫。

"你真能在亦宝面前维持冷静？"钱朵乐好奇，并不相信。

顾悠然骄傲地扬扬下巴："当然，像我这种见过大场面的，自然十分冷静自持。"

一直在房间打游戏的顾南山实在是忍不下去了，吐了一口浊气。

真的太吵了。

顾南山拉开房门，顾悠然看了他一眼，并未放在心上，依然肆无忌惮。

他面无表情地走出去，停在她对面，居高临下地看着她。

顾悠然终于意识到了什么，仰着头看他：“干什么？”

“煮泡面，吃吗？”

顾悠然一听有吃的，忙不迭点头。

“电话挂了。”

顾悠然看了一眼手机，还能听到钱朵乐叽叽喳喳的声音，还是眼睛都不眨一下地挂了电话，跟着顾南山走进厨房。

就在顾南山煮泡面的工夫，顾悠然又一次讲述了今晚遇到苏亦的事情，还炫耀自己的手上沾着苏亦的温度与痕迹。

顾南山全程沉默，也不知道是不是在听，反正顾悠然早已经习惯他的不言不语。

就在她说得忘乎所以的时候，顾南山递了一个碗给她：“洗一下。”

顾悠然没想太多，右手接了过来，在水龙头下冲洗。

把碗还给顾南山时，她看着手上的水渍，忽然蒙了。

顾南山给自己盛了满满一碗面，还有荷包蛋和煎好的午餐肉，趁顾悠然发作前，端起碗一溜烟回到卧室，并把门锁上。

“啊！顾南山！我要弄死你！”

顾悠然在外面尖叫、拍门，顾南山完全置之不理，重新坐到电脑前，戴上耳机，回到自己的世界。

纵然顾南山十分可恶，让顾悠然失去了亦宝的痕迹，但她还是激动得睡不着。这真是让人难忘的夜晚，唯一的遗憾是没来得及和亦宝拍张合影。

她刷微博、刷论坛，去豆瓣写观后感小作文，一夜只睡了三个小时，却依然精神抖擞地去上班。这就是偶像的力量。

顾悠然在一楼的咖啡厅买了一杯浓郁拿铁咖啡，走进办公室，就看到大家聚在一起，对着电脑屏幕热烈讨论着什么。

她走近，好奇地问：“你们在看什么？”

一个同事说：“总监和许星河的经纪人见面的照片被发到网上了，现在到处都在传我们要请许星河代言。”

另一个同事跟着说：“要不是公司花钱撤热度，现在已经上热搜了。”

简柔和许星河的经纪人？该不会是她帮简柔取车那天吧？

顾悠然飞快地拿出手机打开微博，搜索许星河，第一个关联话题便是 # 许星河经纪人 #，讨论度很高，但是没上热搜。

照片正是她帮简柔取车那天，甚至拍摄角度和她所在的位置也很像，但是她发誓，这照片不是她拍的。

以她对简柔的了解，简柔一定会认定是她拍的照片并泄露出去的。

就在这时，一个低低的声音突然在她耳边说："照片是不是你拍的？"

顾悠然被吓得一个激灵，心狂跳不止。

她一回头，看到赵子莹那放大的脸近在咫尺，又吓了一跳，手抚着胸口缓了半天，才说："不是我拍的。"

"你最近总是帮简总跑腿，简总的行踪你最清楚了，真不是你拍的？"赵子莹又问，摆明了不信她的话。

顾悠然也不急，笑了一下："你这话说的，好像知道简总会和许星河的经纪人见面一样？"

赵子莹脸色一沉："我才不知道。"说罢立即转身离开。

顾悠然还来不及想清楚照片到底出自谁手，桌上的座机响了起来。

打电话的是温修远，让她上去一趟。

挂了电话，顾悠然琢磨着八成是为了照片的事。

顾悠然刚从 60 楼电梯出来，便迎面撞上红着眼睛的简柔。

一见到顾悠然，简柔的神情立刻变得狰狞起来，走上前质问："是你做的吧？"

顾悠然早有心理准备，不卑不亢地说："简总，不管您信不信，照片不是我拍的。"

简柔冷哼："那天只有你知道我在那里，除了你还能有谁？"

"这不好说，没准儿是狗仔认出了许星河的经纪人呢。"顾悠然如是说。

简柔一愣，显然没想到这些。

很多狗仔不止跟明星，也跟明星身边的工作人员，以此来捕捉更多明星的蛛丝马迹。

总裁办秘书们看到顾悠然上来，纷纷挥手打招呼。

小王十分八卦地小声说："刚刚简柔来了，难怪她力推许星河，原来和许星河的经纪人认识。"

顾悠然不便多说，只能笑着说："我先去见温总，等会儿聊。"

温修远坐在办公桌后，看着窗外若有所思。顾悠然进门后，他才缓缓转过来，看着她。

"温总，您找我？"顾悠然微笑着说。

他的眼神让她感觉有些陌生，笑容不由得一滞。

"上周去哪儿了？"

温修远竟然没有问她照片的事情。

她上周请了假，并不是真的家里有事，而是在杨文欣的安排下，进入帮助公司甄选代言人的公关公司，想绕过简柔，拿到更多真实的市场数据。

见顾悠然不说话，温修远又问："你去了公关公司？"

顾悠然有些愕然地看着他，他竟然都知道了。既然如此，她也没什么可否认的，便大方承认了。

"是。"

"去做什么？"

"公关公司为求索甄选品牌代言人，所有会议、联系都是简总直接对接，不让外人插手，我担心他们拿数据造假，想着能不能从公关公司内部拿到一些有用的数据。"

"然后呢？"

顾悠然有些气馁地说："我挺没用的，什么数据都没拿到，只是听说许星河是资本强捧起来的，并没有外界看到的那么火。"

温修远看着她，沉吟片刻："照片是你拍的？"

"不是……"

话说到这里，顾悠然忽然回过味来。温修远在怀疑她？

又是质问她上周去做什么，又是质问照片来源，不就是怀疑是她曝光照片，以"逼着"他不得不和许星河取消合约？

他竟然是这样想她的。

如果她真想这么做，早就把照片放出来了，绝不会拖到现在，还不遗余力地在温修远面前推荐苏亦，还陪他看苏亦的电影首映。

看着温修远起身，朝她走来，她忽然觉得手脚冰凉。

担心公司请到不合适的代言人（虽然她也有些私心），想尽办法反对简柔，温修远却轻易因为外人的三言两语怀疑她？

他们认识那么久，他们……是啊，他凭什么相信她呢？凭他们认识许多年？凭她是顾海生的女儿？

既然没有信任，解释也是多余。

看到他停在对面，朝她伸出手，她忽然后退一步，躲开了他的触碰。

温修远一愣，手晾在空中。

顾悠然低下眸，不再看温修远，声音无波无澜地说："不想你被虚假流量捧出来的明星混淆视线，但你火眼金睛，想来也不需要我做什么。祝你选到称心合意的代言人。"

说罢便转身打算离开，却被他一把抓住手腕。

"我相信你。"他说。

他目光灼灼，语气认真，她却只想嗤笑："你相信也好，不相信也罢，你是总裁，不管你做什么都不需要理由。"

他轻叹，低唤："悠然。"

她愣了片刻，继续用力想甩开他的钳制，可他却抓得牢牢的。她只好放弃挣扎，冷冷地说："温总，这是办公室，请你自重。"

温修远终于松了手，一获得自由，顾悠然便一刻也不想多待地离开。

小郭看到顾悠然匆匆从温修远办公室出来，热络地打招呼："这么快就走了？"却贴了冷屁股，顾悠然压根儿没看他，离开60楼。

小郭："……"

小王小声说："没看出来吗？跟进去前完全两种情绪，怕是吵架了。"

顾悠然在电梯里看到钱朵乐发来的微信，连着好多条。

钱朵乐：【白眼】什么情况？网上都在传许星河拿到求索代言人，不是真的吧？他家粉丝已经提前开始庆祝了，营销号到处吹"顶流"艺人，前无古人后无来者那种。【呕吐】【呕吐】【呕吐】

钱朵乐：麻烦转告你家温总，我真的会一辈子不用求索的产品哦。【威胁】【傲慢】

钱朵乐：最后如果不是许星河拿到代言，谁拿到谁倒霉！一定会被许星河家造谣截和的！

钱朵乐：你看到简柔和许星河的经纪人的照片了吗？和你发我的好像，当时还有狗仔在场？

顾悠然没有回复，面无表情地关掉微信，背靠着墙，看着电梯面板上的数字向下跳动。

这种时候，也只有钱朵乐会毫不犹豫地相信她。

回到市场部，简柔已经不再是市场部总监，由公司副总裁吴子清代任。他也是当初顾悠然在温修远的办公室见到的几位高层之一。

见到顾悠然，他便笑着对她招手。

顾悠然走上前，毕恭毕敬地喊了一声："吴总。"

吴子清笑眯眯的样子，瞬间让顾悠然想到一个词：姨母笑。

"听说你有一份调查问卷分析？"吴子清问。

"对。"

当初她费大劲弄的问卷，最后不了了之，简柔压根儿就没提过。

吴子清笑得更满意了："拿来看看。"

看过调查问卷报告，吴子清很是满意，连连点头说："不错不错，不愧是温……温总身边的得力干将。"

猛然被称赞，顾悠然红了脸："吴总谬赞了。"

吴子清今年三十七岁，是和温修远一起打拼创业的元老之一，行事风格雷厉风行，目标是一周之内签订代言人合约。

接下来的一周，市场部日日加班，顾悠然一直忙，也顾不上生温修远的气。反正做满三个月就走了，远在市场部，也没什么机会见到他。做事、拿钱，省心，什么“观察霸道总裁真实生活”？那都是“年幼无知”的弱智想法。

一周后，求索品牌代言人花落苏亦。

苏亦不论是外形，还是对待演员这份职业的态度，都和求索的品牌理念很合，是最佳的代言人选。

在“90 后小生”这个年龄段内，苏亦一骑绝尘，只要有公平的竞争环境，他一定会赢。

世上没有不透风的墙，尤其是娱乐圈。求索和苏亦的合约还没签，网上已经有苏亦拿到求索代言人的爆料，并且被钱朵乐一语成谶，“苏亦截和许星河”的通稿满天飞。

苏亦粉一直强调“非官宣不约”，许星河的粉丝压根儿不听，骂得超难听，苏亦的粉丝也不是吃素的，两家粉丝掐得热火朝天。

正式签约前，经纪人带着苏亦到公司和高层见面。赵子莹和顾悠然受命，在大厦外等待苏亦。

顾悠然很紧张，已经不知道第几次对着手机查看自己的妆容。

“已经很美了。”赵子莹看着她说。

顾悠然收起手机，抿唇笑了笑，一颗心早已小鹿乱撞。

等了一会儿，有些无聊，赵子莹忽然压低声音问：“你听说了吗？简柔吃回扣。”

顾悠然一愣，随即摇头。

但她确实有这方面的猜测。

赵子莹看看四下无人，继续说：“不说别的，许星河这单如果谈成了，她能从合同总额抽 15 个点。”

“这么多？”顾悠然吃惊，有点狠。

赵子莹撇撇嘴：“公司一直传她是富家千金，原来只是工薪阶层，好家世都是她自己营销出来的。

“大家像傻子一样被她骗得团团转，买特斯拉，买奢侈品，你知道吗？她的包都是二手的，用完了再卖出去。还有那传说中的豪宅，一直听说，从来没见过，如今看来，也只是传说而已。我们都被骗了！”

赵子莹义愤填膺地喋喋不休。

顾悠然回想自己刚来市场部的时候，赵子莹对简柔说一不二，马屁拍得不要太准，如今树倒猢狲散，赵子莹也能站出来趁机踩简柔两脚。

一辆商务车缓缓在身边停下，门开，苏亦随着经纪人下车。因为还未正式官宣，不宜高调，他戴着帽子口罩，捂得很严。

赵子莹迎上前，热情微笑道：“您好苏先生，这边请。”

苏亦朝她点点头，看到她身旁的顾悠然，眼里有了笑意，并挥手。

赵子莹："……"

顾悠然：呜呜，我宝太暖了，还记得我！好感动！

终于将苏亦送入会客室，二人不约而同松口气。

赵子莹忽然发问："你认识苏亦？"

顾悠然还沉浸在见苏亦的喜悦中，笑嘻嘻地说："前几天看了他的电影首映式。"

赵子莹不屑地笑了笑："原来你是苏亦的粉丝，难怪你做的那份调查问卷苏亦的支持率那么高。"

顾悠然沉下脸，郑重地说："如果你有质疑，可以去看答卷人的年龄分布、性别、何种渠道看到问卷。若是仅凭臆测，那就不要随便下结论。相信我，如果我真想为苏亦争取代言人，绝不会用这么迂回复杂的办法。"

赵子莹笑了一下："我就开个玩笑，那么较真做什么。"

顾悠然冷笑："最讨厌拿开玩笑做借口的人，以为这样就不用为自己说过的话负责任。"

"你怎么上纲上线的？真没劲！"说罢，赵子莹气呼呼地走了。

顾悠然看着她的背影，做了个鬼脸。

高层们和苏亦谈得似乎很愉快，一个小时过去了，会客室的门才打开。

温修远站在人群之后看到了顾悠然，本想让她留一下，可她满心都在苏亦身上，看着苏亦连眼睛都不愿眨一下。

温修远揉了下眉心，只能改了主意。

他从人群后来到苏亦身旁，微笑着吩咐周昊："让他们把车开过来。"

"是。"

随后，他同苏亦道："我送你们。"

苏亦一蒙，在场人都是一蒙。

温修远做了一个"请"的手势，苏亦回神，忙说："不麻烦温总了。"

经纪人也跟着说："哪用您亲自去送，我们自己走就成。"

"不麻烦，合作伙伴，送一送应该的。"

于是，温修远和苏亦走在前面，后面紧跟着苏亦的经纪人。

温修远亲自送苏亦，那么副总裁、部门总监们自然要跟上，助理、秘书也跟在后面，于是浩浩荡荡一行人，一个电梯愣是没装下。

顾悠然和赵子莹这种小角色，自然被挤在电梯之外。

这是能和苏亦接触的最后的机会了，顾悠然着急，却又无力。

温修远看向站在门口的周昊，后者十分有眼力见儿，速度退出去，拿着手机，十万火急的样子："温总，我有个重要电话需要接一下，悠然先跟你们下去。"

赵子莹："……"

温修远犀利的目光有了三分和善，满意点头，顾悠然欣喜地走进电梯，尽管挤在边缘，也是开心的。

一行人一从电梯里出来，就吸引了大堂所有人的目光，大家纷纷驻足。

总裁、两位副总裁，还有四位部门总监，这样的阵容，一年也见不到几次。

大家再次感慨，当初温总创业的时候，是按照身高、长相不能和自己相差太多的原则来找创业伙伴的吧？虽然吴副总已经有了发福趋势，但是依然难掩帅气本质，另一位副总赵峥就不用说了，虽然不能和温总比，但已经是相当出众了。相比之下，那几位部门总监就有些逊色了，最漂亮的部门总监简柔已经被开除了，否则还能替总监们撑撑场子。

咦，这位走在温总旁边这位，戴着口罩、帽子的青年是谁？虽然看不到长相，但是气质卓然不凡，身姿挺拔一点也不比温总逊色。

最后面这位就是被温总发配到市场部的秘书顾悠然？不得不说，她确实挺漂亮的。

啊，这一行人实在是太养眼了。呜呜，神仙组合。

顾悠然虽然只能看到苏亦戴着帽子的后脑勺，但是依然开心得像只小鸟，恨不能长翅膀飞起来。

终于送走了苏亦，她目送着车尾，不舍得收回目光。

"小姑娘是苏亦的粉丝吧？"

说话的是副总裁赵峥。

顾悠然一个激灵，急忙否认："不是不是。"

赵峥摩挲着下巴，挑着眉若有所思道："颜值也就和我差不多水平吧。"

顾悠然："……"

您这话说的，我就没法接了。

吴子清语气轻蔑道："你要真长得像人家一样，公司能省一大笔广告费。"

赵峥拍着吴子清的肚子："管好你的身材吧。对了，不是你来送一下就行吗，怎么搞得这么兴师动众的？"

吴子清呵呵笑着："因为温总喜欢。"

赵峥："……"

顾悠然："……"

温修远眼神不善地看了他一眼："走了。"

大家纷纷安静下来，三三两两地往回走。

电梯停在48层时，吴子清率先出去，顾悠然正要跟上，温修远说："悠然留一下。"

吴子清立刻乐呵呵地说："悠然去吧，温总可能有事交代。"

顾悠然虽然不情愿，但只能说："是。"

电梯到达60层，他们一前一后从电梯里出来。

温修远一路都不说话，顾悠然跟在后面，像是笃定了她会一直跟着，就像周昊一样任他招之则来挥之则去，刚刚是吴子清在场，她不好拂他的面子，他真当她是没有脾气的小猫咪?

哼！她不伺候了。

这么想着，他们已经来到了温修远的办公室外，他推开门，站在门旁，等着她进门。

她却一动也不动，声音生硬地说："温总，有什么话就在这儿说吧。"

温修远不动声色，声音低了三分："你确定我们要这样谈？"

顾悠然虽然没有回头，但她知道，背后有四双眼睛偷偷看着，四双耳朵伸长了耳尖儿听着，而她如芒在背。

这地方确实不适宜说话，万一她控制不住对他发脾气，那么多人在，他多没面子。

这么想着，她只好先进门。

温修远把门关上，绕过顾悠然，停在她面前，打量着她的神色，轻声道："还在生我气？"

他的语气里，带着双方都未察觉的小心翼翼。

顾悠然看着窗外，挺直胸膛，冷笑一声，说："我哪敢生温总的气。"

"还说不生气。"

顾悠然不看他，也不说话，努力在气势上不输给他。

停了片刻，温修远非常真诚地说："我向你道歉，那天不该质问你。你我认识多年，我该了解你的为人，也该相信你不会那样做，对不起。"

顾悠然心头一动，低下眸，脸颊渐渐热起来。

是的，她就是觉得他一定会相信她，以至于被质问时，才会那样生气。

"信任"是很难建立的东西，他们之间的关系，还不足以支撑毫无保留的"信任"。

"你确定了解我吗？万一就是我做的呢？"她语气艰涩地说。

"我相信你。"

这一次，他说得异常坚定，且毫不犹豫。

顾悠然忍不住看向他，那幽暗深色的眸子宛若一汪带引力的深潭，她稍不在意，就会被卷进去。

她低下头，不再看他。

见顾悠然一直不说话，温修远转身走向办公桌，拿了盒东西，又回到她对面。

那是一个精致的铁盒，他的手指挑开铁盒搭扣，打开，竟然是一盒棒棒糖，还是她最喜欢的牌子，各个口味都有。

顾悠然不记得自己在他面前吃过棒棒糖。

但他的确很会“投其所好”，因为她的手已经像生理性反射似的伸向棒棒糖，并精准地从中间拿到了她最喜欢的樱桃味。

就在这时，办公室门被推开，一个咋咋呼呼的声音传来：“我订好位置了，什么时候出发……”

顾悠然的动作停滞，和温修远不约而同地看着来人。

那人惊讶地看着他们，忽然咧嘴一笑：“弟妹也在啊。”

顾悠然：“……”

除了吴子清和赵峥外，公司还有一位副总裁何启明，年逾四十，保养得当，是几位高层中年纪最大的。他们就是顾悠然第一天进公司误闯温修远办公室见到的三位。

突然闯入的何启明在温修远和顾悠然之间来来回回看着，最后又落到他们中间的铁盒上。

是他眼花了？不应该啊，他近视眼。

所以，现在是温修远拿了一盒棒棒糖哄小姑娘?

何启明很快就意识到自己来得不是时候，非常识趣地说：“我先下楼，车库等你。”

走了半道又回来，他热络地招呼道:“弟妹也一起来啊，人多热闹。”

弟什么妹!

顾悠然烫手山芋似的把棒棒糖放回去：“何总误会了。”

温修远重新拿出那根樱桃味的棒棒糖递给她：“不用理他，年纪大了，嘴碎。”

顾悠然忐忑地拿着棒棒糖，拆也不是，不拆也不是。

“去吗？”

顾悠然用了三秒意识到温修远所指的是“赴何总的宴请”，立刻摇头说：“我还是不去了。”

温修远点点头，放下装棒棒糖的铁盒：“下周苏亦拍宣传照，已经委托公关公司全权处理，但我觉得，公司应该要有人跟进才行。”

顾悠然眼睛瞬间一亮，马上附和：“那是一定的。”

“你觉得谁合适？”温修远问。

“大家都挺忙的，每个人手上都不止一份工作，这种跑腿的小事，就让我来吧！”顾悠然自告奋勇地说道，努力展现自己大（公）公（费）无（追）私（星）的高尚情操。

温修远笑了，点点头：“那就交给你了。”

顾悠然兴致高涨地回到市场部，打开电脑，看到一个小时前编辑豆豆在QQ上找她。

豆豆（出版）：亲爱的，最近有没有写新文呀？

顾悠然咬着棒棒糖，刚想回复没有，但是转念便想起之前YY（意淫）温修远的小作文。如果是一个小时前，她一定不会发，但是现在不一样了，她心情好、情绪高，非常乐于分享，于是改了名字便发了过去。

十分钟后。

豆豆（出版）：天！这也太带感了，给我看激动了，想找男人！

豆豆（出版）：虽然内容上……出版有点难，但是顺着这个劲儿写，绝对没问题！还有吗，求下文！

顾悠然：没了，最近找了工作，没时间写。

豆豆（出版）：小作文写这么好，我还以为你谈恋爱去了呢。

顾悠然：工作比谈恋爱有用，小作文就是参考老板写的。

豆豆（出版）：老板？秃头大肚的油腻大叔？

顾悠然：呸呸！我老板超帅！跟上面几个词完全不沾边！

豆豆（出版）：好吧，好吧。亲爱的，你快点写啊，看到我期待的小眼神了吗？【眨眼】【期待】

继续写？

顾悠然脑海里浮现的都是和温修远相处的画面，如果以这些为原型，再加点故事情节润色一下……

但是下一刻她便打消了这种想法，温修远知道了一定不会放过她的。

第六章
做我的助理

i love you

一周后，求索最新款手机的宣传照和宣传片开始拍摄，地点在城郊的摄影棚。

拍摄定在早上八点开始化妆，顾悠然作为工作人员，六点就出发了。为了方便，她自己开车，顺道接上央求了她一周的钱朵乐。

自从钱朵乐得知苏亦要拍宣传照，天天缠着顾悠然，又买衣服又买包地贿赂她，就为能跟她一起去看苏亦。

她们到摄影棚时，那里已经聚集了不少粉丝。顾悠然和钱朵乐面面相觑，对此早已经见怪不怪。

在这一行有一条灰色产业链——黄牛，他们仿佛有手眼通天的能力，总能拿到第一手艺人讯息。两天前，黄牛开始贩卖苏亦拍摄的消息。而买黄牛信息的粉丝们，就是想见上苏亦一面。

作为大粉，钱朵乐无数次在圈里呼吁不要买黄牛讯息，不要跟未官宣的行程，给哥哥一点自由，但总有不听话的粉丝为所欲为。

钱朵乐有些心虚地说："我跟着你来摄影棚，是不是和他们一个性质？"

顾悠然一边倒车，一边点头："差不多。"

"……"

车停稳后，顾悠然掏出两张工作牌，给钱朵乐挂上："我们算是趁职务之便，能做的就是不打扰苏亦工作，不给他添麻烦，不拍照、不签名，安安静静地看着他。OK 吗？"

钱朵乐狂点头，紧闭着嘴巴，比了一个"OK"的手势。

公关公司来了一个总监级别的领导，还有一群工作人员。顾悠然虽然只是求索集团一个小得不能再小的职员，但毕竟是"甲方爸爸"，

公关公司的领导们也要对她和颜悦色，话里话外都是恭维。

钱朵乐莫名体验了一把众星捧月的感觉，挽着顾悠然的手臂，小声称赞：“小然总，真棒。”

顾悠然红着脸佯怒：“闭嘴。”

外面的粉丝越聚越多，现场不得不拉起警戒线，又调来不少保安维持秩序，依然难挡粉丝的热情。

七点四十分，苏亦到了，现场粉丝的尖叫声几乎刺破天地。

苏亦戴着帽子，低着头，在保镖、经纪人、助理的拥护中下车，快步进入摄影棚。

这是顾悠然第三次私下见到苏亦，情绪已经可以拿捏很好。钱朵乐就不行了，一见到苏亦，她就激动得要尖叫，被顾悠然一把捂住嘴。

顾悠然压低声音提醒：“大姐，我们不是说好的吗？”

“呜呜呜，真的太激动了，我控制不了。”钱朵乐说着，眼圈都红了。

顾悠然只好拍拍钱朵乐的头：“收着点儿，你能看到一整天活的苏亦。”

钱朵乐吸吸鼻子，调整好情绪，给自己打气：“嗯！我可以！”

苏亦在这时抬头，视线和顾悠然的交汇，只是礼貌地点了下头，眉心却紧锁着。

顾悠然立刻察觉出他心情不好。

钱朵乐也发现了，低声嘟囔着问：“亦宝怎么了？不开心？”

她俩对视一眼，心情跟着低落起来——到底是哪个不长眼的惹我们亦宝不开心！

拍摄方案是早就确定好的，为了达到拍摄效果，斥资打造拍摄布景，高价邀请有名的广告导演、摄影团队来操刀。

苏亦在化妆的时候，导演来和他说戏。他虽然情绪不高，依然礼貌有加，工作态度认真。

钱朵乐不停抠着顾悠然的胳膊小声嘟囔：“亦宝的侧颜真是绝了，想在他的鼻梁上滑滑梯。”

顾悠然就任她抠、任她嘟囔，跟着她一起发花痴。

一旁，苏亦的经纪人和公关公司的总监聊天，说起来的路上又碰到“私生饭”。

经纪人：“他们还追车，真的太危险了。”

总监点头：“现在私生饭越来越肆无忌惮。”

经纪人叹气："苏亦的脾气你是知道的，他尊重粉丝，也希望粉丝能尊重他。这已经不知道是第几次，以他的脾气早就受不了了，我这是好说歹说，才安抚下来。"

总监点点头，看到一旁的顾悠然，忙说："对了，我给你介绍，这位是求索的小然总。"

顾悠然哭笑不得："别、别这么喊，叫我悠然就行。"

经纪人朝顾悠然伸出手："您好，我们应该见过吧？"

顾悠然点头："对，上周苏老师来公司的时候，就是我去接的。我刚听到您说，有私生饭追车？是从酒店就开始的吗？"

"是的。"经纪人点头。

顾悠然和钱朵乐对视一眼。看来，苏亦入住的酒店信息也被黄牛卖了。

经纪人苦笑："没办法，住酒店必须用身份证登记，说不准是哪个环节出问题。反正，总有个别执着的粉丝永远不听劝，蹲在酒店外，走哪儿跟哪儿。还有过分的，半夜来敲门，开门就没人，关门就敲门。更过分的是永远跟着你，坐飞机、坐高铁，住酒店都住隔壁。唉，做艺人真的很不容易。"

总监拍着他的肩膀说道："大众总以为娱乐圈光鲜亮丽，日进斗金，可这里的苦只有我们才清楚。"

经纪人笑着叹气："是啊。"

苏亦不愧是专业演员，正式开拍后，状态立刻满血，游刃有余，原本可能要拍到晚上的行程，愣是提前收工了。

苏亦的小助理出去勘察了一番，发现那些粉丝都还在，早上从酒店跟到现场的车也停在外面。

助理说："私生饭还没走，应该会继续跟。"

经纪人听了这话便开始发愁。

总监提议："摄影棚还有个小门，粉丝暂时没有发现，待会儿你们从小门走。"

经纪人点头，但依然愁眉不展。

顾悠然知道他的顾虑，只要苏亦的车离开摄影棚，立刻就会有人知道，到时候还是会被私生跟着。

"我有个建议，不知道行不行。"顾悠然说。

大家都看着她，经纪人说："您说说看。"

"介意换车吗？"

经纪人看了看总监，笑了一下："这倒不介意，只是怕不太方便……"

"没什么不方便的，你们开我的车先走，这样他们至少不会再跟着。"

顾悠然和钱朵乐走出摄影棚，围在外面的粉丝一直看着，就像来的时候一样，全程向她们行注目礼。

她的车绕过粉丝离开摄影棚，确定没有粉丝跟着，又在摄影棚外围绕了一大圈，最后停在总监说的那个小门旁。

苏亦已经在等，车一停稳，便立刻被拥着上了车。

看着车尾渐渐消失在视线，大家都舒了一口气。

钱朵乐："我们是不是也可以走了？"

顾悠然白了她一眼："想什么呢？还得收尾，干活。"

大约半个小时后，总监接到苏亦的经纪人的电话，脸色瞬间变得煞白。

顾悠然心里一个"咯噔"，紧张追问："怎么了？"

总监收起手机，目光发直，磕巴着说："苏、苏老师……出交通事故了。"

顾悠然："……"

钱朵乐："！！！"

摄影棚外的粉丝们还毫不知情，尽管很累，却依然满怀期待，只为能在苏亦收工时见他一面。

顾悠然和钱朵乐跟着公关公司的总监一起前往医院，一路上，顾悠然神情都是恍惚的。

如果不换车，是不是就能避免事故发生?

她感觉自己仿佛坠入深潭，水没过头顶，窒息、眩晕，逐渐下沉。

总监安慰她说："苏老师没有大碍，放心吧。换车也是出于好心，这种事情谁也无法预料，跟你无关。"

钱朵乐一直握着顾悠然的手："是啊，发生这种事情谁都不想的，你不要胡思乱想。"

可是，她根本没办法不胡思乱想。

苏亦已经入住了VIP病房，在病房外间，苏亦的经纪人和助理都在，还有警察在录口供。

顾悠然他们进门，大家都看过来，苏亦的经纪人眼神有些不善。

总监紧张地问："苏老师怎么样？"

经纪人说："所幸，只是手腕脱臼。"

随后，他指着顾悠然对警察说："车就是她的。"

顾悠然不禁抓紧钱朵乐的手，钱朵乐的手臂立刻绕过后腰，给她支撑。

警察起身，亮出自己的警官证："请问是顾悠然本人吗？"

顾悠然愣愣地点头，舔了舔干涩的唇："是的。"

"我们发现此次不是一般的交通事故，而是一起恶意冲撞事件，所以有些情况需要你配合调查。"

钱朵乐愕然："恶意冲撞？"

总监也觉得不可思议："到底怎么回事？"

经纪人看了顾悠然一眼："问她吧，人家摆明是冲她来的。我们苏亦这次是倒了血霉了，飞来横祸。"

总监面色尴尬，在一旁打圆场："悠然也是好意，她也想不到会有这种事情发生。"

警察同志发话："现在不要急于把责任推给谁，眼下需要把前因后果搞清楚。"

苏亦的经纪人便不再说什么。

顾悠然的脑海里一直盘旋着"恶意冲撞"四个字，过了好半晌，才声音沙哑地说："警察同志，我一定……全力配合你们的工作。"

警察点头，拿出一张黑色奔驰G500的照片，车牌号是浦A×××××："认识这辆车吗？"

顾悠然看了半晌，想不起来在哪里见过，只能摇头。

一旁的钱朵乐却想到了什么，低声问顾悠然："这车牌号是……是不是王洛的？"

王洛？

顾悠然突然打了个寒战，差点站不住。

这个几乎被顾悠然遗忘的名字再次进入脑海的瞬间，她开始觉得眩晕，大家的声音也变得很远，耳边全是嗡鸣声。

苏亦，那颗指引她走出黑暗的小太阳，现在却因为她受伤，顾悠然宁愿受伤的是自己。

警察察觉出顾悠然异样的反应，立刻追问："你认识王洛？"

顾悠然已经说不出话，钱朵乐心疼得不行，搂紧她，对警察说："警察同志，她现在状态不太好，能不能让我帮她说？如果是王洛，我都知道的。或者，等她休息一会儿再说，可以吗？"

警察看着脸色煞白的顾悠然，也有了犹豫。

就在这时，门口响起脚步声，是匆匆赶来的温修远和吴子清。

温修远一来便看到了背对着自己的顾悠然，她看起来不太对劲，眉心不禁深锁。

顾悠然只觉得头越来越沉，眼前也变得好黑，腿软得不行，好难受，她觉得自己支撑不住了……

就在她倒下的片刻，温修远眼神一紧，一个箭步冲上前，将倒下的她搂进怀里，又弯腰，将她打横抱起来。

怀里的人已经失去了意识，温修远将她抱得更紧，沉声交代跟在后面的周昊："让医院安排病房。"

周昊忙点头，转身去找医生。

苏亦的经纪人看到此景，彻底蒙了。

温修远看着一屋子的人和警察，先向苏亦的经纪人表明态度："今天的事情大家都不愿看到，求索会承担一切费用，由此造成的经济损失，求索会全额赔偿。"说到这里，他看了一眼怀里的人，继续说，"如果还有什么话要问，先等悠然醒过来。"

随即，他又对吴子清说："这里你处理一下。"

吴子清点头："放心，交给我。"

温修远抱紧顾悠然离开病房，钱朵乐也急忙跟上。

苏亦隔壁的病房就是空的，医院紧急安排顾悠然住进去。

经过检查，她只是血压、血糖偏低，再加上遭受刺激所以晕了过去。

医生说："问题不大，休息一会儿就行，醒了先吃点东西，以后随身准备些糖果或巧克力。"

医生离开，病房剩下他们三个。

钱朵乐如坐针毡地待了一会儿，起身说："我去给她买点吃的吧。"

温修远一心都在顾悠然身上，听到钱朵乐这么说，只是点点头，视线从始至终停留在顾悠然脸上。

钱朵乐轻轻走出病房，又轻轻关上门，终于舒了一口气。

温修远来了，苏亦也没有大碍，但是王洛……他什么时候出狱了？

温修远在床边坐下来。顾悠然的皮肤苍白得如透明一般，手背上的血管都能看得清楚。

早上通话的时候，她还兴致勃勃，五点就从床上爬起来，用她的话说，高中毕业后就没起这么早过。短短几个小时而已，到底发生了什么？

门声轻响，吴子清推开门，探个脑袋进来。

温修远为顾悠然掖好被角，起身走过去，轻声道："外面说。"

二人在外间的沙发前坐下，吴子清拿了瓶水喝两口，将整件事娓娓道来。

"苏亦遇到私生饭跟车，悠然担心他们的安全，便把自己的车借给他，结果路上遇到恶意冲撞。"

温修远挑眉："恶意？"

吴子清点头："对，是一辆黑色大G。据苏亦的经纪人说，起初是别车，后来直接侧面撞过来，把他们逼停，他就跑了，他们只记得一个车牌号，所以报了警。所幸，苏亦坐在左边，车从右边撞的，否则，可不是手腕脱臼这么简单了。我看了警察拍的照片，后车门直接被撞废，油箱都撞变形了。”

说到这里，吴子清无奈地摇头：“原本是一番好意，结果闹得里外不是人。”

温修远眉心紧锁：“车主查到了吗？”

“查到了，叫王洛，好像和悠然认识，刚刚就是说到这里她晕了过去。这个王洛可不是省油的灯，因为吸毒被判了三年，最近刚放出来。其他的，只能等悠然醒了之后才知道了。”

“警察走了吗？”

“走了，去找车了。对了，你知道王洛的父亲是谁吗？”

“谁？”

“王长胜，记得吗？就是一直找我们合作的老牌供应商。”

温修远点下头，眼里淬着冰霜：“家族企业，派系复杂，技术落后，产能低，再不转型就会被时代的洪流拍死在沙滩上。”

吴子清“扑哧”一笑，当初拒绝王长胜的时候，你说得可比现在委婉多了。

就在这时，里间的门被打开，顾悠然出现在门口。

吴子清正对着门，看到她不禁一惊：“哟，醒了？”

温修远回头，看到顾悠然已经走近，不禁皱眉，站了起来。

顾悠然顾不上别的，先追问苏亦的情况。她也不知道自己怎么就晕过去了，一醒来就在这里。

“苏……”吴子清刚想开口说苏亦没事，就哽住了，眼睁睁看着温修远又一次把顾悠然给抱了起来。

从顾悠然的神情来看，她也挺惊愕的，害怕被扔出去似的，搂紧了温修远的脖子。

这可着了温修远的道了。看他，走回病房的步伐多么轻快。

吴子清觉得自己就像一盏一千瓦的探照灯，坐着不走就显得特别没有眼力见儿，只好同里面的人说：“我先回公司了。”

原也没期待什么，可温修远半晌才回了一个“嗯”字，特别敷衍，这就让他心有不甘了，好歹说声“辛苦了”，也行啊。

于是他再接再厉，又说：“隔壁已经谈好了，放心吧。”

结果，温修远也只是淡淡地回了一句：“知道了。”

“……”

男大不中留啊！

顾悠然被温修远放在床上，又盖上被子，刚想坐起来，又被他按

下去。

“那个……”

温修远将病床缓缓摇起来，她才放弃挣扎。

“苏亦怎么样了？”她再次追问。

温修远倒了杯温水递给她，看着她把水喝完，在床边坐下来，才说：“他没事。”

自己都晕过去了，还惦记别人，还真是心心念念的牵挂。

“警察走了吗？”顾悠然又问。

温修远轻轻点头：“走了。”

“哦。”她低着头，开始抠手指。

温修远也不说话，就这样沉默地着看顾悠然，让她越来越没底。

过了半晌，他才开始发问：“认识王洛？”

顾悠然顿了片刻，缓缓点头：“认识。”

“他是冲你来的，你知道吗？”

顾悠然再次点头。

自从知道对方是王洛，她就知道是冲她来的。她的车很少开，而王洛竟然认出来了，那他一定是把她所有情况调查清楚了。

温修远一直看着顾悠然，如墨石一般的目光执着且深邃。

看样子，他也没打算就此罢休，如果不把前因后果说出来，八成是不会放她走了。只是，这要从哪儿说起呢。

“王洛的妈妈和我妈是闺蜜，我俩自小便认识，他是我的好朋友。后来他出国读高中，三年前才回国。我偶然得知他吸毒，劝过他，但是他戒不了。有次他攒了一个局，邀我参加，我发现他在我的酒里下药，就报了警。后来才知道，他爸冻结他所有的卡，以为没有钱他就能戒，结果呢，他竟为了钱……我们是那么多年的朋友。”

王洛被判刑，他妈妈也因此去世，他爸爸曾经跪在顾悠然面前求她……

所以，王洛大概是恨她的吧。

想至此，她痛苦地捂住脸。

那是她人生最黑暗的阶段，是苏亦支撑着她走出黑暗，如今她却连累苏亦受伤，她真的无地自容。

温修远从没有见过这样的顾悠然，痛苦、无助。她一直是快乐的，也应该继续快乐下去。

但是没有人能永远快乐，一颗心经历风雨，定会千疮百孔。所谓的一直快乐，无非就是把脆弱的心练成刀枪不入。他却不想让她经历那些，想替她抵挡磨难与痛苦。

他抬起手指，情不自禁地轻抚她的黑发，想给她一些安慰。

温修远的触碰让顾悠然像只受了惊的兔子一样红着眼睛看他，眼角湿润，鼻尖也是红的，红唇饱满，惹人怜爱。

温修远撇开目光看着窗外，声音微哑："今天可能只是给你个下马威，王洛不会就此罢休的。"

"嗯。"顾悠然乖巧地点头。

"今后要更加小心。"

"我会的。"顾悠然这么说着，顺着他的视线往外看。可是外面什么也没有啊，于是，目光再度回到他脸上。

温修远忽然拉起她的手捂住她自己的脸。

被迫捂着脸，顾悠然一头雾水，眼前漆黑一片，刚想把手放下来，却被他更大力地按住。

温修远的声音又沉了几分："你朋友很快回来，吃点东西，晚一点司机来接你们回家。"

"哦。"

"我可以把手放下来了吗？"

"我走了才可以。"

顾悠然有点儿委屈："为什么要捂着脸，你是嫌我丑吗？"

温修远："……"

钱朵乐离开病房后，先去见了警察，把王洛和顾悠然之间的恩怨过往一一向警察坦白。

"警察同志，请一定不要放过王洛，他能在车流量那么大的马路上公然冲撞，已经不是正常人能做出来的事，他摆明了就是要报复，我朋友的安全已经受到了威胁。"

警察做完记录，合上记事本，宽慰她道："放心吧，我们不会放过任何一个坏人。"

警察离开后，钱朵乐越想越不甘心，走到门口又拐回来，对苏亦的经纪人说："我想你不应该忘记悠然为什么把车借给你们，就不要求你心怀感激了，只是希望你能明辨是非，不知全貌，就不要妄加批评。"

其实听完钱朵乐对警察说的那番话，经纪人已经改变了态度。现在她又这样说，他觉得十分尴尬，

他想解释，钱朵乐一抬手，打断了他。

"作为专业的经纪人，如果这点明辨是非的能力都没有，我会觉得很可怕，很担心苏老师今后的演艺道路会不会毁在你手里。"

经纪人不可思议地瞪大眼睛，怎么能说这样的话？

眼瞅着经纪人就要爆发了，钱朵乐依然不卑不亢地说："最后，作为粉丝，你这么关心苏老师，我感到非常欣慰。希望你是真的关心

他的安危，而非因为他是苏亦。”

钱朵乐扬扬下巴，高傲地转身离开。

在她背后，经纪人被气得不行。

钱朵乐在电梯里看到网上已经有了“苏亦受伤”的传闻，粉丝们已经炸了，虽然都在发“一切以官宣为准”“造谣司马”的微博，还是有很多粉丝私信她有没有内幕，亦宝究竟有没有受伤。

走到医院门口时，看到了几个背着长枪短炮的男人正左顾右盼，凭她资深粉丝的直觉，这些应该是闻风而来的狗仔。

她速战速决，在门口的便利店买了双份的牛奶、水果和面包，一路跑着回到医院。

她将其中一份送到苏亦的病房。

经纪人看到钱朵乐便站了起来，如临大敌：“你怎么又来了？”

“我买了些吃的给苏老师。”钱朵乐放下袋子，又说，“刚在楼下见到狗仔，反正你们小心一点。”

钱朵乐离开，留下经纪人和助理面面相觑。

钱朵乐来到隔壁病房，温修远还在，看到她回来，便以有事为由先离开了，匆匆忙忙的样子，有点反常。

钱朵乐眯着眼睛打量顾悠然：“哭了？你们在做什么？”

顾悠然吸吸鼻子：“什么也没做。”

她说话的时候，手还在翻着枕头被子找着什么，力道有些重。嗯，果然有妖。

顾悠然忽然停下手里的动作，模样有点颓，看着钱朵乐问道：“我很丑吗？”

看着眼前蓬头垢面、眼睛浮肿的人，钱朵乐笑了，这话问的。

“这不是明摆着吗？”

钱朵乐从包里拿出一面小镜子递过去：“你自己瞧。”

顾悠然没敢接镜子，继续翻被子找东西：“看见我手机了吗？”

钱朵乐收起镜子，从包里拿出手机递给她，随后在床边坐下来：“网上已经有消息了，粉丝那边都炸了，营销号各种传，估计马上就上热搜了。”

信息时代，信息传播速度超乎你的想象。钱朵乐的话刚落音，顾悠然就打开微博，# 苏亦受伤 # 已经上了热搜。

两人抱着手机，头对着头刷微博、刷论坛。

钱朵乐忽然怒号：“这些人还有没有底线？”

顾悠然被吓了一跳。

“怎么了？”她问。

钱朵乐气得双眼冒火，把手机推过去说："许星河的粉丝说亦宝出车祸是活该，截和代言，逆力回馈？"

这一下，把她们的斗志给熊熊燃起来，捋捋袖子就要和他们干。

手机键盘被按得啪啪响，嘴里也是"口吐芬芳"。就在这时，病房门响了两声，随后门被推开。

她俩十分投入，对此毫无察觉，依然愤愤不平地骂着。

"你家哥哥是人间小白花，总有贱人害你家哥哥，呕！快别恶心我了，隔夜饭都吐出来了。"

"祝你家粉丝早日位列仙班。"

……

苏亦的嘴角明显抽搐了几下，旁边的经纪人更是惊得下巴要掉下来了。

这两个看着白白净净、文文气气的小姑娘，骂起人来可真不含糊。

经纪人有点㞞，小声商量："要不算了吧？"

"不行。"

虽然他俩声音不大，里面两位还是听到了，一起朝他们看过来。

苏亦咧嘴笑着，用未受伤的手挥了挥："Hello！"

顾悠然和钱朵乐彻底惊呆了。

钱朵乐不敢相信眼睛看到的，磕磕巴巴地说："掐、掐我一下。"

顾悠然也一脸蒙，掐了一把自己的脸，疼得她"哎哟"一声叫出来。是真的，不是做梦。

所以，这真的是苏亦？旁边还跟着经纪人，手里提着一篮水果？

说出去都没人信！

苏亦来看她们！还提着水果！

感动吗？

不敢动……

等等……刚刚那些，苏亦都听到了！

见她们一直没反应，经纪人虚咳两声。

苏亦温柔地开口："请问，我可以进来吗？"

"可以，可以。"

顾悠然反应还算快，从床上下来，顾不上穿鞋便迎上来："亦……"她顿了一下，连忙改口，"苏老师快请坐。多总，倒茶。"

"啊？哦！好！"

钱朵乐飞快地跑到饮水机旁，却措手不及。

哪有茶可倒？杯子还是一次性的，怎么配得上亦宝？

苏亦和经纪人在沙发前坐下来，顾悠然笔直地站在旁边，笑吟吟

地看着他。

“你也坐。”苏亦看着她。

顾悠然连忙摆手：“不不，我不配。”

“……”

顾悠然呵呵笑了一下：“我的意思是，我躺太久了，站一会儿。呵呵！”

苏亦点点头，也站了起来：“我也躺了挺久的，也站一会儿吧。”

顾悠然又忽然一屁股坐下去：“我、我又有点累了。”

苏亦只好又跟着坐下来。

顾悠然看到苏亦右手腕缠着绷带，本来平复的心情，立刻又想以死谢罪了。她有罪，不仅没有保护好他，还害他受伤，呜呜呜。

“听说你昏迷了，所以过来看看，现在还好吗？”苏亦贴心地问。

嘤，我们亦宝人美心善，自己受伤了，还来关心别人。

苏亦见顾悠然半晌都没反应，于是伸手在她眼前挥了挥……

顾悠然终于回神，忙说：“我没事，好得很，只要苏老师你没事就好。”

这时，钱朵乐兴冲冲地从里间出来。

“亦……”她也习惯性地想喊亦宝，还好反应够快，又改口道，“苏老师喝奶！”

顾悠然拽拽她衣服，小声嘟囔：“让你倒茶！”

钱朵乐瞪着她反问：“茶呢？”

顾悠然眨了眨眼睛，立刻笑着说：“苏老师，这个奶特别好，喝奶补充蛋白质，对身体好，有助于手腕恢复。”

钱朵乐也是疯狂点头。

苏亦笑着道了声谢，接过牛奶。

接下来的时间，顾悠然和钱朵乐便沉迷于苏亦的美貌之中，不能自拔！

作为苏亦的铁粉、唯粉、姐姐粉、老婆粉，对着苏亦的照片一看几个小时是常有的事，现在终于见到真人，还离得这么近，哪有不看的道理。

苏亦感觉特别扭，虽然习惯于粉丝的追逐，但是这么近距离地接受两个女生的审视观察，让他如坐针毡，十分尴尬。

终于，他想起他们的来意，对经纪人使了个眼色，后者也恍然大悟似的站了起来，对着顾悠然深深地鞠躬。

沉迷美色的她们，压根儿没注意到这一个诚意满满的鞠躬。

经纪人被晾在那儿，进退两难。

“小然总？”经纪人试着喊。

“小然总是谁？”顾悠然问。

钱朵乐痴痴地盯着苏亦答道：“不认识。”

苏亦：“……”

经纪人的脸色一阵红一阵白，十分精彩，以为自己的言行举止彻底惹毛了顾悠然，于是又把腰弯下去几分，真真诚诚地说：“小然总，对不起。”

顾悠然看到经纪人对自己鞠躬，才意识到小然总就是自己，于是连忙站起来要去扶经纪人：“您这是……”

经纪人弯着腰说：“刚刚是我态度不好，苏亦受伤我太着急了，口不择言，真的不应该。您也是这件事的受害者，而且您借车给我们，我们应该向您道谢才对。真的很抱歉！希望您大人不计小人过，原谅我吧。”

顾悠然有些尴尬地说：“原来说的这个呀，这么说来，该道歉的是我才对。”说着，便对着苏亦一鞠躬。

苏亦被吓了一跳。

“苏老师因我受伤，我特别特别愧疚，真的很对不起苏老师。”说着，她的腰又往下弯了几分。

苏亦也急忙站起来，弯腰扶起她：“不不，是我们误会了。”

顾悠然再鞠一躬：“都是我的错，如果没有开我的车就不会遇上事故，真的很抱歉。”

苏亦被搞得措手不及，也只能跟着鞠躬：“你借车给我是好意。”

“都怪我。”

“不怪你。”

钱朵乐看不下去了：“你们怎么还拜上了？”

顾悠然也发现不对劲，正要起身，余光瞥到门口的身影，来人不知已经站了多久，忽然浮起了浓浓的心虚。

温修远的嘴角带着一抹意味不明的笑意，看着他们眼神却极有攻击力。

“我来得不是时候？”他眉尾微挑，语气淡淡的。

经纪人立刻迎上前，想要解释：“不是不是，温总……”

温修远没听到似的，吩咐身边的司机：“关门，再敲一次。”

“……”

苏亦的工作室官方微博发文称苏亦遭遇交通事故，手腕轻伤脱臼，目前已无大碍，并呼吁大家不信谣、不传谣，一切以官方消息为准。

医院外面聚集的记者和粉丝越来越多，还好在官方声明出来前，苏亦已经离开医院。

医院方面表示苏亦已经出院，那些人仍然不肯离开，院方只好调

来保安维持秩序。

理智的粉丝们纷纷在微博呼吁不要去医院，不要给医院添麻烦，仍然有个别粉丝不听话，其中还有早上跟车的私生饭。

苏亦离开后，顾悠然也离开了。司机开车，温修远坐副驾，顾悠然和钱朵乐坐后排。

一路上，她俩都格外安静，各自捧着手机看得认真，偶尔交流，声音也很低，生怕打扰到别人似的。

先把钱朵乐送回“有点甜”，又送顾悠然回到C大家属院，时间刚过九点，院里还挺热闹，纳凉的、散步的，三三两两。

车刚在顾悠然家门外停稳，顾海生像是掐着点似的，打开了家门。

温修远率先下了车，顾海生招手，邀请他到家里坐坐。

顾悠然却愣在车里，一动不动。

大意了，温修远一来，难免会提到她工作的方方面面，可有些情况，不适宜让顾教授知道得太详细。

她的专业是计算机科学，却在市场部工作，牛头不对马嘴，以顾教授心思敏捷的程度一定能察觉出什么。

顾教授一直不赞成她写小说、追星，认为那是在浪费生命。如果他知道她为了见苏亦才去的市场部，一定会马上、立刻让她离职，还会拖温修远下水。

她也不能让温修远知道她追星苏亦，否则还有什么信任可言呢。

眼看着温修远要进门，她赶紧下车，小跑着追上温修远，一把拽住他的袖子。

温修远被顾悠然拽得一顿，停下来看着她。

她比他矮出许多，今天为了工作方便特意穿的平底鞋，身高差距一下子就拉大了，只好踮起脚凑近他。

可他却往后躲。

顾悠然：？？？

不是，你躲什么？刚刚一次两次地抱我，我说什么了吗？

于是，她一不做二不休，按住他的肩膀猛然踮脚，凑到他耳边。

他来不及躲，身子明显一僵。

她的恶趣味被满足，笑着低声说：“别告诉我爸我在市场部，具体什么工作你看着编，只要跟计算机搭上边的都行，这方面你肯定比我专业。”

说罢，她便迅速归位，和他拉开距离，双手合十，拜托地看着他。

她的眼睛是茶色的，像晶莹剔透的玻璃珠，透明无瑕，内眼角微勾，挺招人的。此刻却耷着眼皮，乖巧又可怜，一副求助的样子。

温修远眉尾微挑，重点重复几个字眼：“编？专业？”

顾悠然眨了眨眼睛，意识到言语似乎不妥，赶紧解释：“我的意思是，你最清楚哪些工作需要计算机专业的人才，肯定比我说得到位。拜托拜托。”

温修远没有说话，只是看着她，片刻后，陡然一笑。

“……”

这个笑……就让顾悠然有点参不透了。

到底是帮，还是不帮？

顾海生走到茶桌前，看他们还没进来，便喊了一声：“过来喝茶。”

“是。”温修远应声，不再看顾悠然，阔步进门。

顾海生拿出极品龙井，温修远主动请缨来泡茶。舒展的茶叶随着水打旋儿，渐渐沉在壶底，茶汤清亮、茶香四溢。

顾悠然跟着在一旁坐下，双腿并拢，两手安安稳稳地放在膝盖上方，眉眼低垂，一副小丫头模样。

顾海生瞧了她一眼：“这丫头在公司表现怎么样？”

温修远也跟着瞧了“小丫头”一眼，为顾海生斟满茶：“还不错。”

哪里不错，你得说出来啊，一听就是敷衍。顾悠然着急，却又不能说话。

“聪明，能干。”温修远又补充道。

此番评价顾悠然还算满意，嘴角牵起一抹弧度。

顾海生也挺满意的，又道：“她现在负责什么工作？”

温修远放下茶壶，语气平缓地说：“做我的助理。”

顾悠然刚喝了一口茶，听到这里便“噗”一声喷了出来，咳个不停。

不是，剧本不是这么写的啊！

她疑惑不解地接过温修远递来的纸巾，而他坦然以对，并无任何反应。

顾海生不禁皱眉：“你挤眉弄眼做什么？”

顾悠然一愣，拿纸擦嘴，展颜一笑，手到擒来地拍起马屁：“师兄身上有很多值得我学习的地方，跟在师兄身边，我受益良多。”

顾海生点头：“那就好好学，踏实一点，你就是太浮躁。”

浮躁？

顾悠然想问自己哪里浮躁，顾海生又对温修远说：“这丫头粗心，你多费心。”

粗心？

“做得不对的地方一定要指出来，不要顾及我的面子。”

我不要面子啊？

温修远浅笑着看她，点头答：“是。”

聊完顾悠然的工作，他们又聊了一些她不感兴趣一听就犯困的话题，她都快睡着了，温修远终于记起时间不早，才道别起身。

顾悠然强忍着睡意去送他，不管怎么说，温修远帮了她一把，白天的事情也给他制造了不少麻烦，于情于理都要道一声谢的。

“谢谢师兄，有空请你吃饭。”

“就明天吧。”

“……”

看顾悠然似乎并不是真心要请他吃饭的样子，他也不在意，只是轻哂：“明天一早去60楼报到。”

“啊？”

“做我的助理，当然要回60楼。”

顾悠然仰着脸看他：“你认真的？不是胡编的？”

温修远也跟着停下来，低眸瞧着她，认真地说：“我从来不‘编’。”

“可……可我在市场部挺好的，也没谁通知我要回60楼啊。”

“刚刚已经通知你了，怎么，不够？需要我向全公司发邮件正式介绍你成为我的助理？”

顾悠然一愣，赶紧摇头：“不用，不必。你放心，明天一准能在60楼见到我。”

司机把车开过来停在他们面前，并为温修远打开了后排车门，而他没有上车，而是对顾悠然说：“明天我让司机来接你。”

“不用，我可以……”

温修远打断她：“然后再遇到王洛？可能就不会像今天这样走运了。”

顾悠然忽然明白了，温修远之所以提出让她回去做助理，就是怕王洛会找她麻烦。只要她出门，就会有遇到王洛的风险，跟在温修远身边，大概是最安全和最稳妥的。

那她……要不要躲躲，最近就不出门了？

他仿佛能看透她的心思似的，说：“我不赞成躲起来，躲得过初一躲不过十五，保护好自己，同时，正面应对。”

顾悠然与他墨黑色的双眸对视，那无尽的黑，似乎给了她很大的力量，她重重地点了点头。

“早点休息，我走了。”

“师兄，那个……其实也不用大费周章地接我，容易引起大家的误会。你有那么多车，随便借我一辆开开就行。”

“……”

送走温修远，那股子瞌睡劲儿已经过去，顾悠然洗完澡躺床上，翻来覆去睡不着。回想这一天发生的事情，就像一场梦一样。陪着苏亦工作、王洛再次出现，还有温修远，总在她需要帮助的时候出现，为她解决很多麻烦。

自从在会所见到温修远开始，总是有意想不到的事情发生，就像……小说一样。

如果……把他们的故事写下来，会有人喜欢吗？

在她第十五次翻身的时候，她拿起手机，打开微博。

攸心V：最近发生了一些事情，想写下来，会有人喜欢吗？

微博一发出，评论便一条接一条。原来大家都是夜猫子。

——看啊看啊，只要是大大写的都想看！

——求大大快开吧，等枯辽（了）！

——难道大家都没有抓到重点吗？咱们家大大肯定是谈恋爱了！

——没错没错，一定是恋爱了！呜呜！求新鲜热乎的狗粮吃。

……

顾悠然一条一条地看着评论，新鲜热乎的狗粮是没有，但她可以编啊！

凭空想象的恋爱比较难，半成品加工一下，总简单得多吧！虽然她和温修远没什么，但小说里可以！

说干就干！顾悠然噌地坐起来，爬下床打开电脑。

这一写，就停不下来，写完大纲又写开头，最后趴在桌子上睡了一夜。

隔天早上，尽管睡得腰酸背痛，顾悠然依然精神抖擞，从家里出来就看到门外停了一辆沃尔沃越野车，听说这个牌子的安全系数特别高，贼抗撞。

顾悠然没开过这么大的车，可她一点都不怵，虽然她车技一般，但是胆子大。

离开市场部，她十分不舍，毕竟以后就没有机会正大光明地追星了。

到公司后，她先到市场部收拾东西，赵子莹拿着咖啡从旁边经过，被她的动作吸引，停了下来。

“你这是？”

顾悠然抬头看着她笑了一下：“我要走了。”

赵子莹立刻凑近，低声打听：“该不会因为苏亦出车祸，牵连你了吧？”

“啊？”

赵子莹干脆放下咖啡，义愤填膺地说：“这就有点过分了，怎么能怪你呢，又不是你安排的车祸？”

“我……”

顾悠然想解释，可赵子莹根本不给她机会，继续自说自话：“我们这些底层员工实惨，褒奖的时候没份，挨罚一个也跑不了。

“没关系，这份工作没了，还有别的，世界上好的工作千千万，一份工作没什么可留恋的。”

顾悠然只好笑了笑：“谢谢。”

她东西不多，说话这工夫已经收拾完，赵子莹热情地说：“我送你下去吧，你叫车了吗？”

“不用，东西不多。”

“别客气，同事一场，以后常联系。”

她俩的关系非常一般，赵子莹这会儿却热情得不行。

就在这时，秘书办小王出现了，一眼看到顾悠然，便笑着径直走过去：“收拾好了吗？昊哥担心你东西太多，让我下来接接你。”

顾悠然笑着答道：“不多，我自己拿就好。”

“就是这个箱子吗，我来。”说完，小王一把抱起顾悠然刚收拾好的箱子，和赵子莹点了下头便转身离开。

赵子莹失魂落魄地咽了下口水。

顾悠然和她道别，却被她一把拽住衣袖。

赵子莹的嘴角抽了抽，勉强咧出一个僵硬的笑：“你，不是……离职啊？”

顾悠然微微一笑：“我回秘书办。”

“……”

第七章 今晚他男友力爆棚

顾悠然重回60楼，给公司爱吃瓜的群众又增加了新的谈资：说好的得罪了温总才被发配到市场部的呢？

不少好事者跑来找赵子莹打听，可她如今是惜字如金，一问三不知。

她真的信了顾悠然是被发配到市场部的，所以对顾悠然挺不客气的。万一顾悠然在温总面前提上一两句，没准儿她饭碗都保不住了。这么一想，她更是心如死灰，一个字也不愿说。

顾悠然再次成为秘书办的一员，秘书办各位表示热烈欢迎。周昊也向大家宣布，今后顾悠然将和他一起直接服务温总。

这意味着，顾悠然在秘书办的地位仅次于周昊，不再是一个秘书那么简单。

几个男秘书都是非常有眼力见儿的，又是祝贺又是鼓掌的。

康宁站在最后面，有些心不在焉。

顾悠然笑着向大家致以谢意："希望以后能合作愉快，中午时间方便的话，我请大家吃饭。"

"有，有！"

大家纷纷响应，可是周昊却泼起冷水："温总还有二十分钟离开公司，你的schedule（日程安排）要和温总保持一致。"

顾悠然："……"

这话听着，怎么像是我一来就把你给解放了？

周昊微笑着耸肩，带着一丝即将解放的兴奋……

和大家打了招呼，顾悠然回到自己的位置开始收拾东西。康宁主动走过来说："需要帮忙吗？"

顾悠然有些意外，笑了一下："不用。"

康宁没有离开，隔了一会儿又问："说话方便吗？"

顾悠然看了看她，拿起杯子说："喝杯咖啡吧。"

于是，二人一前一后进了茶水间。

公司的每层茶水间都会准备咖啡、茶包，早晚还有酸奶和蛋糕。

顾悠然拿了一包挂耳咖啡，康宁在她旁边说："其实，我一直都想跟你说一句对不起。"

顾悠然的手指顿了一下，继续把咖啡包在杯子上放好，加入热水。

"过去我一直对你有敌意，以为你来了就会取代我。是我太敏感了，对你态度不好。"

顾悠然不在意地说："这些我都忘了。"

康宁继续说："那些传闻也是因我而起。"

传闻？什么传闻？顾悠然不解地皱眉。

康宁看出了她的疑惑，只好继续说："就是那些你得罪了温总才被'流放'到市场部的传闻。"

顾悠然更吃惊了："你传的？"

康宁又着急又懊悔地说："我只是跟赵子莹说你请了一周的假，也不知道怎么就传成这样了。对不起，我不是故意的。"

顾悠然拿出泡过的咖啡包，将咖啡渣和咖啡包分别扔进垃圾箱。

"人言可畏，有些话说者无意听者有心，尤其是在秘书办，一言一行都要格外谨慎。"

康宁点头："嗯，你说得对，我也一直这样要求自己，但是做得不够好。"

"走吧，我还有很多东西要整理。"

"你能原谅我吗？"

"生气老得快，我才不要生气。"

说罢，顾悠然率先转身出去。

康宁紧绷的嘴角也终于有了笑意。

顾悠然这杯咖啡还没喝完，就马不停蹄地跟着温修远去赶下一个行程。

路上，顾悠然接到警察的电话，肇事者去自首了！

应允尽快赶到后，顾悠然挂了电话，心里十分没底。就这样和王洛面对面，她还没有足够的心理准备。

很快，苏亦的经纪人刘政打电话给她。原来，警察也通知了苏亦。

听到这里，所有烦心事一股脑抛诸脑后，太好了，又能见到苏亦了！

"苏老师要去？"顾悠然按捺着兴奋问道。

"他今天有通告，这种小事就不要耽误他工作了，我去一趟就行。"

“哦。”

幸福来得太快，失去也是一瞬间。

“那我们公安局见。”

“好的。”

后排，温修远全程听着顾悠然接电话，大概猜到是什么事，于是吩咐周昊：“拨给向老。”

周昊依言照做，电话通了，温修远接起来：“向老，是我，有事走不开，可能晚点到。”

顾悠然听到这里就明白了温修远的意图，对方不知道说了什么，她一回头恰好看到他低眸一笑，随后抬眸，正对上她的眼睛。

他便干脆看着她，目光专注，嘴角微微上扬，缓缓说道：“嗯，私事。”

好半天，她都没能走出他低眸那一笑，太……太温柔了。

见温修远挂了电话，顾悠然试着问：“我是不是影响你工作了？其实我自己去就行，你不用陪我。”

“反正已经推了。”他无所谓地说，将手机递给周昊，忽然质问，“为什么向老觉得我有女朋友？”

女朋友？顾悠然不由得睁大眼睛。

周昊也是一愣，心说，我哪知道？

这是一道送命题，务必慎重。他思量加斟酌，小心说：“会不会是吴总，或者何总和向老先生说了什么？”

吴子清？何启明？对了！那天何启明喊她弟妹来着……

该不会，又有人误会她是温修远女朋友吧？

温修远脸色一沉：“以后少在他们面前说话。”

“我没有。”周昊委委屈屈地低声说。

“老奸巨猾，套路太深，你玩不过。”

周昊：“……”

哪用我说什么？这不都是您自己做出来的事情！

到了公安局，温修远提出和顾悠然一起进去，顾悠然拒绝了。

这是她自己的事情，还是应该独自面对。温修远能陪她来，已经给了她很大的鼓励，也让她充满勇气。

“师兄在车里等我吧，我可以的。”

温修远见她坚持，便点头应允：“有情况及时通知我，我就在这里，哪儿也不去。”

“好。”

他温柔且坚定的眼神让她安心，扯出一抹笑便开门下车。

苏亦的经纪人刘政已经在门口等顾悠然，她深吸一口气，朝刘政走去。

问询室里，警察对面坐了一个年轻小伙子，形单影只，哪儿有王洛的影子？

“来了，”在医院见过面的警察认出了他们，招呼道，“进来坐。”

他指着小伙子说：“这是肇事者。”

小伙子把头埋得低低的，缩着肩膀，看了他们一眼，继续低着头。

顾悠然笑了一下，不相信地问：“真的是他吗？”

警察点头：“我们调取了几个路段的监控，拍到的司机就是他。”

“车上还有其他人吗？”

“这很难说，监控毕竟是有限的。”

“会不会是受人指使？车主呢？王洛？”

警察摇头：“都查过了，车主有不在场证明，他最近一直在外地，没有回来。”

一直沉默的小伙子像是忽然想到了什么似的，开口道：“是意外，我当时太害怕了，不知道怎么办，所以才跑了……”

“我不认为那是意外。”一直沉默的刘政开口，“几次别车，差点追尾，后来干脆侧面撞过来，那么严重的撞痕，不可能是意外。”

小伙子又磕磕巴巴地继续说：“那……那天车……流量大，我……赶时间，几次超车，真不是……不是别车。”

就在这时，顾悠然忽然跌坐在椅子上，抽抽噎噎地哭了起来，是那种很委屈、很害怕的抽噎，不敢放声大哭似的，哭起来梨花带雨，脸上挂着泪痕，十分惹人怜爱。

她这一哭，把那小伙子给吓着了，傻愣愣地呆坐着，神情惊恐。

警察们看着顾悠然哭，也都有点不知所措，刚刚不是还好好的吗？怎么这么突然？

其中一位警察上前轻声问：“怎么了？有什么事说出来，不要哭啊。”

顾悠然不说话，只是止不住地流泪。

刘政重重叹息一声：“一定是在害怕，我现在想想也是后怕，还好我们苏亦只是手腕脱臼，万一……真的不敢想。唉，这么恶劣的事情会不会再次发生？我们的人身安全如何得到保障？”

警察说：“你们放心，不管是谁，违规违法都会付出代价！”

顾悠然还在小声呜咽，像是受了委屈的小猫。警察们手足无措，怎么安慰也不行，最后只得保证：“这件事不会就这么算了，一定会彻查清楚，给你们一个交代。”

确定肇事者被暂时拘留，顾悠然和刘政一起离开。站在门堂处，顾悠然又擤了一把鼻涕。

“您怎么样？”刘政问。

顾悠然吸吸鼻子，摇头：“没事。”

“温总是在等您吧？”

顺着刘政的视线，顾悠然看到不远处倚着车尾的温修远。

浅灰色的定制西服，领子都是独具匠心的设计，每一寸都恰到好处地包裹着他的身材。

网上曾有一个投票，娱乐圈最适合穿西装的男明星，苏亦高居榜首。而她必须承认的是，温修远一点也不比苏亦逊色，矜贵气质自骨子散发出来，不需要硬拗。

刘政叹口气，顾悠然从神思中回到现实。

刘政说：“总觉得，事情没有这么简单，不管怎么说，今天车主都应该出现，他越是不出现，我就越觉得这里面有问题。”

随后，他又笑了一下，宽慰顾悠然道：“也可能是我多想了。总之，您最近还是小心为上。”

“嗯，你们也是，照顾好苏老师。”

“放心吧，那我先去和温总打个招呼。”

说罢，刘政一溜小跑到温修远面前，毕恭毕敬地弯腰点头。

刘政和温修远说了会儿话，看着刘政离开，顾悠然才走过去。

温修远瞧着她红红的眼睛，不禁皱眉：“哭了？”

顾悠然耸耸肩：“王洛找了人顶包，警察也打算随便处理，我没办法，只能哭给他们看。”

温修远失笑：“关键时刻，哭也挺有用的。”

“是啊，至少他们承诺了会继续调查。”

温修远点点头，笑着说：“走吧，上车。”

从这天开始，顾悠然开始寸步不离地跟着温修远，终于体会到当老板的不易，连续一周没有在23点前下过班，连周末都不放过，除了睡觉，其他时间全在工作，毫无自由可言，更没有机会去“有点甜”。

钱朵乐每天都给顾悠然发信息：来吗老板？

钱朵乐一次次抱着希望，却又一次次失望的语气，让她一度觉得自己像个朝三暮四的渣男。

一周后的周二晚上，温修远有私人行程，周昊和顾悠然终于可以正常下班。

从早上得知这个令人激动的消息开始，顾悠然就筹划着晚上一定要做点什么。

最后一场会议结束，吴子清和温修远一起进了电梯，顾悠然立在

电梯一侧。马上就要解放，她已经开始畅想接下来的安排：先去“有点甜”吃蛋糕、喝咖啡，再追一部剧，然后回家码字！

“你就是见不得我好过。”

顾悠然猛然回神，忐忑地看向说话的吴子清，发现这话并不是对自己说的，刚松一口气，矛头便立刻转向她。

“悠然在我这儿做得好好的，你说调走就调走，连个招呼都不打。悠然你说，他是不是威胁你了？”

就在这时，电梯门在“叮”声中打开，温修远说了句“走了”，便先走了出去。

顾悠然对吴子清点了点头，急忙跟出去。

吴子清探出半截身子对着她的背影说：“想回来随时可以回来，市场部欢迎你。”

顾悠然跟上温修远的步子，赔着笑说：“吴总真幽默，呵呵。”

温修远不置可否：“先送你回家。”

“……”

可我不想回家。真是脸上笑嘻嘻，心里……

顾悠然：“我还是自己开车走吧，这样明天上班也方便一点。”

温修远没有立即回应，而是停下步子，双眼微眯地看着她。

顾悠然心虚地躲开他的目光，手指拨拨额前的碎发。

“是不是要去‘有点甜’？”

指节停在额间，她连说两个“不去”。

这时，温修远接了个电话：“先开始，别等我。”

完了完了，他这话的意思摆明了就是要送她。忽然，她灵机一动，开始装模作样地接电话。

“喂，爸。”

温修远挑着眉尾打量她，缓缓收起手机。

顾悠然顶住压力，开启她影后一般的表演：“今天不加班，准备回家呢，有事儿？”

她看着温修远，指着车示意：我先走？

温修远却无动于衷，她只好再接再厉：“你在附近开会？还要我去接？”她有些烦躁，又有些无奈，“行吧行吧，我这就过去。”

挂了电话，她说：“我爸正好在这附近，等我去接，那我先走吧？”

他始终不动声色地瞧着她，倏地，低眸一笑。

“……”

这一笑就很耐人寻味，让顾悠然很是没底，严重怀疑拙劣的演技已经露底。就在她开始思索现在坦白会不会逃过一劫的时候，他却忽然说：“去吧，路上小心。”

“好嘞，温总再见。”

顾悠然迅速告别，转身上了那辆沃尔沃越野。

她开着车缓缓从车位驶出来，又和温修远招了招手。行驶到道路尽头，她透过后视镜还能看到温修远，依然是刚刚那个姿势，一身深灰色妥帖的西服，长身玉立，目不斜视。

终于拐了弯，再也不用被盯着看，顾悠然长舒一口气，如释重负。

连续一周的高强度工作让做了多年咸鱼的她身心疲惫，如果温修远送她回家，她会觉得还是在工作。而独自开车这一路，对她来说就是下班时间，心理和生理都是松弛的。

等红灯时，顾悠然看到钱朵乐半个小时前发来的微信：小可怜，今天还要加班吗？

她连上车载蓝牙，给钱朵乐回电话。

钱朵乐接起电话激动地说："下班了？快来快来。"

想起温修远的话，顾悠然说："下班是没错，但我要回家。"

"好不容易不用加班，回家多没意思，小路师傅今天生日，要请客，我们得狠狠宰他一顿。"

"那就祝他生日快乐。"

"真不来？回家做什么？"

"睡觉，刷剧，码字。"她如实回答。

钱朵乐沉默了片刻："是不是怕遇到王洛？那我也不去了，你在家等我，我很快就到。"

顾悠然还没来得及阻止，就听到电话那头一个好听的男声说："你怎么变卦，答应的事情说变就变？"

"我的然宝需要我的陪伴，我得去陪她。"

"一起来啊，我们一起陪她。"

"她不方便，你不懂。"

"是不是王洛？等我一分钟，马上搞定。"

"哟？这么神通广大呢！"

"少贫。"

顾悠然听着钱朵乐和郑路宁一来一回地逗贫，不禁笑起来："你跟他们去玩吧。"

钱朵乐却十分嫌弃地说："跟他有什么可玩的？"

话音刚落，就听郑路宁的声音传来："问清楚了，王洛要去南边的场子，跟我们不在一个地方，肯定遇不到。就算遇到了，我们这么多人也能给他点颜色瞧瞧。"

钱朵乐犹豫了，还是问顾悠然的意思："你觉得呢？"

顾悠然也有点犯难。

"我承诺要直接回家的，违背承诺是不是不太好？"

两个小时后。

舞池里的王者，当代蹦迪小天后，她就是顾·尼古拉斯·悠然。

脱掉束缚灵魂的高跟鞋和套裙外套，顾悠然身上仅剩下白色丝质吊带和黑色裹臀裙，赤脚随着劲爆的音乐蹦跳，拆掉扎着头发的发圈，头发也仿佛会跳舞一般，水蛇般的细腰扭动，肩带下的蝴蝶骨就像振翅飞起的蝴蝶，妖异性感，轻易便成为舞池里最性感美丽的焦点。

温修远很少来夜店，今天实在是拒绝不了，打算坐一会儿就走。

经理领着他沿着舞池旁的楼梯上楼，走到一半蓦然停住，只是一眼，便看到了舞池中的顾悠然。那个保证一定会回家的人，此刻却在这儿跳舞。

她的长相原就十分艳丽夺目，平时都是纯色职业套裙，扎着马尾，小心翼翼地掩去眉目间艳丽的部分。然而这一刻，全都显露无疑。

经理是个人精，见状便主动说："温先生，遇到熟人了？"

"嗯。"他盯着顾悠然姣好的面容，轻哼一声。

"我去请她上来？"

经理小心翼翼地打量着温修远的神情，灯光忽明忽暗照在他脸上，也猜不透他到底在想什么。

"你上去说一声，我在下面坐会儿。"说罢，温修远转身走下阶梯。

经理愣了几秒，赶紧小跑着跟上，非常有眼力见儿地为温修远找了一个正对舞池的位置。

温修远的长相十分优越，穿戴不菲，仅手腕那块表就价值百万。数不尽的小姑娘前赴后继地和他搭讪，他烦不胜烦，眉心越皱越紧。这就是他不喜欢这个地方的原因。

舞池里的顾悠然跳得正嗨，压根儿没有察觉有个人在紧紧注视着她。

自从苏亦遇到意外，她一直承受着很大的压力，时刻担心会遇到王洛，担心身边的亲人朋友会成为王洛的报复对象。

她借着郑路宁生日，喝了几杯酒，压力终于有了释放的口子，特别想跳舞。

在楼上包间的盛子棠非常好奇，这位能让最讨厌夜店的温修远停留在一楼那个嘈杂吵闹的地方的"熟人"到底是哪路神仙，一定要去瞧一瞧！

经理在前面领路，盛子棠在正对舞池的位置看到温修远，西装革履、眉心紧锁，模样不像是逛夜店，而是在听工作汇报，还是不甚满意的工作。

周围全是妖魔鬼怪，他是敛了凡心的神仙。一旁有几个姑娘凑在一起嘀嘀咕咕，可能是在琢磨如何拉他下凡。

盛子棠笑了，挥退了经理，兀自坐在温修远旁边。

温修远瞧了他一眼，继续看舞池。

盛子棠用手在额前搭了个凉棚，眯着眼睛，想看清温修远到底在看谁，意外看到一个极品小姑娘。美是真美，白到发光，腿又直又长，赤着脚有一种原始美，连脚趾上的黑色指甲油都十分可爱。

他抬起胳膊肘碰了碰旁边的人："哎哎，那姑娘不错啊。光脚那个。"

话音刚落，盛子棠就感受到了一股浓浓的杀气，一转头，对上温修远那凛冽如刀锋的目光，一时失语。

来不及深究，一个身影飞快地从他们旁边经过，直冲舞池那道身影而去。片刻后，几个人一起从舞池出来。

盛子棠看清那人，站了起来："路宁？"

郑路宁蓦然停下，也是一惊："舅舅？"

吃惊的不只是郑路宁，还有钱朵乐和顾悠然。

顾悠然一眼便看到卡座中间端坐的人，立即躲到郑路宁背后，急得啃指甲。

温修远什么时候来的？看到她了吗？

他神色明明很凛冽，嘴角却挂着一抹笑，诡异又可怕。

她多期望是自己眼花，可从钱朵乐那惊得下巴都快掉下的反应来看，她真的完蛋了。

郑路宁："舅舅，我们还有事，先走一步。"

盛子棠却只关心藏在他背后的人："背后是谁啊，不介绍一下？"

郑路宁向后瞟了一眼："下次吧，我真的有急事。"

郑路宁也是急得不行，明明打听好的王洛不会来，刚刚却有侍者报信王洛已经到门口了。他赶紧跑来喊她们，没想到，半路又杀出程咬金。

一直沉默不语的温修远忽然起身，大家的注意力全都放在他身上。

只见他绕过郑路宁，停在顾悠然面前。

顾悠然屏住呼吸，恨不得用脚抠个地缝钻进去。

四周嘈杂，温修远凑近她，用彼此才能听到的声调说："顾教授在这里开会？"

"……"

从温修远站起来开始，盛子棠的注意力就全部集中在他身上，看到他停在郑路宁背后的小姑娘面前，心里"咯噔"一下。

她就是温修远留在一楼的原因？他刚刚……好像没说什么过分的话吧？

就在这时，侍者送来一双一次性拖鞋，温修远弯下腰，亲手将它

们在顾悠然脚边摆好。

顾悠然看着脚边的白色拖鞋，脚趾尴尬地向上翘了翘，慢吞吞地穿上拖鞋。地板冰凉，还有异物硌脚，松软的鞋底终于解放了她的双脚。

刚舒一口气，温修远又脱下西服外套披在她身上，并细心地将她的头发从外套下拿出，动作轻柔。而她已经僵硬得不敢有任何动作，只能任他摆弄。

西服上有他的温度，被温暖干燥的雪松味萦绕，让她鼓噪的心逐渐平顺下来。

温修远这一系列动作，震惊了盛子棠，明明刚刚还一副不满意“眼前的工作”的样子，这一刻就连下颌线条都变得温柔了。

一个身边压根儿连女人都没有出现过的人，竟然如此细心地对待这个小姑娘！他不禁要对小姑娘刮目相看了。

钱朵乐和郑路宁也看入迷了，等他们意识回神，温修远已经揽着顾悠然的肩膀往外走。

钱朵乐大惊：“坏了！王洛！”

急得她直拍郑路宁肩膀，这么一耽误，现在出去肯定会和王洛正面撞上。

郑路宁也很慌，来不及去阻止，就看到正前方出现的王洛，后面还跟着三四个人。

王洛径直走到顾悠然面前，挡住她的去路，故作惊讶：“悠然？真是你，太巧了。”

“……”

你戏挺足啊！

虽然已经做足了正面应对的心理准备，但真实看到王洛的刹那，顾悠然发现那些所谓的心理准备，都是徒劳。

他比以前更瘦了，脸颊凹陷，皮肤蜡黄，黑眼圈很重，眼神阴鸷可怕，却挂着瘆人的笑，看起来非常不健康。

顾悠然低眸，眼前的王洛，让她想起三年前那杯下了药的饮料……

有好长一段时间，她都被噩梦困扰，梦里的她没有那么好的运气，喝下那杯饮料，日日生不如死。她一度陷入忧郁，甚至有了抑郁症倾向。虽然如今的她已经走出了那段阴霾，可是此时此刻，还是轻易就想到了那段痛苦过往。

王洛挑眉长叹：“时间过得真快啊，这几年我可是时时刻刻都记挂着你。”

记挂着怎么报复我吗？

可能喝下的酒开始上头了，顾悠然觉得一阵眩晕，身子跟着晃了一下，还好温修远一直扶着她。感受到他贴在腰间的有力臂膀，她瞬间又觉得充满力量。

“师兄。”顾悠然轻唤了一声，身体顺势往温修远身上一靠。

旁边的吃瓜群众也看直了眼，眼睛都不敢眨，生怕错过什么。

“嗯。”温修远抿唇应道，垂着眉眼看着顾悠然。

“这是你朋友？”

“不是。”

“好奇怪，话这么多。”她把头贴在温修远的肩上，轻轻合上眼，“好晕，我想回家。”

温修远的手臂紧了紧：“好，送你回家。”

王洛没想到顾悠然竟然装作不认识他，被当成空气一样晾在那儿，哪肯罢休？

于是他挡住他们的去路，不依不饶：“当初分开得太仓促，有好多话没能跟你说，择日不如撞日。”说着，就要去拽顾悠然的胳膊。

温修远一个闪身，挡在顾悠然面前。

王洛一直在忍，温修远这举动彻底激怒他，刚要发作，被旁边的人拦了下来，耳语几句，气焰立刻熄灭。

王洛意外地打量着眼前的人，很快就换了副面孔，双手伸过去，恭顺道了一句：“温先生，久仰大名。”

温修远不说话，只是瞧着他，对他递来的双手也权当没看见。

王洛的手被晾了半天，周围那么多人看着，虽然他面子上很挂不住，但忌惮温修远，只好堪堪收回来，最后顶不住那无声的眼神压力，默默退开，让出路来。

在温修远的陪伴下，顾悠然顺利离开夜店。

车已经停在门口，上了车她才发现手机、包都没拿，甚至外套和鞋都还在包厢里扔着。

温修远从驾驶位坐进来，神色依然凝重，下颌线紧绷着，整个人看起来冷飕飕的。

顾悠然不由得打了个哆嗦。

“冷？”他问。

顾悠然忙不迭摇头，可他还是抬手去调空调温度和风速。

虽然刚刚在王洛面前装得跟二五八万似的，其实她心里还是忐忑得不行，倒不是怕王洛，而是怕温修远对她失望。她撒谎骗了他，现在道歉的话，还有用吗？

她做了个深呼吸，情深意切地喊了一声：“师兄。”

“道歉就不必了。”

顾悠然被噎了一下，只好说：“我想用一下你的手机，给我朋友打个电话。”

看到他轻轻皱起的眉心，她越发没有底气。

“头不晕了？”

“还是有点晕的，”她顶住压力继续说，“可我的手机和包还在包厢里。”

“……”

顾悠然用温修远的手机给自己的手机打电话，打了两遍，钱朵乐接了起来。

钱朵乐：“我就是来给你拿东西的。包、外套、鞋，还有什么？”

“手机。”

“对，手机。”

顾悠然听到电话彼端一阵窸窣声音，接着就听到钱朵乐有点着急地说：“你把手机放哪儿了，找不到啊。”

“桌上、沙发、包里，都找找。”一听手机找不到，顾悠然的头立刻不晕了，手机里珍藏了苏亦的照片和视频，很多都没有备份，可不能丢了！

温修远无语地扶额。

钱朵乐：“都找了，没有啊。”

顾悠然有点儿坐不住了：“你给我打一下，打一下手机。”

温修远实在听不下去，拍拍她的肩膀。

顾悠然看着他，着急地说：“我的手机找不到了。”声音里还隐隐夹着哭腔。

被温修远抓包时她不想哭，遇到王洛她不想哭，现在却想哭。那么多心血，难道要付诸东流了吗？

温修远示意她看手机屏幕，她有些不解，还是听话地将手机从耳边拿开，屏幕上赫然显示着“悠然”二字。

拿着手机找手机。太傻了！

顾悠然挂了电话，把温修远的手机双手奉还。现在只需要等着钱朵乐把东西送出来。

温修远睨了她一眼：“如果我没有出现，你打算怎么办？”

“那我应该早就躲起来了。”顾悠然小声嘟囔。

温修远要被气笑了，这意思是，都怨他？

“我说过，躲不是解决问题的办法。”

“我知道，可今天不是正面应对的时候。”

温修远看向她低垂的发顶，反问：“所以你也知道今天不该来这里？”

“……”

逻辑鬼才，天衣无缝。

“其实，”她抠着手指，“我就是想放松一下。”

她舔了舔干涩的唇，继续说：“我真的……我压力太大了，已经连着好多天睡不好觉，我都想让南山请假不去学校了，就怕王洛会去找他麻烦。而且他们都打听好了，说王洛不会来，我才来的……”她越说，声音越小。

越想越窝囊，明明她没做错什么，为什么要承受这些？还要东躲西藏，畏首畏尾？

温修远说得对，躲不是办法，她要正面硬刚！必须要让做错的人付出代价！

可就在她鼓足底气、下定决心时，温修远忽然抱了她……

“不是要怪你，只是担心你的安全。”

“我……知道。”她眨眨眼，愣愣地答。

“好了，以后想去哪里跟我说，我陪你。”

“……”

钱朵乐拿着衣服和包匆匆离开夜店，郑路宁亦步亦趋地跟在后面，以防她被王洛盯上。

她在门口驻足瞧了一会儿，看到路边停着温修远的车，便一路小跑着过去。走到距离车五米左右的时候，她忽然停住。

车里两人竟然抱一起了！

这就让她有点进退两难，不想打扰他们，可是这么多东西怎么办？

正纠结的时候，两人又分开了。

这就结束了？不……亲一下吗？她一个外人都觉得意犹未尽。

“愣什么呢？”

郑路宁不知道什么时候走到旁边，钱朵乐摇头，走到顾悠然那侧轻轻敲了一下玻璃。

钱朵乐以为会看到顾悠然眉眼含羞、脸颊绯红的羞涩模样，结果她却毫无异样，还质问她为什么这么慢。

“为什么这么慢你心里没数吗？”钱朵乐咬牙切齿低声道。

顾悠然眉心一皱：“什么？”

钱朵乐无语，一股脑把东西塞给她：“手机、衣服、鞋和包都在，你看看还缺不缺？”

“嗯，不缺。”检查完，顾悠然抬眸一笑，“谢谢多总，亲亲。”

钱朵乐嫌弃地把她脸推一边，又低声笑道：“你演技不错啊，装晕装得挺像。”

“那是真的……”

钱多乐压根儿不听，冲着驾驶位的温修远说：“温总，今晚给您添麻烦了，悠然还要拜托您照顾。”

“嗯。”温修远手扶着方向盘轻应一声，嘴角微微弯起，十分养眼。

钱朵乐忍不住要感慨一番，这么好的条件不出道太可惜了。

“走吧，到家发微信，再见温总。”说罢，人从车边退开，挥着

手和他们再见。

顾悠然也不放心钱朵乐，怕刚刚那出一闹，王洛会盯上她，正想让她上车，就看到立身于不远处的郑路宁，于是高声吆喝道：“小路师傅，请务必把多总安全送到家，谢谢！”

郑路宁闻声展颜一笑，露出整齐洁白的牙齿：“放心吧。”

挥别了温修远，钱朵乐一转身就看到了挺拔如小白杨的郑路宁，穿着干净的白衬衫，双手插入裤袋，咧嘴笑的样子有着十足少年感。

她不禁再次感叹：“小路师傅，做厨子没前途。”

郑路宁瞬间收起笑。

“真不考虑出道吗？”

“……”

“不然你这颜值太浪费了。”

郑路宁听了这话还挺高兴：“我就当你是夸我帅。”

“你怎么抓不住重点呢？”钱朵乐恨铁不成钢地说，“身边明明有这么多颜值高的人，都不出道，气死我了，想离娱乐圈近一点怎么这么难？”

“有病……”

郑路宁气得转身就走，走了两步又停下来，叹口气拐回来，拽着钱朵乐一起走。

回到家，顾悠然毫无睡意，洗完澡，从书柜里拿出一听啤酒，打开电脑，找到最近保存的文档，已经有近三万字的存稿。

因为有现实参照人物温修远，这让卡文七个月的她犹如久旱逢甘霖，写起来非常顺手。唯一让她担心的是：如果被温修远知道了怎么办？

啤酒撞击铁罐的气泡声像一个个活跃的小分子，一口喝下去令她精神振奋，活动活动筋骨，开始码字。

今晚发生的事情很适合作为小说情节，趁着记忆犹新，抓紧时间编一编。

被温修远抓包时，她心里是害怕的，小说里就不能这么写了。毕竟是互相喜欢的人，心情会更加复杂。

加入戏剧性润色，剧情打磨，用词反复斟酌，写写又删删，她一直到深夜两点多才写完，一转身便扑在床上，秒睡。

睡意正酣时，闹钟响了，顾悠然意犹未尽地按掉闹钟，迷迷糊糊地打开微信，瞬间就清醒了，猛地坐了起来。

钱朵乐：你发新文了？

钱朵乐：我还以为昨晚你和温总要有突飞猛进的发展，结果你回家码字？还发新文！

新文？

顾悠然一脸蒙，昨晚就码字而已，没发新文啊！

她慌张地下床，跌跌撞撞地坐到电脑前，开机、登录，果然看到在零点整发了一章新文，点击已经有三千多，评论也已经超过两千条。

——啊！太惊喜了！大大竟然真的开文了！

——前几天看到大大发的微博就超想看啊，没想到这么快就看到新文了，太开心了！

——大大这些都是真实发生的吗？太带感了吧！

——快更新啊！！！我想继续往下看啊！

……

顾悠然好像想起来了。

那晚写完第一章直接上传存稿箱，为了逼自己多存稿，还顺手调了发送时间，然而最近太忙了，她把这事忘得一干二净！

稿子没存多少，文倒是发出去了，偷鸡不成蚀把米。这也太扯了，发文这么大的事情都能忘！顾悠然气得捶脑袋。

捶了半天脑袋，该面对的还是要面对，她蓬头垢面地对着电脑屏幕，生无可恋。

文已经发出去，撤是撤不回了，停更消耗人气，锁文更不行，最好的办法就是硬着头皮上。

桌上的手机“叮咚”一声响，顾悠然拿起来，看到钱朵乐发来的微信。

钱朵乐：看完第一章回来！太好看了！你真是天才，相亲走错房间还遇到初恋，这梗怎么想到的？

顾悠然：不是想的，是真的。

钱朵乐：？？？

钱朵乐：你的意思是……你和温总相亲？你走错房间了？而且你还一直喜欢他？

顾悠然：不是，是假的。

钱朵乐：什么真的假的，我晕了。【晕】

顾悠然：只是以我俩为原型，故事情节、感情发展都是我编的。

钱朵乐：所以你不喜欢温总？

顾悠然毫不犹豫地回复：当然不，他是我师兄！女主的那些心情都是我编的。

钱朵乐：少蒙我，昨晚都看到你们抱在一起了。

顾悠然：……

顾悠然：他那是安慰我，没别的意思。其实作为相亲对象，师兄自然是非常优秀的，当时以为他是相亲对象，还觉得和他谈恋爱肯定

能激发写作灵感。后来发现搞了乌龙，干脆就用他做男主吧！

钱朵乐：原来温总只是工具，温总好可怜。那么好的条件娱乐圈都不混，结果在你胡编乱造的小说里混个男主，实惨。

这么一说，他好像是挺惨的……

钱朵乐：你不怕被温总知道吗？【你危险了 .jpg】

顾悠然：如果他知道了，一定是你说的！那你就等着吧！【刀】【威胁】

钱朵乐：【乖乖闭嘴 .jpg】

钱朵乐：既然有原型，你真的可以考虑好好利用微博营销一下。

顾悠然：怎么营销？

钱朵乐：【白眼】这么多年星白追了，笨死了！就比如昨晚发生的事情，多好的素材啊，你肯定会写进小说里。那你就发条微博：偷偷蹦迪被抓包，呵呵。【再见】

钱朵乐：简简单单一句话，不用写太多，现实呼应小说，让大家觉得亦真亦假、真真假假，分不清、道不明，心痒难耐，穷追不舍。到时候想不火都难啊！

钱朵乐：现在一些剧在播的时候，都会注册角色微博，电视剧里演着，微博上继续演，效果特别好。我不是说你写得不好啊，营销只是一种手段，却可以事半功倍呀！

说起微博，前几天顾悠然心血来潮发的那条微博，到现在还有评论和转发，都在催她快快写。

今天发新文后，读者纷纷猜测这些到底是不是真实发生在她身上的事情。似梦似幻，的确让人多了更多的念想。

“咚咚咚！”

敲门声打断顾悠然的思绪。

“再不起床就要迟到了。”顾海生的声音在门外响起。

顾悠然看了眼时间，吓得她一弹而起。

匆匆洗漱，她抓了一片面包，边吃边换鞋。

温修远借的沃尔沃越野还停在“有点甜”，抱着应该不会遇到王洛的侥幸，她背着包出门了。

结果，温修远的车已经候在门口。

顾悠然三两口把面包吞下肚，差点没给她噎过去。后排车窗已经降下去，露出温修远的半张脸。

他抬起眼眸看她，薄唇轻启：“上车。”

“哎！”

顾悠然小拳头捶着胸口，绕过车尾，终于在上车前，把噎在食管的一口面包送进胃里。她长舒一口气，坐进副驾驶，回过头问他：“您是专程来接我的？”

“不是。”

呵呵。自作多情了吧！

温修远看着手机，眼皮都没有抬一下：“过来取东西。”

顾悠然尴尬地笑着点头，转身坐好，目视前方，得赶紧让钱朵乐把车送到公司，她可不想再坐“顺风车”了。

时院长一大早就在菜园子里摆弄他的菜，时老太太从外面进来，在菜地旁的小石凳坐下来，摇着蒲扇问：“修远回来做什么？”

“说是有本书找不到，回来找找。”

“可我看他空手走的。”

“可能没找到吧。”

“大清早的来找书？”老太太摆明不相信的样子，又说，“我看到悠然那小丫头上他的车了。”

时院长继续摆弄菜，头也没抬一下：“她在修远公司上班，搭顺风车吧。”

时老太太没好气地说：“你们这些人，就是粗神经。”

“嗯，心细如尘的法官大人，难道没发现我们的菜园子大丰收了？”时院长指着地上堆成小山的生菜。

“知道了，”时老太太抡圆手臂比画着，“我去给你拿那么大的盆，你等着。”

温修远上午的行程就是在公司开会，顾悠然全程陪同，却全程跑神，专注抠手机。周昊明里暗里提醒她多次，她始终无动于衷。

作为一个网络作者，发新文总是分外激动的，况且她还是意外发新文的。

手机登录文学城后台，实时刷新评论，实时围观大家对新文的态度，生怕自己写得不好看。更怕明明写得不好，读者却碍于面子敷衍她写得好，实际只是到此一游，出了门再也不会回来，却让她沉浸在美好的幻想里不肯醒来。

温修远已经注意到顾悠然在开小差，周昊不得不再次提醒她。

顾悠然一抬头，正对上温修远的眼神，立刻换上一抹乖巧的微笑，放下手机，专注开会。

可是没过两分钟，又有电话进来。陌生号码，她直接挂了，但是对方十分坚持，连着打了三个，无奈，她和周昊说了一声，压低身子出去接电话。

顾悠然站在走廊上接电话，眉心轻皱：“花？谁送的？”

“落款是王先生。”对方答道。

王先生，难道是王洛？

想到这里，她说话的音调也不禁冷了几分：“谁送的，你就送给谁去，我不收。”说罢，便挂了电话回到会议室。

漫长的会议终于结束，回到60楼，顾悠然还没来得及喝口水，小郭和小王就八卦地凑过来。

小郭有点激动地问：“你拒绝了一束花？”

“你怎么知道？”顾悠然惊讶。

“全公司都知道了。”小王大惊小怪道。

顾悠然皱眉：“至于吗，一束花而已。”

小郭：“关键就在于那不是普通的花，是‘真爱一生’的‘彩虹玫瑰’！已经有人扒出价格了。”

“真爱一生”是近几年迅速崛起的高端鲜花品牌，号称“最好的花送给最好的你，真爱一生”，价格自然是不菲的。

“多少钱？”顾悠然也开始好奇了。

小郭和小王对视一眼，卖起关子。

“三万！”顾悠然放心大胆地猜。

虽然没有收过这么贵的花，但是作为一名合格的言情作者，肯定要知晓这些著名品牌的价位的。

小郭：“错！”

小王迅速接话：“39999元！”

小郭：“520枝！好大一束！还是彩虹色的，好多人都没见过。花在前台放着，已经有不少人去打卡了。”

小王小声说：“其实我也没见过。”

小郭附和：“我也是。”

网红吗？还去打卡？这样下去，肯定会造成不好的影响。

顾悠然匆匆拿起包说：“我先下去，待会儿温总问起，就说我在一楼等他。”

温修远在办公室和几位高层短暂会面，接下来还有一个商务午餐。从办公室出来，看到顾悠然位置空着，正想问，小郭便主动说：“温总，悠然说她先下去，在一楼等您。”

温修远又看了一眼顾悠然空荡的座位，带着周昊离开60楼。

电梯里，周昊也是刚得知“彩虹玫瑰”的事情，忍不住和温修远八卦起来。

“上午有位王先生送了一束花给悠然，她拒收了。花摆在前台，悠然大概去看了吧。”

“王先生？”温修远疑惑地重复，莫非是王洛？

电梯刚走到一半，他就一直盯着跳动的数字。门一打开，他便像一阵风似的冲出去，周昊在原地傻愣了两秒，才跟上。

大堂并没有顾悠然的踪影，温修远有点着急，一转身看到她就站在门堂外，笑吟吟地看着他，车就停在旁边，像是专程在等他。

他舒口气，走上前。

顾悠然亲自为温修远打开后排车门，而他并不急着上车，站在车边专注地看着她。

“怎么下来这么早？”

顾悠然依旧笑吟吟地说：“处理一些事情。”

“处理完了？”

“嗯，搞定。”她歪了下头，笑意更浓。

温修远微微勾唇，矮身上车。

宾利车缓缓驶离求索大厦，在路边的垃圾桶旁，温修远看到了一大束彩色玫瑰，少说几百枝，被遗弃的样子有些狼狈，经过的路人不免指指点点，还有人在拍照。

周昊不禁觉得可惜：“这花很贵的。”

温修远递来眼神，周昊立刻自闭地抠起车玻璃。

前排的顾悠然倒是无所谓，笑着说：“怪就怪他没选对牌子。”

周昊忍不住好奇地问：“怎么说？”

顾悠然回头说：“我不喜欢这个牌子的代言人。”

周昊：“……”

她话锋一转，对温修远说：“可见，选一个好的代言人多么重要啊！温总您放心，求索选择苏亦，绝对不会错的！”

温修远：“……”

时时刻刻安利自己的爱豆，是一个粉丝的基本素质。

大佬们进行商务午餐，助理秘书们被安排在隔壁房间吃饭。

都是熟人，吃过饭大家在三三两两地聊天，顾悠然正打算小憩，一位侍者走来，说外面有人找。

这就稀奇了，谁会来这里找她？

想到一种可能性，她忽然有些不安。

跟着侍者离开休息室，一起来到酒店的行政酒廊，看到找她的人，果然是王洛。

克制着转身逃离的冲动，顾悠然努力让自己看起来沉着、冷静。

王洛看到顾悠然便站起来，微笑看着她，与昨晚的阴鸷可怕相比，简直判若两人。

“坐。”王洛殷勤地拉开对面的椅子。

“我还有工作。”

王洛笑了一下：“温先生的午餐会还没有结束，你应该不忙吧？

不会耽误你太久的。”

顾悠然不由得倒吸一口冷气，连温修远的行程都一清二楚，怕不是偶遇，而是有备而来的！

不能让王洛知道她的害怕与忐忑，昨晚借着酒劲逃过一劫，今天必然不能退缩。

打定了主意，顾悠然款款落座。

王洛在她对面坐下来：“其实刚刚就看到你了，想着你在忙，就没有打扰你。我送的花你收到了吗？”

顾悠然惊讶：“那束花是你送的啊？”

“是。”

顾悠然很抱歉地说：“不好意思，我不知道是你送的，所以扔了。”

“……”

“是不是挺贵的？要不我给你转账吧！”

王洛深吸一口气，又笑了一下：“怪我没有说清楚。”

侍者上前问顾悠然喝点什么，顾悠然又想起了三年前那杯饮料，倏地出了一身冷汗，沉声道：“不必了。”

王洛微微皱眉：“你还是不肯原谅我？”

这话说得就太可笑了！先是搞一出撞车事故，昨晚那话里话外的意思都是要给她点颜色瞧瞧，这会儿又说她不肯原谅？真是变脸比翻书都快。

她心里这样想着，表情却是淡淡的，莞尔道：“过去的都过去了。”

“好，都过去了。那么悠然，你愿意给我一次机会吗？”

顾悠然感觉有诈，犹豫着问：“什么机会？”

“我要追你。”

“……”

“分开这几年，我无时无刻不在想你，随着时间流逝，我越来越确定一件事，我喜欢你。给我一个机会，让我来照顾你。”

你怕不是要照顾我，是想送我走！这就是他报复她的方法吧，太吓人了！

就在这时，周昊如从天而降一般出现。

顾悠然仰着头看他，觉得他满身都是光芒。

“你怎么在这儿？”周昊问。

顾悠然迅速回答：“见朋友。”

周昊向王洛礼貌地点下头，又看着顾悠然说：“找你半天了，快走吧。”

顾悠然急急忙忙站起来，对王洛说了一句：“我们是朋友，这一点不会改变。我还有工作，先走一步。”说罢，便匆匆跟着周昊离开行政酒廊。

终于离开王洛的视线，顾悠然暗自松口气，低声道：“要走了吗？”

周昊往后看了一眼，亦低声道：“还没结束，温总特地交代，不能让你落单。”

原来是这样。她心头不禁一暖，笑着说：“谢谢。”

周昊又问：“花是他送的？”

“嗯。”

“看着年纪不小了，得有三四十岁吧。”

“我和他同龄……”

“失礼。”

“不，我觉得你说得对。”

可能是因为摄入毒品的缘故，胶原蛋白流失严重，王洛明明才二十出头，却皮肤松弛，毫无弹性，还有鱼尾纹、法令纹，说他三十岁，简直碰瓷温修远。

午餐会结束后，得了机会，周昊将王洛来找顾悠然的事情告诉了温修远。

温修远听完并没有什么反应，而他不说话，恰恰是他思量的表现。果然，片刻后，他吩咐周昊：“去查一下王洛未来两周的行程，越详细越好。”

“是。”

“过去一个月他去过哪里也查清楚。”

“明白。”

回程的路上，周昊没有同他们一起，顾悠然陪着温修远坐在后排，而她有些不在状态，情绪低落。

温修远有个电话会议，原本手机接入会议，可是看着顾悠然心事重重的样子，便用蓝牙连上车载音响，关掉麦克风，车厢里清晰回荡着吴子清和赵峥的声音。

吴子清：“《易经》有云，离也者，明也，万物皆相见……”

赵峥：“说人话。”

吴子清：“周日晚上十点预热，周一早上十点官宣，我找大师算过，这个时间点非常好。”

顾悠然瞬间竖起耳朵，眼睛也开始闪烁光彩。难道……他们在商量苏亦官宣代言人的时间？

赵峥：“我没意见。”

吴子清：“温总呢？温总听见了吗？”

赵峥：“温总在开小差。”说着，他还唱了起来，“明明是三个人的会议，却只有你我相依为命。”

顾悠然把声音压到最低，问温修远：“是官宣苏亦吗？”

“嗯。”温修远点了头，“保密。”

顾悠然郑重地点头：“放心，规矩我都懂。”

温修远看着她心情转好的样子，拉平的唇线终于有了弧度。

然而就在他俩说话的空当，会议上那两人等不到温修远的出现，竟然大剌剌地讲起了八卦。

赵峥：“看到今天前台那束花了吗？”

吴子清：“不是已经扔了吗？”

赵峥：“扔了？”

吴子清：“2G冲浪？赶紧换求索S60 pro手机，5G网速贼快。”

聊八卦都不忘给新手机来个推广，不愧是管推广和销售的副总裁。

赵峥：“太可惜了，那个牌子的花还挺贵的。这么高调，不像是温总的风格。”

吴子清:“这我可以做证,真不是温总送的,听说送花的那位姓王。”

赵峥：“隔壁老王？”

顾悠然的脸已经红透了。

这两人真是越说越没谱，温修远接入会议，直奔主题：“官宣时间我没意见。”

吴子清：“哟，一说隔壁老王，温总就出现了！果然要有危机感。”

赵峥拍着手说：“欢迎欢迎，热烈欢迎。”

温修远扶额，无奈道：“行了，都挺忙的。”说罢，便退出会议。

顾悠然保持着尴尬而不失礼貌的微笑，原来高层也这么八卦，无缘无故地聊她干吗？不对，人家压根儿没提她，所以千万不能对号入座。

但是空气已然十分尴尬，她只好说：“太好了，终于官宣了，苏亦的粉丝过年了。”

最近苏亦一直在做电影路演，粉丝们能经常见到他，天天都是亢奋的，新电影票房一路飘红，如今已经破25亿，再官宣新代言，那真是太幸福了！

王洛的出现让顾悠然心情不佳，但是代言即将官宣的消息，将她拉出情绪谷底，一切的不开心她全都忘了。

晚上，钱朵乐来顾悠然家里陪她。

顾悠然坐在电脑前码字，无论如何都要给王洛记上一笔，并让他不得好死！

钱朵乐躺在顾悠然的床上，跷着二郎腿，吃着苏亦代言的薯片，喝着苏亦代言的果汁，拿着顾悠然的手机刷文学城后台。

“集美（姐妹），你要火啊。才发了一章，收藏评论双双破8000，点击已经破万了。”

顾悠然敲着键盘，无所谓地说：“每次你都是这么说的。”

“那我也没说错啊，而且我觉得这本比之前的都好看，”她抱着手机，满脸憧憬，“如果小说里的一切是真的该多好。”

顾悠然停下手指，想象一下温修远真的喜欢她……几乎是瞬间便打消了这个念头。

小说来源于生活，但高于生活，小说和现实还是要分清楚的，绝不能混为一谈。

晚上八点，准时更新一章，钱朵乐看到“吃白子”的情节，由衷地发问：“河豚精巢也是你编的吧？

“该不会真的吃了吧？”钱朵乐忍不住干呕一下。

顾悠然郑重其事地说：“很有营养的。”

钱朵乐又呕一下：“别说了，我想吐。”

随后，顾悠然和钱朵乐便开始N刷苏亦的电视剧，顺便用手机刷苏亦今日路演新图。

钱朵乐等图等得着急：“手机该换了，出图太慢。”

顾悠然：“等官宣，否则不算销量。”

“说起来，宣传照已经拍完好久了，到底什么时候官宣啊？”

顾悠然挣扎了许久，最后实在按捺不住心中躁动，把即将官宣的事情告诉了钱朵乐。

钱朵乐从床上一跃而起，激动得不行：“啊！哪天？”

“周日预热，周一官宣，千万不许说出去！”顾悠然不无警告地说。

钱朵乐一把抱住顾悠然的胳膊：“你还不放心我吗？”

可是看着钱朵乐一脸谄媚的样子，说实话，顾悠然已经后悔了。

果然坚持没一会儿，钱朵乐就坐不住了，蠢蠢欲动，身上长了刺一般，坐立不安。

“就算我不说，网上也早晚传开，你以为营销号都是吃干饭的？”

“不能说，这是底线。”

“好好，知道了。”

安生了几分钟，钱朵乐又开始躁动不安：“真的不要和大家说一声？提前做好控评准备啊，突然官宣来个措手不及，给不了亦宝应有的排面怎么办？还得反黑呢，许星河的粉丝就像满地爬的蟑螂一样恶心，必须做好准备啊！”

顾悠然斜眼看她：“我真后悔告诉你。”

钱朵乐冷嗤：“温总肯定想不到你满口答应绝对保密，却转头告诉了我。”

“……”

她摆出功夫姿势：“来呀！互相伤害！”

尽管钱朵乐十分努力，还是难以平复激动的心情，只能想点儿不

高兴的事情。

“对了，王洛没来骚扰你吧？”

此话一出，顾悠然的心情果然低落了许多，不禁叹起气来：“我觉得他有病，他好像跟踪我，还说要追我。”

“……”

说曹操，曹操就到。顾悠然话音刚落，就收到王洛发来的微信，是一张星空的照片，还有一句话。

钱朵乐看着屏幕，一字一句地念出来：“今晚繁星点点，很想陪你看月亮……昨晚还是那副势不两立的样子，今天就开始追你，怕不是精神分裂吧？”

顾悠然打开照片原图，放大，在照片左下角，露出楼房一角，这角度……越看越像是在她家小区外拍的。

“大变态！”钱朵乐大骂，紧接着又安慰她，“别搭理这种神经病，我们还是来说说亦宝的新代言吧。”

“……”

第二天清晨，钱朵乐送顾悠然去公司，一路上未发现任何异样。

一进求索大厦，前台小姑娘便喊住了顾悠然，递了几个保温盒给她，说是刚有人送来的。

不用猜也知道是谁送的，随后，她又收到王洛发来的微信：早安，蓝色高跟鞋很漂亮。悠然，你真好看。

她的手不禁一哆嗦，手机滑落，“啪”的一声掉在蓝色高跟鞋旁边，屏幕全花了。

“就算知道新手机要上市，也不用这么急吧？”

顾悠然听到戏谑，回头看到赵峥，尴尬地喊了一声“赵总”，紧接着捡起摔碎屏幕的手机。

赵峥看到已经碎掉的屏幕，笑着说：“新机内测，待会儿让人给你拿一部。”

顾悠然连忙摆手拒绝：“不用麻烦了。”

“自己人，客气什么。”

前台小姑娘们看八卦的神色实在是藏不住，等人一走，几个人便迫不及待地开始分析：自己人，自己是谁?

顾悠然把保温盒里的早餐全部倒入垃圾桶，保温盒像是新的，顺手送给保洁阿姨。

电梯里，顾悠然不禁抱紧双臂。这是潜意识的自我保护姿势。

她总觉得有一双眼睛在看着她，抬头看到监控，这并不能让她感觉安心，反而幻想王洛会不会就在监控后面，背后一阵发毛。

王洛跟踪她，而且越来越明目张胆。报警吗？她没有充分的证据，最后一定是不了了之。难道要听之任之？

一进办公室，她便把蓝色高跟鞋脱了丢进垃圾，联系熟悉的售货员下单一双新鞋，并拜托对方用跑腿送来。

手机只是屏幕碎了，虽然看着花眼，但并不影响使用，正犹豫要不要坚持到周一官宣代言人后再买新手机，便听到脚步声渐近，她和其他人一起站起来。

温修远阔步而入，径直走到顾悠然跟前，看了一眼放在桌上的手机："手机怎么了？"

顾悠然坦白道："摔了一下。"

温修远点了下头，把手里的盒子递上去："赵峥让我带给你的。"

顾悠然看着盒子上 s60 pro 的字样，试探地问："是苏亦主推的吗？"

"嗯。"温修远应道。

顾悠然努力压下嘴角弧度，接过盒子："谢谢温总。"停了片刻又说，"替我谢谢赵总。"

顾悠然想立即拆盒拥有苏亦同款手机，可是温修远还在盯着她看，她不敢轻举妄动，看到他视线下移，最后落在她穿着拖鞋的脚上。

她尴尬地笑了笑，解释说："颜色配错了。"

"难怪。"

"什么？"

"今天这么矮。"

"别以为送我手机，就能对我人身攻击！"

竟然还押韵了，莫非她还有说唱天赋？看到温修远眼中一闪而过的讶异，顾悠然急中生智，连忙摆出 raper 手势："YO！"

"你觉得这歌词写得怎么样？"

温修远："……"

"扑哧！"周昊实在没忍住笑了一声，赶紧收住。她真是个人才。

周昊跟着温修远进入办公室，把能拿到的信息整理好交给温修远。

"警方说王洛一直在京城，最近两天才回来，昨晚在悠然家附近的监控拍到了他的车。"

"悠然的车被撞的时候，他在哪里？"

"也在京城。"

"手机信号定位查了吗？

"查了，还没有回复。"

温修远点了下头："继续盯着王洛。出去吧。"

"是。"

温修远又看了一会儿王洛的资料。

王洛在“撞车”的前一天和后一天都有在京城的消费记录，却没有当日的，交通如此发达，当天往返也不是难事。那么，他往返浦城和京城的记录呢？如果有，一定能查到，除非有意隐藏。

思量片刻，他拿起手机，找到一个号码拨出去。

“赵局长，你好，我是温修远。”

“撞车案件”正发生在赵局长所管片区，原本温修远不想干预太多，希望他们能秉公处理，如今看来，“秉公处理”也是一件难事。

温修远虽然从商，但是家族在司法界颇有地位。母亲是知名法学教授，父亲是政法高官，十分有威望，其他家人中更是不乏知名律师和法官。

赵局长一听是温修远，立刻表示一定会公平、公正地处理这件案子。

现实教顾悠然做人，这次她彻底学乖了，寸步不离地跟着温修远，两点一线，“有点甜”也不去了。

钱朵乐不放心，每天打烊后来陪她，第二天早上再送她去上班。

钱朵乐是顾悠然的中学同学，以前就经常来家里玩，最近天天住在家里，顾教授也没有起疑心。

倒是钱朵乐有事没事总会调戏一下顾南山，搞得他苦不堪言，每次见到她都是躲得远远的。

每天工作结束后，温修远总会先送顾悠然回家，有这哼哈二将的保护，王洛倒是不敢再轻举妄动，但还是会发奇奇怪怪的变态微信，让人不寒而栗。

面对这种情况，钱朵乐真诚发问：“不拉黑等过年吗？”

顾悠然犹豫：“会不会激怒他？”

钱朵乐翻了翻白眼：“你还没发现吗，他就是个尿蛋。那晚在夜店，原本那么强势，一看到温修远就尿了，这说明什么，欺软怕硬啊！你越软，他越欺你；你越强硬，他越不敢动你。

“他应该认识不少有钱人，三年前为什么不对别人下手，偏偏对你？还不是因为你好欺负！姐妹，拿出你为苏亦反黑的气势来，跟他干！”

顾悠然重重点头：“有道理，电话也拉黑。”

钱朵乐日日追更新，并且当面对顾悠然处以刑罚。

“哈哈哈，女主也太会脑补了，分分钟就要嫁人似的，这是你编的……”一回头看到顾悠然恨不得杀人的眼神，点点头，“懂了，这也是你本人。”

顾悠然真想哭给她看：“你能不能别这样，下次来我家不许看更新。”

“谁让你总是晚上更新？刚好是我洗白白躺床上玩手机的时间，”

说着，钱朵乐从床上坐起来，“你有点良心好不好？我坚持不懈追更，给你评论，在微博推荐，不都在增加你的曝光度吗？”

钱朵乐瞟了一眼收藏已经突破三万，好像也不需要她这点曝光度。

顾悠然真诚建议：“那你能安安静静地看吗？默默地，别让我知道。”

钱朵乐冷笑：“也不知道是谁一直在‘作者有话’吆喝：亲，留下你的评论哟。还用红包诱惑人家留言。怎么，我当面跟你互动，你不喜欢吗？”

“不喜欢。太赤裸裸了，隔着屏幕比较有安全感。”

钱朵乐白了她一眼：“毛病！不过，既然这些事情都是真实发生的，你为什么不能像女主一样，喜欢温总？”

“只想写小说，并不想谈恋爱。”

钱朵乐非常认真地回想了一下过去，还是有点捉摸不透：“我记得你那时候天天修远长、修远短地喊，怎么就忽然再也不提他了？”

“太久远了，我得好好想想。”顾悠然拿了印有苏亦头像的抱枕抱在怀里，开始认认真真地回忆那段过往。

“我记得喜欢上他没多久，他就出国了，有人说他和女朋友一起走的，有人说那不是他女朋友。我就天天想、天天想，想他到底有没有女朋友？忍不住给他打电话。”

说到这里，她看向钱朵乐，后者正一脸求知欲地看着她：“然后呢？”

“是个女的接的，声音还挺好听。”

钱朵乐倒吸一口冷气：“所以他真的有女朋友？”

“我说我找温修远，她说，”顾悠然停下来，清了下嗓子，拿腔拿调地说，“修远在洗澡，要不要我转告他？”

顾悠然耸耸肩：“我一社会主义接班人，根正苗红，能干挖社会主义墙脚的事儿吗？所以我就果断不喜欢了。”

“难怪，那阵你郁郁寡欢的，考试碰到《离骚》都跳过去。”

“那时候年纪小，感觉感情喂了狗。现在想想不至于，爱不爱的无所谓，关键是，”她瞬间眉飞色舞起来，“能挣钱！”

钱朵乐不禁咂舌：“女人就是薄幸。我真是太期待见到温总看到这篇小说的反应。”

她稍稍幻想了一下温修远大发雷霆的样子，立刻起了一身鸡皮疙瘩：“妈呀！带感！”

顾悠然气得歪倒在床，太难了。

周日晚上 9 点 30 分，苏亦新电影票房破 30 亿，粉丝们祭出早已准备好的一些 30 亿票房图片，微博、论坛、豆瓣各种宣传，正是激动不已的时候，求索官方微博预热品牌代言人。

苏亦的长相气质太有辨识度，曾被著名电影人评论大荧幕脸，尽管只是一张剪影，还是能轻易认出。

这突如其来的惊喜，差点给粉丝们来个措手不及！还好大家都是成熟的粉丝，迅速切换状态，马上进入#苏亦求索品牌代言人#模式。

这晚，当真是苏亦的粉丝过年了。

顾悠然作为一个白加黑、5加2的总裁助理，自然不能参与到过年的庆祝活动中去，只能得了空就捧着手机感受一下粉圈过年氛围。

“在笑什么？”

顾悠然迅速收敛脸上的笑，神情恢复如常，关上手机屏幕，看着温修远说：“没什么，看到一个笑话。”

说完她就后悔了，以她对温修远的了解，他八成会问：什么笑话？

果然不出所料，他轻轻挑起眉，“哦”了一声，尾音上翘：“什么笑话？”

现实不许她思考太久，只能硬着头皮上了。

她勾勾食指，乌溜溜的眼睛看着他，十分俏皮。

“这是什么？”她问。

温修远看着她如笋尖般的手指，灵动修长，又看向她，示意她继续。

“是海马，那么，”她说着，将手掌展开，五个指头勾着，一起动啊动，“这是什么？”

很容易就猜到了她的套路，但他还是顺着她说：“五个海马。”

她眼睛一闪，正中下怀似的。

“不对！是水母。哈哈哈，好好笑吧？”

她笑得花枝乱颤，他却不动声色，只是嘴角微微弯起，水晶灯映在他墨黑的双眸，犹如满天繁星。

看着他一点都不觉得好笑的样子，她无趣地收敛笑意，清了下嗓子，正经道：“温总，需要我做什么吗？”

“与其看这么不好笑的笑话，不如跟我去敬酒。”

“……”

商业活动结束后已经十点多，温修远被人拉着说话，顾悠然在酒店门堂处等他。

夏天终于接近尾声，夜晚开始有凉意，只是站一会儿，竟觉得有些冷了，她抱了抱手臂，回头看了一眼温修远，迫切期盼着他早点结束。

“悠然。”

忽然听到自己的名字，顾悠然闻声看去，看到越走越近的王洛，背后一阵发凉。

“你怎么在这儿？”顾悠然沉声质问。

王洛停在她面前，漆黑的眼睛没有丝毫情绪，却笑了一下：“你拉黑我的微信和电话，找不到你，只能来这里找你了。”

远处，温修远被人拉着说话，看到顾悠然迎风立在门口，不觉有些失神。

亭亭玉立，娉娉袅袅。当真是春风十里扬州路，卷上珠帘总不如。

他唇边蔓延起微微笑意，和他说话的人以为自己说得对，便更有自信，继续口若悬河，侃侃而谈。

随后，温修远看到一个身影迎面而来，最后停在顾悠然对面。

温修远的笑意僵在唇边，和他说话的人戛然而止，开始反思是哪句话惹他不高兴了。

温修远没有再待下去的耐心，便说：“你说的情况我们早有考量，但不予采纳。”

“温总……”

温修远不再停留，朝顾悠然阔步走去。

距离渐近，听到顾悠然铿锵有力的话语，看清了她坚定的神情，温修远的脚步慢慢停了下来。

“别以为浦城是法外之地，更别想着一手遮天。我已经调取了家门口和公司外的监控，必要的时候，我还会请警方调取路段监控，你到底有没有跟踪我一清二楚。还有，你给我发的信息我都保存下来，说的每一个字都有录音，以后都会成为你威胁、跟踪我的证据。你若不信，咱们就试试看！”

听到顾悠然这样说，王洛也干脆撕掉伪善的假面具，瞬间换了一副面孔，神情变得狰狞起来：“你威胁我？”

顾悠然被他突来的变化吓到，但依然咬牙忍着，挺直胸膛说：“明明是你威胁在先，我只是拿起法律的武器保护自己。”

王洛瞟了一眼她身后，看到不远处的温修远，眼神中的阴鸷立刻被无辜代替。

“悠然，你真的误会我了，我只是为了天天看到你，你不知道这些年我是怎么熬过来的，我真的很喜欢你。”

顾悠然惊呆了，他变脸变得太快了。

这演技去演悬疑剧中的幕后黑手，绝对吊打现下大部分爱豆、小鲜肉。

王洛情真意切地继续说：“我做的这一切都是为了你，我对你是真心的……”

“行了，”顾悠然有些烦躁地打断他，“你配不上我，省省吧。”

“……”

笑意爬上温修远的嘴角，眼中蕴藏的情绪，像极了暮春温柔的风。

他低眸片刻，再抬眸时，温柔已不见，取而代之的是锐利，他阔步走到顾悠然身边，与她并排而立。

王洛故作惊讶："温先生也在？"

温修远没理他，而是看身边的顾悠然，轻声问："没事吧？"

顾悠然摇头。

他点了下头，这才看向王洛。

"悠然的意思已经表达得很明确，希望小王总以后严于律己，不要再动歪心思。否则，就不是这样聊聊天就能解决的了。"

温修远的语调不高，语速缓慢，威慑力却是十足。

王洛的脸色已经非常差，明明满腔怒气，却隐忍不敢发，还试着解释："温先生，这里面可能有些误会。"

温修远轻笑一声，眼中却淬着碎冰。

"小王总应该知道，有一种技术，可以根据手机信号进行定位，去过哪座城市，甚至去过城市哪些角落都一清二楚。至于'撞车'那次，你是不是真的有不在场证据，我已经和警方沟通过，他们一定会调查清楚，给当事人一个交代。"

王洛的脸上开始浮现不安，但仍然坚持说："我相信清者自清，警方也不会冤枉一个好人。"

"没错，可前提是，得是好人才行。"

温修远不怒自威，王洛已经被彻底震慑。

温修远笑了笑，继续说："王氏曾是浦城首屈一指的豪门，如今却江河日下，小王总正值壮年，不花心思为王总排忧解难，却游手好闲，在歪门邪道方面颇有建树，不知道王总是否常常觉得晚年凄凉，后继无望呢？"

被这么一数落，王洛的脸色更是难看，却碍于温修远的身家地位，一句反驳都不敢有。

顾悠然忍不住看向身边的人，他很高，需要她仰视才能看到全貌。酒店门堂的灯光从他头顶洒下来，为他的五官笼罩了一层金色，明暗交错，晦涩不明。

今晚他男友力爆棚，必须为他写上一笔！

第八章
总裁的小黑屋

i love you

今天的W先生，绝赞！——来自攸心的微博

顾悠然的存稿已经用完，更新时间飘忽不定，每天文下都是一片哀鸿。没更的时候求更新，更新了求双更，催更花样层出不穷。

虽然每天回到家都已经很晚，但是她会在白天积累素材，晚上只需要把素材串在一起，加入一些戏剧效果，所以码字效率还是挺高的。尽管如此，每次都要深夜才能更新。

读者们熟悉了顾悠然更新节奏，深夜一两点还在等，否则睡觉都不踏实。

今天这章写到男主爆棚的男友力，读者留言全是“啊！我可以”，像极了看到苏亦新图时的顾悠然，瞬间变文盲，只会“啊”。

周一上午十点，求索官方微博正式宣布苏亦成为求索品牌代言人。

照片中，苏亦拿着即将上市的S60 pro手机，帅气逼人。仅仅半天时间，新手机预订金额已经突破1000万，销量火爆。

一周后，求索手机将在京城举行新手机发布会，届时，苏亦将以代言人的身份正式亮相。

苏亦定于发布会当天上午从浦城飞往京城。航班信息一出，钱朵乐便马不停蹄地订机票、订酒店，张罗发布会应援，誓要给足求索品牌代言人排面。

钱朵乐一边忙着查着机票信息，一边说：“我要去京城，帮我看店。”

“不看，谁爱看谁看。”

郑路宁大剌剌地坐在钱朵乐对面，满脸不悦。沙发被推开八丈远，

他的腿太长了，无处安放。

钱朵乐没想到郑路宁会拒绝，不可思议地看着他。她还以为他很享受，所以才总是让他看店。

郑路宁很不耐烦地质问：“你天天不在店里，开什么店？我不给你看店，你打算关门？”

钱朵乐哼笑一声，年轻人，太年轻太天真！

她一个电话打出去，马上就从隔壁跑来两个年轻力壮的小伙子。

她端起架子，微扬着下巴：“最近我要离开几天，你俩来店里帮忙。”

郑路宁：“……”

“好嘞，钱总。”

“没问题，钱总。”

钱朵乐扬眉：“替我看店的人多了，不劳小路师傅操心。”

“……”

钱朵乐提前两天出发去往京城，顾悠然也想去给苏亦搞应援，可是现实不允许，她得跟随温修远的节奏。

但是温修远的行程迟迟没有确定，顾悠然真怕他不去发布会。

发布会前一天，温修远终于定下飞抵京城的时间。查来查去，只有一个航班时间最合适，就是苏亦乘坐的那班飞机。

顾悠然激动得差点当场跳起来，她要和苏亦同乘一架飞机，飞过同一片天，飞抵同一个目的地，有缘的话，还能和苏亦坐一起，哪怕不说话，只是看着他，心情也是满足的。

说来也是巧，那天上午，他们和苏亦的车一前一后抵达机场 VIP 通道，见到了 VIP 通道外扛着长枪短炮的热情粉丝们。

苏亦的车一出现，他们就开始尖叫，戴着口罩和帽子的苏亦下车，他们更是恨不得扯破喉咙地喊。

周昊不禁感慨：“苏亦的人气的确很高啊。”

“那是自然。”顾悠然挑了挑眉，十分骄傲地说。

温修远看了骄傲的顾悠然一眼，沉声道：“走了。”

苏亦的经纪人刘政先发现他们，热情地上前打招呼：“温总早上好，没想到我们是同一个航班，真是太有缘了。”

温修远微笑点头，同一旁的苏亦寒暄：“苏老师的手腕好了吗？”

苏亦已经摘掉了帽子口罩，露出秒杀顾悠然的盛世美颜。

“已经痊愈，温总费心了。”

温修远这次去京城不仅要参加发布会，还有其他的工作安排，所以带了周昊、顾悠然，还有秘书小郭。

苏亦那边也是带了三个人，浩浩荡荡一行人，顺理成章地同路了。

苏亦十分平易近人，虽然带着一个经纪人、两个助理，但是自己背包、推箱子，安检的时候，还主动帮顾悠然提箱子。

这这这……太罪孽了！

顾悠然按着箱子，连声说：“我来，我来。”

苏亦回她一笑：“怎么能让小姑娘提这么重的箱子？”

顾悠然再次被他的笑秒杀，忘了动作，箱子便被他提起来，放在地上。

温修远走过来，看到顾悠然那副宛如痴呆的模样，还有被苏亦扶着的她的行李箱，忽然懂了。

他有些无奈，接过顾悠然的箱子，向苏亦道了谢，扶着她的肩膀说道：“走了。”

顾悠然实在是难以遏制心底的激动，用微博小号发了一条“炫耀”微博。

苏亦是我的小太阳：我飘了，竟敢让亦宝帮我提箱子！

——大白天的，又做梦了吧？

——集美，但凡有几粒花生米，也不会喝成这样。

——梦里啥都有。

看吧，明明是真实发生的事情，大家都不信，所以她这么激动也是可以理解的。

钱朵乐很快发来微信：啊啊啊，你竟敢！

钱朵乐：他手上有伤啊！真是造孽啊！

顾悠然没回她，喜滋滋地看着前方苏亦的背影，宽松的T恤和休闲裤，平时总是做好造型的头发此刻蓬松柔顺，随着步子起伏，朝气蓬勃，就像一轮热情如火的小太阳，闪耀明亮，让人忍不住地想靠近。

苏亦是个特别有趣的人，在他身边工作一定很有意思。而她就不一样了……

顾悠然看向身边的人，尽管穿着高跟鞋，还是比温修远矮了许多，纯手工定制的深色西装，衬衫的剪裁恰到好处地勾勒出他的胸肌线条，一丝不苟的领带束着修长的颈部。

她的老板气质矜贵，不敢随便打扰。

大件的行李安排托运，小件的行李都由小郭和周昊负责，温修远只需要做目空一切的霸道总裁，可此刻，却推着她的行李箱？

是她不懂事了。

不是，他什么时候推着她的行李？她百思不得其解。

“温总，我来吧。”

顾悠然伸着手想去扶箱子拉杆，温修远却忽然换手，让她抓了空。

他睨了她一眼：“怎么，苏老师可以提箱子，我却不能推一下？”

“不是，你推吧，我去洗手间。”

说罢，她便改了方向，顺着洗手间的标识牌走去。

顾悠然这一去就是许久。

VIP 休息室里，苏亦已经和周昊打成一片，因为找到了共同话题：王者联盟手游。

几个人现场开黑，氛围十分和谐。

温修远拿了本书，却不停地看时间。

“周昊。”

“在。”

他又看了一眼表盘：“给悠然打电话。”

关键时刻，就算周昊愿意从游戏里退出来，其他人也不答应，只好顶着被骂的风险说：“我已经给她发过定位了。”

温修远没了耐心：“打电话。”

周昊感受到一阵阴风，立刻退出队伍，小郭也不敢再战，跟着退出来，剩下三个人，很快就被对方干翻。

周昊的电话没打出去，顾悠然便提着几个星巴克的纸袋急匆匆地走进来，虽然有些喘，却双眸闪亮。

温修远刚把书合上，却发现她的路线不是冲自己来的。

“我去买了咖啡。”顾悠然放下纸袋，先拿出一杯咖啡递给苏亦，“苏老师，这是你的冷萃。”

苏亦有些意外，笑着说：“你知道我喜欢冷萃？”

“当……”她的眼珠子一转，改口道，“偶尔在网上看到的。”

其他人纷纷拿出一杯咖啡，还剩两杯，顾悠然拿着到温修远面前。

温修远却只顾看书，根本不理她。

特地去买苏亦喜欢的咖啡，而他只能喝他们挑剩下的？

呵呵，不喝。

“温总，星巴克的茶都是茶包泡的，跟你平时喝的茶档次差多了，不过我先买一杯尝过了，味道还行，嗯，挺苦的，要不……试试？”

她的声音很清脆，带着询问，尾音上挑，像羽毛刷过一般轻盈。

温修远余光瞟到顾悠然递来的杯子，轻应一声：“放着吧。”

原以为顾悠然会就此安生一点，接下来的时间，她像一只殷勤的小蜜蜂，在苏亦周围飞来飞去。

“空调风凉吗？”

“需要水果吗？”

“我弟弟超会玩这个游戏，要不你们加个好友，以后可以一起组队呀。”

温修远再次合上书，眉间的不耐烦挥之不去。

“悠然。”他唤了一声。

“在。”她在苏亦身边直起身子，满眼喜悦来不及藏起，全都暴露无遗。

他的声音更沉几分：“过来。”

顾悠然只好依依不舍地离开苏亦，走回温修远面前。

“最终那版合同，法务确认过了吗？”

“已经确认了。”

“再改。”

“那我发给康宁。”

温修远抬眸看她，语气不容置喙：“你来改。”

“之前一直是康……”看到温修远越发不善的眼神，她吞了下口水，“好，我去拿电脑。”

小郭听到温修远要改合同，这些工作一向都由他们这些秘书负责，于是放下手机，犹豫着站起来：“要不我去……”

周昊一把将他给拽回原位：“玩你的游戏，跟你无关。”

“……”

温修远连着提了两个需要修改的地方，可是……顾悠然看着屏幕上的合同，明明都已经按照他的要求全部改好了。

他又提了一个地方，顾悠然拉到合同对应位置，再次答：“已经改过了。”

“检查一下有没有错别字。”

他挑眉：“很难？”

“不是，马上检查。”

错别字这种低级错误，在出第一版合同的时候就是坚决杜绝的，已经改到第四版，还要让她找错别字，这不是鸡蛋里挑骨头嘛！

不对，今天的温修远有点不对劲，心情不太好的样子，看来她得把皮绷紧一点，不能惹到他，免得惹火上身。

直到上飞机前，顾悠然一直在改合同，再也没机会去欣赏苏亦玩游戏的潇洒身姿，实在是可惜。

VIP 客人在普通客人登机完毕后才开始登机。

机票订得太晚，公务舱没有那么多票，周昊和小郭便只能去经济舱。

小郭虽然挣得不多、职位不高，但是身在秘书办，水涨船高，每次跟老板出差，都能坐公务舱。

此刻只能蜷缩在经济舱，腿都没地方放。他忍不住小声抱怨：“中午那个航班更合适，为什么偏要选这一班？昨晚加班到深夜三点，只睡两个小时就起床赶飞机，我都爆肝了。”

周昊闭上眼睛补眠：“现在不让你睡吗，多话。”

小郭乖乖闭嘴，不敢再妄言。

顾悠然刚坐下去不久，又起身去找空姐要了几双一次性拖鞋。

“苏老师，换个鞋舒服一点。”

“谢谢。”

随后，她又找空姐要了几条毯子。

“苏老师，空调凉，可以用毯子搭一下。”

“谢谢，你真细心。”

顾悠然被夸奖，欣喜之色溢于言表，眼睛弯弯像新生的月亮。

她的座位靠窗，出入都要经过温修远。她刚刚坐回去，忽然想起了什么又要起身，温修远实在忍无可忍，按着她的肩膀把她按回座位。

顾悠然一蒙，还没反应过来发生何事，他已经凑身过来，一张俊脸近在咫尺，近到可以看清根根睫毛，呼吸也轻易纠缠在一起，她立刻屏住呼吸。

“你是不是太殷勤了？”他问。“殷勤”两字，咬得很重。

她漂亮的眼睛眨了眨，温修远简直要被这眼神打败了，手不禁握成拳头。

“来者是客，我想着，帮你照顾好客人。”

这毫无破绽的措辞，温修远被气笑了。

要给苏亦献殷勤的不止顾悠然一个，空姐们对苏亦格外温柔，想得也非常周到。

“她们比你会照顾。坐好。”温修远发话，不再给顾悠然献殷勤的机会。

“哦。”顾悠然乖乖点头。

顾悠然终于安分下来。

行程途中一旦安静，她就极易犯困，再加上昨天晚睡、今天早起，很快就睡着了。

她的头贴着窗框，身子缩成小小一团，睡姿不舒服，却睡得昏天暗地，连温修远把她头放在自己肩上，她都不知道。

飞机即将降落的广播吵醒了她，她睡眼惺忪地坐好，摸了一把嘴角的口水。

口水？

她赶紧拿了纸巾把口水擦干净，偷瞄了一眼旁边的温修远，见他似乎并未注意到自己，才松口气。

她活动活动睡僵的脖子和肩膀，打开遮阳板，窗外的阳光穿透云层，释放出耀眼光芒。

她正要和温修远分享这美景，一回头，却看到他肩膀上一片湿润，不禁皱眉：“师兄，你衣服怎么湿了？”

温修远关掉头顶的阅读灯，无所谓地说：“哦，被猫舔了。”

“哪里有猫……”她笑着说道，却越来越没有底气，手指不由自主地摸着流口水的嘴角，该不会……

她看向他，他亦看着她。确定过眼神，她就是那所谓的“猫”。

她手忙脚乱地抽出湿巾卖力地擦着，笑得尴尬，语气讨好：“要不，洗衣费我出吧？”

T3 航站楼的 VIP 通道外已经围满了苏亦的粉丝，见到有人出来，也不管是不是苏亦，先叫为敬。

就这样来来回回折腾了几次，苏亦终于出现了，里三层外三层的粉丝把大门围个水泄不通，机场出动了十来个保安来维持秩序，才勉强挤出一条小路，护送着苏亦上了车。

温修远他们走在后面，打算等苏亦离开再走，也恰好再次目睹了他的超高人气。

小郭不禁感慨：“苏老师人气真高啊，我身边不少朋友知道他是我们的代言人，都想让我给他们要签名呢。”

现在的流量明星良莠不齐，许多高人气明星实际都是资本捧出来的，虚得很。明明没有什么拿得出手的作品，排面倒是喜欢搞得很大，身边总是带着七八个人，其实除了粉丝以外，没几个人认得。

反倒是苏亦这样的年轻演员越来越少，安安静静拍戏，不为了持续的曝光度而过度消耗自己，像海绵一样求知若渴地汲取新的知识，时时刻刻为自己充电。

求索选择苏亦，的确是个双赢的局面，这也得益于当初顾悠然的坚持。想到这里，温修远才发现顾悠然没了踪影。

“悠然呢？”

周昊：“刚说去洗手间，还没回来吧。”

“咦，那不是悠然？”小郭指着前方的人群说。

那个高高举起手机意图拍到苏亦的照片却因为挤不进去而踮着脚不停张望的人，可不就是声称要去洗手间的顾悠然嘛。

小郭笑说：“悠然挺有趣的，明明和苏老师同路，却要跟粉丝挤。”

温修远今天一直有些头疼，而且越来越厉害。

自从喜欢上了苏亦，顾悠然也有几次接机经历，等八九个小时是常有的事，只为能在他走出机场到上车这短短的几步路、短短几秒钟看到他，用实际行动告诉他，他们一直都在。

等待是一件很熬人的事情，熬光大家的热情、期待，原本兴致勃勃的脸上疲态尽显。就在最累、最辛苦，坚持不下去的时候，他忽然出现，仿佛绝处逢生一般，带来的不只是见到偶像的兴奋，更有希望，那会让你觉得再累再辛苦，也是值得的。

这次和苏亦全程相伴，虽然很开心，却少了粉丝的狂热。一见到那些热情如火的粉丝，顾悠然就忍不住想要加入他们，想和他们一起为苏亦尖叫，他值得最好的排面。

苏亦的车远去，粉丝们还在挥手和他再见。

顾悠然看着手机上的照片，因为卡不到合适的位置，照片要不就是糊的，要不就有人挡，一张拿得出手的照片都没有。

她每次见苏亦都有温修远在，到现在连一张合照都没有混上，真是太失败了。

想至此，顾悠然不禁失落地叹气，一回头，后方有一、二……三个人在盯着她，不知道已经看了多久，尤其是为首的温修远，感觉已经到了耐心的极限。

她给自己打足气后，朝他们走过去。

“一个朋友非要苏老师的照片，我给忘了，所以就去拍几张。”

温修远垂眸瞧着她，神情有几分戏谑：“拍到了吗？”

顾悠然点头，却有些气馁地说：“都糊了。”

小郭忍不住“噗”了一声，赶紧闭嘴。

发布会的地点是公开的，酒店外已经聚集了大批粉丝，比机场外的粉丝规模更大。

钱朵乐正在其中。她和几个姐妹天不亮就来了，就是为了抢一个前排的位置，能更近更清晰地看到苏亦。

苏亦的车在中午时分抵达，粉丝们的呼喊声穿破云霄。

苏亦下车和大家挥手打招呼，便匆匆进了酒店。

酒店安排了十几个保安守在门外，不允许他们跟着进去。

巨大的喜悦之后，是无尽的空虚。粉丝不舍得走，也知道再见到苏亦的希望不大，只能卑微地想，万一呢？

钱朵乐自然不会走，等顾悠然来了，她就有机会进去了。而她一转身，竟然看到了郑路宁。

“你怎么在这儿？”

“参加发布会。”

“你有票？”

郑路宁挑眉：“当然。”

看到钱朵乐又羡慕又沮丧的神情，郑路宁笑了一下，得意地问：“又没抢到票？”

钱朵乐白他一眼，还是如实说：“失误，就慢了几秒。”

虽然没抢到门票，不过顾悠然答应给她找个工作牌，但她还是想正面欣赏苏亦的盛世美颜，于是又问：“你有多余的票吗？”

“又要买？”郑路宁只要一想到替她看几个小时的应援摊就够头痛的。

钱朵乐笑着说：“反正你又不喜欢苏亦。”

“我来看产品的。”

郑路宁看着钱朵乐瞬间耷拉下去的小脸，松口说：“说句好听的，我可以考虑带你进去。”

钱朵乐眼睛一亮，马屁立刻拍起来：“小路师傅，你做的甜品是我吃过的最好吃的。”

郑路宁面无表情地摇头。

“小路师傅今天的表好帅啊！宝珀这种悠久韵味的品牌特别配你的气质。”

郑路宁依然无动于衷。

“你带我进去，我以后都不会再勉强你看店。”

郑路宁冷笑一声，依然不为所动。

“其实我一直很疑惑，你这么帅，又有钱，手艺又好，怎么能没有女朋友呢？这不科学！这样吧，你带我进去，我保证给你找个让你满意的女朋友。”

郑路宁终于有些松动，低眸看她：“找不到呢？”

钱朵乐干脆豁出去了，咬着牙说：“那就一直找，直到你满意为止！”

郑路宁掩去眉间的喜悦，轻叹一声：“行吧，就勉强答应你一次，走吧。”

钱朵乐欣喜至极，带着苏亦的灯牌跟着他进酒店。

温修远下了飞机先参加商务午餐，又在酒店开了一下午的会，顾悠然全程参与。

不管你身处何处，永远没有停下来的道理。你看，那些有钱有势的人，哪个不在忙碌，你又有什么资格休息？

可是，太累了！

鸡汤喝了几大锅，身体依然诚实。自从回到温修远身边做助理，没日没夜，没周末没假期，起早又贪黑，还要挤时间码字，虽然很充实，学了很多东西，但是对于一个咸鱼来说，真的太难了。

终于得了点空，顾悠然溜出会场，在茶水区休息。

没多久，吴子清也从会场出来，顾悠然赶紧站起来：“吴总。”

“怎么在这儿？”他看到桌上放的果汁，笑了一下，“累了吧？要不要跟我去看苏亦化妆？”

顾悠然黯淡的双眸瞬间一亮：“可以吗？”

“走。”

顾悠然瞅了一眼会场的大门，虽然知道不妥，但是心已经飞远。

“快走啊。”吴子清在背后喊了一声。

顾悠然抛下最后一点犹豫，拔腿跟上。

苏亦已经做好造型，工作室团队正在给他拍新造型照片，就在总统套间宽阔的阳台上。

苏亦今天的造型是粉色休闲西装、白色板鞋，干净又温柔，只有他能把粉色穿得这么好看又不骚气。

顾悠然拿着手机跟着拍拍拍，照片终于拍完，她订的水果刚好送到，她把水果分给工作人员们，又拿了一盒给苏亦。

苏亦笑着说："你真的很细心，我的助理都要向你学习。"

"没有没有，你们都忙嘛。"

"要不要考虑来给我做助理？"

"啊？"

吴子清离开不久，会议就结束了，温修远又一次找不到顾悠然。

他真的要被这个小姑娘给搞疯了，一见到苏亦就浑身是腿，一会儿不注意就跑得没影。

"温总？"

"忙你们的，不用管我。"

"是。"

温修远看了一眼时间，又问周昊："苏亦在几楼？"

"26 楼。"

他乘电梯上去，找到苏亦的套间，门虚掩着，里面乱成一团，人仰马翻。他正要往里走，刚好听到苏亦说："要不要考虑来做我的助理？"

温修远眉心一紧，推开门阔步走进套间，带着戏谑的神情说道："苏老师挖墙脚都挖到我这里来了。"

顾悠然猛然屏住呼吸，整个人仿佛被定住一般，根本不敢回头，如果可以，她想"嗖"一下，从这里消失。

在场的工作人员都被这忽然闯入的男人震慑到了。太……太帅了吧！论颜值，简直和苏亦不相上下，而且比苏亦更成熟，气质更加矜贵，眼神十分有压迫感，让人不敢在他面前造次。

与苏亦的休闲西装不同，他的西装是高级定制，双排扣西服，美式领衬衫，金色领口熠熠生辉，单手插入裤袋阔步走入房间，相比他腕间的百万名表，两条长腿更加惹眼。

正和吴子清说话的刘政如临大敌，急忙迎上前说："温总，苏亦开个玩笑，您别在意。他是想说悠然太优秀了，我们这些助理都得向她学习。"

温修远笑了一下，笑意却不达眼底："学习完了吗？"

刘政忙说："学完了。"

"那我带走了。"

"好好，没问题。"

带走了？好像她是个工具？

顾悠然还没想好怎么解释自己又私自跑来找苏亦，手腕已经被人从背后握住，然后，被迫转了一百八十度，被拖走的姿态应该是有些狼狈的。

温修远冷冷瞟了一眼在一旁抱胸看戏的吴子清，后者忙放下手，换上无害讨好的笑。

温修远走得很快，顾悠然小跑着才勉强跟上，从侧面看到他的下颌线绷得很紧，应该是生气了。也是，谁愿意亲眼看到助理被挖角？

怪只怪，她太优秀了。

她舔了舔嘴角，试着说："师兄，你听我解释。"

温修远根本不理她，直到走到电梯厅，才松开她的胳膊。

他明明很生气，墨黑的眼睛含着浓烈的情绪，嘴角却有笑意，让顾悠然更加不安。

顾悠然还是觉得应该解释一下。

"那个……"

"解释吧，为什么当着我的面爬墙？"

不是，她本来就是苏亦那头的，怎么也算不上爬墙啊！

而她只能说："师兄，我觉得这个用词有些不恰当，我没有要爬墙，苏老师是开个玩笑，我也没答应啊。而且不是我自己要来的，是吴总邀请我来的。"

"我是看小姑娘挺累的，"吴子清一边朝这边走，一边解释，"带她出来放松一下，没别的意思。"还好他够聪明，跟出来了，否则连个替自己说话的人都没有。

吴子清停在温修远对面，看了顾悠然一眼，笑说："悠然的确很细心，看到水果没有了，就自掏腰包给大家买。"

听到这里，温修远笑了，眼中的情绪又重了几分，还有水果？

吴子清看着温修远那气极反笑的表情，感觉说错话了。

温修远冷哼道："你的人都去哪儿了？苏亦是求索邀请的代言人，水果没有了都不知道补齐？这样的员工留着做什么？"

面对温修远的连连质问，吴子清也是一脸蒙："不是……我……"

就在这时，电梯到了，温修远拽着顾悠然进去。

吴子清看着电梯门关上，这一顿怼也是莫名其妙。

所有费用该付的都付了，至于苏亦有没有水果吃，那是他们自己的事情，和求索有什么关系？

恋爱中的男人脑子果然都有点问题！不能跟他计较，这么大年纪好不容易有个喜欢的小姑娘，不能打消他的热情，否则后果他可担不起。

温修远带顾悠然去了 30 楼，刷开一扇房门，等着她进去。

顾悠然不禁往旁边躲了躲：“要是没有别的事情，我回自己的房间吧。”

温修远挑眉：“然后再跑去找苏亦？”

顾悠然忙不迭摇头：“不会不会，我就是想回去休息一会儿，离发布会开始还有点时间。”

“就在这儿休息。”

“我还想换衣服。”

“我陪你去。”

顾悠然轻叹一声：“师兄，你这么信不过我？”

温修远笑了，像是听了笑话似的。

“说这句话的时候，先检讨一下自己的行为，然后回答我，我为什么信不过你。”

“……”

可是，孤男寡女共处一室，不太像话吧，万一……

“这里有三间房，”温修远看着她，“如果你有这样那样的想法，那就是你想多了。”

“……”

漂亮！

顾悠然虽不情愿，但不得不进门。温修远跟着进来，顺手关上门，关门声又惊了她一下。

他放下房卡，开始摘手表。

她不可思议地睁大眼睛。

随后，他又解开衬衫领口，摘掉领带。

“你、你、你……”

顾悠然紧张得字不成句，而温修远朝她逼近，她被迫后退，直到碰到墙壁，退无可退，只能认命地闭上眼，并且，闭紧嘴巴。

看她准备视死如归壮烈牺牲的样子，温修远无奈地笑了一下。

热气扑在脸上，顾悠然的心跳得更快了。

他将手臂支在墙壁上，继续观察她。

顾悠然闭着眼睛等了许久都没动静，偷偷睁开一条缝，看到温修远正一脸玩味地看着自己，而且距离比刚刚更近了，再次紧闭眼睛，并且默默地把头偏到一旁。

“如果你再偷偷跑去找苏亦，”他压低声音，在她耳边说，“我就把你关起来。”

明明是警告，但他的声音带着一丝撩人的喑哑，她的心尖跟着颤，耳朵也热了起来，让她很难不往那个方面想。

她的脑子里已经瞬间脑补出三千字的小作文，手指在背后紧紧抠着墙壁，肾上腺素急剧分泌，却听到他的声音从远处传来。

“还有两间房供你挑，我去洗澡，不要偷看。”

顾悠然睁开眼睛，温修远已经走远，眼前是开阔的落地窗，刚刚还是艳阳高照，此刻太阳却躲在厚重的云层后。

她的心还在怦怦狂跳。

不是，谁要偷看你洗澡！你又不是苏亦！

顾悠然进了其中一间房，将门反锁，想到温修远的话还有些气："自恋！"

房间隔音非常好，门一锁，就与世隔绝似的，什么声音也听不到了。

没有电脑，她便用手机码字，把刚刚涌入脑海的小作文记录下来，本来挺累的，结果越写越兴奋。

等她伸懒腰活动几乎僵硬的脖子时，才发现天都黑了。

她立刻翻身下床，门外一片寂静，她试着喊一声："师兄？"

无人回应。

她退出码字软件，看到温修远半个小时前发来的微信，他已经去了发布会现场。

为什么不叫她?

还有几条钱朵乐发来的微信。

之前钱朵乐被郑路宁带入酒店，于是她把自己的房卡给了钱朵乐。

钱朵乐：我睡醒了，你在哪儿?

钱朵乐：我洗澡了。

钱朵乐：我拉完屎了。现在化个美美的妆。

事无巨细。

顾悠然不敢再耽搁，匆匆忙忙回到房间，洗澡、换衣服，然后来到一楼发布会现场。

她戴上工作牌，顺利无阻地进入会场内，看到周昊在舞台旁，便径直走过去，挨着他站着。

以温修远为首的董事、高层们落座第一排，他们专注地看着台上赵峥副总裁对新款手机的讲解，不时交头接耳，表情甚是满意。

温修远换了身西服，头发梳得一丝不乱，顾悠然忍不住盯着他看了好久。

他忽然朝她的方向看过来，她的心瞬间跳漏一拍。

灯光都聚焦在台上，台下很暗，他应该不知道她在看他，她按捺着鼓噪的心跳，继续放心大胆地看他，而他也盯着她这边看了好久。

直到旁边的何启明也跟着温修远看过来，两人不知道说了些什么，他低眸笑了一下，才继续专注台上。

发布会有上千人，也不知道钱朵乐坐哪里，顾悠然发了信息说她在前边，让钱朵乐结束了来找她。

随后，她又低声问身边的周昊："苏亦上台了吗？"

周昊摇头。

还好赶上了，她不由得松了一口气。

周昊问："其实你是苏亦的粉丝吧？"

顾悠然一愣，连连否认："不是，我不是。"

"虽然你极力否认，但喜欢是藏不住的，你看苏亦的样子，和我女朋友看小唐尼是一模一样的。"

"……"

顾悠然回想自己这一天的行为，好像确实有点儿没收住。

她立即双手合十，讨好地说："昊哥，拜托你别告诉温总。"

周昊皱眉瞧着她，那眼神……就像在瞧傻子。

她心一沉，暗觉不好，接下来周昊的话印证了她的猜测。

"你现在说这些，是不是太晚了？"

完了。

台上，赵峥正式向大家介绍求索品牌代言人，苏亦。

苏亦在万众期待中出场，带来山呼海啸般的掌声和欢呼。

苏亦分享了他对 S60 pro 的使用心得，并分享了他用 S60 pro 拍摄的 vlog。那神级颜值，即使 3200 万像素摄像头对着脸拍，也一样完美无瑕。

顾悠然随着现场的粉丝一起发出尖叫，手臂忽然被撞了一下，她皱眉看周昊，他对着前方扬扬下巴，她疑惑地看过去。

温修远正在看她。

她猛然屏住呼吸，小作文再次涌入脑海。

"再不听话，就把你关起来。"男主贴在女主耳边说着，带着微微喘息。

顾悠然瞬间对女主感同身受，整个人都跟着颤抖。

真的要命。

郑路宁的票在第五排正中间，钱朵乐可以正面近距离欣赏苏亦的盛世美颜，依然不满足，发布会结束后，马不停蹄地找到顾悠然，迫不及待地说："带我去后台，我要见苏亦。"

得陪温修远送客人的顾悠然此刻只能说："你去吧，我还没忙完，你不是有工作牌吗？"

钱朵乐晃晃胸前的工作牌，撸撸袖子说："好嘞，那我就不客气了。"

郑路宁一直跟着钱朵乐，她顺利通过通往后台的大门，郑路宁却被保安给拦了下来，因为他没有工作牌。

钱朵乐已经完全忘了郑路宁的存在，大摇大摆地往前走，他只好大喊一声："多总。"

钱朵乐回头，看到被拦住的郑路宁便明白是什么意思，于是挥手说:

"你去忙吧，我就不耽误你时间了。"

郑路宁气得哭笑不得，单手扶腰，冲她招手："你来，还有件事要跟你说一下。"

钱朵乐不疑有他，回到他身边："怎么了？"

郑路宁趁其不备一把勾住她的脖子，把她拽回自己身边。

当时会场刚刚散场，很乱很吵，没人注意到角落里的两人。

钱朵乐手脚并用地反抗，奈何她根本不是手长脚长的郑路宁的对手，只能干巴巴地放狠话。

"快把手撒开，否则我要你好看！"

"知恩图报，我带你进来，你请我吃饭。"

钱朵乐被胁迫着离后台越来越远："放开我，我要去见苏亦啊……"

顾悠然送完客人回来，四处都没找到钱朵乐，打了电话才知道她被郑路宁拽走了。

钱朵乐在电话里骂骂咧咧，痛斥郑路宁惨无人道的做法。

"竟然生生把我给拖走了，拖走啊！太没面子了！"她一边说话，一边嚼，口齿还有些不清楚。

"你在吃什么？"顾悠然问。

"烧烤啊，味道特别不错，下次带你来吃。"

"这么快就吃上烧烤了？小路师傅特意安排的吧？"

"啊？"

顾悠然不禁一笑："行了，我这边估计很晚才能结束，不用等我。"

求索新产品发布会圆满结束，现场订货量创下新高，网销也十分火爆，求索已经订好了庆功宴席。

晚上十一点左右庆功宴才正式开始，顾悠然早已经饿得前胸贴后背，一坐下来就开吃，直到吃饱喝足才停下筷子。

就在她吃饭的这会儿工夫，场子已经热起来了，觥筹交错，敬酒的人络绎不绝，一个个兴奋得脸泛红光。

温修远和苏亦都在首桌，在座除了他俩，都喝酒了。

顾悠然跟在温修远身边虽然时间不长，但基本摸清了他的习惯，滴酒不沾。大家好像都知道他不喝酒，也从不勉强。她只见过他喝过两次酒，一次是她爸拜托他安排工作，一次是他生日。

也不是不喝，只是分场合？

正琢磨这个问题的时候，编辑豆豆忽然给她打电话。顾悠然又回头看了一眼温修远，他正心无旁骛地与何启明说话。

她不想让身边的人知道她写小说，便拿着电话起身到外面。

她沿着走廊一直走到尽头，那里是个大露台，四下无人，方便说话。

电话一接通，豆豆就迫不及待地说："不好意思亲爱的，这么晚

打电话没打扰你休息吧。我真的太激动,刚知道你开新文就立刻来找你,真的一刻也等不了。亲爱的,新文出版还没签出吧?”

“还没……”

“没”字音还没落,豆豆就说:“给我,给我,你开价!”

其实看到豆豆的名字,顾悠然大概就猜到她要做什么。她们已经合作了三本书,一直很愉快,她没道理不给豆豆给别人,更不好意思开价,便说:“你开吧,我相信你。”

“五万首印,十个点版税。”

顾悠然:“……”

“你觉得不合适?没关系,我这就去找老板,你稍等啊,马上给你回信。”

说罢,豆豆便挂了电话,压根儿没给顾悠然再说话的机会。

她不是嫌价低,而是完全没有想到会有这么高!上一本首印才二万五千册,这几年纸媒整体低迷,首印越来越低,五万首印她压根儿没想过!

她想起两个月前还被豆豆建议去谈恋爱,现在以这么高的价格签约,真是恍如隔世。也多亏了豆豆的建议,她才会去相亲,才有现在的故事。

想到这里,她又给豆豆打了电话,豆豆有些急地说:“老板正在考虑,再稍微等一下。”

“不用了。”

“别啊亲爱的,我真的很有诚意的。”

“五万、十个点,我签。”

豆豆足足停顿了三秒,忽然尖叫。

“啊!太好了!你放心,我一定把书做好,绝对绝对不让你失望!我这就让法务出合同,明天发你?”

“好。”

“那就不影响你码字了。么么哒,爱你!记得更新,我在等!”

挂了电话,顾悠然忍不住笑出声。自己的作品能被大家喜欢,就是对自己最大的认可。赚不赚钱不重要,开心最重要!

走回宴会厅时,她嘴角还抑制不住地上扬,忽然看到苏亦和刘政从里面出来,刘政脸色不善,而苏亦则一脸疲惫。

她上扬的嘴角瞬间拉下来,快步走上前:“苏老师,你们怎么出来了?”

刘政回头看了一眼,压低声音道:“代薇来了。”

她听闻一愣:“她来做什么?”

刘政耸耸肩,不说话,只是苦笑。

别人可能不知道,作为苏亦的粉丝,顾悠然还不清楚吗?去年被代薇的团队炒了一年CP,今年好不容易消停了,可不能再被黏上。

苏亦偏头对刘政说:“去问问有没有露台?”

“有，”顾悠然指着前方，“直走过去就是，我带你们过去。”

到了露台，苏亦管刘政要了根烟，顿了一下，又问顾悠然：“介意吗？”

顾悠然摇头：“不会。”

苏亦点头，刘政掏出打火机给他点烟。

苏亦从未被爆出吸烟，其实成年男人吸烟也没什么，对他们来说，抽烟也是缓解压力的一种方式。

想想这一天就像打仗一样，而他天天如此，当演员真的太不容易了。

京城靠北，温度比浦城低了几度，尤其是到晚上，寒气越来越重。顾悠然只着衬衣短裙，刚刚在外面接豆豆的电话就已经冻透了，这会儿直接冷得打哆嗦。

苏亦连抽了两根烟，发现顾悠然似乎很冷，就对刘政说：“走吧，回去。”

“可代薇还没走。”

“我又没做什么，干吗被她逼着躲起来？”苏亦有些气恼地说完，大步流星地离开露台。

刘政和顾悠然赶紧跟上。

回到宴会厅，顾悠然就看到代薇站在温修远面前，微微俯着身子，姿势亲昵，重点是，手腕还被温修远握在手里。

温修远同时也看到了顾悠然，还有旁边的苏亦，眉心锁得更深。

顾悠然：当众调情。不要脸！

温修远：又是苏亦。气死了！

顾悠然坐下来没多久，代薇就离开了，脚步有些蹒跚，面色很难看。

温修远的神色看起来十分不悦，一桌子人也不敢轻易打扰他。

顾悠然忍不住腹诽起来，一线小花代薇都被你拉手了，你还摆起臭脸了？

目睹全程的小郭忍不住和顾悠然八卦起来：“我和昊哥在走廊遇到代薇，她非要来敬酒。哎，她怎么认识昊哥？对了，肯定是因为认识温总。她酒量真好，那一桌老总挨着敬，完事儿还跟没事一样。

“大明星就是漂亮，喝多了也好看，我还是第一次见她本人呢。”

顾悠然一想到刚刚那一幕就烦躁得不行，一股一股的火往上涌。之前见到代薇都恨不得躲八丈远，做样子给谁看啊！现在还不是来者不拒，还拉手！

欲擒故纵，不要脸！

庆功宴的后半程顾悠然完全不在状态，异常烦躁，又不能提前离开，只能刷文学城排解一下。

评论区又在催更，如今她们已经学会淡定了，摸清了她半夜更新的规律，所以明知催也没用，就干脆在评论区聊天。

——什么时候才能上车？

——别做梦了姐妹，要什么自行车？

——婴儿车都未必有。

……

——大大更新了？

——啊啊啊，大家别聊了，快上车！

——车门焊死了，谁也别下去！

顾悠然把白天被温修远关小黑屋那段作为最新章节发了出来，犹如平地一声惊雷，瞬间炸翻了和谐的评论区，读者们欣喜若狂，竞相奔走相告：来晚可就看不到了！

为了防止被屏蔽，情节已经改得非常隐晦，还是有可能被锁，能看就是运气了。

更新之后，顾悠然忽然感觉通体舒畅，头也不晕了，眼也不花了，心情豁然开朗。

她看温修远也顺眼多了，能让她挣钱，又能让她涨人气，还有什么不满意的？至于他拉谁的手，那是他的自由，和她有什么关系？

然而，她没能开心多久，新章不负众望地被锁了。

庆功宴散场后，温修远选择和何启明同程，目光直接掠过顾悠然，和周昊交代了几句，便与何启明一同离开。

还是第一次被这样忽略，顾悠然有些恍惚。虽然她也没打算理他这个表里不一的男人，但就这么被忽视了，真的好气啊！

再想到被锁的章节，啊啊啊，太糟心了。

顾悠然拖着疲惫的身躯回到酒店，却不得不继续熬夜码字。

钱朵乐半夜醒来，看到她还在电脑前码字，睡眼惺忪地坐起来给她加油："然宝宝，你是最棒的。"

然后，她翻个身秒睡。

今晚的效率格外低，顾悠然写写删删总是不满意，凌晨四点才写完，替换了被锁的章节，倒床就睡。

顾悠然迷迷糊糊中被人叫醒，被逼着吞了一颗不知道什么东西，连着喝了几口水，才被人放下继续躺着。

她整个人像被打了一顿似的，浑身疼得厉害。她想问谁敢打她，是不是不想活了，可她睁不开眼睛，发不出声音。

不知道睡了多久，顾悠然终于睁开眼睛，屋里光线很暗，身上出了黏糊糊的汗，难受得不行，嗓子像被刀劈过一样疼。

“醒了？”

“天……咳咳……我嗓子怎么了？”

怎么哑得像公鸭一样！

钱朵乐扶着她坐起来，又倒了杯水递给她：“大姐，你发烧了，39℃。”

发烧？顾悠然接过水：“我怎么不知道？”

“你都烧迷糊了，能知道什么？”

顾悠然一口气把一杯水喝完，嗓子还是疼得厉害。

“几点了？”

“晚上八点。”

疯了！顾悠然躺回被窝里一通乱弹：“睡觉前刚码完字，为什么醒了又要码字？”

钱朵乐叹息一声，语重心长地说：“别沮丧，别难过，人生总是有各种各样的挑战。我这里有一个好消息和一个坏消息，你想先听哪一个？”

“都不想听。”

钱朵乐神色一冷，不容拒绝道：“和你有关，不听都不行。”

“坏消息。”

“坏消息就是，在你睡着的时候，代薇的恋情被曝光了，就是……”

顾悠然探了半个脑袋出来，心中隐隐不安。

钱朵乐眼中闪烁着精光：“温、修、远。”

“……”

看吧，他俩绝对有事。顾悠然觉得自己就是个傻子，被温修远耍得团团转！

钱朵乐：“还说这些年一直是温修远在捧代薇，情比金坚。不过你也别难过，还有好消息呢。好消息就是，你也传绯闻了。”

顾悠然一愣，扑哧笑了一下：“别跟我扯，我一介平民，和谁传绯闻去？”

“和苏亦。”

“……”

钱朵乐忽然一个前扑，直接跪在床前，吓得顾悠然一下弹起，却被她牢牢地拽住手，情真意切地喊了一声：“亦嫂！”

妈呀！这是我有病吗？不，是这个世界病了！

第九章
与爱豆的绯闻

就在钱朵乐一口一个“亦嫂”要把顾悠然逼疯的时候，终于看到微博上那条所谓的爆料。

原来是昨天晚上苏亦在露台抽烟的时候，被拍了照片。

苏亦在抽烟，顾悠然就在旁边站着，中间至少隔了半米，没有任何亲密举动，连句话都没说，关键是，刘政还在场呢。

但是拍照的狗仔角度找得非常妙，不仅没有拍到刘政，还把他俩拍得多亲密似的。

“苏亦的粉丝已经疯了。如果不是明白压根儿不可能，我也要疯了。”钱朵乐咬牙切齿道。

顾悠然欲哭无泪：“我也疯了。”

现在怎么办?

“苏亦那边有什么动作？”

“已经澄清了，可是这种事情一时半会儿压不下去。”

顾悠然瘫回床上：“我完了，我觉得我会被弄死。”

钱朵乐哼哼两声：“已经有人放话要人肉你。”

“……”

顾悠然没想到自己这么倒霉，怎么还能摊上这种事情？虽然她是苏亦的粉丝，可是她不配和苏亦传绯闻！她不配！

苏亦就是天上的太阳，她就算再美，也不能和太阳肩并肩啊！这点自知之明她还是有的。

“我的手机呢？”她忽然想到手机，掀开被子四处找着。

钱朵乐从床头柜拿起手机慢悠悠地递给她：“还有一件事情。”

顾悠然用指纹解锁屏幕，看到近百条的微信提醒，还有十几个未接电话，她压根儿没勇气点开。

“温总来看过你，他说，等你醒了告诉他。”

“千万别告诉……”

钱朵乐的话还没说完，门铃“叮咚”一声响起，顾悠然犹如惊弓之鸟一般，吓得一哆嗦。

“应该是温总，还挺快。”钱朵乐挑了下眉，就要起身去开门，却被顾悠然一把抓住。

“你干吗告诉他？”顾悠然很生气地说。

一提到温修远，她就气结。难怪昨晚拉人家手，原来是男朋友、幕后金主，昨晚就不搭理她，今天还来找她做什么？

钱朵乐皱起眉，看起来很为难。

“他用苏亦诱惑我，代言人期间所有的活动我都能坐第一排，而且免费。”

“宝贝别生气，真的不是我不帮你，但敌人太强大了。”

……

这种时候，竟然还利用苏亦！

“他怎么能这样？”顾悠然愤慨地说，瞟了瞟钱朵乐，语气瞬间软下去，“我能去吗？”

钱朵乐毫不犹豫地道：“绯闻亦嫂，以你现在的身份，基本要告别有苏亦的场合，否则不仅粉丝不会放过你，辟过谣的绯闻也会卷土重来。”

顾悠然低声哀号，一头扎进被子里，为什么会发生这种事啊？

这时，因为迟迟没有给温修远开门，顾悠然的手机屏幕开始闪烁着。

钱朵乐再度起身，背上了包。

“你去哪儿，不能把我一个人丢下！”顾悠然如临大敌，爬到床边去拽钱朵乐，结果被她一个闪身躲了过去。

“我老公背着我搞绯闻，我非常生气，唯美食可解，千万别拦我！”

“……”

钱朵乐迈着轻快的步子走向大门。

听到门开的声音，顾悠然连滚带爬地钻回被窝里。

四周安静极了，只有皮鞋踩在地毯上发出的轻微声音，越来越近，她几乎屏住呼吸。最后，声音停在钱朵乐刚刚坐的地方。

顾悠然的脑子里乱成一团麻。

她还没想好怎么向温修远解释她是苏亦的粉丝，竟然又和苏亦传绯闻。温修远一定会认为她选代言人的时候夹带私货，假公济私。如果影响苏亦今后的代言人待遇，那她就闯大祸了。

想她一介散粉，只想安安静静地支持苏亦的作品，居然和正主传绯闻？梦里都不敢想的场景，竟然真实发生了。

千不该万不该，昨晚不该跟着苏亦去露台。只因他当时疲惫又无

力的样子，让她觉得有些难过，想做些什么让他开心一点。可是她只是个粉丝，又能帮他做什么呢？到最后不仅什么忙都没帮上，还给他惹了麻烦。到现在，她连怎么面对温修远都不知道，越想越没有勇气爬出被窝……

不对！虽然她有错，但温修远也有很多问题，而且是原则性问题，她最多就是追星，他呢？包养女明星，还不敢承认！呸！渣男！

想到这里，她偷偷将被子掀开一条缝，就听到温修远低沉的声音缓缓说道："我让酒店准备了清粥小菜，起来吃点。"

那条缝又瞬间合上，她刚给自己打足底气，听到他的声音又瞬间瘪了下去。

顾悠然，你真的没救了。

床上隆起的轮廓虽然一动不动，但温修远知道顾悠然没有睡。

钱朵乐说她已经退烧，但她一天都没吃东西，必须先吃点饭，才能吃药，否则太伤胃。

见她迟迟不动，他拿出手机，放在耳边："嗯，明天返程。"

他抬起眼眸，看着床上隆起的轮廓，嘴角微微弯起一丝弧度："我？正在兴师问罪。"

他话音刚落，床上的人果然掀开被子坐起来。碎发贴在顾悠然的额前和鬓角上，一张小脸红扑扑的，眼中闪烁着不服输的倔强。

"你凭……咳咳……"这嘶哑的声音真是绝了，别说威慑力，顾悠然都看到温修远笑场了。

但是，不能输！

虽然她嗓子沙哑，穿着卡通睡衣，没有化妆，头发凌乱，但她不能输！

她扬扬下巴："你凭什么对我兴师问罪？"

温修远不动声色道："我记得你发过誓，绝不是苏亦的粉丝。"

"……"

"苏亦刚出席发布会就传出绯闻，影响产品销量，谁来买单？"

"……"

"还有什么？"他皱眉想了一下，"亲密热聊？"

亲密热聊……这是网上爆料中用的词，说苏亦和她在露台亲密热聊，旁若无人。

什么亲密热聊！这届狗仔怕是眼瞎！

顾悠然努力抗住一连串的质问，不让自己落于下风。

"那些都是捕风捉影，苏亦已经辟谣了。我承认，骗了你是我不对，可你不也骗我吗？什么你俩不熟？哼！恋情曝光！情比金坚！大明星的幕后金主！"她越说越愤慨，"我还看到你拉她的手了！"

温修远点点头：“嗯，那你是没看到……”

“？”

“她还摸我胸了。”

“……”

“我只是自保，制止她继续侵犯我。”

“……”

一晚上的怒气，已经被温修远的三言两语化解，可是她不能这么轻易相信，她挑挑眉质问：“无缘无故地，代薇为什么摸你不摸别人？”

温修远摊手：“可能是因为我最有钱。”

太自恋了！

后来，顾悠然从旁人口中得知，代薇第一个敬酒的就是温修远，但是被拒绝了。待她敬了一圈又回到温修远身边，再次被拒绝。随后，她手随意一抖，酒洒在了温修远的衬衫上，便趁机帮他擦酒，那就是他所谓的摸胸。

而网上传播的照片，正是温修远拉代薇的手腕制止她继续摸胸的照片，至于求索内部庆功宴席上怎么会有狗仔，据大家分析，是代薇的人拍了照片，透露给营销号的。

代薇离开饭店时也被拍了照片，她当时披了一件深色西服，也被爆出是温修远的衣服。

可顾悠然分明记得那天散场时，温修远的西服还在臂弯里挂着。

所以，一切都是代薇自导自演的，拉着温修远炒作，手段真是够低级的。

误会解释清楚，温修远好声好气地哄道：“好了，捕风捉影的事情自有时间去证明，起来吃点东西。”

粥已经在桌上摆好，顾悠然坐在床上迟迟不动，很像耍赖皮的小孩儿。

温修远无奈，走过去拉她：“再不起来，我就抱你起来。”

顾悠然眼睛瞬间睁圆，掀起被子下床。

“先洗手。”

已经快走到桌边的顾悠然立即改了方向直奔洗手间而去。

温修远低眸，笑了一下。

看着顾悠然吃了饭、吃了药，又量了一次体温，确定不再发烧，嘱咐她好好休息，温修远才离开。

已经睡了一天，自然不能继续睡，眼下她有更重要的事情要做——码字，更新啊！

昨晚烧得迷迷糊糊的，没想到写出来的东西还挺好看，写到男主

借助人脉帮助女主追星，评论区一群饭圈女孩嗷嗷着求同款男友。

今天发生的事情太有戏剧性，不写到小说里实在浪费。这么想着，小键盘已经噼里啪啦地被她敲起来。

写到男主被曝包养女明星，女主明嘲暗讽，大发雷霆，她不禁联想到自己。

就算温修远真的是代薇的金主，那她也没立场生气，她就是个助理而已，充其量还有一个师妹的身份。想到这里，她心里酸酸的，非常不是滋味。

对了！这不就是女主应该有的感觉吗？作为暗恋男主多年的女主来说，比大发雷霆更让人心酸的是，压根儿没有发脾气的资格。

想到这里，她赶紧删掉前面那些，重新写。

一章很快写完，顾悠然检查了错别字后上传。

至于她本人呢，不仅没有立场生气，还要感谢温修远！从他身上积累那么多素材，她的小说才能吸引这么多读者，才能高价卖出版权，胜利的果实有她的一半，也有温修远的一半，她有稿费，就应该给温修远分……分三成吧！

就在这时，放在桌上的手机响了起来，是钱朵乐打来的。顾悠然接起电话，继续翻看评论："吃饱喝足了？"

钱朵乐焦急地说："吃什么吃！大事不好了！网友已经扒出你是求索的员工了，还说你借助职务之便勾引苏亦！"

顾悠然滑动鼠标的手指堪堪停住，一颗心犹如跌入深渊，瞬间失重，不断下沉。

"你的手机号、酒店房间号都曝出来了，你记住谁敲门都别开，我现在往回赶。这酒店不能再住了，我们得换个地方，记住不要接陌生人电话，不要开门！"

钱朵乐的话音刚落，门铃声骤然响起，犹如平地一声惊雷，顾悠然惊恐地看向紧闭的房门。

钱朵乐也听到了，紧张地问："怎么了？"

顾悠然看着门，声音小小地说："有人按门铃。"

"千万别开门！把门闩拉上！"

顾悠然悄悄站起来，一步一步朝着门挪过去，努力不发出声音。

就在这时，门外的人又开始"咚咚"敲门，把她吓了一跳。

"怎么回事？"钱朵乐追问。

"他砸门了。"顾悠然低声说。

"你赶紧联系前台，最好能调个保安过来，还有……你联系温总，感觉温总更可靠。"

顾悠然已经到门口，"咚咚"的敲门声尤为清晰，她的心脏已经要跳到嗓子眼，外面的人仿佛随时能敲破门冲进来。

就在她准备报警的时候，门外的人终于说话了："悠然开门，是我。"

是温修远的声音！

这一声犹如天籁之音，解救了如困兽的她，一颗悬起的心也终于放下来。

顾悠然挂了电话，拉下门闩打开门，看到门外的温修远，如释重负的欣喜之色浮上脸庞。

温修远进来，随手关了门，沉声道："收拾一下行李，还有你朋友的，需要换个房间。"

"你都知道了？"顾悠然苦笑，手指在背后紧紧绞在一起。

他神色很凝重，眉心紧锁着，唇线拉得很平："刘政给我打电话，网上有关你的信息已经删掉，但还是要小心。我已经让人拟稿，待会儿就会发声明澄清你和苏亦的关系。记住，以后不要再出现在苏亦身边，懂吗？"

顾悠然重重点头："懂了。"

"嗯。"温修远满意地挑了下眉峰，"时间不多，快去收拾。"

"哦。"

顾悠然急急忙忙拉出行李箱开始收拾行李，还好她和钱朵乐的东西都不多，很快收拾完，又一一检查确定没有落下的。

她找出口罩戴上，又拿出墨镜，把自己包裹严实。

"这样就认不出来了。"她说。

"此地无银三百两，晚上在室内戴墨镜，生怕别人注意不到你？"温修远说着，抬手摘掉她的墨镜，露出一双水汪汪的眼睛，像极了春天的一池湖水，春风一吹，就会掀起粼粼波澜。

她的眼睛很美，眼角内勾，眼尾上挑，带着异域风情，茶色的眼瞳清澈透明，仿佛有着巨大的吸力。

见温修远似乎在发呆，顾悠然试着喊了一声："师兄？"

"嗯。"温修远应道，低眸不再看她，拉过行李箱，"走吧。"

温修远先打开门，确定走廊无人。

两人并排走在走廊上，忽然，迎面走过来几个行为鬼祟的姑娘，不断前后张望着，数着门牌号，似乎在找人，但又不想被人发现。

顾悠然心一沉，手上忽然有了力量。她低眸，看到温修远的手紧紧包裹着她，瞬间有了底气，挺起胸膛。

与几个姑娘迎面交错而过时，她们不禁打量着顾悠然，她戴着口罩的样子似乎让她们有些疑心。

她急中生智，哑着声音道："咳咳……一定要去医院吗？咳咳……"

温修远配合地揽住她的肩膀，柔声哄道："乖，听话。"

几个姑娘不疑有他，继续专注地找门牌号。

顾悠然贴在温修远的怀里，被他带着走到电梯厅。这个姿势太亲密了，怪不自在，她动了一下，立即被他制止："别动。"

电梯门打开，他俩并肩进去。门关上，顾悠然终于长出一口气，温修远也松开她，拿出手机找到一个号码拨出去。

"赵总吗？我在10楼的走廊看到几个形迹可疑的姑娘，你最好让人上来看看，"说到这里，他莞尔，"不客气。"

如果那几个姑娘真的是为顾悠然而来，那也太快了！还好她动作够快，否则……

顾悠然忽然想到，苏亦似乎也住这里！

看到温修远的通话结束，她就急忙追问："苏亦呢，还在这儿住吗？"

温修远瞧了她一眼："昨晚庆功宴结束他就回家了。"

是的是的，这是京城，苏亦的家就在这儿，开房间只是为了化妆做造型。还好！

顾悠然松口气："那就好，如果苏亦他也住这里，不定会出什么幺蛾子。"

"呵。"温修远冷冷一笑，低眸看着她，"还是先关心你自己吧。"

顾悠然在他冷眉冷眼的注视下尴尬地微笑："师兄说得特别对。"

从电梯出来，温修远带着顾悠然往房间走，顾悠然感觉这条走廊很熟悉。

"再换酒店折腾，说不定会加重你的病情，今天就在这儿住一晚。"说着，他刷开一扇房门。

难怪觉得熟悉，他们又回到他的套房。

顾悠然站在门口不肯进去："师兄，我和多总再新开一间房就行。"

"你的朋友不和你住比较安全，那些人的目标不是她。而你，和我住比较安全。进去吧，反正有空房间。"

顾悠然顿了片刻，一不做二不休地拽住他的衣领凑近他："难道你不怕我对你……"说到这里，她的贝齿轻咬下唇，眼神魅惑地看着他。

可他却"扑哧"一声笑了出来。

？？？

你可以不理我，但是不能笑场啊，我不要面子吗？

顾悠然又住进了那间房，带有洗手间，关上门，倒是一间独立客房。她在床边坐下来，想到刚刚那一幕，就懊恼地揪头发。她看什么都不顺眼，狠狠踢了一脚行李箱，却忘了脚上穿着拖鞋，快把眼泪踢出来了。

没过多久，钱朵乐匆匆赶来，往她身边一坐，就开始滔滔不绝。

"我正吃烧烤呢，一个关系不错的大粉说人肉到你的信息，真是吓死我了，小烧烤立刻不香了。虽然网上的信息已经删了，可是这种东西难免有人保存，所以最近还是要小心，要不考虑换个手机号吧。”

顾悠然叹气，拿起手机晃了晃：“已经调成飞行模式，但是微信有上百个好友申请，我在三次元从来没有这么红过。”

钱朵乐哭笑不得：“大姐，这叫红吗？”

“黑红也是红啊。”

“代薇这次的如意算盘是打空了，营销和热搜都准备好了，谁知道被＃苏亦女朋友＃凭空劫走所有热度，哈哈哈，活该，拿温总炒作，脑子坏了，肯定是温总把代薇的热搜给撤了。”

顾悠然捞起一个枕头抱在怀里，若有所思道：“你说，他会不会真的是代薇的金主？”

钱朵乐闻言轻叹：“我是不是很早就提醒过你，像他这样身份地位的男人，包养女明星一点都不稀奇。你现在来问我，不如问问你自己，这么多天你一直和他在一起，你觉得，他是什么样的人？”

温修远是什么样的人，顾悠然还真的从未想过这个问题。

他……好像没有太多私人时间，是个工作狂，不是在工作，就是在去工作的路上。他的自制力非常强，不喝酒不抽烟，每周四次健身雷打不动，对待工作严肃认真，追求完美，对她当然是照顾有加，有时还很温柔，尤其是王洛出现的那段时间。而且对她的小说有特殊贡献，是个好人！

“好人？就俩字？”钱朵乐呵呵一笑，“好歹再加一个。”

“什么？”

“好、男、人。”

“……”

“别小看这个‘男’字，它的意思就是，作为女人的你，可以开始考虑了。”

考虑什么啊，人家都没把她当女人，刚刚她都那样了，他竟然还笑！

想到这里，顾悠然抓住抱枕狠狠捶了一下。

钱朵乐伸了个懒腰：“行了，你赶紧睡吧，嗓子哑得都快说不出话来了，我也去睡觉咯。”她叹气，“这么一闹，不知道明天在机场会不会遇到粉丝报复。算了算了，不想了，明天的事情明天再说，船到桥头自然直。”

钱朵乐站起来，顾悠然仰着小脸看她，样子可怜巴巴的。

“你真不和我一起住啊？”她问。

“我有房间，干吗跟你住？你和温总……嗯嗯……”钱朵乐挑挑眉毛，那副笑得一脸暧昧的样子，特别像拉皮条。

顾悠然朝她拱手：“多虑了。”

顾悠然洗完澡躺床上已经深夜，她一直没勇气上网，这会儿才敢认真看微信。看到一半，她噌地坐了起来，苏亦竟然给她发微信了！

苏亦：不好意思，没想到会遇到狗仔，工作室已经澄清，最近网上可能会有不好的舆论，实在是抱歉。

顾悠然按捺着心底的激动，开始回复。

“没关系，能和你传绯闻是我的荣幸……”

不能这么写，苏亦一定很烦，她不能表现出开心。

“怪我那天不该跟你去露台……”

也不行，表现得太在意会让苏亦更加自责。

“喜欢你的人那么多，为什么偏偏和我传绯闻，肯定是因为我有错……”

她写写删删，思量来考量去，最后回复：相信清者自清，一切都会过去的。我们一起加油。

她回复完才想到这么晚苏亦肯定睡了，说不定会打扰他休息。

算了算了，不想了。

她又打开微博，# 苏亦女朋友 # 的热搜已经撤了。苏亦超话已经一片风平浪静，苏亦的广场上都是粉丝在安利作品。

她常去的论坛首页还飘着和苏亦有关的高楼，楼里仍然在热烈讨论她到底是不是苏亦的女朋友。

——求索官方微博都发声明了，人家就是工作人员。

——说实话，那姑娘真的挺美的，和苏亦蛮般配的。亦粉都想开点。

——哈哈哈，代薇今天也有绯闻，但是毫无水花。

——专注苏亦，楼主删楼上。

——勿 cue（提）代薇，cue 就是黑。

……

从楼里出来，看到有新剧爆料，一般看到这种帖子她都会点进去看一眼，今天也不例外。

新料：言情 IP 剧《有一点动心》近日开机，女主已定一线小花。

——啊，我超爱这本！原著粉求别毁！

——是攸心的《有一点动心》？

——回楼上，就是这本。

顾悠然眨了三次眼睛，确定自己没有眼花，的确是《有一点动心》，她写的那本《有一点动心》。

这一天跌宕起伏的剧情，够她写一万字了吧！

“啊啊啊啊啊！”

顾悠然从床上一下弹起，肾上腺素急剧分泌，完全无法克制激动心情的她在床上又蹦又跳，她想再叫，可是嗓子已经彻底发不出声音，只有气音。

就在这时，“咔嗒”一声门开，温修远匆匆闯进来，焦急地喊：

“悠然！”

站在床上穿着睡衣举着手机狂亲的顾悠然VS刚从浴室出来只裹了一条浴巾的温修远。

双目相对，空气里凝聚着尴尬。

他的头发似乎还没来得及擦，湿漉漉地搭着，看起来乖顺许多，还有那身材，真的绝了！肌肉线条非常性感，却不夸张，整齐的八块腹肌线条分明，性感的人鱼线消失在浴巾边缘……

顾悠然知道，现在绝不是看美色的时候，但她根本挪不开眼睛，还很没骨气地吞了下口水。

“你在做什么？”温修远皱眉，有些难以启齿，“亲苏亦的照片？”

顾悠然一愣，连忙否认：“不……不是的，我没有！”

温修远却不信，自嘲一笑：“还以为你有麻烦，看来是我多虑了。”

顾悠然赶紧爬下床，疾步上前解释，他却不听，退出房间，“砰”的一声关上门。顾悠然跟得太紧差点一头撞门上，她就干脆隔着门板继续喊：“师兄你要相信我，真没有，真的。”

也不能解释是因为她的作品要拍电视剧了……唉……

求索官方微博紧急发出一条澄清声明，总结下来只有三点。

第一，温修远和代薇不熟。

第二，顾悠然是公司员工，和苏亦只是工作关系。

第三，保留追究造谣者法律责任的权利。

夜色深浓，却有人难以安然入睡。

房间没有开灯，窗外的万家灯火让房间不至太过昏暗。代薇端了一杯红酒，歪坐在窗前的贵妃榻上，一口一口慢慢饮着。夜凉如水，她绝美的脸庞上又添一层寂寥和伤怀。

经纪人轻轻推开门进来，看到空空的红酒瓶，轻叹一声，拿走她手里的酒杯：“不要再喝了。”

代薇又将杯子拿回来，脸上有一丝苍白的笑：“让我喝吧，否则我更睡不着。”

何止你睡不着，大家都睡不着！经纪人干脆坐下来，不吐不快：“我提醒过你，专注自己，你管苏亦是不是有女朋友？现在平白被他抢走了所有热度。就因为你不喜欢那个小姑娘？”

代薇像是没听到经纪人说什么，手指扶额，轻声缓缓道：“温修远当真是一点都不喜欢我吗？”

经纪人忍不住翻了个白眼：“喜不喜欢又有什么关系，只要能借助机会炒作一下，有话题热度，对你就是有利的。过几天新剧官宣再做澄清，一切水到渠成。现在好了，毫无水花。”

代薇沉默不语，经纪人意识到说得有点儿重，又语重心长道：“薇

薇，虽然你已经是当红小花，但你还有很长的路要走，你还年轻，应该专注发展事业，谈什么感情？把现在的位置坐稳了，以后要什么样的男人没有？再说，温总那种高岭之花不适合你。”

代薇一口气将杯中酒饮光，语气十分不善：“你走吧，我累了。”

“那你好好休息，明天上午来接你。”

代薇没有再理她，径直爬上床，用被子将自己蒙得严严实实。

顾悠然本来就睡多了，发现作品要开机的消息，更加睡不着了，从论坛到微博，把所有《有一点动心》的消息搜了个遍。

已经有许多营销号在发，但是有用的消息几乎没有，没有出品方，没有演员名单，没有正式官宣，一切都可能发生，毕竟签了约还能解约呢。

她又想到两个月前被制片人解约的时候，不禁有些黯然伤神。如果当时没有解约，两个月写完剧本，顺利开机，一线小花主演，大爆预订。原著和编剧的加成，一定能带飞新文，说不定也能趁机影视化，万一……能请苏亦来演呢！

可惜，没有如果。

至少，她还是原著。

第二天早上，顾悠然将《有一点动心》即将开机的消息透露给钱朵乐，钱朵乐全然没有她这般激动，还点着她的额头，恨铁不成钢地说：“你能不能有点出息？他们能空手套你五集剧本，这么low（低级）的剧组，有什么可激动的？”

顾悠然拂开她的手指：“剧本暂且不提，那是我的小说！我的孩子呀！一线小花啊！”

“听我一句劝，以我混迹饭圈这么多年的经验，剧组骚操作太多的剧，百分之九十都扑了。”

“你能不能盼我点儿好？”

“真的，因为他们没有专注于作品，而是把更多的精力放在演员、营销上，必扑。”

被钱朵乐这么一说，顾悠然也没劲儿了。

“对了，播出以后，还会给你分成吗？”

顾悠然摇头。

“连钱都没有，更没什么可激动的了。”

钱朵乐把提前准备好的墨镜、口罩都给顾悠然戴上，又找了一顶鸭舌帽扣在她脑袋上：“这下就万无一失了。”

顾悠然看着镜子里的自己，失笑道：“不知道的还以为是哪个明星呢。”

钱朵乐忽然灵光一闪："待会儿我让小路师傅配合一下，举着手机对你拍，我就按着他说'别拍了别拍了'，路人肯定会被吸引。虽然不知道你是谁，但一定认为是明星，先拍为敬，这样会吸引更多的路人，里三层外三层地围着，就不会有人怀疑你是苏亦的粉丝，你就安全了。我的办法好吧？"

"……"

早餐是直接送入房间的，顾悠然嗓子还是很痛，完全没有胃口。温修远才不管这些，看着她喝下一碗粥，又喝了两支苦兮兮的口服液，才放过她。

钱朵乐在一旁看着忍笑忍得十分辛苦。

郑路宁已经拿好行李在酒店外等着，也是钱朵乐授意他先探探酒店附近有没有形迹可疑的粉丝。

郑路宁每次见到温修远都有些尴尬，他是舅舅的朋友，按辈分得喊叔或者舅，可他又是顾悠然的师兄，这么喊岂不乱套了？怎么能让钱朵乐那小丫头占他便宜？

所幸，钱朵乐都喊"温总"，他也跟着这么喊。

顺利地坐上去机场的商务车，钱朵乐担心的场景都没有发生，因为他们和温修远一起走 VIP 通道，别说粉丝了，连路人都遇不到。

休息室是独立的，会有工作人员上门办理值机和行李托运。

登机后，顾悠然和温修远同座，钱朵乐和郑路宁同座。周昊和小郭前一天已经飞回浦城。

钱朵乐忽然从后面揪顾悠然的衣领，顾悠然回头，两人在靠背的缝隙里低声说话。

钱朵乐把手机屏幕推给顾悠然："真有人来机场堵你，不知道是哪个群的聊天记录，已经传开了。"

——确定是 SB9450 航班吗？没找到啊。

——会不会改签了？

——改签肯定会有信息的。

——擦亮眼睛，戴口罩墨镜，或者戴帽子的，说不定就是她。

口罩、墨镜、帽子武装齐全的顾悠然："……"

顾悠然犹豫："要不我就把墨镜摘了吧。"

钱朵乐点头："摘了吧，她们应该不会追到飞机上来。这些人脑子真的是有病，永远不听劝，且不说这只是捕风捉影，如果亦宝真的有女朋友，也得被这些傻子搞分手了。"

钱朵乐轻叹一声，继续说："虽然我喜欢苏亦，但如果他真的找

到一个喜欢的、让他感到幸福的姑娘，我肯定会祝福，一定不黑她。因为她不高兴，亦宝肯定会心疼的。”

这才是粉丝该有的觉悟啊！可惜有些偏执的人，永远不懂。

在商务舱和经济舱之间有一扇门，就在顾悠然和钱朵乐交头接耳的时候，一直有人来来回回，一会儿倒水，一会儿问问题，空姐提醒她经济舱也有服务人员，可她还是一会儿跑一趟。

温修远注意到她，每次经过，都会有意无意地往他们这边瞧，小姑娘年纪不大，满脸稚气，眼睛中的戾气却有点重。

他收起报纸，提醒顾悠然坐好。

“怎么了？”

“要起飞了。”

“哦。”顾悠然听话地扣上安全带，拉开毯子盖好，打算起飞后好好睡一觉。

就在这时，忽然有人高喊一声：“顾悠然。”

顾悠然应声抬头。

一姑娘站在过道上，将一杯水泼向她，毫无防备的她只剩下应激反应，低头、抬胳膊，挡脸。

然而水并没有泼下来，她等了片刻，试着抬头，看到那姑娘的手被温修远紧紧攥着，手里的杯子已经被他夺走。

“放开我。”小姑娘挣扎着，痛麻的手腕让她的脸色愈加发青。

空乘人员闻声赶来，一看架势就知道有人惹事，连忙向温修远道歉。

温修远脸色铁青地把小姑娘交给他们，抚平西装褶皱，坐回原位。

虽然没有只言片语，乘务长却又是鞠躬又是道歉：“实在对不起温先生，给您添麻烦了。”

小姑娘被空乘人员控制着，却依然没有收敛的意思，稚气未脱的脸庞却戾气满满，放狠话道：“你绝对会有报应的，我们不会放过你的。”

温修远十分不耐地同乘务长说：“尽快处理，不要耽误大家时间。”

“是，是，”乘务长连连点头，指挥着空乘人员说，“快，把她送下去。”

原以为到此为止，没想到接下来的场面更加混乱。

从经济舱又跑来两个和那小姑娘年纪相仿的姑娘，一边闹着让空乘人员放人，一边大声嚷嚷着，闹得机舱鸡犬不宁。

其中一个小姑娘指着顾悠然大喊大叫：“大家快看啊，就是这个不要脸的，胡乱勾引男人。”

因为是女孩子，两个空乘人员又不敢下手太重，她们便趁机毫不客气地撕扯、挣扎，嘴里还骂骂咧咧的，十分难听。

顾悠然蹙眉："小姑娘年纪轻轻，嘴巴怎么这么脏？"

"那就别做那么脏的事情！"

一直没有说话的钱朵乐再也坐不住，站起来说："让我猜猜，该不会是为了追星吧？"

此言一出，三个姑娘都不说话了。

钱朵乐冷笑一声："追星追得忘了自己的身份，还真当自己是正主的女朋友？"

"你胡说！我们都是为哥哥好！是她勾引哥哥，影响哥哥的事业和前途。"

钱朵乐真的要被气死了："拜托，哥哥有你们才会影响事业和前途。哥哥需要你们替他指手画脚吗？"

姑娘一："我们都是为了哥哥好！"

姑娘二："和你无关，最好别管，否则要你好看。"

姑娘三专注地对顾悠然放狠话："我知道你的信息，不管你走到哪里，我都不会放过你。"

听到这里，顾悠然不禁倒抽一口冷气。以前只是听过有些很偏执的粉丝，今天算是领教了。明明还是小小年纪，为什么这么想不开？

说话间，空乘人员终于成功地把她们控制住，但是三个小姑娘仍在不停挣扎。

乘务长很生气地说："快点把她们送下去。"

"等等。"温修远低沉开口。

大家皆是一愣，齐齐看向他。

他起身，拉住顾悠然的手，将她拉到身边："她是我女朋友，平白无故被你们扣上一顶这么难堪的帽子，我可没打算就这么算了。"

乘务长："……"

不是温总，能不能这么算了呀？飞机还飞不飞了？

顾悠然还没从温修远忽然拉她的震惊中反应过来，就被他说是女朋友？这剧情发展太快了吧！

钱朵乐：啊，温总霸气护妻，太帅了吧。

郑路宁递上纸巾："来，口水擦一擦。"

温修远："立刻向她道歉，若她接受，一切便不再追究。否则，明天你们就会收到法院的传票。"

温修远很高，他只是站着不说话，眼神随意一扫，就能让滔滔不绝的人立刻安静下来。

他的语调平缓，不疾不徐，却十分有威慑力。三个姑娘彻底说不出话来，也忘记挣扎。

其中一个姑娘很快冷静下来，冷冷一哼："看我们好骗是吗？"

温修远对身后的空乘人员说："登记她们的身份地址，"而后才

看向她们，“记得按时出庭。”

说罢，他便拉着顾悠然坐下去，不再理会她们的大喊大叫，还贴心地为顾悠然盖好毯子，仿佛那三个姑娘就是来活跃场子的。

她们虽然还在闹，但力度已经大不如刚才，最后被空乘人员扭送着下了飞机。

一出闹剧令原本要起飞的航班耽误了近一个小时。

机舱里一位乘客拍了一段视频发到网上，笑称：粉丝追到飞机上口口声声要为哥哥讨回公道，结果人家男朋友就在场，不仅被请下飞机，人家还要告她们。娱乐圈真乱啊。

虽然视频从头至尾没有提到苏亦，但是大家都明白，这就是苏亦的粉丝，因为最近只有苏亦在传绯闻。

一时间，苏亦的粉丝成为各路粉丝嘲笑的对象。

还有人发现，视频里那位气质矜贵、霸道护女友的男人不就是求索集团的总裁温修远，苏亦的金主?

——和苏亦传绯闻的女生是金主的女朋友?

——完了完了，粉丝惹到金主头上了，以后谁还敢请苏亦啊!

——真是脑残，安安静静做个粉丝不好吗？强出什么头？找不准自己的位置最可悲。

——等等，温修远不是代薇的男朋友吗?

——楼上没看昨晚求索官方微博的澄清声明吧。第一，温修远不是代薇的男朋友；第二，顾悠然不是苏亦的女朋友。搞半天，人家两人才是一对。这届狗仔不行啊!

——老板和员工谈恋爱？霸道总裁爱上我?

——画面感来了！我要嗑这对 CP！

飞机抵达浦城后，温修远送顾悠然回家，并给了她两天假期，让她养好病再回去上班。

顾悠然犹豫着说：“师兄，刚刚在飞机上，我们……”

“当时的情况，一千句解释抵不过一句事实，如果能一劳永逸地解决问题，何乐不为？”

“可是，”顾悠然踢着路边的小石子，低声喃喃，“大家现在都误会我们是那种关系了。”

温修远盯着她乌黑的发梢，过了片刻，缓缓说：“过段时间，你随便找个理由和我分手就行。”

“……”

这也太随意了。

不是，我把你甩了，大家肯定认为我眼瞎!

其实，稍微一想就明白温修远的用意。

他完全可以对外澄清那只是应急之策，他们并不是那种关系。一旦那样的话，围绕他们的话题不仅不会减少，反倒会引起更多的猜测，尤其是她，身在秘书办，接触到的员工比他多，流言蜚语汹涌起来让人疲于应付。而她的解释并不会让大家信服，甚至还会认为那是她的“茶言茶语”。不如就直接承认了，作为总裁女朋友，大家虽然好奇，却不敢过多打听他们之间的事情。反正，还有不到一个月就做满三个月，到时候她就可以辞职回家继续码字了！

连分手都可以让她来提，当真是考虑很周到了。可是为什么，她并不觉得开心?

顾悠然进了家门，换好鞋，一转身，看到不知何时出现的顾南山，把她吓了一跳。

顾悠然抚着胸口缓了半天，才问：“你怎么在家?”

“今天周日。”

“哦。”

“网上的传言是真的吗?”

还真是稀奇，顾南山向来两耳不闻窗外事，竟然关心起网上的传言。

“什么传言?”

顾南山掰着指头，有板有眼地数着：“你和苏亦、你和温修远、温修远和代薇。”

他问：“这是四角恋吧?”

还四角恋！顾悠然虚踹了他一脚：“都是假的。小孩子家家的，不好好读书上什么网。我去睡觉，晚上记得给我做饭。”

当天下午，苏亦的工作室发了道歉公告，为飞机上发生的一切向温修远和顾悠然道歉，并为粉丝行为耽误起飞向全体乘客道歉。同时也对粉丝提出要求，做好自我约束，不信谣、不传谣，一切以官方信息为准。

很少发微博的苏亦特意转发工作室的微博。

苏亦的粉丝后援会、各大粉丝站相继出公告，积极响应工作室要求，再有此类情况发生，一律开除粉籍。

顾悠然睡得迷迷糊糊的时候，接到苏亦的电话。听出他的声音，她才彻底清醒过来。

苏亦笑了一下：“是不是打扰你休息了?”

顾悠然看着窗外已经黑透的天，忙说：“没有没有，午觉睡太久，本来也该醒了。”

“今天的事情真的很抱歉。”

“苏老师，别这样说，不是你的错。我也是粉丝，我懂的，有些

粉丝很偏执，根本听不进任何劝告。”

“原以为我们可以做朋友，可是我忘了，在这个圈子里，我不配拥有什么朋友。”

苏亦略带自嘲的声调让顾悠然很难过，他真的太难了，大众对演员的要求有时苛刻到令人发指。

顾悠然郑重地说：“苏老师，你值得最好的朋友，是我不配做你的朋友。”她停了片刻，鼓足勇气说，“苏老师，相信我，我一定努力让自己变得优秀，足以和你做朋友！”

“你真的很可爱。”

啊，苏亦夸她了！此生无憾！

顾悠然顶着鸡窝头走出卧室，顾南山已经做好了她最爱吃的泡面，她洗了把脸，面刚好被端上桌。

顾南山在顾悠然对面坐下来：“斐哥邀请我去他的俱乐部玩。”

顾悠然挑起面吹了吹：“打游戏啊？玩可以，但别动其他的念头。”她瞧了他一眼，“高三了，有比打游戏更重要的事情。”

时斐是温修远的表弟，时院长的亲孙子，大学读到大二忽然休学，要去做什么电竞选手，差点儿被他爹给打死。

后来他还真的拿了世界冠军，今年又回到大学继续读书，白白浪费了两年时间。

最近他刚刚创立了电竞俱乐部，温修远还给他投了 300 万。

“人生短短数年，如果可以做自己喜欢的事，我也会义无反顾地去做。”

顾悠然停下筷子，看着对面专注吃面的顾南山。很难想象刚才那番话是他说的，他一直不愿敞开心扉，不愿和任何人聊天，这是他第一次袒露心声。

他喜欢玩游戏，房间墙上贴满各种游戏数据，不知道的还以为他在搞科研。他一直很有主见，决定的事情外人很难改变，这一点他们很像。

“我可以保证，绝不影响高考。”

“考上大学之后呢？也像时斐一样休学？”

顾南山忽然抬头问：“有何不可？”

“也……也没什么不可以的。”

人生得意须尽欢，有喜欢的事情就去做。你不可能让每个人满意，那就做一个不让自己遗憾的人，比如她。

温修远把顾悠然送回家，到时院长家里坐了一会儿。老两口并不知道这两天在网上闹得沸沸扬扬的事情，提到顾悠然，也只叮嘱他多照顾。

时院长合上厚厚的书，摘下老花镜，看着他问：“你给阿斐的俱乐部投钱了？”

“没有，是借钱给他。”

“巧立名目，还不是一样？”

温修远笑了笑，不置可否。

时院长轻叹一声：“反正我是管不了，他愿意折腾就折腾吧。”

温修远吃过晚饭从时院长家出来，盛子棠掐着点儿打来电话。

“来坐会儿，大家都想你了。”

“不去。”

“有事儿啊？”

“嗯。”

“干吗去？”

“睡觉。”

盛子棠有些激动：“跟然妹？”

温修远不想搭理他，直接挂了电话。

司机问：“温先生，直接回家吗？”

“嗯。”温修远轻应一声，有些疲惫地闭上眼睛。

最近发生的事情，像电影一般在他脑海里闪过。过去他的生活中只有工作，单调却充实，从不觉得有什么不好，自从顾悠然出现在他的生活，打乱了原有的节奏，没有她的时候，总觉得少点儿什么。也许是少了她说话和笑，连空气都变得枯燥，甚至乏味。

“温先生，到了。”

温修远睁开眼，看到熟悉的停车场。司机为他打开门，又拿出行李。

安静的停车场忽然响起轮胎与地面摩擦发出的鸣声。盛子棠开着他的帕加尼跑车出现了。

温修远吩咐司机：“你回去吧。”

司机颔首，转身上车。

宾利车驶出车位，盛子棠的车刚好停进去。

“你来做什么？”温修远问。

盛子棠伸着脖子张望着温修远空荡荡的背后，便嘿嘿一笑：“我这不是怕你寂寞。”

“有病。”

温修远转身进入电梯厅，盛子棠紧紧跟着：“你从京城归来，大家都想给你接风洗尘，宴席都备好了，你却只想着睡觉。一个人睡多没意思，特意来陪你。”

等电梯时，温修远瞟了他一眼：“不必了，我没有这方面兴趣。”

“……”

电梯门开，他们一前一后地进去。

盛子棠说：“然妹和代薇比，我建议你选然妹。”

温修远贴着电梯壁，微微垂着眉眼，仿佛没听到。盛子棠早就料到了，温修远向来对男女之情没兴趣，从来不参与，更不愿讨论。

“谢谢。”温修远忽然开口。

盛子棠惊了，温修远竟然说谢谢！

这就十分耐人寻味了！证明温修远对他说的两个人某一个是感兴趣的，至于某人是谁，不言而喻。

“然妹真的不错，喜欢就别犹豫。”

21 楼到了，温修远率先走出去，盛子棠亦步亦趋地跟着，生怕错过温修远的回复，可他一个字都没说。

温修远进入浴室，转身看盛子棠：“我要洗澡，你确定进来？”

盛子棠咧嘴一笑：“我开瓶酒等你。”

盛子棠从酒窖挑了一瓶珍藏的罗曼尼康帝，将灯调成他喜欢的色调，放上一张黑胶唱片。

温修远洗完澡出来，拿了一瓶纯净水，在旁边的沙发坐下。

盛子棠倒了一杯酒，隔着桌子推给他：“人生得意须尽欢，莫使金樽空对月。”

温修远继续喝水。

盛子棠晃动着酒杯，继续吟诗：“闲愁如飞雪，入酒即消融。”

温修远还是不理他。

盛子棠换了一个作死的方式，开始在温修远的底线边缘试探：“然妹年轻漂亮，又那么可爱，再不抓紧可就飞了。”

温修远忽然拿起酒杯，一口饮尽，把盛子棠心疼得不行，拍着桌子直喊：“暴殄天物啊！”

温修远放下杯子，起身走开。

“干吗去？”

“睡觉。”

“一个人睡觉多没意思。”

这次盛子棠不吟诗了，改唱歌：“想着你的黑夜，想着你的容颜，反反复复孤枕难眠。”

温修远进了书房，不多时出来，手里多了一本书，径直上楼。

“孤枕难眠，看书也睡不着！”

“记得锁门。”

“……”

说话间，温修远已经消失在楼梯上，盛子棠愤愤道：“活该一个人睡觉，老处男！”

第 十 章
今日份狗粮开仓了

i love you

喂人吃狗粮是什么感受？就……挺不安的，害怕被打。

——来自攸心的微博。

在家休息两天，顾悠然回到 60 楼，大家看到她都很关心她的身体状况，只是对于她和温修远的事情只字不提。

顾悠然暗自松口气，温修远真是有先见之明。

温修远进来时，大家已经各归各位开始忙碌的工作。

他径直走到顾悠然旁边，手指轻叩桌面，她便默契地跟着他进了办公室。

小王和小郭隔空对视一眼：今日份狗粮开仓了。

温修远脱掉西服外套，顺手搭在椅背上："病好了吗？"

"好了。"

温修远点头，拿了一个盒子朝她走过去。

还是那一盒棒棒糖。

顾悠然拿了一根樱桃口味的，甜甜一笑："谢谢师兄。"

温修远莞尔："去忙吧。"

顾悠然举着棒棒糖有点进退不得："没有别的工作安排？"

"没有。"温修远放下铁盒。

她笑了笑："谢谢师兄。"

一大早将她喊到办公室，就为给她糖？这不像他的风格啊。

啊！难道是为了营造一种我们在谈恋爱的假象？

好吧，既然你戏这么多，那我指定配合得妥妥的！

温修远开了一上午的会，中午还要和高层们进行午餐会。

高层进餐有专用包间，与员工餐厅不在一层。顾悠然和康宁一进到餐厅，就瞬间吸引了所有人目光。

这是顾悠然和温修远被爆恋情以后，第一次出现在餐厅，可谓公开处刑。大家虽然不敢上前过问，但是注目礼行得足足的。

还好她心理素质过硬，看就看吧，又不会少块肉。

康宁小声说："这两天你请假，我连饭都不能安安静静地吃。"

顾悠然笑了笑："成群结队来找你打听边角料？"

康宁点头："不过我现在学聪明了，一问三不知。"

"其实你以前也做得挺好的，好像我一来，你就'拉胯'了。"

康宁佯怒："过去的事情能不能不说了？"

顾悠然嘻嘻一笑："吃饭，吃饭。不过你跟他们真的不一样，你清新脱俗，一点都不八卦。"

"我其实也很好奇。"

顾悠然脸色一沉："怎么这么不禁夸？"

"你是为了和温总在一起才来工作的吗？"

顾悠然认真思考了一下这个问题，发现还挺复杂的。

最开始来的时候，的确是抱着谈恋爱的目的来的，后来发现自己搞错了，就没这种想法了，也不知道哪个环节出了问题，稀里糊涂就搞到现在这步田地……大概就是命吧。

吃过饭，顾悠然和康宁一起到一楼咖啡厅买咖啡，中途康宁接了一个电话，匆匆离开。

公司不少人喜欢在午后来喝杯咖啡，就这一会儿工夫，已经有七八个人和顾悠然打招呼。而她连人家名字都叫不上，只能保持微笑，买好咖啡匆匆离开。

碰巧电梯里就她一个，她不免松口气。电梯走到10楼停下，她一抬头，便看到了今日绯闻男主角，还有他身边的三位副总裁。

顾悠然正想着怎么打招呼才不显得尴尬，何启明便笑呵呵地开口："哟，弟妹也吃过了？"

顾悠然："……"

什么也不说了，我这个人站在这里，就是大写的尴尬。

温修远走到顾悠然身边，其他三位非常默契地站在了两侧。电梯外还有一行随行人员，都很识趣地等下一趟电梯。

电梯上行，何启明又开始数落温修远："你也是，弟妹又不是外人，还不喊着她一起。"

赵峥跟着说："不是我觉得，这得请客吧，不能不声不响就这么算了，不能让人家姑娘没名没分地跟着他啊！"

何启明："必须请，得请餐大的。"

吴子清痛心疾首地说："我就说他没安好心，悠然跟着我的时候就天天惦记，真是日防夜防家贼难防。"

顾悠然真是尴尬到头皮发麻，用脚指头都能抠出一栋求索大厦来。

温修远拉着顾悠然挡在背后，有些无奈地说："行了，都一把年纪了，小姑娘脸皮薄。"

年纪最大的何启明立刻不干了，指着温修远问赵峥："他说谁一把年纪？"

赵峥忍着笑："说你呢，一把年纪了。"

何启明如果有胡子，肯定能被气吹起来。吴子清终于开始打圆场："好了好了，他好不容易处个女朋友，咱们不能给他搅黄了。"

何启明："你怎么还两副面孔呢，一会儿一个样。"

就在这时，电梯门打开，温修远二话不说拉着顾悠然离开电梯。赵峥要跟着出去，被何启明和吴子清一左一右拦下来。

"人家小两口约会，你跟着掺和什么？"

"给人家一点私人空间吧。"

二位哥哥你一言我一语地教育弟弟，弟弟本人却无语地翻白眼。

赵峥："你俩是不是老年痴呆了？26层，我到了！那'26'的按钮还是我按的！"

"……"

电梯门已经关上，并且继续上行。

吴子清呵呵一笑："要不，去我那儿喝杯茶？"

"对对，饭后一杯茶，活到九十八。"

温修远和顾悠然从26楼出来，又乘专用梯直达60楼。

"抱歉，他们平时说话随意，没有恶意。"

顾悠然想起温修远之前对他们的评价，便笑着说道："没事，年纪大了就是容易嘴碎。"

温修远嘴角噙着笑，看着她。

顾悠然没意识到不妥，忙解释："我不是说各位老总不好……"

"没错，你说得对。"

"……"

顾悠然被温修远盯得不自在，只能目不转睛地看着电子屏上跳动的数字，终于看到"60"，她如释重负地说："到了。"

"到我办公室来。"

"……"

小王和小郭忙了一中午，饭还没顾上吃，一抬头看到顾悠然跟着温总进了办公室，又对视一眼：得了，午饭也是狗粮。

温修远指着一扇暗门说：“以后你可以在这儿午休。”

顾悠然一愣，随即又笑道：“我在你这里午休，不合适吧。”

“没什么不合适的，”温修远拿起桌上的新文件，看了她一眼，“我没有午休的习惯。”

顾悠然知道温修远的办公室内还有一间休息室，除了他本人和打扫卫生的阿姨之外，从来没有人进去过。

如今推门而入，仿佛进入了神秘领域，她不禁好奇地摸摸这里、看看那里。

房间面积不小，卧室连着会客室，还有一个开放式厨房和洗手间。总体色调偏冷，就连床品都是禁欲的深灰。

顾悠然拍了一张休息室的照片，发给钱朵乐，并配文：我在温修远的休息室。

钱多多：哦，新工作是打扫温总的休息室？

“……”

没法聊了。

床品是桑蚕丝材质，触感凉凉的，顾悠然躺上去，脑海里不禁回荡起温修远躺在床上的样子。

双臂伸展，怀抱紧实有力，汗水顺着完美的肌肉线条滑落，滴在床单上，洇湿一片……

灵感又要卷土重来了！

大脑皮层高度兴奋，一写起来根本停不下来，顾悠然抱着手机写了一中午，最后竟然睡着了。

这一睡，直到手机响她才醒过来，迷迷糊糊地接了电话，只听对方说：“请问是顾南山姐姐吗？”

顾南山？她清醒了些，哑着声音答：“是。”

“我是南山班主任，他今天逃课了，联系不上你父母所以给你打电话，是家里有什么事吗？”

听到这里顾悠然已经彻底清醒了，噌地坐起来。

顾南山逃课了！十八年了，他终于会逃课了！深感欣慰啊！

“南山姐姐，你在听吗？”

“我在。”她立刻生气地说，“他怎么能逃课呢，太不像话了！”

“现在是最关键的时期，南山的学习成绩一直很好，最后阶段千万不能掉链子啊。”

“您说得对。”

和老师聊了几句，顾悠然挂了电话，立即又打给顾南山，可是他却不接。

连着打了四五个，顾悠然有点着急了。

忽然间，她想起前两天顾南山和她说过的话，抱着试一试的态度，打给了时斐，响了很久，对方才接起来。

彼端很嘈杂，时斐的声音很大："找南山？他现在不太方便接电话。"

"你带他干吗去了？为什么不方便接电话？"

"打比赛。"

顾悠然彻底坐不住了，竟然连招呼都不打一声就去打比赛？

"你们在哪儿？"

"N市。"

顾悠然真是要气炸了，不仅带顾南山去打比赛，还不在本地！时斐，你好样的！

经过上次聊天后，顾悠然已经基本能理解顾南山想做职业选手的想法，但是不代表时斐可以连个招呼也不打就带他去打比赛！说好的绝不影响高考呢？

顾悠然冲进洗手间洗了把脸，一边往外走，一边查去N市的高铁票，她必须去把顾南山给抓回来！

打开休息室的门，她头也不抬地闷头向前走，忽然听到一个熟悉的男声传来："睡醒了？"

顾悠然蓦然停住，缓缓看向温修远，他好整以暇地坐在沙发上，似乎就是在等她的。

大概用了五秒钟，顾悠然才想起她为什么会出现在这里，以及她为什么理所当然地睡人家的床，还睡到……下午四点……

唯一值得庆幸的是，这间办公室没有其他人在，否则她这样横冲直撞地冲出来，那不又是当众表演？

温修远起身，走到顾悠然身边："向老约我打球，一起去吗？"

他声音低沉有磁性，像陈酿的酒，差点就让顾悠然醉了，还好她及时清醒过来，清了清嗓子说："师兄，我想请假。"

他莞尔："和我出去不用请假。"

顾悠然尴尬地笑了一下："我的意思是，我有点私事，需要请假。"

温修远眉尾微挑，但也没有追问，只回复一个字："好。"

顾悠然松口气，转身要走，又被他喊住："等等。"

他看着她的手机问："要去外地？"

手机屏幕上显示的正是买票界面，她停下来看了一眼温修远的脸色，一不做二不休地说："对，我弟被……被你表弟拉走打比赛，我得去把我弟抓回来。"

"……"

温修远打了内线给周昊，吩咐道：“告诉向老，就说我这边会议延长，今天不去了。”

挂了电话，温修远拿起风衣走过去：“走吧，现在出发。”

“你要送我去高铁站？会不会耽误你时间啊？”有专车送当然好，但她不能太理所当然了。

温修远穿好衣服，整理领口和袖口：“坐高铁两个小时，和开车耗时差不多，”他顿了一下，墨黑的眸子瞧着她说，“我送你去。”

“……”

事不宜迟，顾悠然和温修远即刻出发，到达N市时天已经黑了。

时斐发来的地址显示是一家网吧，顾悠然更生气了，带着顾南山逃课到N市上网？

一到目的地，顾悠然就迫不及待地打开车门往网吧冲，恰好时斐从网吧出来，差点撞个满怀。

看到温修远也跟着，时斐很意外地挑了挑眉：“你怎么来了？”

温修远没说话，顾悠然着急地问：“南山呢？”

时斐扭头示意了一下：“里面训练呢。”

顾悠然：“我要带他回浦城。”

顾悠然说着就要进网吧，却被时斐拽了出来，正要发怒，他却笑着说：“奔波一路辛苦了，走走走，我请你们吃饭。”

顾悠然烦得要命，挥着手说：“不吃不吃，我就要带走南山。”

“人是铁饭是钢。我们边吃边聊。”

“我跟你没什么可聊的，我要和我弟聊。”

“我也可以是你弟，”时斐一本正经地喊了一声，“姐。”

顾悠然被喊得一哆嗦。他俩从小就认识，按年龄来说，这声姐叫得也没毛病，可她并不想当。

时斐：“反正天也黑了，不急在这一时。”说着，对着后面的温修远拼命使眼色。

温修远走到顾悠然身边：“先吃饭吧。”

顾悠然还想拒绝，但是温修远大老远跟着跑来，不能让他饿着肚子，想到这里，她只好同意了。

随后，他们跟着时斐进了旁边的店铺。

鸭血粉丝汤？

店铺不大，收拾得很干净，正值饭点，店里几乎坐满了，她也就算了，关键是温修远哪在这样的小饭馆吃过饭？

温修远一身行头都是纯手工定制，气质矜贵，他一进来，所有人都停下筷子盯着他看。就连老板，都变得眉飞色舞起来。

时斐找了个空桌子，也不问他们吃什么，直接对着后厨喊：“老板，三碗鸭血粉丝汤，一碗不要鸭血。”随后，便自顾自地坐了下去，还不忘招呼他们，“坐、坐，别客气。”

顾悠然看了看四周，踮脚到温修远耳边小声说：“你要是不喜欢，咱们就走。”

温修远笑了一下：“没事。”

于是，二人在时斐对面坐下来。

时斐分了餐具：“体谅一下，我现在在创业初期，每一分钱都要花在刀刃上。别看它店面不大，味道很好的。”

其他的也就算了，一想到顾南山，顾悠然又问：“我弟正在长身体，你不会也给他吃这个吧？”

“那你放心，我给南山都是准备的双份的！”

“……”

一百碗鸭血粉丝汤也没多少营养啊！双份你还骄傲了！

顾悠然还是很坚持：“吃完饭，南山和我回浦城。”

时斐也不像刚才那般含糊，态度亦是坚决：“南山不能走，明天的比赛特别重要，我必须得拿到冠军。”

“你的冠军和南山有什么关系，他卖给你了？而且你带他来N市连个招呼也不打。”

“这是他自己的决定。他不是成年了嘛，又不是小孩子，做什么事儿都得报备。”

“你……”

顾悠然指着时斐“你”了半天，也说不出来个什么，气得不行。

时斐得意地挑了下眉。

温修远拿起杯子对着灯光看了看，确认干净，才倒上水，声调缓缓道：“你高三那年也想打职业，你说的算吗？”

时斐：“……”

有温修远撑腰，顾悠然瞬间有了底气，挑挑眉说：“就是啊，你也是从那时候过来的，最能体会南山的不易，更不该让他在这么关键的时期做选择题。”

时斐无奈，二打一，其中一个还知道他所有底细，他根本没有胜算。

本来也只是试探一下顾悠然的口风，他很看好南山，非常想让南山留下来，但是也知道南山的身不由己。

他只好袒露实情道：“我也是被逼得没辙了，才找南山帮忙的。我的一个选手被对家收买，临时退赛，还好南山够仗义及时赶到。否则别说决赛，小组赛上别人就直接给我摁死了。这次就是临时找南山帮个忙。”

顾悠然将信将疑：“真的？”

“真的，用温总的人格担保。当然了，如果南山愿意留下来，举

队欢迎。”

温修远喝了口水，凉凉地瞥了他一眼：“别扯上我，虽然我拿了钱，可我没让你招惹南山。”

时斐：“我这也是为了能把借你的钱尽快还给你啊！分站赛冠军就能进大区赛，接着是职业赛。”

温修远笑了一下：“那你就多虑了。”

“嗯？”

“就算你拿到职业联赛全国冠军，也未必有钱还我。”

备受打击的时斐顿时没了食欲，筷子一扔，满脸不高兴。顾悠然却来了兴致，眼睛放着光彩追问为什么。

两人完全不为当事人的情绪考虑，津津有味地讨论起来。

温修远：“冠军的奖励基本都要分给个人，阿斐作为俱乐部老板，要负责所有选手衣食住行，训练、比赛，只有贴钱的份儿，怎么可能挣钱？当然了，进入职业联赛可能会有新的赞助商，他的处境应该会比现在好一点。”

听到这里，顾悠然不禁啧啧两声，想到他投的300万，又问：“那你的钱岂不是打水漂了？”

温修远老神在在地说：“那倒不至于。”

“为什么？”

“我押了他一套房子。”

不愧是混迹商场的大佬，高瞻远瞩、深谋远虑。表兄弟，明算账。如果不是考虑到时斐的感受，她都要为他鼓掌喝彩了。

对面的时斐仿佛已经自暴自弃了，随他们怎么说。恰好粉丝汤端上来，他顺理成章地开启大吃大喝模式。

顾悠然忍不住问时斐：“那你挺惨啊，没钱，没利，连房子也没了，能不能拿到冠军还不一定，你图什么呀？”

时斐的筷子停了下来，眼神深刻、语气真挚：“梦想无价。”

说了这么多，只有这几个字最打动顾悠然，让她想起自己刚开始写小说的时候。

没有经验、不懂技巧，每天除了上课，其他时间都用来写小说。修修改改、删删减减，写一万字，能用的也就一两千字。从来没想过挣钱，纯粹是因为喜欢，用爱发电。就这样坚持写十万字，忽然被网站发掘，就签约了。后面便一发不可收拾，出版、影视，挣了不少钱。

回想这一路走来，最开心的还是最初那一年，不用考虑别人喜不喜欢，是不是符合市场大众口味，只要自己写得高兴就行。

那日，顾南山第一次对她吐露心声，今日时斐又这样说。其实，他们都是一样的人，有喜欢做的事情，有想追的梦，她尚且无法放弃追梦的脚步，又如何阻挡别人？坚持梦想的人，都应该被尊重。

还有一点，她很认同时斐的看法——
鸭血粉丝汤确实好喝。

吃完饭出来，时斐不再阻拦顾悠然见顾南山。

这是顾悠然第一次在网吧看到顾南山打游戏，哦不，电子竞技。他和一群和他年纪差不多的孩子一起，手指灵活地在键盘上飞舞，一个个眼观六路耳听八方。赢下一局，仿佛已经习惯了似的，没有过多兴奋的表现，但是脸上写满了快意。

“你知道为什么南山这么不爱说话，还有那么多人愿意和他一起玩吗？”

顾悠然凉凉一哼：“该不会是因为游戏打得好吧？”

时斐挑挑眉：“对。”

“……”

顾南山看到顾悠然，摘下耳机，朝她走来。

他们站在网吧外说话，温修远在路边的树下等顾悠然，路灯透过树枝，在他身上洒下斑驳阴影。

顾悠然收回目光，看向对面的顾南山。不知道什么时候，他已经这么高，她需要仰视着，才能看到他的眼睛。

“时斐都告诉我了，他的队伍需要你，这两天你就跟着他吧。爸那边我会想办法帮你瞒过去。”

“我已经和爸说过了，今晚住同学家。”

“他信了？”

“嗯。”

顾悠然无语，老头也太好骗了。

顾南山继续说：“我决定以后都跟着他们打比赛。”

“你不要这么草率地做决定，马上就要高考，你……”

“姐，”顾南山打断她，“我可能要保送了。”

行吧，什么也不说了。

“总之，你要想清楚，家里那两位可没有我这么好说话。”

“嗯。”顾南山点头，态度坚决，没有丝毫犹豫。

一个是大学教授，一个是富家千金，有名利有地位，她“不务正业”已经让他们倍感没面子，如果再加上顾南山……

顾悠然不禁长叹一声，未来的日子怕是不会消停了。

已是深秋，下了几场雨，到了晚上又阴又冷，只是简单说了几句话，手已经冻得冰凉。

和顾南山分开，顾悠然搓着手匆匆走向温修远，他变戏法似的从

风衣口袋里拿出一瓶热牛奶递给她。

顾悠然惊喜，眼睛一亮，冻红的小鼻子愈加可爱，温修远嘴角的弧度更加温柔。

“旁边便利店买的，”温修远为她打开车门，“上车吧。”

“谢谢师兄。”顾悠然拿着牛奶，弯腰上车。温热的牛奶不仅温暖了她的手，也犹如火种燃烧了她的心，脸也跟着热起来。

温修远从另一侧坐进来，拿了一条毯子为她盖上。距离很近，只要她呼气，就会碰触到他。她紧抿唇屏住呼吸，却情不自禁地看着他，忘记转开目光。

“已经开了暖气，很快就会暖和起来。”温修远整理好毯子，看着顾悠然愣愣的样子，笑了一下，“发什么呆？”

你笑起来真好看。顾悠然不禁感叹。

“我知道。”

后知后觉，她竟然把心底话说出来了！她急忙看向窗外，说：“我可能是困了，已经开始说梦话了。”

“日有所思，夜有所梦……”

顾悠然急急忙忙打断他：“我睡着了。”

温修远笑了一下，不再逗她。

车轮滚滚向前，很快就离开城区，驶入高速。

顾悠然一点都不困，只能闭着眼睛装睡，努力不去想旁边这个扰她心神的人。

其实南山真的很可怜，四岁那年父母就离婚了，顾海生忙着带学生、做项目，杨文欣有了自己的生活，而她年纪小爱玩，玩起来哪顾得上他？他从小就很乖，一个人玩，一个人睡觉，现在这么沉默，甚至……有些自闭，其实都是他们造成的。

有几次她回到家，做饭的阿姨已经走了，小小年纪的他躺在沙发上蜷成一团睡着了。桌上的饭菜已经放凉，他却说，要等着姐姐和爸爸回来一起吃……

“师兄。”

沉默的顾悠然忽然开口，温修远看着她，应了一声：“嗯？”

“到底为什么要生孩子呢？”

温修远：现在讨论孩子是不是有点儿早？

没等到温修远回答，顾悠然便自顾自地说起来：“为了爱？为了传宗接代？还是什么都没想好，有了就生？到底父母该不该为孩子的成长负责任？孩子究竟应该放养，还是在父母的陪伴下长大？”

“为了爱。”温修远回答，“每个孩子，都是爱的天使。”

顾悠然笑了一下，睁开眼睛，看着前方：“小时候我也想不通，为什么他们口口声声说着爱我们，却还要分开。长大了才知道，他们在一起不快乐，为了孩子委曲求全，只会对彼此的怨愤更深。他们爱我们，只是没办法再爱彼此了。”

她的话让温修远想到自己的父母，三十年如一日冰冷的夫妻关系，然而为了仕途，却宁愿维持一个婚姻的空壳，一辈子都不快乐。

温修远低下眸，缓缓说：“委曲求全，并不会让孩子更快乐，孩子反倒期待他们能早点分开，放过彼此。”

顾悠然知道时教授婚姻不幸福，却迟迟未离婚，其中必有因由。温修远这样说，未必是为了安慰自己，可能就是他真实的想法。

没想到，还勾起他的伤心事了，她只能想办法转开话题。

“那个……你知道为什么我和南山都跟着我爸吗？”

“嗯？为什么？”

想到这里，顾悠然就很心疼南山，笑容也有些苦涩：“我妈那时候不太喜欢南山，她只想带我走。可是我爸太可怜了，他从山沟走出来，在这座大城市孑然一身，和我妈离婚以后，就只有我和南山了。我妈就不一样了，有整个杨氏的亲人陪着，父母、姐妹、兄弟，还有许多朋友。我没办法留下我爸和南山，跟着她离开，所以，坚持要跟着我爸。

“我爸很爱我们，但是他有工作、有梦想，注定了没有太多时间陪伴。孩子缺少父母陪伴，可能又会伴随着各种问题。这可能也不是他的错，也许这就是上天对我们的锤炼吧。我们的人生，终究要为自己拼搏。这也是我爸为什么一定要我有一份自己的事业的缘故。”

车里光线昏暗，她说话时声调缓慢却坚定，明明还是个小姑娘，却把人生看得这么通透。她有一颗玲珑心，坚定又温柔，总能用意想不到的方法吸引他，靠近一点，再靠近一点。让他忍不住想将她握紧，不放手。

就在这时，她的手机忽然响起，已经几乎触到她发顶的手只好弹开，手肘支在椅背上，装作无意地扶着额。

顾悠然回头看他，试着问：“我接个电话？”

“嗯。”温修远捏着鼻梁骨，应声同意。

电话一通，电话彼端的钱朵乐便迫不及待地说：“你看到网上的新料了吗？”

“什么料？”

“你那本书的女主定了代薇！”

“啊？”

顾悠然偷偷瞟了温修远一眼，把手机换到另一侧，并把听筒音量降低，确保不会被温修远听到。

钱朵乐：“《有一点动心》的女主定了代薇，八九不离十，好几个靠谱的博主都在发，说最近就要开机了。

“还有啊，代薇前一段拉着温总炒作也是为了给新剧增加热度。

但是她万万没想到啊，你不仅抢了她的男人，连她的角色，都是你编出来的。哈哈哈哈！然宝！我骄傲！”

听到最后，顾悠然本想让她滚，但想到身边的温修远，于是，自以为优雅地说了一句：“你讨厌啦！”

钱朵乐：“……”

温修远：“……”

《有一点动心》原本是顾悠然最得意的作品，最早卖了影视版权，最有可能被拍成电视剧。可是自从她写的剧本被退稿解约之后，对这部作品的情绪就有些复杂，现在又请代薇演女主……

唉……真是又爱又恨啊！

回到家，顾悠然迫不及待地打开微博，“《有一点动心》女主已定代薇”的爆料满天飞。论坛上更是谈论不休，有人称这是好饼，大热 IP 剧，有不少书粉，也有人称代薇角色同质化严重，毫无新鲜感。甚至一些黑粉为了踩代薇，把顾悠然的小说也踩得一文不值，顾悠然看得也是很生气。

顾悠然想给制片人打电话确认，但是考虑到时间太晚，便发了一条信息过去。没想到，对方很快回复：明天有空的话见一面吧，关于新剧的情况需要聊一下。

顾悠然立即答应了，并约定了时间和地点。

隔天下午，顾悠然随便扯了个理由请假一个小时。

她走到停车场，刚打开车门，忽然背后闷痛，眼前一黑，便什么都不知道了。

当她再度醒来，人正在一辆车上，手脚被绳子绑着，虽然不敢相信，但是……她被绑架了？这种只在小说里出现的狗血剧情竟然真实发生在她身上了？

法治社会，谁敢如此放肆？

她挣扎着坐起来，看到开车人的背影，不由得倒抽一口冷气。

王洛通过后视镜看到惊恐的顾悠然，邪佞一笑：“醒了？”

汽车飞驰在郊外，周围荒凉，顾悠然抑制不住地发抖，哑声问：“你这是做什么？”

王洛：“你应该没去看过我妈吧？”

顾悠然再次看向窗外，是的，这是去墓地的路线。

顾悠然吞了下口水，努力让自己镇定下来，郑重地说：“每年清明节，我和我妈都会去给阿姨扫墓。”

“我妈那么疼你，总说自己缺个女儿，就把你当亲生女儿。呵，我妈应该恨你，不想见到你。”

顾悠然努力笑了一下：“能不能先把我松开，我们坐下来聊聊？”

“你不觉得对不起我妈？”

顾悠然不想在这时激怒他，于是顺着他说：“对，我对不起阿姨。”

“那你就亲口跟她道歉吧。”

王洛说罢，车速更快了，顾悠然不由得屏住呼吸。王洛是不是吸毒了？这是毒驾啊！

还以为最近消停了，他不会再有什么动作，她早已经放松警惕，却不想他竟然如此胆大妄为，敢在求索大厦停车场劫人，真的是不要命了。

求索大厦的保安巡逻时，发现一辆白色奔驰车门开着，还有一个女士皮包，里面有一张工作牌，显示是“总裁秘书办顾悠然”。

总裁身边的人，保安不敢轻举妄动，第一时间向主管汇报，并调出监控录像。

事情发生在半个小时前，白色奔驰车主被从背后击晕，拖上一辆商务车。

主管也没了头绪，在求索大厦的停车场发生如此恶劣的事件，一旦传出去影响的是求索的声誉，这么大的事情必须要让老板知道。

当温修远看到这段录像时，时间又被耽误了近一刻钟。

从来没有发过火的温修远大发雷霆，所有人都被吓到了。

温修远开车追出去，周昊去公安局调取商务车行车路线。与此同时，警察也出发了。

王洛带着顾悠然去了墓地，解掉她脚上的绳子，拽着她的胳膊，沿着一条石板路往山上走。

通往王母墓地的路很长，每次都走到腿脚酸软。

顾悠然故意走得很慢，王洛看穿她的心机：“我知道你打的什么主意，没用。”

顾悠然走得气喘吁吁：“我现在还能打什么主意，我就是害怕，腿软。”

王洛冷笑：“你也知道害怕？你不是挺厉害的吗？报警，送我进监狱，气死我妈，傍着温修远威胁我，你不得了啊你！”

“我真的害怕，只是为了自保，不得已而为之。”

“从今天开始你不需要害怕了，既然这个世界容不下我，我就去找我妈。放心，你会有机会亲口向她道歉，从此也不用再愧疚了。”

顾悠然忽然琢磨明白何为“亲口向她道歉”，这是要同归于尽的意思啊！

爸爸！师兄！快来救我，这个人他疯了！

夕阳西下，墓地已是空无一人。

走到王洛母亲墓前，王洛狠狠踢了顾悠然的腿窝，顾悠然毫无防备，腿一软便跪了下来。

膝盖要磕破了！顾悠然忍着疼，倒抽一口气。

“妈，我和悠然来看您了。”王洛说着，走近墓碑，也跪下来。

很快，他就声泪俱下：“妈，您为什么不要我了？连你的最后一面都没能见到。您一走，所有人都和我作对，再也没有人爱我。”

顾悠然冷眼看着，一点也不觉得他可怜。明明是他的错，却好像全世界都对不起他似的。

王洛忽然手一指，眼神阴冷恐怖，顾悠然被吓得呼吸一滞，那气势，她差点以为他会一指禅，随便一指，便能要她一条命。

王洛咬牙切齿地说：“是她送我进监狱，害死您，我一定给您讨回公道！”

说到这里，王洛继续哭起来：“您不在了，他们都欺负我，我爸又要送我去戒毒。妈，我不能再去那个地方，太可怕了，我受不了，还不如让我死了。”

王洛哭了一会儿，忽然开始发抖，甚至抽搐，还发出呜咽的声音，抓着墓碑的手背上青筋暴起。

以顾悠然写小说、刷剧的经验，他应该是毒瘾发作了！

这是她的危机，也是唯一的机会。

手上的绳子是死结，解不开，双手被绑着根本跑不快，她看到脚上的马丁短靴，便有了主意。

她从地上爬起来，朝他走近一点，试探地问：“你怎么了？”

王洛猛然回头，顾悠然虽然做足心理准备，却还是被吓得心跳漏一拍。他的眼睛猩红得能滴出血一般，表情狰狞、目光狠戾。

顾悠然顶不住压力，后退了一步。

她克制着声音的抖动，努力沉着地说：“挺晚的了，要不我们先回去吧？”

王洛忽然狰狞地朝她扑过来，她当机立断，抬腿一脚踹在他双腿之间。

王洛停下动作，却只是低头瞅了一眼，没有太多反应。

顾悠然：“……”

见这招不灵，顾悠然立刻拔腿就跑，一边跑一边“啊啊啊”地尖叫。

顾悠然腿长，一向跑很快，今天更是超常发挥，再加上王洛毒瘾发作脚步虚浮，虽然一直追，和顾悠然的距离还是越拉越大。

天已经彻底黑透，路边虽然有一排小灯，但是作用不大，光线依旧昏暗。下山的路虽然平整，可全是台阶，顾悠然跑得急，双手又绑在一起没办法保持平衡，一个没控制好便踩空了，稀里糊涂地摔倒，从台阶上滚下来。

唔，这次肯定毁容！

还好每隔五六个台阶就会有一个小平台做缓冲，她才不至一路滚到山脚下。

王洛还在追，已经越来越近，顾悠然忍着疼从地上爬起来，一瘸一拐地继续往山下跑，速度明显慢了下来。

即便她顺利跑到山下，荒无人烟的墓地，又是晚上，连车都打不到，她怎么离开？

还是太草率，应该先偷王洛的车钥匙的！

呜呜呜，温修远怎么还没找来啊？她真的要急死了。

就在濒临绝望的时刻，她忽然听到远处有人喊她的名字，她不敢相信，怕是幻听。

紧接着，那人又喊了一声："悠然。"

这次她听清了，是温修远的声音！

顾悠然大喜，大声喊道："师兄，我在这里！"

温修远按照周昊提供的路线，一路追到墓地。在山脚下，看到王洛的商务车。

他拿出车上的高尔夫球杆，沿着上山的路，一路找过去。

可是天太黑，可视范围有限，他只能一边找，一边喊顾悠然的名字，希望她能听到而有所回应。

终于听到顾悠然的声音，他紧皱的眉间浮上一丝喜色，一路狂奔而上。

确定是温修远，顾悠然脚下的步子虽然凌乱，却更加有力。

光线很暗，但她知道，他一定身披彩霞，光芒万丈，是盖世英雄！

眼前终于出现一道模糊的身影，越来越近，还没来得及看清他的样子，他便冲上来将她抱个满怀。

熟悉的雪松味道将她包围，抚平了她慌乱的心。绝处逢生，本来是件高兴的事情，可她却哇哇大哭，完全停不下来。

"吓死我了，他要和我同归于尽。哇！"

温修远紧紧抱着顾悠然，带着失而复得的庆幸，抚摸着她的后脑低声安慰她："好了，我来了，没事了。"

自从听说顾悠然被打晕劫持，多年来他第一次失控，大发雷霆。

他根本不敢想王洛会对她做什么。

终于找到她，真真实实地抱着她，他慌乱的心才得以安静。从今以后，他再也不许她离开视线半步。

他稍稍松开她，擦掉她脸上的泪，才发现她不仅脸上有伤，手还被绑着，不禁倒抽一口气，万一他来得不够及时……他不敢再想。

绑在手腕的绳子终于被解开，顾悠然立刻搂紧温修远的脖子，一

边哭一边倾诉："他……他毒瘾犯了，我才跑下来的，呜呜呜……"

"我在，不要怕，乖。"温修远温柔地在她耳边轻声安抚。

看着王洛越走越近，温修远眼中弥漫的戾气越来越重，下颌线紧紧绷起。

王洛已经大汗淋漓，还在间歇性地抽搐，手不住地抓着身体，样子十分痛苦。对于毒瘾发作的他来说，追逐这段路几乎要了他的命。

温修远转身将顾悠然挡在身后，柔声道："等着我。"

顾悠然不再大哭，却克制不住地抽噎着，紧紧拽住他的袖子："别……别过去，他太吓人。"

"没事。"温修远安抚她。

就在这时，王洛拿出一把刀，像疯了一样挥舞着："你们都逼我，都想让我死，好，我死给你们看！你们这辈子都别想好过！"

温修远大步上前，一个闪身躲过王洛刺过来的刀，举起高尔夫球杆一杆子抡过去，王洛应声倒地。

顾悠然："……"

太快了。

太不经打了。

她刚刚嗷嗷哭成那样，就像个笑话。

倒下的王洛痛苦地蜷成一团，确定不会再造成威胁，温修远再次走向顾悠然，扔掉球杆，一把抱住她，将她的头紧紧按在胸前。

贴着温修远坚实的胸膛，感受着紧箍着身体的力量，耳边是他快而有力的心跳声。顾悠然舔了舔干涩的唇，努力给自己找借口："其实我也没有多害怕，就是手被绑着没办法还击。"

然而，抱住自己的手臂又紧了几分，随后听到他哑然的声音在耳边低语："可是，我害怕。"

警笛声由远及近，很快，山下出现闪着红灯的警车。

温修远将顾悠然打横抱起，大步往山下走。

警察沿着石板路冲上来，看到顾悠然脸上的伤，警察说："需要做个笔录。"

温修远点下头，抱着顾悠然疾步下山。

几个警察找到王洛，扣上手铐，将他拖下山。

顾悠然披着温修远的外套，现场做了笔录。

吴子清和周昊已经到了，周昊手里还拿着顾悠然的包。

随后，王长胜也来了。

王长胜看着再次被警察控制的王洛，又气又急，老泪纵横，却一句话也说不上来。

吴子清长叹一声：“王总也是命不好，摊上个这样的儿子。”

温修远冷哼：“王洛有今天，他不是没有责任。”

“也是，养不教父之过。对了，悠然没事吧？”

她脸上有明显的伤痕，刚才下山时脚似乎有些跛，身上肯定还有别的伤。想至此，温修远说：“待会儿录完口供，我先带悠然去医院。”

吴子清点头：“这次她肯定又是吓得不轻。她是真倒霉，认识王洛这种人渣。”

温修远看着在警车里录口供的她，脸上的伤还没处理，瘦瘦小小的她，胸膛挺得笔直，不卑不亢。

录完口供，顾悠然从车里出来，脚刚着地，便钻心地疼，眼泪都快飙出来了，随后脚下一空，人便被温修远抱起来。

“我带你去医院。”

顾悠然点点头，心安理得地依偎在温修远怀里，搂紧他的脖子。这一刻的安全感是他给的，她只想离他更近一点。

周昊提着顾悠然的包在后面跟着，一直走到车前，他上前打开副驾驶的门。

温修远将顾悠然放到座位上，周昊又将包递给她。

顾悠然看到自己的包惊喜不已，还以为早就丢了。

“包在哪儿找到的？”她问。

“掉在停车场，还好巡逻的保安看到了，否则还不知你被劫持。”

还好王洛够笨，又没经验。顾悠然笑着说：“谢谢昊哥。”

温修远从驾驶座上车，听到“昊哥”二字，眉尾挑起，看向周昊。

周昊立刻感受到浓浓杀气，说话都有些磕巴：“吴……吴总喊我，我……我先过去。”

还没说完，人已经跑得远远的。

顾悠然看着周昊跑开的样子，越想越觉得不妥：“师兄，这是我和王洛的私人恩怨，却把公司牵扯进来，实在对不起。”

直到后视镜中不再有周昊的影子，温修远才缓缓道：“事情发生在求索停车场，你是求索的员工，这件事就不是私人恩怨那么简单了。”

“哦。”

“放心，警方一定会好好处理的。”

“嗯。”

“你今天请假是因为王洛？”

“当然不是，我……”顾悠然蓦然停住！坏了，她和制片人约了见面！

脑海里警铃大作，她赶紧翻出手机，上面有制片人的未接电话，

还有两条微信。

5点20分，他问：到哪里了？

5点49分，他道：既然没有诚意，那就没什么可谈的了。

顾悠然赶紧回复：实在是抱歉，遇到了一点麻烦，刚刚找到手机，要不我们重新约个时间？

制片人回复得挺快，但也很直接：不必了，已经没什么好谈的了。

……

顾悠然捏紧手机，手背上青筋凸起，整个人气到发抖。

王洛！真是挨一千刀都不解恨！

温修远打量着她狰狞的表情，问道："怎么了？"

顾悠然皱眉："胃疼。"

"胃？"

"脚疼，尾巴骨也疼。"

温修远唇线绷得更直，发动引擎："我们马上去医院。"

柯尼塞格跑车停在墓地脚下本就十分显眼，忽然发动，马力十足的引擎声吸引大家纷纷注目，启动提速快得让人不敢眨眼，因为一个不注意，连车尾灯都看不到了。

嗯？

怎么又停下来了？别说，超级跑车就是与众不同，连刹车声都这么悦耳动听。

拿到手机的顾悠然从反光的屏幕中看到自己，忽然尖叫，不明所以的温修远猛踩刹车，差点在墓地来个漂移。

顾悠然难以置信地看着额头和颧骨的伤，血已经结痂，看起来触目惊心，她又急又气，咬牙切齿地咒骂："王洛你不得好死！去死吧！啊啊啊！"

会不会毁容？有了这层认知，顾悠然更着急了，急得眼泪都掉下来："我还没有结婚，不能毁容，呜呜呜！"

温修远松口气，松开刹车重踩油门，并安慰她说："不会毁容的，我保证。"

"你保证有什么用？伤在我脸上，毁的是我的容。"

"毁容我娶你。"

哭声戛然而止。

顾悠然不确定自己是不是听错了，也不敢问，甚至都不敢看他一眼。一路上都在细品这句话，是不是不毁容就不娶了？

不管如何，她的心情总算平衡一点，真毁容了，赚个这么帅的老公，也算老天爷给她的补偿了。

温修远已经提前联系好医生，到达医院后，病房已经准备好。

为顾悠然做检查的是位中年女医生，戴着口罩，只留一双笑意满满的眼睛，说："顾悠然，名字真好听。"

温修远在一旁虚咳一声，医生回头看了他一眼，继续对顾悠然说："小姑娘长得这么俊俏，脸上可别留疤了。"

"……"

随后，医生看到顾悠然手腕上的勒痕，意外到难以置信，回头看温修远，低声惊道："捆绑？玩得太大了吧？"

顾悠然："……"

温修远皱眉："您想什么呢？"

"好了好了，年轻人有想法也正常，但是别太过。"

医生反倒宽慰起温修远来了，顾悠然只好解释："不是医生，真不是您想的那样。"

医生笑得像朵花："行，我知道了。"

顾悠然：……

不，我觉得您不知道。

温修远无奈，催促医生先办正事："您赶紧检查一下，她从台阶上滚下来，最好做个CT什么的，看看有没有骨折，或者错位？"

医生瞟了他一眼："要真是骨折、错位，她就不可能没事儿人一样坐着，一准疼得嗷嗷叫。"

"她还说胃疼。"

"那估计是饿了。"随后，医生指着门说，"出去等，小姑娘饿得胃疼还不去准备吃的？"

温修远深深看了一眼床上的顾悠然，转身出去。

顾悠然总觉得，这医生和温修远是认识的，而且关系匪浅。她看着手腕上深深的勒痕，她的一世清白啊！

除了脚踝扭伤之外，脸颊、手肘、膝盖、腰部都有不同程度的擦伤。

护士将顾悠然的脚踝用绷带固定，又给她脸上的伤消毒。

她穿的是黑色铅笔裤，膝盖几乎磨破，裤子没办法卷上去，医生征求了她的意见后，将裤子剪掉一块。

得了，这下不仅挂彩，裤子也被剪成时下最流行的乞丐装，妥妥的时尚弄潮儿。

"伤得挺严重的，肉都翻出来了，忍一下，比较疼。"

说罢，钻心的疼几乎让顾悠然大脑麻痹，她连着倒吸几口凉气。

处理好伤口，医生摘掉手套，对她说："最近一周需要卧床休养，我给你开点药膏，一定按时涂抹，尤其是脸和膝盖，伤口愈合前不要

碰水。”

“会毁容吗？”顾悠然小心地问。

医生笑着安慰道：“乖乖听话，我保证你不毁容。”

哦……原来真的不会毁容啊……

思来想去，脸还是很重要的，最好是想个既不毁容又能结婚的法子……不是！顾悠然你冷静一点！

医生带着护士出去，又嘱咐小护士关门。

确定门关好，前后都没有温修远的影子，她急忙摘掉口罩，拿出手机，开始打电话，一边往办公室走，一边兴奋地说：“你家儿子带着小姑娘来找我看病啦！噢哟！我从来没见他这么紧张。小姑娘受伤了，奇奇怪怪的，说是从楼梯滚下来的，脸还给磕破了。不过你放心，交给我没问题的。名字特别好听，叫顾悠然，悠然见南山的悠然。”

顾悠然无聊地躺在床上，发了条微博：大难不死，必有后福。感谢从天而降的 W 先生。

——嗷嗷快写啊！

——啊啊啊，W 先生！

——求上天赐我一个 W 先生，不然，M 先生也行啊。

正刷着评论，温修远回来了，顾悠然赶紧退出微博，放下手机。

温修远提着五星级酒店的专用餐盒，顾悠然满怀期待地看着他一一打开，却只有清粥和小菜，不，还有一碗猪脚汤。

虽说以形补形，吃啥补啥，这些食物看起来也挺可口，但对她实在是没有吸引力。

她轻叹一声：“今天经历了生死磨难，让我想通一件事。”

“什么？”温修远问。

顾悠然语气深刻地继续说：“人生短短数十载，拥有的一切生不带来死不带去，应该及时行乐，珍惜当下，热腾腾的麻辣锅，雪花牛、羔羊肉、黄喉、毛肚、牛肉丸……”

一碗粥被放在她眼前。

“……”

温修远拿起勺子塞进她手里：“乖乖喝粥，伤好了带你吃火锅。”

“哦。”顾悠然乖乖应了一声，安静喝粥。

温修远看着顾悠然已经被剪成乞丐装的裤子，受伤的膝盖上贴着纱布。

他将品牌袋子放在床尾：“医院附近没什么商店，买了一套衣服，需要的话，就换上吧。”

顾悠然认得这个牌子，应该是医院附近最贵的品牌了。

顾悠然在温修远的高压视线下，勉强喝了半碗粥、一碗猪脚汤。他将饭盒收拾好拿出去，她趁机把裤子换下来，期间碰到了伤口，又把她疼得龇牙咧嘴的。

温修远回来时，顾悠然刚换好裤子，裤子料子柔软，可能为了避免碰到她的伤口,温修远选的款式都是特别休闲宽松那种,尤其是腰围，宽得可以折叠三分之一，只有牢牢拽着裤腰，裤子才不会掉下去。

顾悠然拽着裤腰，气不打一处来："师兄，你对我的身材有什么误解？"她为了让他看得更清楚腰围叠起的部分，甚至撩起上衣。

她的腰线明显，没有一丝赘肉，细腰盈盈一握，他的眸色更深了几分，而她却浑然不觉："我腰有那么粗吗？"

温修远弯唇，轻笑道："没经验，下次不会了。"

还有下次？这么丑的衣服，这辈子不可能再给你机会。

温修远找来一辆轮椅，推着顾悠然离开病房。

通往停车场的路上，顾海生打来电话。

"你怎么还不回来？"

"我加班呢。"

说到这里，顾悠然抬头看向老板，讨好一笑。自从做了温修远的助理，"加班"顺嘴就来，不管做什么，只要用"加班"这个借口，就倍儿好使。

顾海生轻叹一声："南山要去打职业赛的事情，你知道吗？"

"不知道啊。"

"他说你同意了。"

"……"

叛徒！

顾悠然立刻换了态度，说："啊，您说的是他想跟着时斐做电子竞技职业选手的事儿啊？我的确是知道一点点。"

"立刻回家。"

"哦。"

"要不，我帮你找修远请个假？"

"不用。"

顾悠然若有所思地挂了电话，本来还想着去钱朵乐家住两天，等脚好一点了再回去，这下可彻底瞒不住了。

"我批了。"

头顶忽然传来温修远的声音，在冰凉的夜色中，犹如陈酿的酒。

"嗯？"

"请假。"

"……"

温修远把顾悠然送到家门口，顾悠然打开副驾驶的门，正在找合适的下车角度，温修远已经走过来，弯腰，手臂勾住她的腿窝，动作一气呵成。

“师兄！”顾悠然及时制止，“被人看到影响不好。”

大院不比别处，只要是个人，就认识他们。大庭广众的，容易传绯闻，万一被顾海生看到，岂不是火上浇油？

温修远停下动作看着她，距离近到鼻尖几乎碰鼻尖。只是一瞬间，她便被他的美色迷惑，然后，人就被他抱了起来。

顾悠然急忙搂紧他的脖子。

嗯，腰真好，老当益壮，不是，年轻有为。

温修远走上台阶，才把顾悠然放下来，她拿出钥匙开门。

客厅里，顾海生和杨文欣像两尊佛一左一右地坐着，面色不善。中间夹着顾南山，倒也是不卑不亢。

顾悠然扶着温修远一瘸一拐地进门，脸上挂着彩，手里还拽着裤腰，三人看到她这架势，都惊了，纷纷迎上来。

杨文欣有些无措地上下看着，不知道先关心哪里好似的：“这是怎么了？”

顾悠然：“从台阶上滚下来了。”

杨文欣急了：“怎么会从楼梯滚下来？脸上怎么也受伤了，会不会留疤？”

顾海生打断说个没完的杨文欣：“你别问了，快让孩子坐下来，没看她脚也伤了。”

“哦哦，先坐先坐。”

温修远扶着顾悠然到沙发前坐下来，又小心将她扭伤的脚垫高。顾海生和杨文欣在一旁看着，想帮忙却插不上手。

“疼吗？”温修远柔声问。

顾悠然摇头。

温修远放心地点下头，从沙发前起身。

顾海生问温修远：“到底怎么回事？刚刚不是说在加班吗？”

温修远刚要说话，顾悠然忽然“嗷”一嗓子哭了出来，他便顺势闭嘴。

“哇……爸，妈，王洛出狱了。”

顾海生闻言色变：“什么？难道他又来找你麻烦了？这些伤是他干的？”

杨文欣勃然大怒：“姓王的一家不得好死，我跟他王家势不两立。”

说着，她就要冲出去找王家算账，被顾海生给拦住：“先听孩子怎么说。”

杨文欣虽然被拦下来，但依然气得不行。

顾悠然抽抽噎噎地说：“王洛今天在停车场把我打晕，带我去阿姨墓地，他说是我害死的阿姨，还要和我同归于尽，呜呜呜！”

杨文欣越听越气愤，王洛竟然这样对待她的宝贝女儿，三年前下药还不够，现在还要同归于尽！

杨文欣：“他们王家就没一个好东西，一个个都是什么败家玩意儿？还好意思提他妈，他妈不就是被他给气死的吗？”

顾海生：“王洛怎么这么快就出狱了？不是要判个七八年吗？”

杨文欣：“直接死在牢里才好呢！”

顾海生：“王长胜就仗着他家那点势力，罔顾法律，目无法纪，迟早有报应！”

这两人自离婚后，难得同仇敌忾，你一言我一语地骂着王家人。

顾悠然趁机对顾南山使眼色，示意他赶紧躲回房间，他却像个木头，一动不动。

她又哭又闹的，不就是为了给他争取机会吗？一点都不懂她心思，白费她一片苦心。

“你这挤眉弄眼干吗呢？”杨文欣皱眉，“又跟你弟打什么歪主意？哦，该不会是苦肉计骗我们的吧？”

“我都这样了，您还不相信我？您可以问师兄啊，今天多亏他及时赶到，否则，您就见不到你可爱的女儿了。”

杨文欣和顾海生一起看向温修远，顾海生问：“悠然说的是真的吗？”

温修远点头，神色凝重：“对不起教授，我没有完成您的嘱托，没有照顾好悠然。”

顾海生叹气：“这和你无关，不需要自责。”

听到这里，杨文欣脸上终于浮现出一丝喜色，一把拉住温修远的手说：“你救了悠然，我们还要谢谢你呢，今天多亏你啊。”

顾海生一听就知道她又在打什么主意，不想让温修远跟她多说什么，便挤到他俩中间问：“王洛呢？”

“已经被警察带走，最近他犯了不少案子，短期内应该出不来了。”

“这个祸害，死……”为人师表的顾教授觉得这样说不对，但是实在是气愤之际，还是忍不住说了，“死有余辜！”

杨文欣在顾悠然旁边坐下来，紧紧拉住她的手：“告诉妈妈，你还有哪里不舒服吗？”

顾悠然吸吸鼻子，深深叹息一声：“今天是我命不该绝，师兄和警察来得都很及时。你们不知道，王洛在墓地毒瘾发作，整个人简直癫狂了，我现在想想还觉得毛骨悚然。经过这次，我是真的想清楚一件事。”

“什么事？”

杨文欣和顾海生都紧张地盯着她看，三年前王洛给她下药，让她

身患抑郁，好不容易才走出来，这次王洛又对她下毒手，他俩都担心她再度抑郁。

“人生短短数十载，现在拥有的一切生不带来死不带去，不如及时行乐，做自己想做的事，让自己开心最重要。”

温修远看着她悲怆又生动的神情，听着这段熟悉的言论，以他对她的了解，肯定又是不按常理出牌。

杨文欣点头：“你说得对，只要开心，怎么样都行。”

顾悠然继续感慨：“否则，当我老了，回想这一生，竟然有那么多遗憾，那该多痛苦！”

顾海生亦是附和：“你能这么想就好。”

“所以，你们也同意南山去打职业赛了？”

“……”

温修远抿唇忍住笑，眼中的光彩越加浓郁，不愧是她。

顾悠然大喜:“爸妈你们真的很开明,我和南山永远爱你们。南山快，谢谢爸妈支持！”

“停！”杨文欣及时制止，甩开她的手，“行啊，套路玩得挺溜啊，差点就被你给骗了。”

顾悠然脸色一沉：“怎么叫骗呢，你们不也同意我的观点吗？”

顾海生：“这不是一码事，不要混为一谈。”

“这就是一回事。南山想做喜欢的事情，又不耽误高考，你们为什么不同意？对了，”她转头问顾南山，“你的保送定了吗？”

“嗯。”顾南山点头。

顾悠然立即称赞：“真好，不愧是我弟。你们看，南山多能干。”

杨文欣：“现在不是单纯高考的问题，如果他真的搞了什么电竞，这辈子就这样了，不可能再有出息。”

“一辈子干这个怎么了？时斐不也是这样吗？还有温总，我师兄，也觉得这是很好的行业啊，还给时斐投了 300 万呢。”

此话一出，所有的矛头都指向了温修远，杨文欣和顾海生齐齐看向他。

“你给时斐的俱乐部投钱了？”顾海生皱眉质问。

温修远看着拼命对自己挤眉弄眼的顾悠然，抿唇笑了一下，点头道：“确实有这回事。我个人认为电子竞技行业前景不错，新兴产业需要时间让大家接受，起步期也非常艰难，需要更多的支持。二十年前大家对互联网也秉持着观望态度，今天却成了生活必备。对于电子竞技，我们应该多点支持和耐心。”

顾悠然立刻附和：“对啊，你们就是观念守旧，试着去接受多好啊。”

“我听说职业选手的职业生涯很短，这几年时间浪费了，以后怎么办？”顾海生的态度已经有了缓和。

杨文欣跟着说："对啊，时斐不就是休学了两年又回去上课吗？"

"退役后可以做赛事解说，赛事组织宣传，或者像阿斐那样成立俱乐部，开发电子竞技游戏等，可从事的职业有很多，就看南山喜欢什么。"

顾悠然在一旁继续感慨："在人生的长河中，两三年犹如白驹过隙，一晃而过，根本不值得一提。"

顾海生冷哼："你刚刚还说人生短短数十载，这么快就变了。"

顾悠然愣了一下，硬着头皮说："人生说长也长，说短也短。"

"反正，我还是不能同意，南山专职打游戏，让我和你爸的面子往哪儿放？"

顾悠然敛去轻松的神色，看向杨文欣："说了这么多，只有这句是您的真心话。南山打游戏又不是您打游戏，和您的面子有什么关系？再说，这么多年您管过他多少？现在站出来说他打游戏让您没面子是不是太晚了？"

这话让杨文欣非常不高兴，而且还当着温修远的面，她就更生气了。

"怎么跟妈妈说话的？"

"反正打职业赛这事儿，只要南山高兴，我绝对支持。"

杨文欣气得不行，正要继续发难，顾悠然忽然闭上眼睛开始哼唧："不行了，我头晕，晕得厉害，可能碰着脑袋了。"

杨文欣："……"

顾悠然扶着额头，有气无力地说："我可能需要一个安静的环境好好休息。"

顾海生见状，不管她是真的头痛，还是装的，但是受伤是真的，于是叹口气，对杨文欣说："今天不早了，你先回去吧。南山的事情，我们都冷静地考虑考虑。"

杨文欣还不肯罢休，顾海生抢在前面说："南山，送你姐回房间。"

顾南山点头，走近正要去扶顾悠然，被温修远制止："我来吧，你带路。"

温修远再次将顾悠然抱起来，顾悠然本来是装头痛，这次干脆闭上眼睛装晕。

穿过客厅，离开父母的视线，顾悠然小声说："你当着我爸妈的面这样抱我，会不会对你不太好？"

他笑了一下，喉结轻轻滑动，下颌线性感得不得了。

"这是我的事，你就当不知道。"

"……"

温修远将顾悠然送入房间，放在床上。而她床的正中间，还放着一个印有苏亦头像的抱枕。

大意了！温修远会不会生气啊？让她彻底晕过去吧。

温修远自然看到了苏亦的抱枕，不仅如此，他还看到墙上贴着苏亦的海报，书柜上摆着苏亦的Q版手办、水晶相框。

他的舌尖扫过牙槽。呵，还真是处处苏亦。

顾悠然抱着被子，紧紧闭着眼睛，只要她不醒来，所有的一切都可以当从未发生过。

等了许久，一点动静都没有，她偷偷睁开一条缝，正好看到温修远还在看着自己，吓得她再次闭紧双眼。

感觉到他的手指划过额头，轻轻柔柔，顺着她脸颊滑下来。她的心尖跟着颤，牙关咬得更紧。

他的呼吸越来越近，她抓着被角的手指握得更紧，既期待，又紧张。

然后，她听到他在耳边呢喃："我走了，乖乖睡觉。"

"……"

感觉到床边弹起，接着听到房门关上的声音，顾悠然睁开眼睛，盯着天花板，说不上此刻的心情，是应该松口气，还是应该叹口气。

一回头，看到原本放在床头的抱枕已经被扔到了床尾，还将苏亦的脸朝下倒扣在床上。

"……"

温修远道了别，从顾家出来，上车后并未及时离开，而是先给周昊打了电话。

周昊："这边都处理好了，警方也都打过招呼，您放心吧。"

"盯紧了。"

"是。"

温修远按按眉骨，说："你知道那种可以印头像的抱枕吧？"

"啊？我知道。"

"嗯，就那种，做一个，哦不，做两个吧。"

"是。那用谁的头像做？"

"我的。"

"……"

"还有悠然。"

"……"

"越大越好。"

"……"

周昊挂了电话，丈二和尚摸不着头脑。总裁谈恋爱这么别致吗？

不是，也不给照片吗？没照片怎么做抱枕啊？

时蓝扒着墙角看了半天，终于等到那个熟悉的身影从顾家出来，坐上那辆贼拉风的跑车，即刻转身"嗒嗒嗒"地往家里跑，一脸兴奋外加刺激。

“来了来了，大哥来了。”

时蓝是温修远的表妹，她和时斐是堂姐弟，如今浦城鼎鼎大名的律师，专接刑事案件。今天难得不加班，回大院看望二老。

时老太太接到时谨电话的时候，时蓝刚好进家门，恰巧听到了一段温修远的花边新闻。

时蓝放下包，一副“原来如此”的表情：“难怪呢，前段日子约好了要带我去慈善拍卖会，说是给姑妈挑生日礼物，让我去帮忙，我把和当事人见面的时间都推了，他却忽然放我鸽子。后来我听说他带着悠然去了拍卖会，当时就觉得奇怪。呵呵，事出反常，果然有妖。”

老太太掐着天算女儿的生日：“那已经有两个月了。”

时蓝又问：“姑妈还说什么？”

“修远肯定会送悠然回家，到时候他如果来，让我们先旁敲侧击问一下。”

时蓝拍着胸脯说：“行了，包在我身上了！”

时老太太郑重地说：“别乱说话。”

时蓝挑眉，给了老太太一个宽慰的眼神：“奶奶，您就放心吧，我可是律师，能乱说话吗？”

时院长坐在旁边的单人沙发看报纸，就老伴和孙女聊天这工夫，他一篇报道看了两三遍，愣是没看明白报道的内容。

时蓝报完信回来，又过了一刻钟，温修远才进门。他看到盘腿坐沙发上的时蓝，主动打招呼：“来了。”

时蓝啃着苹果挥手：“大哥。”

时老太太赶紧吩咐厨房把炖好的小吊梨汤盛一碗给他：“天儿越来越冷了，喝梨汤润燥。”

时院长把报纸翻了一页，瞟了他一眼：“今天又来找什么书？”

时蓝被苹果呛了一下，咳了半天。

温修远：“不找书。”

时院长又瞧了他一眼：“你最近来找书的频率有点儿高啊。”

时蓝简直要笑出声了。大哥怎么这么可爱？用找书做借口。哈哈，笑死了！

温修远笑了一下：“您不想见我？”

时老太太立刻插话说：“别听你外公的，怎么不想见，天天来都成。吃饭了吗？”

“嗯，吃了。”

时老太太：“听说悠然受伤了？”

“遇到点意外。”

“伤得重吗？”

“还好，皮肉伤。”

对于外婆为什么会知道悠然受伤，温修远一点都不奇怪，今天找的医生是母亲的好朋友，她一定会立刻知会母亲。

他倒也不着急走，干脆拿出茶叶，泡上一壶。

时院长和时老太太虽然历经风雨，儿女婚事方面却很少操心，对于“旁敲侧击”不知道如何把握这个度，而原本揽了活的时蓝倒是沉默了，于是老太太拼命对她使眼色。

时蓝接收指令，扔了苹果核：“大哥你今天开的车太拉风了，一会儿工夫院里都传开了。跑车在顾教授家门口停了那么久，大家都误会你和悠然的关系了。”

温修远看向她，问道：“误会什么？”

时蓝顶住压力说：“就是……那种关系。”

温修远倏地低眸笑了一下：“不是误会。”

时蓝一愣，随后大喜。

他竟然承认了！三十一年了，铁树都开花了，他第一次承认喜欢一个女孩子，简直可以称之为开天辟地般的大事。

时老太太立刻向时蓝投来赞赏的目光。

在场的只有两位男士还算淡定，时院长的表情甚至可以用“沉重”来形容。

老人家折起报纸放在茶几上，摘下老花镜，语重心长地问：“海生知道吗？”

“还没到时候。”

时院长皱眉，时老太太的笑容也是一僵，过了一会儿，小声问：“是不是嫌你年纪大？”

温修远：“……”

自家外孙事业有成，长得也帅，谈恋爱却瞒着不说，时老太太只能想到这一种可能了。毕竟他已经三十一了，而悠然才刚刚大学毕业，正值青春年华。

时老太太算了算年纪：“你比然然大那么多，得有十岁吧。”

“八岁。”温修远纠正。

时蓝在一旁小声补充：“四舍五入也是十岁了。”

温修远瞧了时蓝一眼，时蓝眯眼，讨好一笑：“大哥，吃水果，美容养颜，抗衰老。”

时老太太叹气：“大八岁，人家肯定嫌你老，搁谁家，也不愿意自家姑娘找个大那么多的男朋友。”

时蓝见老太太情绪越来越低落，忙安慰道：“大哥不老，没有鱼尾纹、法令纹，英俊潇洒、意气风发，重要的是身体好，正当年！”

时老太太却认为时蓝只是在安慰她，根本听不进去，依旧唉声叹气：

“早就劝你早点找女朋友，你不听，非要拖到现在。”

“奶奶您这话也不对，大哥比悠然大八岁这是注定的，早点找，人家还未成年呢，那问题就严重了。”

时蓝笑嘻嘻地说着，成功惹来老太太的白眼：“你可记住了，长点心，谈恋爱趁早，别一拖再拖。”

这催婚的枪口怎么就对准自己了？时蓝脸色一沉：“请专注大哥，谢谢。”

时老太太想了一会儿，又说：“海生一直都很看重你，应该也不会很强硬地反对。要不，让你外公请海生到家里吃饭？”

温修远差点一口茶喝呛了，老人家爱操心，七想八想也就算了，还真当他年纪大遭人嫌？

“您二老别操心了，我的事情我自己会处理。”

时院长叹口气站起来，背着手往书房走：“人家让你给姑娘找工作，你倒好，把人家姑娘拐走了，怎么可能高兴？”

“……”

第十一章 偷亲被抓包可还行

i love you

经过这一天的经历，顾悠然实在是身心俱疲，没有精力码字，于是在微博上请假一天。

钱朵乐的电话很快打过来，问她怎么了。

“不是去见制片人了吗？不顺利？”

“没见成。”

“他放你鸽子了？”

“是我放他鸽子。”

“你真牛。”

“说出去你都不敢信，我竟然差点被绑架，还差点被撕票。”

“等等，我去拿点瓜子啤酒，你慢慢给我说。”

她忽然不想说了，睡觉不香吗？

等顾悠然讲完这一天的经历，简直口干舌燥，嗓子都要冒烟了。

钱朵乐忧心忡忡地说：“制片人那边怎么办？”

“不知道，反正他挺生气的。”

“我总觉得哪里不对。按说，你们银货两讫，你卖版权，他付钱，就算中间有一段剧本插曲，该赔的钱也赔了。如今要开机，大大方方地说好了，搞得神神秘秘，一会儿要谈，一会儿又不谈。”

“对，这正是我觉得奇怪的地方。”

“算了，不要想了，反正快官宣了，到时候就清楚了。你也想开点，代薇好歹是一线小花，她出演肯定能带飞你其他作品。我掐指一算，就是最近，新文的影视铁定大卖！”

“你还别说，真的有两家公司来找我，我琢磨着，等等可能行情更好，跟他们说先考虑一下。”

“漂亮！下一个会更贵！对了，你受伤了是不是不用上班？”

顾悠然提到这个就丧气：“何止，我连门都出不去。”

“别担心，交给我，明天一早就接你出来 happy（开心）！”

隔天一早，顾悠然还没醒，钱朵乐就杀上门，惊愕地看着她伤痕累累的样子，再次把世间所有美好的反面字眼送给王洛。

心疼归心疼，催更却一点都不含糊，临出门时，钱朵乐忽然说：“别忘带电脑。昨天没更新，今天记得码字。”

“你有毒吧，我都这样了还催？”

“你得为读者们负责啊，你不更新他们多难受啊。还有我，我超想看昨天发生的事情！”

“……”

简直黄世仁再世。

收拾妥当，钱朵乐载着顾悠然去了“有点甜”。

当温修远安排人来家里送午餐时，自然扑了空。

中午店里没什么人，钱朵乐带着大家回家里吃火锅，正在点菜的时候，温修远的电话打了过来。

“你在哪儿？”

顾悠然眼珠子转了一圈，说道：“家。”

温修远松开手里的笔，掀起眼帘看向窗外，似笑非笑道：“是吗，开门。”

她就不能撒谎，一撒谎准露馅，于是赶紧往回找补：“呵呵，师兄，多总怕我一个人在家无聊，所以，我在她家里。”

“鄙姓温，”温修远顿了一下，“不姓呵。”

顾悠然品着温修远说话的腔调，还能开玩笑，那应该是没有生气，才松一口气，接着就听温修远说：“等会儿有人给你送午餐。”

“太麻烦了吧。”顾悠然嘴上这么说，脸上已经乐开花。

“准备什么时候回家？”

“下午吧，一个人在家太无聊了。”

“好，我去接你。”

“好哇，我等你。”

顾悠然喜滋滋地放下手机，把钱朵乐的手机推还给她，撩了撩碎发：“你们点吧，像我这种小仙女，怎么能吃外卖！”

钱朵乐翻白眼：“像您这种小仙女怎么还拉屎啊？”

顾悠然脸色骤变：“闭嘴！”

钱朵乐毫不在意，嫌弃地继续说：“还是臭的。”

“我打你哦！”顾悠然已经举起愤怒的小拳拳，钱朵乐见好就收。

旁边的萌萌和小宋实在是没忍住，“扑哧”笑出声。

很快，顾悠然的专属午餐就送到了，五星级饭店的专属餐盒，萌萌看着饭店 logo 就开始流口水。

餐盒一一打开，顾悠然脸上的笑容却渐渐消失，又是老三样，瘦肉粥、清炒小菜，还有猪脚汤，清淡得完全无法刺激味蕾。

钱朵乐笑得停不下来："哈哈哈，小仙女你快吃啊，多么符合你的气质！尤其这个汤，吃啥补啥，一定多喝点，哈哈哈。"

"……"

钱朵乐幸灾乐祸的样子，实在是让人牙痒痒。

就在这时，海底捞外卖火锅也送到了，钱朵乐报复性地点了好多菜，结果她派出了核武器，而对方只是手无缚鸡之力的弱鸡，顿时没有胜利的快感。

顾悠然盯着冒泡的红汤锅底，口水都快流出来了。全都是她爱吃的菜，呜呜！

雪花牛、毛肚、鸭肠、豆花纷纷下锅，萌萌和小宋调好美味的蘸料，拿着筷子磨刀霍霍。

香味四溢，肉被沸腾的汤锅顶起来，大家你一筷子我一筷子地吃起来，顾悠然馋得直吞口水。

萌萌快被顾悠然盯穿了，试着问："要不……尝尝？"

顾悠然眼睛一亮，还没来得及说"好"，就被钱朵乐拦下来："不行不行，太辣了，不利于伤口愈合，为了你好，还是喝粥吧，嘻嘻。"

顾悠然生无可恋地喝着粥，为什么她要经历这样的惨痛！

手机响的时候，顾悠然的反应已经慢了半拍，接电话的声音也有气无力。可是很快，她就整个人都支棱起来，眼睛放光。

"影视方非常看好这本书，非常希望能合作，所以让你报价。那么亲爱的，电视剧和电影版权，你的心里价位是多少呢？"

顾悠然按捺着喜悦，平静地说："那我考虑一下吧。"

"好的呀，考虑好了给我答复哟。等你，么么哒！"

顾悠然眉飞色舞地挂了电话，钱朵乐嚼着牛肉丸子，口齿不清地问："谁啊？有什么好事？"

顾悠然已经开心得合不拢嘴："网站编辑，影视方让我自己报价。"

萌萌立即兴奋地说："恭喜然姐！太棒了！"

小宋也替她高兴："真的太牛了！以后我吹牛都不用打草稿了！"

高兴归高兴，报价就让顾悠然犯难了，虽然卖过两次影视版权，但都是一百万成交，还没有项目报价一百万以上的经历。

其实，报价不可怕，可怕的是她报了价，而对方一口就答应了……

"可是我不知道报多少？"顾悠然如是说。

"他们之前给你报了多少？"

“两百万吧。”

钱朵乐一拍桌子：“那你就报一千万。”

小宋和萌萌的眼睛瞬间亮起，两眼看到的全是红色钞票。

顾悠然皱眉：“这也差太多了，一看就不是诚心合作的。”

“如果对方是诚心合作，又觉得价太高，一定会杀价；如果不是诚心合作，肯定转头就走，你可以趁机过滤掉那些只想占 IP 并不是真的要开发影视的骗子。”

萌萌附和：“老板说得有道理。”

钱朵乐继续说：“你新文这么火，电视剧马上要开机了，他肯定是想趁着官宣前便宜点买。”

小宋：“对对，等电视剧播了肯定更贵，心机啊心机。”

钱朵乐：“无商不奸，无利不起早，所以你就放心大胆地报吧，没问题的！”

其实，对方能报两百万顾悠然已经很高兴了，证明她在进步。之所以还在犹豫，就是仗着小说改编的电视剧要开拍，她想坐地起价。

钱朵乐被肉烫了嘴，一边吹着肉，一边说：“无论如何这都是好事，请客！喝酒！”

看她吃那么香顾悠然就来气，冷冷哼了一声：“钱还没到手，吃什么吃！”

报价的事情暂时搁置下来，顾悠然觉得应该请教一下温修远，那种动辄几十亿、上百亿的项目，是如何谈合作的。

下午，顾悠然被钱朵乐盯着码字，还要求她写个大肥章，把昨天没更的补上。真的有毒，她是看透了，钱朵乐接她来店里就是为监督她码字，防止今天又不更新。

顾悠然咬牙切齿：“你真是我前进道路的灯塔，人生路上的指路明灯。”

钱朵乐抱拳：“承让承让。”

“滚。”

不过，吐槽归吐槽，小说还是要更新的。听说一个网文大神，老婆在生孩子他在产房外还能更新八千字，这是什么境界啊！

顾悠然喜欢听歌码字，戴着降噪耳机，整个世界只有她和音乐，以至于温修远进门后，钱朵乐喊了她两声都没反应，只好在桌下踩了她一脚，还不偏不倚地踩到她受伤的脚，疼得她差点飙眼泪。

“你干什么……”

顾悠然已然发怒，发现钱朵乐拼命对自己使眼色。她后知后觉地转身，温修远已经走到跟前，正垂着眼眸看她，随时都可能看到她的电脑屏幕。

说时迟，那时快，顾悠然啪地盖上电脑，手臂压在电脑上，嘻嘻一笑："师兄，你来了。"

"在做什么？"

顾悠然眨了眨眼睛，硬着头皮说："学写策划案。"

对面的钱朵乐差点笑出声，顾悠然在桌下用完好的脚踢了她一下，她才收敛。

钱朵乐还算有觉悟，立刻站起来，热情地张罗："温总请坐，想喝点什么？"

"美式，谢谢。"

"不客气，您能光临，小店蓬荜生辉。您先坐，我这就让人准备。"

温修远点点头，在顾悠然对面坐下来。

顾悠然手臂支在电脑上，托着下巴，乌溜溜的眼睛笑意浓浓地看着对面的人，担心他会继续追问"她的策划案"，她率先转移话题："师兄，我最近在钻研，一直有个疑问。"

"什么疑问？"

"商业谈判中，如何让自己的利益最大化？"

"……"

"假如我们两个做交易，我是卖方，为了争取更多利益，我是不是要报一个非常高的价钱让你来杀？"

"人是有贪欲的动物，不管多少钱成交，都会后悔应该可以卖得更高。但是你要知道，你不可能赚到每一分钱。合理分析你的成本、收益区间，以此来决定报价，而不是为了利益漫天开价，那会显得你非常不真诚，也让对方认为你不是一个好的合作伙伴。"

顾悠然听得认真，若有所思地点头，果然还是应该请教一下大佬，像钱朵乐那种简单粗暴的方式太不真诚了。

"可是，怎么合理分析我的收益区间呢？我认为的合理当然是越高越好。"

"有一些收益分析模型可以作参考，但良莠不齐。"说到这里，他话锋便转向她，"这也是你策划案要写的内容？"

"对……"

"那我更加好奇了，"他的视线落在电脑上，"你的策划案。"

顾悠然拢着头发，笑得很尴尬："哈哈，我写着玩的没什么可看的，师兄，我最近赚了笔钱请你吃饭吧！"

顾悠然一口气说完，恰好钱朵乐送咖啡过来，听到最后一句，眼神不善地瞟了她一眼——哼，双标狗。

顾悠然开始收拾东西，只要能让温修远忘记"策划案"，今天说什么都要请客！

膝盖上的伤已经结痂，完全不影响走路，只是脚踝的扭伤未愈，走路不太方便，但她还是坚持自己走，再让温修远抱来抱去的，像什么话？

推开“有点甜”的大门，一股凉风迎面扑来，顾悠然打了个哆嗦。

不知何时，外面竟下起淅沥沥的小雨，地面已经湿了，司机撑了一把伞站在店外等着。

顾悠然正观察着沿着哪块砖上车不会湿鞋，脚下一空，人已经被温修远抱了起来。

“……”

“有点甜”的玻璃门后站了一排吃瓜群众。

钱朵乐脸上挂着姨母笑，语气却不屑：“矫情。”

旁边的萌萌也跟着花痴，整个脸恨不得贴在玻璃上：“想让然姐开班。”

“干吗？”

萌萌语气诚恳地道：“如何拥有同款男友？”

钱朵乐笑了，这太难了。

“首先，你得会写小说。”

“……”

因为阴雨，天黑得特别早，正赶上下班晚高峰，他们的车走走停停。玻璃上蒙着一层水珠，窗外的街景也变得朦胧起来。

“想吃什么？”温修远问。

顾悠然收回看着窗外的目光，沉吟片刻：“只要不是猪脚汤就行。”

温修远笑了：“火锅？”

顾悠然眼睛瞬间一亮，连连点头。

她是真的想吃火锅，尤其是中午被钱朵乐那一通诱惑，现在只要闭上眼睛，眼前就会出现一盆“咕嘟”冒泡的红汤火锅。

半个小时后，顾悠然看着眼前小小的汤锅，奶白色汤底，陷入沉思。看来他们之间有十分大的认知偏差，所谓的火锅，并不是清汤寡水，连片辣椒的影子都见不到。

顾悠然幽幽地说：“红油是火锅的灵魂，没有红油的火锅是不完整的。”

“辣椒是发物，不利于你伤口愈合。”温修远顿了一下，目光深深地看着她，“除非……”

顾悠然被他意味深长的目光盯得有些没底，忍不住问：“除非什么？”

他低眸笑，抿了一下唇，又看着她说：“你想让我兑现承诺。”

什么承诺？顾悠然疑惑，你几时对我有过承诺？

算了算了，将就着吃吧。她拿起筷子，夹肉的瞬间，他所谓的“承

诺”突然出现在脑海——毁容我娶你。

“啪”的一声，筷子掉在桌子上。她不由得抬头，看向对面的温修远，你不是那个意思吧？

温修远嘴角挂着浅浅的笑意，目光深邃，不置可否地挑了下眉。

顾悠然的脸几乎红透了，连说：“不是不是，我就是想吃个火锅而已。”

为了证明自己没有那方面的想法，接下来的时间里，顾悠然专注吃东西，一句话也不说。

隔着袅袅烟雾，温修远看着她被热气蒸红的小脸，粉扑扑的，双唇饱满欲滴，满眼都是宠溺的温柔。

这是一家日式火锅店，日式风格的房间和庭院，门堂下做了一个木制秋千。

等车的时候，顾悠然玩心大起，荡起秋千，还要温修远来推。

温修远依言走到她身后，轻轻推开秋千。

“不够高，再来。”顾悠然不满足地说。

温修远笑了一下，手上的力气重了几分。

秋千一前一后地荡起，淅沥的小雨声，还有她如银铃般的笑声，让这个阴雨的晚上变得不再寒冷。

秋千越荡越低，温修远迟迟不来推她，顾悠然催促说：“师兄，快推啊，我要停下来了！”

等了一会儿没动静，顾悠然回头，看到温修远正拿着手机对着自己。

他在拍她？

！！！

脸上还有伤，怎么能拍照？！

温修远刚好抓拍到顾悠然回眸的那一瞬间，随后将手机装回口袋，不动声色地说：“求索 S60 pro，夜间拍照也清晰。”

“……”

谁让你这时候打广告了？拍得越清晰，脸上的伤就越明显啊！

顾悠然用未受伤的脚着地，一个刹车让秋千停下来，走下秋千就要去抢手机：“来，我把脸 P（修图）一下。”

温修远无奈地失笑，举高手机：“这么没自信？”

“我今天没洗脸，还有伤，不行，得 P 一下。”

顾悠然踮着脚，一手攀着温修远的肩膀，一手去拽他高举的手臂。温修远担心她的脚再次受伤，揽住她的腰，一把将她抱了起来。

双脚猛然离开地面，顾悠然被吓到，急忙搂紧温修远的脖子来维持平衡。这样一来，两个人几乎贴在一起。

他脸上还有来不及掩去的笑意，眼中清晰映着她的影子。门堂昏黄的灯光下，两道纠缠在一起的身影，呼吸交织、眼神交汇，暧昧游移。

“师兄。”顾悠然气若游丝般唤了一声。

“嗯。”温修远轻应，声音是克制的低哑。

“你勒着我的肋骨了。”

顾悠然疼得皱眉：“嘶，疼。”

温修远垂眸，抿唇失笑，松了手臂，将她放下来。

一踩到地面，顾悠然赶紧扶住被勒痛的肋骨。

这时，侍者穿过庭院而来，毕恭毕敬道：“温先生，车到了。”

“知道了。”

温修远的声音已经恢复如常，唯有耳尖如滴血般红，暴露了他不为人知的情绪波动。

雨还在下着，温修远再次将顾悠然抱起，穿过庭院的石板路。

回程的路上，没有人说话，车里弥漫着淡淡的尴尬。做温修远助理这段时间，顾悠然早已经习惯和温修远同处一个空间，也不怎么交流，却不会尴尬。可此刻却不同。

大概是……勒到她肋骨的缘故?

可这也不能怪她呀，当时真的很疼。

快到家时，一路沉默的温修远忽然问：“明天打算做什么?”

“在家，哪儿也不去了。”

“不无聊了?”

“出门太不方便了，总让你抱来抱去的，腰容易受伤。”

因为写书需要，顾悠然真的查过不少这方面的资料。于是，颇有一副过来人劝年轻人的口气，语重心长地说：“师兄，腰可太重要了，事关人生幸福，千万不能受伤。”

这话一说完，她总觉得哪里不对劲。她一个二十出头的小姑娘教育一个三十岁出头的男人腰很重要?

于是她赶紧解释：“我没别的意思，就是你的腰很重要，我的脚不重要。”

……

这解释的什么啊，还不如不说话！顾悠然懊恼地想着，听到温修远低笑一声。她不禁看向他，而他也正看着她，车里光线很暗，他的眼睛却闪着光芒。

“我的腰好得很。”

“……”

他凑近一些，声音更加低沉：“你大可以放心。”

“……”

顾南山说第二天一早就要入驻俱乐部，正式开始训练。顾海生拦不住他，又睡不着，只能在客厅一遍一遍地踱步。

顾悠然进门时，看到的就是顾海生披着和她年纪差不多的毛衣开衫，在客厅里来来回回地走。

一见到顾悠然，顾海生仿佛终于找到情绪发泄口似的，十分不悦地质问她："腿还没好又跑哪儿去了？"

顾悠然换好鞋，小声说："没去哪儿，您怎么还不睡？"

顾海生觉察出不对，走近她又问："你怎么了？脸怎么这么红？"

顾悠然赶紧双手捧住脸，滚烫的温度惊到她，当着顾海生的面，只能硬着头皮撒谎："外面太冷了，冻的。"

顾海生又打量了她一会儿，并未多想，指着顾南山的房间说："南山明天一早就要去俱乐部。"

顾悠然看了一眼亮灯的房间，平静地说："挺好的，早点入队，早点训练，争取取得好成绩。"

顾海生叹口气，低声嘟囔："我是不是太民主了，怎么如此轻易就同意了？"

顾海生一直觉得离婚给年纪尚小的顾南山造成很大的伤害，总是对他有愧疚之心，以至于从来不对他提任何要求。而不像对待顾悠然那样，打着为她好的旗帜，多少有几分强人所难。

顾南山要去做职业选手，反对声音最高的其实是杨文欣，向来思维敏捷、思想深沉的顾教授却一下子没了章法。

顾悠然倚着鞋柜笑了："您是不是记错了？昨晚您和我妈会审似的，我都伤成这样了还在给你们说好话，连师兄都出面替南山说话，您还想怎么反对？"

"……"

"关键现在反对不也没用吗？您拦得住他吗？既然拦不住就放手吧，您放心，他的日子不会比您差。"顾悠然对着房间喊了一声，"南山，时斐给你开多少薪资？"

顾南山平静地回答："一万。"

顾海生一惊，不可思议道："打个游戏还有工资？年薪？"

顾悠然哭笑不得："月薪啊，爸爸！"

顾海生感觉人生观遭受到巨大冲击。他辛勤耕耘一辈子，日常工资才多少钱？一个高中没毕业的毛头小子，打个游戏就能拿一万？

顾悠然观察着顾海生的脸色，忍着笑继续问顾南山："如果拿冠军呢？"

顾南山："分奖金。"

"打进职业赛呢？"

"重新签薪资合同。"

"会比现在高吗？"

顾南山走出卧室，点点头说：“会，职业选手平均年薪几百万吧。”

顾海生已经愣在原地。

顾悠然摊摊手：“爸爸，时代在进步，您是老师，更应该走在时代的前端啊。”

“对了，还有一件好事要和您分享一下。”顾悠然清清嗓子，抑扬顿挫地说，“不务正业的我的小说改编的电视剧要开机了，而且又有影视方要买新书的影视改编权了！”

顾悠然看着自己的指甲，态度十分无所谓地继续说：“新书已经写了一个多月，估计卖个几百万吧！”

张口闭口钱钱钱，顾海生有些生气，声调沉了几分：“挣钱多少并不能衡量真正的价值，你们……”

顾悠然打断父亲：“我和南山的价值，就是给普通大众的生活增添一点娱乐。您这样的知识分子是社会的中流砥柱，但是只有这些未免枯燥，总要找点乐子嘛。”

“……”

顾海生这一夜能不能睡好，顾悠然不知道，反正她是没睡好。

一闭上眼睛就能看到温修远，那近在咫尺的脸庞，深邃的目光，透过衣料传递而来的热量……以及她逐渐失去控制的心跳。

不对不对，这不对。小说是小说，现实是现实，怎能混为一谈?

她像贴煎饼一样，在床上翻来覆去，第一次深刻认识到演员有多么了不起。

每一次角色诠释都要爱上一个人，杀青后迅速抽离，将角色和本人的情感清晰区分。她就写个小说而已，已经要分不清小说和现实了。

不过，确实也有因戏生情的情况，那他们……不不！她急忙摇头打消这个危险的念头。

小说里男女主互相暗恋，一切感情水到渠成，她和温修远压根儿不是这种情况。在她开始写小说前，他们才刚接触没多久，到现在满打满算也不够三个月，哪有那么轻易的感情？！

一直到很晚，顾悠然才迷迷糊糊睡着，睡得也极其不安稳，脑海中反反复复的一句话就是：我不喜欢他，只是上下级、师兄妹，是关系不错的朋友。

一夜没睡好的顾悠然到了早晨才睡沉，却被乒乒乓乓的声音吵醒，十分不悦，披了件外套便出了卧室。

一来到客厅，她就蒙了。

时斐之所以出现，应该是接南山去俱乐部的。可是时教授为何在此?

时谨看着顶着一头乱发、懵懂迷瞪的顾悠然，眼中闪过一丝诧异，随后莞尔一笑：“然然醒了。”

顾悠然猛然回神，赶紧抚平头发，又揉了把眼睛，抿唇笑起来：“时教授早上好。”

“听说你的脚扭伤了，今天刚好炖了猪脚汤。”

顾悠然：“……”

又是猪脚汤。

时斐倚着门框吊儿郎当地说：“姑姑，听者有份。”

时谨没好气儿地看着时斐笑了一下：“准备得多，来喝吧。”

顾南山很有眼力见儿地去准备碗碟，顾悠然趁机冲进卫生间刷牙，不能洗脸，只能用打湿的洗脸巾随便擦擦，还好底子不差，也算干净清爽。

看着镜子中的自己，她做了一个深呼吸，走出洗手间。

餐厅里，汤已经盛好四碗，顾南山和时斐并排坐，时谨在对面，身边还空着一个位置。

顾悠然乖乖走过去坐下来，笑着说：“太麻烦您了，还送汤过来。”

“没事，今天刚好来老宅，顺道的事。脚怎么样？”

“嗯，好多了。”顾悠然喝了一口汤，大赞，“好好喝，很鲜美。”

“还有呢，喝完再盛。”

“……”

顾悠然觉得自己这辈子的猪脚汤在这几天喝完了。

时斐：“姑姑消息太灵通了，竟然知道悠然脚受伤。”说着又碰了碰隔壁的顾南山，“你怎么不提前告诉我，我好提个果篮？”

“你又没问我。”

“……”

时谨笑吟吟地说：“我朋友告诉我的。对了，”她转向顾悠然说，“就是她帮你做的治疗。”

原来那天那位医生果然和温修远认识，不仅认识，还告诉了时教授。那么……手腕勒伤的误会也说了？

想至此，顾悠然赶紧将袖口往下拽拽，把手腕的勒痕彻底遮住。

幸好时谨并未注意到手腕，顾悠然松口气，笑着说：“多亏那位医生。”

接下来的时间，顾悠然便专注喝汤，一口接一口，碗很快就见底。

时斐：“您怎么老盯着她看啊？”

顾悠然抬头，看到时斐正满脸疑惑地看着时谨。

时谨：“没有啊。”

“难道是……”时斐故意拉长腔调。

顾悠然屏住呼吸。

时斐：“想认她做干女儿？”

顾悠然："……"

时谨佯怒："瞎说什么呢，没个正经的。"

时斐哈哈笑了起来，放下勺子对顾南山说："走了，回去训练。"

顾南山收拾了碗送进厨房，才跟着时斐离开。

时谨也准备走了，嘱咐顾悠然说："你在家好好养着，千万别二次受伤。"

顾悠然乖乖点头："嗯嗯，好的，我送您。"

"不用，你脚伤不方便。"

"没事的，正常走路小心一点就行。"

时谨拗不过她，两人穿过厅堂，走出顾家大门，还没下台阶，一辆越野车便稳稳停在路边。

时谨看着车里的人影，挑了挑眉。

好啊，多少天没见过面的儿子，她就来了顾家一趟，就给撞上了。

顾悠然看着让她整夜不能安睡的罪魁祸首，恨不得现场抠个地缝钻进去。

时教授一早就来送温暖，时斐也跟着臊她，现在温修远又来凑热闹。她就不该走出卧室的门，就应该躲进被窝里，再吵都不出来。

温修远停好车，迎面阔步而来，没有穿正装，卡其色大衣、黑色长裤，白色板鞋，英气十足。

时谨露出微笑："我的儿子，今天也来找书？"

书？顾悠然一愣。

温修远失笑，抿了抿唇："没有课吗？"

时谨依然笑吟吟地说："有的，正准备走。"

"我送您。"

"不会耽误你吗？"

温修远看着顾悠然身上的睡衣："不着急。先送您。"

顾悠然："……"

搞得好像我要和你一起出门一样？不对，搞得好像我出门你就不送时教授一样？

好在时教授并没有和温修远计较，还笑着和顾悠然说再见。可是顾悠然别说笑了，她都能当场哭出来。

温修远深深看了顾悠然一眼，又说："等会儿来接你。"

顾悠然克制着直接转身走人的冲动，正儿八经地说："谢谢温总，但是我行动不方便，昊哥的订婚酒就不去了，回头红包补上。"

温修远："……"

顾悠然独自回到家中，睡是睡不着了，脑子里乱糟糟的，根本没

办法静下心来码字。一写到男女主，她就忍不住往自己和温修远身上套……

这样下去不行，她一定会越陷越深的。

她烦躁地在床上打了个滚，用枕头蒙住头，一阵哀号。

没过多久，传来门铃声，她艰难地从床上爬起来，如行尸走肉一般去开门。

看到门外的人，她不禁一惊："师兄，你怎么又回来了？"

他立在门外，很高，挡住仅有的阳光，背阴之下，神色有些晦涩不明，声调戏谑："周昊让我问问你，他什么时候订婚？"

顾悠然舔舔干涩的嘴唇，咧出一抹笑，解释说："我那不是怕时教授误会我们的关系嘛。"

温修远看着她，目光灼灼。

"我们，不是吗？"他反问。

"……"

这个问题倒是问住顾悠然了。她怎么忘了，他们还有个假情侣的帽子呢，所以也不能算误会。

于是她若有所思地点头："有道理，我们的确是那种关系。"

温修远嘴角勾起，眼中有了笑意。

意识到自己说了什么，顾悠然连忙解释："你别误会，我的意思是我们在假装是那种关系。"

温修远直接忽略了她的解释，问："今天准备做什么？"

"就在家待着。"

两人就这样，一个在门里、一个在门外地说话，顾悠然丝毫没有让他进门的意思。

温修远抿了抿唇："那你就打算让我一直站这儿？"

顾悠然一愣，不敢相信地试探："所以……你是来陪我的？"

"嗯。"

看到温修远点头，顾悠然觉得再这么下去她真要把持不住了，做再多的心理建设都是徒劳。

顾悠然杵在门边不肯让，其实抠着门缝的手指早已经因为过度用力而麻木。

"师兄日理万机，为了我放下工作这不合适。"

"正好我想休息一下。"

他坚定的眼神、温柔的语调，顾悠然真的快顶不住了，紧张到声音都有些沙哑："你这……突然来家里，会不会……"

"你家不方便？"

顾悠然点头："嗯。"

"那就去我家。"

"……"

不是……这话听着怎么这么别扭？好像偷情的男女！

大院里够一定级别的教授可以入住独立小楼，比如顾教授的房子。但是没有院落，走出家门，就是绿树成荫的小路，院里人来人往，且都是熟悉的面孔。

温修远如果堂而皇之地进门，一待许久，即便是纯粹的朋友关系，也基本没有清白可言了。若是去他家的话，就没有这些顾虑了，相对来说，的确方便得多。

“我们再这样说下去，闲话会更多。去换衣服，我在车上等你。”他说着，顿了片刻，摸摸她的头发，“乖，听话。”

他叫她，乖。

然后，她就真的乖乖地换衣服，收拾利落，跟着他出门。

看着车上后退的街景，顾悠然觉得自己一定被下蛊了，否则怎么能真的去他家？

以温修远的人品，相信他肯定不会对她做什么。可关键是，她不相信自己。

这是第三次来这里，她的心情有着截然不同的变化。

第一次，误以为他们是男女朋友，多少有点儿放肆。第二次是他生日，她来辞职，气势上矮了不止半截。这次，心情就复杂得多了——一方面她渐渐走入了他的生活，心情是按捺不住地激动；另一方面她又一再告诉自己应该停下来，不要继续陷下去。

“看书，看电影，还是休息？”温修远问。

“我……看书。”

温修远点头，带着她去书房。

打开书房的灯，顾悠然都蒙了。

顾教授那么爱看书的人，也没有这么大的书房。当然了，主要是房子小。他的书房是两层楼打通了，四面墙壁摆满各类书籍和他收藏的古董，房间里还有一架梯子。

温修远看着手机屏幕显示的最新来电，对她说：“我出去接个电话。”

顾悠然仰着下巴四处看着，听到这话，只是点点头。

温修远笑了一下，转身出去。

电话是赵峥打来的，温修远走进厨房，拿出提前备好的水果，这才接起电话。

“老吴说你今天休假，我不信，认识你这么多年我什么都见过，就是没见过你休假，所以斥巨资跟他打赌。温总，这次我是不是赢定了，

嘿嘿！”

“你输了。”

赵峥愣了两秒，开始吱哇乱叫：“一百块啊！我一个星期的烟钱，你这是要我死！”

吵得耳朵痛，温修远直接按了挂断键。

他前脚刚挂电话，后脚吴子清的电话又打过来，得了大便宜似的笑着说：“今天的赌资有我一半，就有你的一半，明天请你吃饭。”

“你自己留着吧。从这一刻开始，谁再给我打电话，这个季度的奖金就别要了。”

“……”

温修远将手机调成静音，振动也给关了，放在茶几上，开始洗水果。

洗好车厘子、蓝莓，又切了杧果，书房里已经没有顾悠然的踪影，整个一楼都没有找到她。

看到电梯停在二楼，他便沿着楼梯上楼，果然在影音室看到了她。

听到脚步声，顾悠然回头，指着大屏幕一脸兴奋：“我一直都想要一个这样的地方，看电影一定特别爽！”

温修远笑着走过去，在她旁边坐下来：“吃水果。”

“谢谢师兄。”

顾悠然拿着遥控器翻看片源，内心当然是想看苏亦的剧，可是……又怕惹温修远不高兴。

温修远怎么会看不透她这点小心思，于是说：“我还没怎么看过苏老师的作品，推荐一下。”

顾悠然眼睛瞬间一亮，开始强力推荐：“有一个超甜的电视剧，越看越上头，特别好看。”

说着，顾悠然点开已经流连两三遍的电视剧，听到熟悉的片头曲响起，整个人开始眉飞色舞起来。

这是两年前最火的甜宠偶像剧，苏亦因为这部剧圈粉无数，流量大增。顾悠然和钱朵乐隔三岔五就会把这部剧找出来重刷，每次看都停不下来，全程姨母笑，真的太甜太上头了。

温修远很少看电视剧，偶尔看电影，在确定请苏亦做代言人时，这部电视剧曾多次被提及，不过，他还是不喜欢看这类电视剧。相比之下，看电视不如看她有趣。

他将沙发调整到舒服的角度，专注地看着她。

她表情丰富多彩，时而微笑，时而大笑，一会儿激动地捶沙发，偶尔和他交流心得。

“哈哈，真是笑死我了，是不是很有意思？”

他单手扶额，看着她点头：“嗯，有意思。”

一颦一笑，都让他挪不开眼。

“苏亦的演技非常有感染力，真的太好看了，我没有灵感……”顾悠然愕然停住，差点儿就说漏嘴了。她写不出感情戏的时候，就会把这部剧找出来看，感受一下恋爱的心情。

温修远轻蹙眉：“什么灵感？”

顾悠然咽了咽口水，硬着头皮说：“灵魂受到了感触。”

温修远轻笑出声，看偶像剧还能让灵魂受到感触，真的太可爱了。

见他未起疑心，顾悠然舒口气，继续看剧。这之后，她就安静多了，生怕一个不小心再说漏嘴，可能就没这么容易蒙混过关了。

连着看了两集，顾悠然伸了个懒腰，一回头，竟看到温修远睡着了。

温修远为了今天空出一天休息，昨晚连夜处理了很多工作，终于撑不住了。

顾悠然忍不住凑近他，认真打量起来。

坦白说，他真的很好看，睫毛长长，鼻子高挺，薄唇浅抿着，呼吸平缓。

电视剧自动播放下一集。熟悉的插曲响起，顾悠然不用回头也知道演到哪里。就像他们此刻，男主睡着，而女主偷偷亲了男主，男主并未发现，但女主却开心了许久。

此刻，顾悠然仿佛被一股力量牵动着，觉得自己就是剧里的女主，越靠越近，大脑里已经无法分辨对或不对，只有想与不想。

而她，很想。

在距离温修远两厘米的地方，她停住了，最后还是遵循内心，轻轻吻在他的眼睛上。

轻轻一吻已经心满意足，她起身，刚要舒一口气，却发现他竟然醒着，猩红的眼睛正凝望着她。

耳边的一切都安静了，顾悠然彻底蒙了。偷亲被抓包可还行？

她忙坐直身子，拢拢头发，笑了笑，指着电视说：“我……我看……电视上这么演……就是好奇……”

这蹩脚的解释绝了！顾悠然萎了，真想找个地缝钻进去。

温修远已经坐起来，顾悠然压根儿不敢看他，只能说：“对不起师兄，我的错，都怪我……唔……”

顾悠然瞠目看着他近在咫尺的睫毛，唇已经被他的温热附上，虽然只是蜻蜓点水的触碰，却让她大脑一片空白。

他目光深深地凝视着她，声音低沉沙哑：“电视里，这样演了吗？”

顾悠然愣愣摇头，偷亲之后自然是不能承认的。

温修远笑了一下，热气扑在她脸上，心尖儿都跟着颤。

“那我们演。”

“……”

说完，他便强势地扣住她的后脑将她彻底拉向自己，双唇严丝合

缝地触碰在一起。从浅尝辄止的试探，到渐渐深入。

顾悠然在他的进攻之下，所有的理智土崩瓦解……

这是顾悠然的初吻，虽然没有经验，但她写得多，也算见多识广，可真到自己身上，就显得有些不知所措。

而恰恰是她的笨拙，仿佛一把火，彻底点燃了温修远，让他更加情不自禁，将她抱得更紧，吻得更深。

越吻越动情，理智上根本无法停下来。

直到，他忽然结束这一吻。

顾悠然虽然难为情，但还是觉得意犹未尽……原来接吻的感觉是这么美妙，尤其对象还是温修远。

他气息很粗，闭着眼睛许久，才重新看着她。

她的双唇血色饱满，双目水润，痴痴地看着他，鼻尖也是红的，动情的样子特别……

他只得再次闭上眼睛，将她抱进怀里。

她犹豫了片刻，伸出手臂搂住他的腰。他将她抱得更紧。

“咕噜咕噜”的声音，打破旖旎的气氛，顾悠然真是尴尬到不行。

他在她耳边低低笑了一声，那片皮肤立刻酥麻起来。

“怪我。”

听着他话里的意思，好像是和他接吻她才饿的，她试着解释：“早上吃得有点少。”

“先吃点水果，我去准备午餐。”他松开她，在她额前轻轻一吻，才起身离开。

确定温修远已经下楼，顾悠然才敢放松一些，抓起抱枕捂住脸。

他们真的接吻了，这算不算假戏真做？她对他动情，真的不是因为跳脱不出小说里的情感？

但至少可以确定的是，他应该是喜欢她的。

既然已经亲了，反悔是不可能了，不妨就试试吧，真的不合适了就分手呗。大不了以后都不见面了，反正三个月的试用期就要到了。

一旦接受了这个设定，顾悠然就忍不住想笑，又怕笑出声，只能把脸埋在抱枕里，情绪调整好再起来，然后，继续埋进抱枕。

就这样反复了多次，她的情绪终于平静了一些。可是她再也无法集中注意力看电视剧，反正剧里再甜，也没有他们甜。

她的一颗心被填得满满当当的，忍不住想要找个人分享喜悦，拿起手机才看到钱朵乐打了好几个电话给她。

她回拨过去，对方很快就接起来，一上来就质问她：“你干吗不接电话？”

原本想要分享喜悦，可是忽然又不知道从何说起，她只好含糊着说：

“在忙，没注意。”

“你看微博了吗？《有一点动心》开机官宣了！”

“真的？”顾悠然一喜，今天真是喜事连连的日子，“女主是不是代薇？”

“的确是代薇，她不仅主演，还参与编剧。我估计也就是挂个名，树文艺青年人设。但你一定想不到男主是谁。”

“肯定不是苏亦。”

“竟然是许星河！”

“……”

钱朵乐激动地说：“然宝！你是我永远的骄傲！”

“……”

顾悠然挂了电话还有点不敢相信，抛去苏亦的粉丝这个身份不说，许星河和代薇的人气都很高，她第一部小说改编电视剧就能请到这个咖位的明星，对她来说已经是最好的消息。

顾悠然打开微博，得益于官宣带着她的微博 ID，消息栏中的评论、转发、点赞创下新高。

#《有一点动心》开机 # 已经上热搜首位，除此之外，男女主演分别有一个单人热搜：# 代薇编剧 # 和 # 许星河颜值 #。

代薇的粉丝非常激动地四处刷她家薇薇又美又有才华。

顺着热搜，顾悠然进入《有一点动心》的官方微博，除了发布开机消息，官博还放出了人物海报。

她一张一张翻看着，不得不说，代薇和许星河的造型和原著小说的人设还是蛮符合的，作为原著作者的她，还算欣慰，至少服化看上去很高级。

可是当她看到第六张时，整个人都不好了，立刻从半躺状坐好。

第六张、第七张的海报人物是原著小说中没有的，而是她写剧本时新增的，为了剧情更加饱满丰富，就连名字还是她临时取的，吴彤、柳照照。

而这两个角色，竟赫然出现在人物海报中。

不行，有点儿乱，她得捋一捋。

她写的五集剧本因为种种原因被毙掉，收到一笔解约款，这五集剧本就应该和电视剧无关，后来的剧本也绝不能用她的剧本内容。

代薇，参与编剧……

细思极恐，可能不只是这两个人物，五集剧本之中的其他内容也可能被占用了。

想到这里，顾悠然先给钱朵乐打了电话，语气还算平静：“我被侵权了。”

钱朵乐顿了一会儿才说：“怎么回事？”

“有两个角色是小说中没有的，但我写的剧本里有，现在官宣的人物海报中也有，连名字都一样。”

“你的意思是……他们表面上跟你解约，其实还是用了你的剧本？既不给稿费，又不给你署名？”

“应该是这样的。”

“这是什么奇葩电视剧！”钱朵乐立刻炸了，“代薇！她参与编剧，一定是她干的！”

听到有脚步声，顾悠然赶紧说：“电话里不方便说，我现在过去找你，见面说。”

挂了电话，温修远刚好走进来，顾悠然站起来说：“师兄，我有很重要的事情，需要去‘有点甜’。”

温修远看出她情绪不对，不知道他不在的这段时间又发生了什么事。见她似乎不想多说，他便点点头，说：“好，先吃饭，我送你去。”

“我吃不下……”

他走近，柔声哄道：“吃一点，听话。”

顾悠然看着他，乖乖点头。

这情绪真算是跌宕起伏了，刚刚还在幸福的顶峰，一瞬间便跌落谷底，人生无常是真的。

她味同嚼蜡地扒了几口饭，实在是吃不下。温修远也不勉强，拿了外套送她去“有点甜”。

一路上，她不时看手机，回复微信，要么就是看着窗外默不作声，眉心一直紧皱着，像是遇到了棘手的事情。

终于到了“有点甜”，下车前，他忽然抓住她的手。

她的手真小，手指纤细，软若无骨。他摩挲着，望着她：“需要我为你做点什么吗？”

顾悠然感受着他手掌的温度和力度，心情稍微放松了一些，怕他不高兴，但又忍不住问：“我可以拥有属于我自己的秘密吗？”

“当然可以。”温修远郑重地说。

顾悠然笑了，主动倾身抱住他。他愣了片刻，也紧紧抱住她。

“谢谢你师兄，我想我应该拥有独自处理问题的能力，所以你不用担心我。”

他轻抚着她的头发，柔声道：“好，晚上来接你？”

“嗯，我提前给你打电话。”

他吻了吻她的发顶，率先松开她。再抱下去，他或许要改变主意带她离开这里了。

顾悠然拿好包，打开车门，温修远已经绕过车头来到跟前，扶着她下车，又将她送到店门口，拉开店门，门上的铃铛叮当作响。

“进去吧，晚上见。”他说。

顾悠然点头：“晚上见。”她顿了片刻，又忽然喊了一声，“师兄。”

“嗯？”

“其实今天，我很开心。”她红着脸说完，不敢看他，单腿跳着进入“有点甜”。

那慌张的样子，像是害羞。

温修远笑了，隔着玻璃看到她又大力对自己挥手的样子，也伸出手挥了挥。

温修远回到车里，忽然觉得空荡荡的，原来一个人是这么没意思。他无奈叹口气，又看了一眼“有点甜”，发动引擎。

温修远的车一进入求索大厦的地下车库，周昊就收到消息，急忙出来接他。

当周昊乘电梯到B1时，温修远恰好就在门外。

周昊毕恭毕敬地颔首，温修远点头，走入电梯。

电梯一路向上，周昊笑着说：“您不是不来公司吗？”

温修远凉凉瞟了他一眼：“怎么，我不能来？”

“不是不是，您当然能来，随时来。”周昊这样说着，心中哀号不已。今天老板不在，他已经答应陪女朋友去逛街，正准备离开，老板又回来。唉，今晚注定是个不眠夜。

“要紧的工作做完就走吧，不着急的明天再说。”

“啊？”

温修远看他，挑眉：“怎么，想留下来继续干活？”

周昊面露喜色，连说：“不是，不是。”说完又觉得不妥，解释道，“我没有不想工作的意思……”

电梯门打开，温修远不等周昊说完便率先走了出去。

经过秘书办，看到大家都在埋头工作，温修远说：“该下班下班，该逛街逛街，都走吧。”

秘书办诸位：“……”

不敢相信，现在才14点20分……

总裁已经进了办公室，大家只好围着周昊你一嘴我一嘴地问。

“真的可以走？”

“温总今天怎么了？”

周昊看了一眼紧闭的办公室大门，他也说不清老板怎么了，好像又高兴，又不高兴的样子。

想至此，他学着温修远的腔调问道：“怎么，想留下来干活？”

大家愣了两秒，做鸟兽散，一分钟后，秘书办已经空无一人。

赵峥得知温修远回公司了，立刻杀上60层，看到空荡荡的秘书办十分纳闷，推开总裁办公室大门，那个声称他输了的人竟然真的回来了，而且还饶有兴致地拿了把剪刀，修剪兰花。

他二话不说就给吴子清打电话："温总回来了，快把那一百块还给我，你输了，还得多给我一百。骗你是孙子，不信你来看。"

温修远看了一眼咋咋呼呼的赵峥，没说话，继续剪剪剪。

吴子清很快也来了，无奈地拿出两百块钱给赵峥："你不是休假吗，又回来做什么？谈谈恋爱，看场电影什么的。哎哎哎，别剪了，再剪秃了！"

赵峥将两张红色钞票收好，小声说："估计是被放鸽子了。"

温修远端详着修剪后的兰花："我看你们都挺闲的，走吧，请你们打球、吃饭。"

赵峥和吴子清对视一眼，问道："为什么？"

温修远放下剪刀，言简意赅地说："就当是我心情好。"

听说温修远要请客了，何启明笑呵呵地来赴约，左看右看又是这几个人，不免有些失落："弟妹呢？怎么不带弟妹一起来？"

吴子清："清醒点，弟妹要能陪他，他会请你吃饭？"

何启明："……"

顾悠然和温修远隔着玻璃依依不舍地挥手再见，笑得比花还灿烂。

钱朵乐凑近顾悠然，忽然说："你们俩好上了？"

顾悠然被吓了一跳，红着脸推开她往店里走："你说什么呢？"

"从你现在这不安于室的表情就能看出来。"

顾悠然无奈地翻翻白眼："大姐，不会用成语就别用，不安于室什么意思你知道吗？"

钱朵乐根本不在乎是不是用错词，而是一针见血地说："所以你俩是真的在一起了吧？"

顾悠然捧着发烫的脸，小声问："有这么明显吗？"

钱朵乐冷笑，指着马路说："你俩在车里腻腻歪歪、搂搂抱抱半天了，以为我看不到？"

"……"

顾悠然虚握拳头"咳"了两声："那个，我觉得，我应该先给制片人打个电话，你说呢？"

钱朵乐的注意力果然被转移，立刻说："对，先给他打电话，记得录音。"

店里有个位置常年是留给顾悠然的，她坐过去，做了个深呼吸，开始给制片人打电话。

连着打了三个，对方才接起来，语气有些不耐烦地说："今天开机官宣，事情比较多，过两天不忙了给你回电话吧。"

顾悠然耐着性子说："打扰了，我也有非常重要的事情需要确定，否则也不会连着打这么多电话。"

制片人沉默了片刻，似乎找了一个安静的地方，才说："你说吧，有什么事？”

“首先恭喜开机，网上热度非常高，大家都很关注；其次，我想确认一下，剧本是重写的吧？和我当初写的五集剧本无关吧？”

制片人嗤笑了一声：“这是当然的。我们这么大的影视公司，有顶级的制作团队，代薇也参与编剧，怎么可能继续用你的剧本？”

顾悠然忍着强烈的不适感，继续耐心地说：“不知道您有没有认真看过我的小说！”

“当然看过，”制片人停顿了片刻，又说，“就是觉得小说不错，才会拍成电视剧。”

“我写的五集剧本也认真看过吗？”

“你到底想说什么？”

顾悠然也不再绕弯子：“官宣的两个角色吴彤、柳照照是小说中没有的，而我写的剧本里有，你们官宣的人物海报中连名字都一样，”她笑了一下，“这个你要怎么解释呢？”

制片人顿了片刻，态度和刚刚有着天壤之别，十分谦卑诚恳地说：“攸心老师，这个中间可能有些误会，这样吧，我去了解一下，一定给你一个圆满的答复。”

“好，我希望尽快。”

“本周之内，好不好？”

“今天，如果今天不能解决，我只能发到网上，让大家来帮我评评理了。”

“好好，我这就去办。”

顾悠然挂了电话，钱朵乐立即追问：“怎么说？”

“他说今天给答复。”

钱朵乐双手环胸，哼道：“行，等着吧，看他们怎么狡辩。”

制片人挂了顾悠然的电话，先让人把原著小说、五集剧本、新剧本分别找出来，一一核对，的确如攸心说的那样。

制片人长叹一声，开始给代薇的经纪人打电话。

当初他真的觉得攸心写的剧本不错，不愧是原著小说的作者，对人物的点、故事节奏把控得非常好。但是这部电视剧从一开始就被代薇盯上了，不仅自己当出品人，还要参与编剧，他根本没有多少话语权。

演员转型当编剧，也要本身有点儿底子才行，可是代薇有几斤几两，大家再清楚不过了。她就是想趁着年轻，树一个“文艺青年”的人设，寻找转型的机会，所以她需要的是一个有才华但是没名气的编剧。而原著作者攸心，在网上有着很高的人气，拥有大批书粉，原著作者担当编剧，肯定是最博眼球的，大家一定会认为是代薇只是挂名“蹭”热度，并没有真材实料，虽然事实上的确如此，但是不能让大众知道。所以，攸心首先就被代薇否决。

可是代薇又非常满意攸心写的五集剧本，制片人特意提醒过他们，大众的版权意识越来越强烈，但是他们不听，偏要一意孤行，还说会改得看不出来。

这哪是看不出来？这是怕人看不出来吧！

他一直觉得有些抱歉，毕竟是他联系了攸心，才有了前五集剧本，所以之前才会约她见面，而她没有赴约，又被代薇方面知道了，代薇很生气，毕竟是出品方，他也惹不起，便没有再联系过攸心。

代薇的经纪人的电话一通，制片人就很不悦地说："不是说一定会改得看不出来吗？现在攸心发现了，给我打电话了。"

"她怎么会发现的？"经纪人愕然。

制片人气极反笑："问你们啊！怎么编的剧本，用人家的剧本，还不改名字？这么低级的错误怎么做得出来？"

"没改名字？"

"你们到底有没有认真看过原著？吴彤、柳照照，这两个原著里根本就没有的人物，是攸心在剧本里新增的，你们用人家的剧本却不改名字，这不是摆明了告诉人家你们占用她的剧本吗？"

"不可能，你稍等，我确认一下。"

说完，经纪人便挂了电话。没多久她就回复过来："我刚让人看了，确实存在这方面的失误，不过这都不是大事，和她签个补充协议，重新给她一笔稿费不就行了吗？"

"如果她坚持要署名编剧呢？"制片人问。

经纪人立即否决："那不行，她绝不能署名。她不是还有很多小说吗，我们以后可以继续合作，到时候一定请她担纲编剧。"

"行吧，我去问问。"制片人只好先应着，但是他总觉得，攸心一定不会就这样算了。

顾悠然和钱朵乐什么也不干了，直勾勾地盯着手机，一分一秒过得非常慢。

终于，看到制片人的来电，顾悠然一把抓起电话，却被钱朵乐按住："不能这么快接，你要稳住，现在该着急的是他们。三，二，一，接吧。"

钱朵乐松开手，顾悠然做了一个深呼吸，滑动屏幕，接起电话。

制片人的姿态比刚才又低了几分："攸心老师，实在是抱歉，我真的是刚刚才知道出了这样的问题。您看这样好不好，我们签一份补充协议，按照当初合约的三倍稿费补偿给您，怎么样？"

"不好意思，我不要钱。"

"那您要什么？"

"删掉和我剧本有关的剧情，公开向我道歉。"

制片人为难地说："攸心老师，我承认，这件事是由我们的失误造成的，我们现在非常诚恳地想要弥补。这样吧，您是小说作者，我们是影视开发公司，以后会有更多的合作机会，我向您承诺，公司后续会购买您其他小说，到时候一定请您来担纲编剧。”

“不好意思，其他的作品能不能开发影视我很清楚，也不过多幻想，我只希望《有一点动心》的权益不受侵犯。”

制片人想过攸心不同意这样的条件，见软的不行，他只好强硬起来：“虽然你拥有很多读者，但是你的路还很长，还有更多的机会，你真的要用为了这一点小事，葬送前途？”

顾悠然没有被威胁吓到，态度更加坚决：“对你来说可能是小事，但对我来说，这就是天大的事情。如果我连作品最基本的权利都捍卫不了，我也不配继续写小说了。”

“如果，可以让你在本剧的编剧一栏署名呢？”

顾悠然笑了一下：“老师，既然当初签了解约协议，我们就严格按照协议走吧。我也不要钱，也不要求署名，只希望你们删掉和我剧本一样的内容和人物，公开向我道歉。”

制片人见她软硬不吃，只好说：“你的要求我会找领导反映，我只是干活的，没有话语权。这样吧，明天给你答复可以吗？”

“好，明天这个时间之前，希望能得到你的答复。”

挂了电话，钱朵乐又迫不及待地追问：“怎么说？”

顾悠然耸肩：“他说他说的不算，需要再找领导反映。”

“敢情他刚才没去找领导呗？”

“肯定是想糊弄我呗，他以为我要么要钱、要么要名，结果我都不要，他就措手不及了。”

钱朵乐：“少来，你不爱钱？人家开价两百万买你的新书，你怎么不卖？”

顾悠然猛然被提醒：“对了，我还没给人家答复呢。”

上午网站的编辑又发信息给她，还没回复呢。顾悠然赶紧打开微信，找到编辑的头像。

“我得赶紧谈价钱，万一和那边闹崩了真的影响到这本书，就得不偿失了。”

钱朵乐：“那你准备开多少？”

“五百万。”

钱朵乐恨铁不成钢地说：“你是真傻啊，开高点啊。”

“其实对我来说，两百万已经达到预期了，只是新剧开拍给了加成，才水涨船高的。不过，又想到这本书师兄也做出了很多贡献，我觉得应该给他也分点儿钱，网站还要提成，再扣税，我俩平分也就两百万吧。”

“……”

“你师兄会在意你这区区两百万？再说你俩都那种关系了，千亿

身家都是你的！”

顾悠然抿唇害羞，佯怒捶了钱朵乐一下：“别瞎说，八字还没一撇呢。”

“行了，看你那笑得收不住的样子，恨不得立刻穿上嫁衣吧！”

“对了，这两天怎么没见到小路师傅？”

提到这个，钱朵乐的表情有些不自然地向后倚着沙发靠背，揉了揉头发：“我们赌约到期了，他已经好多天没来了。”

“你是不是又惹人家生气了？”

“我才没有，是他自己要走的。”钱朵乐挑眉，语气不好地嘀咕，过了一会儿，又小声嘟囔，“小气吧啦。”

温修远一行人去打高尔夫，球技最好的他却频频失误，总是不停地看手机。手机上时时刻刻有新消息，唯独没有顾悠然的。

他轻叹一声，挥杆，又失误了。

赵峥望着球落的方向“啧啧”两声：“温总今天状态不好呀！是不是不高兴和我们一起出来打球？”

吴子清一脸责备地说：“好好玩，干吗说这些丧气的大实话？”

“这不刚好吗？平时打不过他，趁着今天狠狠虐他！”何启明有些激动地搓手。

吴子清：“老何，你对他有什么误解？今天能虐他的不是打球超过他，而是弟妹不找他。”

何启明无所谓地挥挥手说：“无所谓，反正第一次见他这么心不在焉的，我们也算是见证历史了。来来，继续打球。”

……

他们从球场又转场去会所吃晚餐，大约7点30分，菜还没有上齐，温修远终于收到顾悠然的微信。

顾悠然：师兄，你在忙吗？

温修远：不忙。

顾悠然：那你来接我？

温修远：好。

顾悠然：【等你哟.JPG】

顾悠然：开车小心。【爱心】

紧锁的眉心终于被熨平一般，下颌线也不再紧紧绷着，温修远收起手机，起身道：“我先走了，记我账。”

作为过来人的何启明一看温修远这番变化就明白是怎么回事，于是说：“反正你们也要吃饭，让弟妹一起来吃点吧。”

“你们嘴太碎，会吓到她。”温修远头也不回地离开包厢。

嘴碎三人组：“……”

第十二章 想吃蛋糕，还是我？

i love you

顾悠然向网站编辑报价五百万，影视方竟然一口就答应了。

钱朵乐后悔得直拍桌子："看看，价格报低了吧！"

顾悠然已经想开了，温修远说得对，她不可能赚到每一分钱，不管多少钱成交，到最后都会觉得是自己吃亏了。所以，想清楚自己到底想要什么，坚定下去，不要后悔。

编辑承诺尽快把合同发过来，又一件大事尘埃落定，只差《有一点动心》剧组给个说法，一切都会越来越好的。

钱朵乐抿了一口咖啡："你准备什么时候把写小说的事情告诉温总？"

"总要等感情稳定了吧，那时候他就不舍得对我发脾气了。"她耸肩一笑，满脸娇羞。

"空气里都是恋爱酸臭的气息！太讨厌了！"钱朵乐十分不适地起身走开。

顾悠然"嘻嘻"笑着，拿起手机，给温修远发微信。然后，她就坐在窗边的位置，托着下巴，眼睛一眨也不眨地盯着窗外的车水马龙。

钱朵乐对萌萌说："看见没，现实版望夫石？"

萌萌一脸痴相地说："然姐和温总好甜，小说真的好好看。"

"你也追新文了？"

萌萌连连点头："嗯嗯。自从知道小说是他俩的故事，我就天天期盼然姐能来，这样温总也会来，看到他俩同时出现，我就圆满了。我终于明白 CP 粉的心情了，我现在就是他俩的 CP 粉，就想天天看他俩秀恩爱。他俩就是站着不说话，我都能抠出一整碗的糖来。"

钱朵乐实在是不忍心打击她，小说里的感情戏都是编的，不过所

幸的是，现实中他们也走到一起。今后的剧情就不用再胡编乱造了，直接照搬，那真就成自传了。

看着好朋友一脸幸福的模样，钱朵乐也跟着开心。

终于，看到温修远的车出现，顾悠然匆匆起身，大喊一声："萌萌，蛋糕打包。"

"好！"萌萌迅速从冷柜里拿出早已经准备好的草莓奶油蛋糕，用盒子打包装好，隔着柜台递给顾悠然，"然姐，要幸福哟！"

顾悠然抿唇笑了笑，接过蛋糕道了一声："谢谢。"

就在这时，她听到门上的铃铛响起，一回头，看到温修远推门进来，目光交汇，笑容浮现唇畔。

萌萌：啊啊啊，嗑到糖了，温总笑得好温柔！

温修远朝着顾悠然走过去，接过她手里的蛋糕，牵着她离开"有点甜"。

钱朵乐从后厨回来，窗边已经没了人影："然宝呢？"

"走了。"萌萌一脸姨母笑地看着停在路边的车缓缓启动。温总还对我微笑了，他俩真的太般配了。"

钱朵乐笑她："花痴。"

性能极好的越野车平稳驶上主路，顾悠然坐在副驾驶，乖巧地抱着蛋糕盒子，偏头打量着温修远，光影使他的面庞忽明忽暗，英俊得让她挪不开眼。

对不起苏亦，我依然是喜欢你的，但是……这个男人真的太帅了，我控制不住自己。

感受到顾悠然的注视，温修远看了她一眼，笑着问："怎么了？"

顾悠然赶紧回头看前方，装作无事地清了清嗓子："你从家里过来的吗？"

"没有，下午去一趟公司。"

"今天不是休假吗？"

温修远抿了抿唇，说道："总有处理不完的工作。"

十几公里外的"碎嘴三人组"纷纷打了个喷嚏。

"师兄太辛苦了，这个蛋糕奖励给你。"顾悠然晃晃手里的蛋糕盒子，"超级好吃，刚从冰柜里拿出来，绝对不会像上次那样塌掉的！"

温修远笑了笑，腾出一只手揉了揉她毛茸茸的发顶："问题解决了吗？"

"嗯，正在逐步解决中，"她举起手，用小拇指比了一下，"毛毛雨啦！"

越野车驶入大院，并没有像往常一样停在顾家门外，而是绕了一圈停在停车场。这样，他们就可以在车里多待一会儿了。

车刚停稳，顾悠然就迫不及待地拆开蛋糕盒子。

萌萌那个小丫头竟然只给她准备一把勺子！嗑 CP 嗑得魔怔了吧！

她把勺子递给温修远："师兄，你先吃，真的特别特别好吃，不甜也不腻。"

而温修远只是专注地看着她，并没有接勺子。

见他迟迟不动，她便挖起一块，直接喂给他，满眼期待地问："好吃吗？"

一口浓郁奶油夹着酸甜草莓，如她所说，十分美味。他莞尔："嗯，好吃。"

顾悠然弯唇笑，把勺子塞给他："快吃吧。"

温修远把玩着手里的银勺子，笑道："喂我。"

顾悠然闻言挑眉，在他灼热的注视下红了脸庞，佯怒地夺回勺子："算了，我自己吃，这么好吃的蛋糕真不舍得和你分享。"

她挖起一大口蛋糕，满足地吃起来："真好吃，小路师傅虽然不在，小李师傅的手艺也是不错的。"

"小路师傅呢？"他这样问着，注意力却全部集中在她被蛋糕填满的小嘴上，嘴角还沾着白色奶油，吃到美味蛋糕就一脸满足幸福。他笑着抿了抿唇。

"好像和多总闹了点儿小别扭，估计过两天就回来了。啊，太好吃了。"她又挖起一口，正要往嘴里送，却被他的手挡开，还没反应过来是怎么回事，他已经倾身过来，温热的唇覆上她的。

她的大脑瞬间一片空白，所有行为思维完全不受支配。

不知过了多久，他忽然松开她，就……结束了？

只见他拿走她手里的勺子放回蛋糕盒，她脑子晕乎乎的，只能说："我还在吃……"

他把碍事的蛋糕盒拿到一旁，握住手腕将她捞起，她顺从地迈过中控台，坐在他腿上，灼热的呼吸交织，说话时唇与唇若有似无地擦过："想吃蛋糕，还是我？"

她被撩得浑身燥热，感官都是痒痒麻麻的，可他却故意似的停在这里，不再继续。

他的鼻尖轻轻擦过她的唇："嗯？要什么？"

"蛋糕。"她故意说。

他眉尾一挑，狠狠覆上她的唇。她承受着他如山倒般的重量，被压倒在方向盘，尖锐的喇叭声响骤然响起

她被吓得缩起肩膀，他将她拉回怀里，用力箍住，几乎要将她揉进胸膛里一般。

车里的温度越来越高，她已经不敢想再这样下去该怎么收场，只

知道接吻是一件欲罢不能的事情，完全不想停下来，想要一直一直这样下去……

直到，“咚咚”的敲玻璃声响起，一束强光随之而来。

顾悠然被吓得一哆嗦，温修远立即将她的头按回怀里，牢牢护住。

这下完蛋了！不管被谁看到都完蛋了！

车外，时斐举着手机，手电筒刺眼的光芒照在车玻璃上，声调戏谑：“扫黄打非。”

顾悠然虽然趴在温修远怀里，什么也看不到，心里已经把时斐杀死一百次！

温修远轻吻顾悠然的发顶，柔声道：“我去处理，乖乖等我。”

温修远打开车门下来，直接挡住车窗，不悦地蹙起眉：“关了。”

时斐依言关掉手电筒，嘿嘿笑着说：“原本我也不知道是你，我正停车呢，那一声喇叭响给我吓得不轻。我定睛一看，哟，这不是我大哥的车吗？我就是好奇过来看看，嘿嘿。要不我和车里的小嫂子打个招呼？”

温修远拦着要去开门的时斐把他推到一边，抚平手臂上的褶皱：“听说你最近又想开网店？”

一说起这个，时斐就头疼：“俱乐部实在是太烧钱了，再不想点儿门路赚钱，还没进联赛我就已经亏死了。”

“我给你指个路，想听吗？”

时斐眼睛瞬间一亮：“想，哥，你说！”

温修远却沉默了。

时斐瞬间了然，拍着胸口说：“你放心，今晚我什么也没看到，真的！”

“明天早上到公司找我。”

“好嘞！”时斐兴奋地搓手。

温修远挑眉：“还不走？”

“走，这就走，拜拜。”

时斐走了几步又退回来，语重心长地小声说：“哥，虽然你年纪不小了，但是这种事情不能着急，你可得注意，别搞出人命。”

温修远皱眉：“滚。”

看着时斐离开停车场，确定他不会忽然又杀回来，温修远打开车门，原本在驾驶位的小姑娘已经回到副驾驶。

温修远上车，小姑娘紧皱着眉，他的心一下子被揪起，忽然紧张起来。

“师兄。”

“嗯？”

“我们以后不要在院里约会了。”

他莞尔道：“好。”

她看着他，一本正经地说：“你说得对，还是你家比较方便。”

他低眸一笑，将她揽进怀里：“你这样说，不怕我误会？”

“……”

她只是不想约会还要时刻提防会不会被熟人看到，没有其他意思啊！

她皱眉推开他，站在道德的制高点指责他：“一天天想什么乱七八糟的？师兄，想太多不利身心健康。”

“嗯，少说多做。”

“……”

“算了，我要回家了。”

她作势去开门，又被他拽回来。

她红着脸，又急又臊地推着他的胸膛：“我真的该回家了，这里认识我们的人太多了，真的不方便。”

他笑，屈着手指轻敲她的额头：“一天天想什么乱七八糟的？我只是打算开车送你回去。”

“……”

冤冤相报何时了？

车在路边停稳，顾悠然解开安全带，有些不舍地说：“你开车小心。”

温修远单手扶着方向盘看她，目光灼灼，一秒都不舍得转开。

“明天做什么？”他问。

“其实不用管我，我一个人也不会太无聊的。”她不过是提了一句一个人在家太无聊，他就天天要陪着她。

“没有安排的话，我想带你去个地方。”

她点头：“好。”

他倾身，轻吻她额头，声音哑然：“回家吧，好好睡觉，不要蹬被子。”

“嗯。”

“走吧。”

她低眸，如是道：“师兄，你一直拉着我的手，我是回不了家的。”

温修远笑了一下，松开她的手，又揉揉她的头。

“真的走咯。”

顾悠然打开车门，对着温修远眨了下眼睛，随后单脚跳下车。

他眉心一紧：“小心一点。”

“知道了。”说着，她关上车门。其实她的脚已经恢复不少，走慢一点基本看不出脚踝有伤。

这时，副驾驶座上的某个物品忽然亮起光。

小糊涂虫，竟然把手机落在车上。

温修远拿起手机，看到屏幕的消息提醒：亲爱的攸心，这是一个

不祥预告！预示着你的作品《喜欢你》距离榜单任务还差 3123 个字，小黑屋在向你招手哟！

回家路上，温修远打了几个电话，将第二天的行程空出来，结果被长者数落：“这已经是第二次放我鸽子，除非是因为女朋友，否则我可要生气了。”

温修远抿唇笑了一下：“您哪天时间方便了，带她去见您。”

“哼，这还差不多。”

车驶入车库，在车位停好。下车前，他又想起顾悠然手机上的那条提醒。

即便是亲密的情侣，也该拥有自己秘密的权利，所以他不会去追问今天让她心神不宁的究竟是何事，也不该为了那一条短信而过分在意。

他洗完澡，照例选一本书，却迟迟没有看到第二页。

攸心，悠。作品，《喜欢你》……

他真的觉得自己完了，被她吃得死死的，一条短信而已，便搅得他整晚都不在状态。他合上书，摘掉眼镜，拿起手机打开浏览器，在搜索框输入两个字：攸心。

攸心 V：今天的草莓蛋糕是幸福的味道！

——啥时候更新啊？不更新为何要撩？

——别说了，大大快更新！

——啊啊啊，快去码字！

萌萌捧着手机激动得不行，他俩肯定对草莓蛋糕做羞羞的事情了！啊啊啊，光是脑补就够她甜一壶的！

小宋无奈地翻个白眼：“你能不能先把账算清楚再玩手机？”

萌萌摇着头说：“我要昏古七了（昏过去了），算不清。”

小宋：“……”

顾悠然回到家做的第一件事就是发微博，以前更新微博为了营销新文，现在单纯想把幸福分享给大家。

发完微博，她才看到小黑屋预告，吓得她赶紧关掉微博，打开电脑码字。

如今的感情完全不用编，直接写出来就能用，所以效率高得不得了，零点前她顺利完成榜单任务，美美地洗个热水澡，神清气爽地一觉睡到天亮。

电视剧《有一点动心》已经正式开机，代薇拍了一整天戏，晚上九点才收工，累得不行，经纪人又来添堵，烦得要命。

“这点儿小事都处理不了吗？”

经纪人叹气：“关键是，她现在不要钱，不要利，就要删戏份、道歉。”

代薇冷笑：“那是给得太少，没有人能抵得过钱和名利的诱惑。”

“听说她最新的小说《喜欢你》已经有好几家影视公司在抢了。”

“大不了给她署名编剧。”

“说了，她不要。”

“新小说好看吗？好的话就买回来，下一本让她自己编。”

经纪人叹气：“都说了，没用，小姑娘油盐不进。她还说，明天不给个说法，就要发在网上。”

代薇冷哼，无所谓地说：“让她发，看她以后还怎么在圈里混。不知天高地厚。”

话虽然这么说，但是刚开机就爆出侵权的负面新闻，上星之路会更加艰难。而且代薇本人担纲编剧，民众一定会一边倒地认为代薇就是抄袭，即使删掉重合的戏份，名誉已经遭受损失，想要补回来太难了。

经纪人思量片刻，问道：“要不，明天我亲自去找她一趟，好好谈谈？”

代薇也冷静下来，扶着额头疲惫地闭上眼睛：“嗯。”

第二天清晨，顾悠然早早起床，不能化妆，只能在着装上下功夫。也不知道温修远要带她去哪里，是应该穿得隆重一点，还是休闲一点？

不管了，两手准备！

眼看着已经十点，温修远却迟迟未到。顾悠然不住看时间，又不敢打电话，怕他正忙。

终于在十点二十分，收到他的微信：抱歉，发生了一些事，我这边走不开。

……

为了和温修远约会，顾悠然六点多就醒了，兴奋地张罗一早上，结果，约了个寂寞。摆了一床的衣服仿佛在嘲笑她。

在她第三次叹气后，拿起手机回复：没事的，需要我帮忙吗？

然而这条信息如同石沉大海，销声匿迹。她的心也跟着一点点下沉。

温修远从来没有这样冷落过她，明明昨晚还好好的呢。

嗯！一定是工作上遇到了麻烦，否则他不可能放她鸽子，还不回微信。

顾悠然这样安慰自己，打开苏亦的电视剧。

最上头的片段已经无法刺激她，她的脑子像生了锈的齿轮一样，慢了不止半拍。她心里空落落的，总觉得有什么事情发生。

几经挣扎，她还是给他打电话，可是电话未接通就被挂断了。他又回了条短信：不方便接电话，稍后联系。

这是手机自带的快速回复模板。顾悠然忽然觉得鼻子一酸。原来，

她不过是他可以用短信模板回复的人而已。

就在这时，她接到一条莫名其妙的短信：您好，我是代薇的经纪人，方便通话吗？

顾悠然气哼哼地吸吸鼻子，开始回复：我是唐甜，因拍戏被困在深山，急需2000元路费，这是我的卡号：6xxxxxxxxxxx。待我成功出山后，一定十倍奉还，谢谢！

唐甜是当下炙手可热的小花之一，经常拿来与代薇相提并论，两人更是王不见王一般，但凡同台的一定要分个高低，双方的粉丝更是天天掐架。

回复完短信，顾悠然把手机扔一旁，气鼓鼓地骂了一句："骗子！"

也不知道她是在骂发信息的人，还是在骂让她心神不宁的某人。

很快，同一个号码又打了电话过来。顾悠然举着手机纳闷，现在的骗子已经这么嚣张了吗？竟然还敢打电话！好，我就看你怎么编！

顾悠然清清嗓子，按下接通建，就听对方说："请问是攸心老师吗？"

"……"

"您好，攸心老师，我是代薇。"

"……"

"剧本的事情是我们的失误，我很抱歉，希望我们能当面好好谈一谈。"

的确是代薇的声音，刻意拿捏着声调，又柔又慢，嗲得让人头皮发麻。

顾悠然半晌才找回自己的神思，又怕露馅，刻意压低声音，沙哑着说："有什么话就在电话里说吧。"

代薇半晌没说话，大概没有想到她这么大牌的明星，发短信被认为是骗子，主动提出见面又被拒绝——人生第一次遭遇滑铁卢。

顾悠然才不管这些，千穿万穿，马甲不能穿！况且，是你们的错，我为什么要和你见面？

代薇只好继续说："关于《有一点动心》的剧本，作为第一编剧，我有不可推卸的责任，是我把关审核不严，让其他编剧钻空子用了你的剧本才造成今天的局面，我感到非常抱歉。"

这就开始甩锅给其他编剧了？千错万错都是别人的错，自己是干干净净的一朵小白花？

代薇："你有什么要求都可以告诉我，只要是我能做到的，我一定全力以赴。"

"制片人应该已经和你说过，不过我不介意再说一遍。"顾悠然顿了一下，确保自己的声音没有露馅，继续沙哑着说，"我不要钱，也不需要署名，只要删掉和我剧本重合的内容，公开向我道歉，就这些。"

"好。"

顾悠然没想到代薇竟然一口答应了。不对，以代薇以往的行事风格，绝不可能这么轻易答应，况且这是她署名编剧的第一部作品，公开承认抄袭不仅断送编剧之路，作为演员的名声也会大打折扣，她断不会这么轻易同意道歉。一定有诈！

顾悠然告诉自己一定要谨慎，决不能轻易相信代薇。接着，就听到代薇说："昨晚我看了你最新的小说，《喜欢你》，我很喜欢。那些暗恋的酸涩，仿佛就是我本人，几次看得想掉眼泪。你介意听一听我的故事吗？"

"……"

看吧！就知道事情没那么简单！

而且顾悠然潜意识里觉得，代薇所谓的暗恋，会和温修远有关。

顾悠然来不及阻止，代薇已经自顾自地说起来，仿佛她是知心姐姐。

鼎鼎大名的娱乐圈一朵花，这么没有警惕心？随便和一个陌生人交心？如果这是希望她改主意的手段，那么这"伤敌八百自损一千"的做法也太下本钱了！

又或许，代薇知道攸心就是顾悠然，打这个电话，是想变着法子威胁她？

"我和他一起出国、一起回国，喜欢他已经有好多年，但是碍于种种原因，我们没办法在一起。但我知道，他对我也是有感情的，只是……"代薇顿了片刻，声音有些苦涩，"我们之间有太多的无奈。

"你应该知道的，我不是科班出身，刚进这一行的时候特别特别难，多亏他支持我、帮助我，介绍很多机会给我，我才能走到今天。但是我越来越不确定，进入这一行是不是正确的，因为我越来越有名气，也将他推得更远。"

说到这里，代薇轻叹一声："娱乐圈纷乱复杂。在这一行，有许多身不由己，被迫传了许多绯闻。虽然他不说，但我知道他在生我的气，我的名气越来越大，可是我们之间却渐行渐远。其实很多时候我真的想干脆离开这一行，安安心心地嫁给他。可是，女人总要有一份自己的事业，不依附任何人，我想他一定喜欢我独立、自主的样子，而不是站在他背后，只做冠他姓的太太。"

顾悠然几次想阻止代薇继续说下去，却发不出声音。

"对了，有一点很有意思，"代薇的声音忽然轻快了许多，"你的女主角曾经给刚出国的男主角打电话。结果是一个女生接的对不对？其实我们刚出国不久，我也接过这样的电话，现在想来，应该也是暗恋他的小女生吧。他一直很优秀，有很多人追求。"

顾悠然做了次深呼吸，努力了许久，才终于找到自己的声音，这次她不用再伪装，声音就已经是哑的。

"这么劲爆的内幕，你不怕我发到网上吗？"

电话彼端的代薇笑了："不好意思，我只是觉得你应该很能理解我的心情，所以一下就说了这么多。说回作品吧，我非常喜欢《喜欢你》这本书。除了现在这部《有一点动心》之外，希望我们还有机会继续合作《喜欢你》，你可以担纲编剧，我也会介绍更多的资源给你，将你打造成圈里首屈一指的编剧。怎么样？"

顾悠然冷笑一声："说了这么多，无非就是想让我改变主意。"

"你能改变主意当然最好。我们都还年轻，还有很长的路要走，谁都不知道未来会怎么样，能做的就是趁现在，抓住每一次机遇让自己变得更好，才会有更多底气来面对未知未来。

"大家都是成年人，对错不重要，利益才是最需要考量的事情。得到一个双赢的局面，让大家利益最大化，远比两败俱伤来得好。你说呢？"

顾悠然郑重地说："对我来说，维护我的作品不受侵害，比利益更重要。"

代薇："……"

"其实，我只是一个言情作者，初衷就是写自己喜欢的故事，能不能影视化并不在我的考虑范围，我没有那么长远的规划，也没有多么高的目标，我只要能保护我的作品。代老师的态度我已经明白，那我们就按照各自的想法行事吧。"

按捺着情绪说完最后一个字，顾悠然挂了电话，并将手机狠狠扔出去。

她发现自己的手在抖。

抄袭剧本还可以这么理直气壮吗？大明星就可以随便践踏别人的作品，对错不重要？哼！好啊，既然如此，那么就让我来告诉你，对错到底重不重要！

她赤脚下床，重新捡起床尾的手机。原以为会花屏的手机竟然完好无损。

她打开微博，想要正式对《有一点动心》剧组宣战，可是脑子一片糨糊，根本理不清楚头绪。写写删删了许久，她终于放弃了。

尽管她不愿意承认，代薇那段"暗恋"的确对她造成了很大的影响，让她完全失去了思考的能力。

和女朋友一起出国是真的，幕后金主、情比金坚都是真的。原来，那年接电话的人是代薇。可他却骗她，他和代薇不熟。

没想到，从代薇口中得知他们的故事竟然是这样的版本。可她还是想不通，温修远为什么要骗她？又为什么忽然不理她？

医院走廊里，终于有片刻喘息时间的温修远想起顾悠然打过电话，恰好，她又发来微信，只有三个字：分手吧。

整晚的焦虑，彻夜未眠，深夜赶到医院一直忙到现在，昨晚遭受的冲击他还没有时间去细想思量，她却已经下达判决。仿佛有一口气堵在胸口，下不去，又上不来，堵得难受。

只因一切都是假的，所以分起手来，也如此随意？

呵，真是够没心没肺。

走廊尽头的手术灯终于灭掉，温修远疾步上前，医生摘掉口罩，疲惫的脸庞终于露出笑容。

在代薇给顾悠然打电话的前一天晚上，经纪人找制片人索要攸心的地址和联系方式，还有她本人的名字。

代薇一愣，以为自己没听清，又追问："你说她叫什么？"

经纪人答："顾悠然。她的笔名是攸心，合在一起的那个悠。"

代薇蓦然坐直身子："有照片吗？"

"签约时应该有身份证复印件。"

"打给制片人问问。"

经纪人不明白代薇为何对作者本人那么感兴趣，不过还是依言走到一旁打电话。与此同时，代薇打开微博，搜索"攸心"，认证信息是言情作者，代表作《有一点动心》。

攸心V：今天的草莓蛋糕是幸福的味道。

攸心V：感谢从天而降的W先生。

攸心V：今天的W先生，绝赞。

攸心V：最近发生了很多事情，想写下来，你们会喜欢吗？

攸心V：编辑说我写得不够甜，建议我去谈恋爱。呵呵！

攸心V：我真的写不出来啊！！！头发都要掉光了！

……

代薇翻着攸心的微博，每一条微博下，都是读者在催更：在微博秀恩爱算什么本事？有本事你更新啊！

W先生，温先生……

心底逐渐弥漫起疑惑，她点开作品链接，作品名字叫《喜欢你》，正在连载，已经有15万字。

评论区有读者发问：真的是大大本人的经历？啊啊啊，神仙爱情！

第二天清晨，制片人将攸心签约的身份证复印件拍了照片发过来，代薇看着证件上熟悉的脸庞，已经毫无意外。

"把她的联系方式给我。"

经纪人一愣，不敢相信地问："你要亲自和她谈？"

代薇冷笑，高傲地扬起下巴，笃定地说："你们不是搞不定吗，交给我吧。"

温修远一夜未眠。

微博上的攸心，文学城的攸心，就是身边的顾悠然。

他看完她所有的微博，看了她写的《喜欢你》，故事情节一半真一半假。

她在微博说，写不出作品，所以要去谈恋爱。时间刚好是他们在会所遇到的那天。

回想那时她的表现，积极又主动，他还以为……所以，他只是她寻找灵感的工具？而她，对他是否有过真心？

他疲惫地闭上眼睛，从未像现在这般慌乱过，这样的不确定。

床头柜上的手机忽然振动起来，看到来电显示，他急忙翻身下床。

清晨 3 点 40 分，路灯孤单地洒下昏黄光芒，柯尼塞格呼啸而过，卷起尘埃。

母亲时谨打来电话，父亲温照起夜，却晕倒在洗手间。所幸大院保卫科有人值守，第一时间送往医院。

接到时谨的电话后，温修远立刻联系医院。

送医及时、医生准备就绪，抢占了时间，温照得到及时救治。突发脑溢血，依然凶多吉少。

手术持续了很久，温修远让母亲去病房休息，他独自守在手术室外。

期间，医生多次出来询问他的意见，他都代表母亲做出最理性的决定。可是面对顾悠然，他依然理不出一丝头绪。

直到，收到她发来的分手微信。

一切仿佛尘埃落定，纷乱的情绪却忽然理出头绪，这个结果他不接受。

手术很成功，病人需要在重症监护室观察 24 小时，家属不能陪同，更见不了面。

温修远先送母亲回家，看着她睡下，才驱车离开，漫无目的地在街上乱逛，最后还是来到顾悠然家门外，恰好看到她从家里出来，上了钱朵乐的车。

他的车停在树下的阴影中，车与车交汇时，她并未看到他，可他却透过昏黄的路灯看清了她的样子。

欢欢喜喜、笑容满面，没有丝毫伤心。

不止没心没肺，还薄情寡义。

温修远只觉得头疼得要命，就快要炸开了。这一天的情绪已经达到峰值，已经有许多年未曾这样过。

代薇知道，在温修远那里她永远不可能有机会，可她还是无法死心，更不能容忍她求而不得的心被人那样践踏。

她知道他不会接自己电话，更不会回复短信，干脆到他家门外等着。

从天亮等到天黑，站到腿脚麻痹，终于等到他出现。

可眼前的他，却让她心惊。

西装挂在臂弯，没有打领带，领口解开两粒扣子，没有发胶定型，头发有些凌乱，额间几绺头发垂落，眉心紧皱，眼睛布满血丝。

她惊得说不出话，心酸得要命。那个总是意气风发的人啊，为何变成如此模样？

她不过有片刻的愣神，他已经径直掠过她。

听到门锁“嘀”的一声响起，她才匆匆回神，急忙说：“修远，我们聊聊吧。”

他仿佛没有听到，已经拉开门，代薇又说：“和悠然有关，不会占用你太多时间。”

温修远的身形果然顿住，代薇心中五味杂陈。如果不提顾悠然，她大概会直接被他关在门外。

片刻后，温修远将门关上，转身道：“一楼谈。”

一楼有家咖啡馆，她苦笑，这么多年以来，她始终无法走近他分毫，连他的家，她都未能进去过。

代薇知道温修远不喜欢废话，如果三句之内听不到想听的，他一定会起身走人。

她打开微博，找到攸心的微博，递给他，说：“你先看这个。”

温修远没有接，不动声色地打量了代薇一会儿，倏地一笑：“如果你想告诉我然然的另一层身份，那就大可不必了。”

“你都知道了？”代薇不敢相信，他竟然都知道了，不仅不生气，还那样亲昵地喊顾悠然为然然。

代薇笑了一下，努力组织语言，却不得章法，最后还是激动地说：“她在利用你，你只是她写小说的工具，工具而已。”

温修远挑眉，反问：“那又如何？”

代薇被彻底问住了。那个女人利用他，而他竟然丝毫不在意？不对，这是不对的，骄傲如他，怎么能容忍如斯？

代薇努力让自己平静下来，拿起手机，找到一个文档打开，重新递给他。

“你自己看看她都写了什么。我真的……我都没眼看，太可恶了！怎么能如此对待你？”

温修远没有接：“不必了。”

代薇：“这些没有发在网上，而她也肯定不会告诉你。”

代薇在赌，赌他并不是真的了解顾悠然。

温修远看了代薇一眼，终于接过手机。

代薇舒口气，慢慢说：“也是巧，这个编辑和我一个朋友认识，所以我才能拿到这段文字。她还和编辑说，这是她在开会的时候对着老板写的。我还听说，她还有别的……这样的内容，在网上发过，但

是被网站锁掉了。可见，这是她经常做的事情。”

温修远一页一页地翻下去，眉心越蹙越紧。

他想起那天开会，顾悠然全程跑神，一直对着电脑写着什么，偶尔盯着他发呆，脸红，不敢和他对视。

她还说：“你戴眼镜是为了好看吗？”

温修远关掉文档，将手机扔回桌上：“这是我和她的事情，希望你不要再插手，否则就别怪我翻脸不认人。”

“她根本不喜欢你，只是在利用你。她写不出好的作品，所以去相亲、找男朋友，你只是她的目标之一，不是你，也会是其他人。她还……那样写你，若是真的喜欢，怎么能写出那种东西？”

温修远闭上眼睛，深吸一口气，哑声道：“够了，不要再说了。”

代薇也缓了语调，隔着桌子，握住他的手，柔声道：“修远，她不值得。”

温修远有一瞬间的愣怔，她不值得吗？

很快，他便有了答案，轻笑着拂开她的手：“有什么关系，我喜欢她就够了。”

顾悠然发了分手微信，结果分了个寂寞，温修远竟然连分手都不理她！

她小说写不下去，电影看不进去，睡又睡不着，跳绳、做瑜伽都无法分散注意力，只好约钱朵乐出去玩。

钱朵乐来家里接她，问她想怎么玩。

她答：“蹦迪。”

钱朵乐：“不去，再被抓包我可不干。”

“不会有人抓包了。”顾悠然苦涩地说。

钱朵乐有些疑惑，小心地问：“吵架了？”

“分手了。”

“你有病啊！昨天甜成那样，今天就分手？”

顾悠然重重叹气，把今天发生的事情从头到尾叙述给钱朵乐。

复盘之后，顾悠然发现自己似乎有些草率了，怎么能听代薇的一面之词就分手呢？以温修远的为人，不管发生什么，都不可能这样冷落，就算冲着顾海生的面子，也不会对她怎么样。今天不理她，或许真的有什么事情发生呢？

“跟我去温总家吧，你们应该面对面好好谈谈。”

“我不去！”

钱朵乐翻了翻白眼，油门在我脚下，由得你说不？

到了温修远家小区外，她们的车没有业主登记进不去，只好停在路边，恰好有个遛狗的大爷回来，帮她们混进小区。

顾悠然走走停停，一直犹豫不决，好在钱朵乐态度坚决，拖也要把她拖过去。终于走到温修远入住的大厦楼下，却看到坐在一楼咖啡馆里的两人。

夜色深浓，寒气逼人，她俩下车走来，已经冻得瑟瑟发抖，却撞见当事人夜会美女?

竟然还拉手!

钱朵乐笑了一下，试着说："那个，那个他们可能在说别的事情，我过去看看，你等我。"

顾悠然一把拉住她，似笑非笑地说："不必了，走吧。"

"……"

温总，真不是我不帮你。

回家的电梯里，温修远忽然释然了，工具就工具吧，只要顾悠然愿意继续待在他身边。

他想到这里，拿出手机打给她。然而，手机号码被顾悠然拉黑了。打开微信，果不其然，也是一样的结果。

温修远笑了，眉心却深皱着，目光涣散。

深夜住宅大厦的 21 层，关门声巨响，震得屋顶的灯都晃了三下。

抱枕已经做好，周昊特意送到家里来，此刻就摆在沙发上，本来是惊喜，如今，却仿佛在嘲笑他，实在是碍眼得要命，他抓了条毯子盖住。

喝酒喝到第二瓶的时候，盛子棠忽然来了。

盛子棠一进门就着急地说："给你打电话怎么一直不接？听说叔叔住院了……"他忽然停住，皱着鼻子在温修远身上嗅了嗅，"你喝酒了？"

温修远没回答，只是把狗一样的盛子棠从自己身边推开。

盛子棠已经吃惊得下巴就要掉下来了。自从温修远从美国回来，对外声称滴酒不沾，上次在这里喝了一杯，让他惊讶许久。而今天他竟然一个人在家里，喝闷酒!

"是不是叔叔的情况不好？"盛子棠只能想到这一个理由，说着，就要去拥抱温修远，想要给他一些安慰，却被他一把推开。

"？？？"

盛子棠跟着温修远到客厅，看到茶几上的酒瓶，安慰地拍拍温修远的肩膀，语调哀痛地说："医生，怎么说？"

"手术很成功。"

盛子棠就纳闷了："那你为什么喝酒？"

温修远这般颓废的模样着实让盛子棠愕然，他一直是理智的、清醒的，从来不会做放纵的事情，更不会做让自己后悔的事情。而他如

今摆明了就是放肆放纵，用酒精麻痹自己。

能让一个理智的男人忽然不理智，八成是感情问题。那就得让自己这个“过来人”好好开解开解他。

于是盛子棠在沙发前坐下，给自己倒了一杯酒，向后一靠，正准备开始他的长篇大论，背后却一片软绵绵的，回头一看，蒙了。

别怪他没见过世面，但是谈过这么多次恋爱，这么清新脱俗的物件，他还是第一次见到。以他对温修远的了解，这个东西定不像想象的这般简单，一定有它深层的内涵。

“这难道是……新型下蛊大法？做个抱枕就能相亲相爱到永远？”

“滚。”

知名网络言情作者攸心在微博上发了一条声明，陈述了《有一点动心》剧组的侵权行为，协商无果只能借助网络，发声明的唯一诉求是希望《有一点动心》删除剧本重合的戏份，并且向她公开道歉。否则将采取诉讼手段，为自己争取合法利益。

一石激起千层浪。

首先站出来支持攸心的肯定是书粉，支持自家大大合法维权。

更多的网友是抱着吃瓜的心态观望的。

《有一点动心》刚举行开机仪式，还上了热搜，电视剧未播先热，引起了很大的关注。这才几天，就被原著小说作者爆料侵权，尤其是主演代薇还是这部电视剧的编剧之一。

原本除了粉丝之外，网友们都不相信一个演员能做好编剧，这次代薇出任编剧，大家都觉得她只是挂个名而已，如今又被原著小说作者爆料侵权，那肯定是代薇非法占用了人家的剧本，还不肯承认。从这一点来说，代薇就已经失去了大众的支持。

而今攸心公开发声明，不仅是向剧组宣战，也激怒了代薇的粉丝。那条维权的微博被代薇粉丝追着骂了几万条，甚至还去《有一点动心》和《喜欢你》文下刷负分。许星河的粉丝则搬凳子看戏，适时踩上一脚。

粉丝刷负分的操作，激怒了吃瓜群众，不少从来没有看过原著的网友自发去给两篇文补分。

——现在流量明星的粉丝素质太低了，明明自己的偶像做错了，还有脸刷负分？

——给大大补分，支持大大维权。

——来补分，真的好好看啊！支持大大。

——这是什么宝藏小说？为什么以前都不知道？

没想到因祸得福，还意外又收获了不少书粉。

然而接下来发生的事情，书粉们也疯了。

攸心在《喜欢你》文案上留下一句话：他不喜欢我，不会再更新，会解V给大家交代。

不只是粉丝，图书方、网站方、影视方全都疯了。

——啊啊啊，大大发生什么事情了？千万不要停更啊！

——是因为《有一点动心》吗？大大答应我，休息两天，但是千万不要停更好吗？！

——明明昨天的更新那么甜，才一天而已，是不是有误会？

——暗恋确实很难，抱抱大大，但是不要弃坑好吗？哭唧唧。

粉丝们甚至发起 # 寻找 W 先生 # 活动，大家都想搞清楚攸心大大为什么突然停更了？

从发布维权微博开始，顾悠然的短信、微信、电话接连不断，全部来自网站、图书商、影视方，她干脆关机求清静。

此时此刻的她真的没有那么多精力来面对这纷乱的一切。她第一次希望自己有一个壳子，躲进去就可以把一切纷纷扰扰抛诸脑后。

浑浑噩噩地过了一夜，似睡非睡、似醒非醒，天刚亮，她就被顾教授强硬喊起来吃早饭，头痛得要命。

顾海生："脚伤好了吧？什么时候开始上班？"

顾悠然味同嚼蜡地啃着面包，说："再等等吧。"

"这两天和修远有联系吗？"

顾悠然心生警惕，反问一句："干什么？"

"他爸爸住院了，也不知道现在怎么样了。"

顾悠然一愣："他爸……生病了？"

顾海生点头，不禁叹气："嗯，突发脑溢血，就昨天早上，听说差点儿就不行了，还好送医及时。他应该和我差不多大，平时身体也挺好的。唉，年纪大了，真是说不准哪天就出事了。"

难道昨天温修远忽然不理她，不接电话，是因为他爸突然生病了？

顾海生此话本想引起女儿对自己的重视，她却啃着面包发呆，像是根本没听到自己说的话似的。

顾海生脸色一沉，没好气地敲敲碗："发什么呆？吃饭。"

"哦。"

宿醉让温修远头痛不已，然而疼痛使人清醒，他也发现了一些让他想不通的地方。

既然是写小说的工具，为何小说未完结就分手？小说里男女主还没有正式在一起，分手找灵感也说不通啊。

带着疑惑，温修远找到小说首发网址，看到顾悠然在文案上的留言，更加不解。

翻看了文下的评论，读者也是非常疑惑为何昨天还甜到掉牙，今天就弃坑了。

想起昨晚忽然出现的代薇，难道，代薇威胁她？

他立即拿起电话，却蓦然停住。一方面，他没有代薇的联系方式；另一方面，以代薇的性格，即便真的和顾悠然说什么，也不会承认的。

他放下手机，手臂撑在落地玻璃上。

映在玻璃上的影子逐渐模糊，天边已经泛起金色，安静的街道上渐渐出现通勤的路人。

那天晚上他得知自己只是她写小说的工具，心烦意乱，小说只看了前几章，后面的内容草草扫过，或许，小说里会有他想要的答案。

周昊在七点四十分抵达温修远的家，他已经穿戴整齐，坐在沙发上看手机。

“温总，可以走了。”

“嗯。”

温修远应了一声，起身走出家门。

从电梯到上车，温修远的眼睛一刻也没有离开手机。

这让周昊有些纳闷。平时除了需要处理工作，温总几乎不用手机，今天是怎么了？有点儿像网瘾中年不是……有点儿沉迷的意思。

路上，周昊向温修远汇报了今日的行程，又将医院的情况转告给他：“护工已经安排好了，温部长离开重症监护室第一时间便能得到很好的照顾。时教授今天有课，她可能到晚上才有时间去医院。医院方面也打过招呼，有情况会第一时间通知我。”

周昊呜呜啦啦说了一堆，老板却一声不吭，而他的表情，也十分耐人寻味。

时而皱眉，时而嘴角上扬，时而托腮，时而叹气。

周昊发誓，他真的不是有意要看老板的手机，只是无意间扫了一眼，然后，忍不住又扫了一眼，直到确定以及肯定地看清屏幕左上角的文字：

《喜欢你》 攸心 著

他震惊了——老板在看小说？

没能克制住好奇心，他拿出手机，偷偷搜索《喜欢你》。

他再次震惊了——老板在看言情小说？

老板到底怎么了？看言情小说，还如此沉迷、上头、无法自拔？

就在他百思不得其解的时候，女朋友忽然发来微信。

他看了一眼老板，才打开微信。

乖：啊啊啊，我追的小说忽然停更了！我的人生一片灰暗！

周昊：乖，别生气，小说那么多，我给你推荐一个。

乖：你能推荐什么小说？还是算了。

周昊：《喜欢你》，作者是攸心。

乖：……

周昊：怎么了？不喜欢？

乖：这就是我追的小说！它停更了！看我口型，停更了！

周昊：……

这到底是什么神仙小说，能让女友和老板同时沉迷？我也要看看！

半个小时后……嗯……好像发现一件不得了的事情。

上午十点，求索集团高层召开一场小型会议，就在总裁办公室隔壁的会议室。

为首的温修远一直看手机，几位高层喋喋不休地争论，他全程未参与。

高层们都诧异了，今天这是咋了？手机有那么好看？

他们也不敢问啊，只能不时向温修远行注目礼，而他一点儿反应都没有。

直到，何启明终于忍不住了，用钢笔敲敲温修远面前的桌面。

温修远终于抬眸，看了何启明一眼，还没等对方说话，他先说："我没意见。"

何启明："……"

我问你了吗？

随后，温修远便拿着手机起身。

吴子清急忙喊住他："怎么走了？"

"不是结束了吗？"温修远反问。

大家："……"

虽然需要讨论的内容结束了，但你是不是要留下来再说点儿什么啊。

"结束了还不走？"抛下这句话，留下目瞪口呆的一群人，温修远头也不回地离开会议室。

周昊紧跟着要走，被吴子清拦下来："你老板怎么了？是不是叔叔情况不太好？"

周昊如实说："温部长情况还算稳定。"

"那他拿着手机看个不停？"何启明不解，"网恋啊？"

吴子清嗔怒："别瞎说，小悠然怎么办？对了，"他转而继续问周昊，"小悠然伤好了吗？什么时候开始上班？"

周昊不敢妄言，点头又哈腰地说："各位老总，我真的得走了，待会儿温总看不到我，又该扣我工资了，再见再见。"

吴子清："……"

何启明摩挲着下巴若有所思："奇奇怪怪的。该不会真的劈腿吧？"

赵峥同样若有所思："看不出来老大这么渣，还劈腿。"

吴子清无语，这俩绝对的八点档狗血剧看多了。

快到中午时，秘书办出现了一张陌生面孔。

康宁最先看到她，疑惑地问：“你是哪位？”

钱朵乐微笑满面地说：“我是悠然的朋友，请问周昊是谁？”

小王和小郭也跟着站起来，纷纷打量着她。

钱朵乐的目光在小王和小郭身上流连：“你们哪个是周昊？”

小王和小郭对视了一眼，一致认为这么漂亮的女孩肯定不是坏人。于是小王说：“您稍等片刻。”说罢，就飞快地跑去周昊的办公室。

很快，周昊跟着他一起出来，看到来人，周昊第一感觉就是眼熟。

对了！“有点甜”的老板！

正想着，人已经来到跟前。

钱朵乐微微笑着说：“你就是周昊吧？悠然让我来的，这是她的辞职信，还有门禁卡。”

大家面面相觑。

悠然要辞职？她不是受伤了吗？为什么要辞职？

周昊笑了一下：“那个，您稍等，我去和温总说一声。”

钱朵乐点头：“可以。”

秘书们纷纷起身给她让座。

钱朵乐笑了一下：“不用，我站一会儿，快点儿就行。”

周昊拿着顾悠然的辞职信和门禁卡，走到温修远的办公室前，做了个深呼吸，敲门。

得到应允后，周昊推门而入。

温修远正在看电脑，戴着眼镜，十分专注，听到周昊进门，也没有反应。

周昊走近一些，如实汇报说：“温总，‘有点甜’的老板来了。”

温修远抬眸，看向他。

周昊顶住压力，继续说：“她送来了悠然的辞职信和门禁卡。”

温修远平静地看着周昊递来的辞职信，忽然想到了什么，起身拿起外套对周昊说：“拖住她，别让她离开。”

周昊蒙蒙地点头，接着就看到老板飞奔而出。

钱朵乐看到忽然出现的温修远，先是一喜，接着想到如今的处境，瞬间又沉下脸来，并高傲地扬扬下巴：“温总，我来替悠然辞职。”

温修远并无异议地点头：“周昊带你去办手续。”

“……”

不是，真就同意了？好歹挽留一下？你们的感情真的就像是手中沙，一吹就散了？

然后，她就眼睁睁地看着温修远疾步离开，没有一丝一毫的犹豫。

周昊：“钱老板，我带你去人力资源部办离职手续。”

钱朵乐闻声回头，看到满脸笑容的周昊，不是滋味地点点头。

钱朵乐：男人靠得住，猪都会上树！

钱朵乐：他竟然拦都不拦一下，然宝，听我一句劝，这种男人不要也罢。

顾悠然看着钱朵乐发来的微信，心里说不出什么滋味，鼻子一阵一阵地发酸。正想着怎么回复，车门忽然被打开。

她抬头看去，宛如一潭死水的心忽然活泛起来，越跳越猛烈。

前一刻钱朵乐还在吐槽温修远冷漠无情，而这一刻他就出现在眼前，气喘吁吁，领带也有些歪，像是一路狂奔而来。

顾悠然惊愕地看着他，大脑一片空白，根本说不出话。

顾悠然先发维权微博，又发停更声明，在网上引起不小的轰动。

微博已经不敢打开，代薇粉丝的谩骂、读者的不解、对家粉丝的煽风点火，各种各样的私信、评论、转发，多到应接不暇，她还没有那么强大的内心可以应对谩骂质疑，干脆退出微博，甚至关掉手机图清静。

钱朵乐来家里找她时，顾悠然正捧着一本《心经》看着。

这可把钱朵乐吓坏了，还以为她承受不住失恋的打击要削发为尼。

钱朵乐一把夺过佛经，紧张地说："乖乖你想开一点。"

手里忽然一空，顾悠然皱眉："干吗？给我。"

"你可不能冲动！"

"我就想平静一下。"

"我们出去旅游、吃好吃的，也能让内心平静。出家可万万不行！想想你爸妈！"

"谁说我要出家？"顾悠然把《心经》夺回来，小心抚平皱起的书角，"佛曰，色即是空，空即是色，事物的本质就是空，爱恨皆是空。"她一本正经地指着钱朵乐说，"你是空的，我是空的，这房子里的一切都是空的……"

"停！"钱朵乐手一抬，打断顾悠然，"《色即是空》明明是电影，尺度很大的那种。"

"……"

"你也别看了，你还没破色戒呢，就开始洗脑色即是空，这样不好，你这叫自我麻痹。"

"……"

对牛弹琴。顾悠然叹气，算了，不看了，反正也看不懂。

钱朵乐："我看你是下定决心了，小说都停更了，不如趁热打铁。"

顾悠然挑眉看她："干吗？"

"辞职啊！"钱朵乐理所当然地说，"反正已经分手了，不辞职

等着领年终奖金吗？”

就……挺有道理的。

然后，顾悠然就稀里糊涂地跟着钱朵乐来到求索大厦的停车场。

其实，她心情还是很复杂的，脑子里像有无数线团纠缠在一起，根本扯不清，不知道应该因温修远和代薇的过去生气，还是该为写他的小说而感到抱歉。这样迷糊不清、逻辑不通的自己，根本不适合和他见面，所以她根本没有勇气见他，更别说找他辞职了。

钱朵乐自告奋勇，并扬言帮她探一探温修远的态度，可是没多久，钱朵乐就发微信吐槽温修远冷漠无情，不要也罢……

然后，他就出现了。

顾悠然看着眼前的人，很没出息地咽了咽口水。

真是造孽啊！在这种时候戴眼镜，这不是来考验她嘛！

温修远站在车外，手扶车门，顾悠然坐在车里，捧着手机，相顾无言，唯有尴尬。

应该说什么呢？顾悠然挖空脑子，最后只是干巴巴地说：“那个，我来辞职的。”

温修远凝视着她，声音微哑：“除了辞职，还有没有其他话要和我说？”

顾悠然按捺着鼓噪的心跳，认真地想了想道：“没了。”

温修远拧眉沉吟片刻，像是对她的答案非常不满意。

他俯下身，几乎与坐着的她平视。

顾悠然不敢看他，身子不由自主地往后撤。

“你可以辞职，可以写小说，只要你喜欢，随你想做什么，哪怕只是利用我找灵感，我都会支持。但是小说还没有写完，为什么要分手？”

“……”

代薇果然都告诉他了！他知道她写小说，还利用他……可他不生气吗？

不对，该生气的是她！和代薇牵扯不清，深夜见面，还拉手！

坚定了立场，顾悠然挺起胸膛说：“你说过我可以随意找个理由分手的。”

“那么理由呢？”

顾悠然顿住，好半天才憋出四个字：“没有理由。”

温修远凝视着她的目光如炬，深邃也滚烫：“除非告诉我，你不喜欢我，否则，我不同意分手。”

顾悠然节节败退，她受不了温修远的注视，更受不了他这么近距离和她说话，这会让她所有的情绪会暴露无遗，心也狂跳不止，于是气急败坏地用力推开他说：“我不喜欢你。”

说罢，她从车里下来，头也不回地大步离开。

顾悠然走得很快，闷着头往前冲，根本没有注意到前方一辆车正要驶出车位，眼看着就要撞上，还好温修远及时拉住她的手腕将她拽回来。

惊魂未定地看着那辆车离开，顾悠然后知后觉地发现，自己竟在他的怀里。

她挣扎着将温修远推开，他叹口气，又抓紧她的手腕，将她拉入附近的楼梯间。

他步步逼近，她退无可退，背紧紧贴着墙，屏住呼吸。他灼热的目光，似乎要将她看穿，脸也不由自主地热了起来。

“好，既然是你不喜欢我，那你为何说我不喜欢你？”

她的愣怔与惊讶没有逃过他的眼睛，他的喉结轻轻滑动，一声疑惑溢出唇边：“嗯？是谁说，我不喜欢你？”

“……”

谁说，我不喜欢你？这话的意思是，我喜欢你？

温修远喜欢她？捋清这个思路，顾悠然既惊讶，又欢喜，可是很快又否认了这个思路。

不能因为他全在她的审美上，就轻易被他骗了！

他怎么能一边喜欢她，一边和代薇牵扯不清！骗子！大渣男！

顾悠然咬着下唇，紧捏着口袋里的手机。

昨晚在大厦外看到温修远和代薇，夜里翻来覆去睡不着，她回想着这段日子的相处，她已经不知在何时把心丢在温修远那里。

喜欢上他真的太容易，十六岁那年尚可解释为年幼无知，那么二十三岁这年又喜欢上他，只能说明她傻了。八年时间，像是见证了他和代薇的情感路程似的。

钱朵乐真是神级预言：在一个人身上栽倒两次。

她越想越难受，越难受越睡不着，打开微博本想看点开心的排解一下，却满脑子都是他。于是，她发布停更声明。

她承认，是她太冲动，分手是一时冲动，停更也是一时冲动，好像和他有关的事情，她就没办法冷静思考。

见她迟迟不说话，他轻柔地捧起她的脸。她原本清澈的眼睛此刻氤氲着雾气，红着眼角，鼻尖也是红的，像是受了很大的委屈。

他的指腹扫过她的眼眸，竟然沾上点点湿润，他皱眉，说话声调也变得低沉沙哑：“你把我拉黑，一个理由都没有就要分手，然然，我实在想不明白。”

然然……他这样一声轻唤，差点要把她的心给揉碎了。

顾悠然强迫自己强硬起来，仰着下巴说：“你不是都知道了吗？分手就是，就是小说不想写了，我要弃坑。”

温修远像是若有所思：“是这样？不是因为我不喜欢你，所以才分手的？”

顾悠然笑了：“师兄，代薇说得没错，我就是写不出小说才接近你的，从头到尾都在利用你，又怎么会在乎你的态度？”

温修远的眉心皱得更深：“果然是代薇和你说了什么。”

顾悠然不由自主地提高嗓门：“明明是她对你说了什么！”

一想到他们深夜见面，还拉手，她就怒不可遏。

“深夜私会，不安好心。”

温修远拧紧的眉心忽然沾染了喜色：“你昨晚来找过我？”

就在这时，从楼上传来推门声，还有一串笑声。随后，脚步声渐渐传来，越来越近。

有人走楼梯下来了！意识到这一点，顾悠然如热锅上的蚂蚁，她可不想被人撞见和温修远同处楼梯间。

可她刚走出两步，便被温修远拽回来，随后被推入楼梯正下方的阴影中，他也随之欺身而来，将她堵在黑暗幽闭的墙角，被他高大的身躯遮蔽得密不透风。她用力推了一下，他纹丝不动，还摸到了他坚实的胸膛。

幽暗角落，阴影之中，呼吸交错，暧昧触碰……

虽然知道不合时宜……此刻此景，给她一台电脑，她能写5000字不卡壳。

下台阶的脚步声越来越清晰，似乎在接电话，偶尔说笑。就在那人走下最后一节台阶时，蓦然停住了。

顾悠然紧张地揪住温修远的衣领，屏住呼吸。

短短十几秒，像一年那么漫长，那人的脚步声再次响起，随后拉开车库大门离开楼梯间。

当厚重的门再度缓缓合上，顾悠然终于松了一口气，却听到温修远气若游丝的声音：“紧……”

“……”

顾悠然这才意识到手还紧紧拽着他的衣领，而他似乎已经喘不上气。她赶紧放开，又试着将皱起的部分抚平，说：“不好意思，我还是先走了。”

温修远却挡住她，寸步不让。他活动一下脖子，清了下嗓子说：“你还没有回答我的问题。昨晚来找过我？”

“没有。”顾悠然否认。

“那你怎么知道我和代薇见面？”

他的语调竟然十分轻快是怎么回事？被发现和美女深夜私会，他怎么还这么高兴？

她不知道的是，她越是生气，他就越高兴，眼角有掩不住的雀跃：

“所以，你是吃醋了。”

顾悠然瞠目否认：“没有！”

但是不管她怎么否认，温修远已经确信，她就是吃醋了。

“被你写进书里，我很高兴。”他轻声说。

顾悠然咽了下口水，努力镇定地说：“师兄，你可能还是不太清楚自己的定位。”

“能被你选中做工具，是我的福气。”

“……”

他离得更近，声音更加低哑：“能有这样的机会了解你、喜欢你，是我的荣幸。”

她的指甲已经抠进背后的墙里，她轻轻拧眉，语气颇为不确定地问：“你真的……喜欢我？”

他失笑，低眸道：“难道我做得还不够明显吗？

“我一向认为行动大于语言，以为不必说太多，只要做出来，你就会懂，”他倏地一笑，“也是，女生怎么会不喜欢好听的话？怪我。”

他拉起她的手，郑重又认真地说：“然然，我喜欢你，只喜欢你。”

“……”

“你好像很惊讶，也不太愿意相信我，到底对我有什么误会？”

温修远很认真地看完《喜欢你》，小说的前三分之一，三分真七分假，再往后大概……半真半假。从这一点看来，并不能以偏概全地称他为工具，在她心里，他所处的位置也在改变。

随后，他搞清楚闹得沸沸扬扬的《有一点动心》的侵权事件，结合她的停更，基本可以确定是代薇从中作梗。

既然这个结是代薇留下的，就必须由代薇来解开。

温修远拿出手机打给周昊：“让司机到2号楼梯间接我。”

随后，他扣住顾悠然的手腕说：“这里不方便，我们换个地方好好谈。”

顾悠然挣不开温修远的钳制，跟着他离开楼梯间，稀里糊涂地上了他的车，脑袋里还在盘旋着他说的话：然然，我喜欢你，只喜欢你。

半路上，钱朵乐打来电话，电话一通，她便扯着嗓子喊：“你人呢？”

顾悠然赶紧调减听筒音量：“我临时有点事。”

“大姐，我刚提的百万新车，车钥匙就在车里放着，车门也不锁，等人来偷吗？”

“不至于，谁敢到求索大厦偷车？”

钱朵乐挑眉，听这声调不对，明快又轻佻，跟早上那个看《心经》的少女简直判若两人。

于是她大胆猜测道：“你是不是跟着温总走了？这就对了！你俩真的应该坐下来好好聊聊，你们之间肯定有误会。”

顾悠然：“大姐，你刚刚可不是这么说的。”

“我以为他不在乎你，结果他直接去找你，还有什么比行动更戳人呢？我的言情小天后，想想五百万的影视版权！万一苏亦演你的剧呢？别冲动，冲动是魔鬼。”

“……”

温修远带顾悠然到他们见面的那家会所，还是同一个房间：蒹葭萋萋。

会所经理亲自出面招待温修远，还要为他泡茶，被他挥手制止：“让代薇来这里见我。”

经理忙点头说：“行，我这就去给您联系。”

温修远要代薇来当面对质吗？这也太尴尬了。

那是不是也可以说明，他和代薇真的没什么？

侍者一一端上甜品、水果，房间很快归于宁静，只剩他们二人。

顾悠然坐得离温修远远远的，抓了抱枕抱在怀里，不看他，不吃也不喝，干巴巴地坐着。

温修远一道工序接一道工序地泡茶，并不觉得烦琐。他的人生就是这样，按部就班，每一步都是规划好的，爱情并不在规划范围内，也一度觉得追逐这种虚无缥缈的东西是在浪费生命，像父母那样没有多深的感情生活在一起一辈子，也没什么不好。

直到，那日她仓皇推开这扇门，仿佛一步跨入他的心里。

也或许在许多年前，她便在他的心里埋下一粒种子，只是他不以为意，但是种子一直存在，所以才会在这么多年后，只需要一点浇灌呵护，便一发不可收拾，长成参天大树，遮蔽了他的整颗心。

他将泡好的茶放在顾悠然面前的茶几上，知道她此刻的抗拒，便在沙发另一端坐下去，低眸沉吟片刻，缓缓道：“我出国那年，你给我打过电话？”

“没有。”顾悠然没有丝毫犹豫地否认。

温修远并不在意，将自己的过去娓娓道来：“我大学时开始创业，毕业后和老何、老吴一起合作，二十四岁那年国外有个很好的工作机会，经过一番深思熟虑，老何和老吴在国内继续经营公司，我暂时出国一段时间。”

顾悠然低着眸，手指缠着抱枕一角，可是她一门心思都在听他说话。

温修远知道她在听，继续说：“代薇的确是和我同时出国，但她是跟着男朋友一起去的。”

“……”

顾悠然讶异地看向他。代薇的男朋友？不是他？

温修远看着她惊愕的样子，笑了一下：“我和她男朋友从小认识，同一年出国，我去工作，他去读书，又恰好在同一个城市，便合租了一栋房子。如果你当时拨打了固定电话，是有可能被她接到的。”

怎么会这样？

代薇的男朋友另有其人，可是代薇似乎把这个人踢出局了，在她的故事里，男朋友就是温修远本人啊！

“第二年我回国前，恰逢我生日，他们为我送行，他当时情绪不太好，我以为是情侣闹别扭，便借口走开一会儿，希望他们能好好说话。没想到等我回来时，他已经躺在地上不省人事。后来才知道，我一走开他俩就开始吵架，结果和邻桌几个老外起冲突，他意外去世了。”

顾悠然愕然不已。

也就是说，在他生日那天，他的朋友去世了。所以，他才会不过生日？才会在今年生日那天喝了许多酒？

温修远苦涩地笑了一下，继续说：“如果那天我没有离开，他可能就不会去世。所以得知代薇进入娱乐圈，才会想介绍机会给她。而她抓住了这个机会，之后的演艺道路就顺风顺水了。我和代薇的关系仅此而已。”

这是什么狗血剧情？我爱上男朋友的好哥们？

“那天说要带你去一个地方，本来是想告诉你这件事的。”说到这里，他的声音变得低缓，眼神也温柔起来，“既然你是我女朋友，就有权利了解我的过去。但是前一天晚上你的手机落在我车上，意外看到了一条小黑屋预告。”

他竟然看到了小黑屋预告！不是代薇告诉他的？

温修远皱眉想了片刻，缓缓道：“亲爱的攸心，这是一条不祥的预告……”

顾悠然如临大敌，扔了抱枕扑过去捂住温修远的嘴：“不许念！”

她忽然扑过来，担心她会摔下去，温修远稳稳扶着她的腰身。而她皱紧眉头，小手紧紧捂在他嘴上：“不许再念了！”

顾悠然一向不喜欢三次元的亲朋讨论二次元的小说，尤其是温修远还是小说男主角，这……这太羞耻了！

温修远笑了，湿热的气息扑在她的手掌上，她被烫得心头一紧。

拉开她捂住嘴的手，他说：“好了，我不念。”

他的语气宠溺，眼神温柔，仿佛要把她吸进去。她被下了蛊似的，大脑一片空白，甚至没有意识到她伏在他身上，他搂着她的腰，还握着她的手！

顾悠然终于意识到这个姿势危险，正要起身，又被他有力的手臂按回去，彼此的脸挨得比刚刚更近了。

他目光深邃地流连在她脸上：“代薇深夜来找我，我连家门都没让她进，而是去了咖啡馆。”

顾悠然一愣。对啊，他家就在楼上，真有什么，关了门谁能看到？

她怎么觉得他的语气，像是在求表扬呢？

“我也明确地告诉她，只要你肯留在我身边，哪怕只是利用我，都无所谓。”

他的声音低沉，像在低喃，这些情话只说给她听。

顾悠然的脸更红，心怦怦乱跳，想要逃开，却被他紧紧箍着，动弹不得。

她只好伏在他身上，委委屈屈地嘟囔：“可你们还拉手了！”

温修远笑了，她气鼓鼓吃醋的样子还真是可爱。

“代薇总是想趁机占我便宜，也是苦恼。”

“……”

“以后不再见面应该会彻底杜绝此类事件发生。”

“……”

“还生我气吗？”

“我又没生气。”

他闻言轻笑：“然然，你说谎。”

“……”

就在这时，房门被推开。

代薇出现在门外，看到沙发上姿势亲密的两个人，喜色瞬间僵在脸上。

还以为温修远单独约她见面，结果……他们俩在这里打情骂俏。

温修远看到已经转身离开的代薇，喊了一声：“等等。”

声调清冷无波，与刚刚判若两人。

门外的代薇闻声顿住。

顾悠然急忙从温修远身上爬起来，他温柔地将她额前的乱发抚平，轻刮她的鼻子，笑着将她挡在身后。

顾悠然捧着滚烫的脸，心狂跳不止，接着听到他清逸的声调说：“既然来了，进来聊聊。”

站在温修远背后，顾悠然看到代薇缓缓走进来，脸如菜色。

温修远拉着顾悠然到长桌前，绅士地为她拉开椅子。顾悠然忐忑地坐下去，这三人对质的场面，真是让人尴尬到头皮发麻。

二人落座后，温修远示意了对面的空位，对代薇说：“坐。”

代薇很不情愿，走得很慢，却不得不坐在他们对面。对于温修远投来的审视，她没底气地撇开目光，手在桌下紧握成拳头。

温修远缓缓道：“大家都挺忙的，我开门见山。把你对然然说过的话，重新说一遍给我听。”

代薇努力微笑着：“修远，是不是有什么误会？我不太明白你的意思，我和她根本没有单独见过面，能说什么呢？”

顾悠然一言戳穿：“我们是没见面，但是打了电话。”

代薇笑着看向顾悠然：“小姑娘，造谣要负法律责任的。”

温修远压根儿不在意代薇说了什么，而是看向身边的人，神色宠溺温柔，声调却一如刚刚那般冷淡：“所以你在电话里说了什么，让然然对我误会如此之深，还要和我分手，怎么哄都哄不好？”

代薇：“……”

顾悠然：“……”

你胡说！我明明很好哄的！你刚说的那些话，虽然我不知道真假，但是我已经全部相信了。

代薇立刻红了眼睛，声音有了一丝委屈：“修远，我想这里面还是有误会。”

顾悠然不禁一愣，这就开始表演了？当个演员，就以为人生处处是电视剧，时时刻刻需要演一出？明明是自己说过的话却不敢承认，她基本已经确信，就是代薇两面三刀的表演，在她和温修远之间挑拨是非。

既然是演戏，那就配合呗，谁还不是戏咖？

“需要我把录音放出来吗？本来还想留着上法庭的时候，放给法官听的。”顾悠然的语气颇有些可惜，仿佛失去了原本该有的惊喜。

代薇再也无法维持笑容，看到顾悠然拿出手机，滑开屏幕锁，她的心态彻底崩了，隔着桌子扑过去要抢手机。

代薇这忽然的行动吓坏了顾悠然，温修远也以为她要伤着顾悠然，拦住她的胳膊将她推开。

代薇被推得一个趔趄，而推他的人，只关心顾悠然有没有受伤。

这世间还有比她更悲哀的人吗？

够了，代薇，不要让自己变得更加悲惨，他不会关心，更不会心痛。他的眼里从来都没有你。这一出戏，自己仿佛是跳梁小丑，从头到尾被戏耍玩弄。

“祝你们幸福，从此以后我不会再打扰你们。”她拿起包，失魂落魄地往外走。

“等等。”

代薇停住。明明前一秒刚刚下过决心，可是听到温修远的声音，她仍然会猛然欢喜。

确定顾悠然没有受伤，温修远直起身，看向代薇：“你还没有道歉。”

“……”

“我不想知道你到底说了什么，想必也不是什么好话，但是给我和然然造成了很大的困扰，你需要向她道歉。”

代薇闭眼做了一个深呼吸，转过身，对顾悠然说：“对不起，都是我乱说话，千错万错是我的错，对不起。”说着，还对她深深鞠了一躬。

顾悠然并不想接受代薇的道歉，但那会显得她很小气，于是说："希望你以后离师兄远一点。"

代薇紧咬着唇，握着手袋的手紧握成拳头，指节泛白，手背青筋暴起。

"说完私事，说回公事。"

代薇有些慌乱地看向温修远。

"《有一点动心》剧组对原著作者攸心的侵权行为，作为本剧编剧之一，你准备怎么解决？"

代薇身形晃了一下，脸上开始出现淡淡的绝望。

顾悠然也不可思议地看向身边的人。他从头到尾都没有在她面前提过《有一点动心》，还以为他对此并不在意。

代薇做了个深呼吸，努力平静地说："我已经把方案提供给她，只要她同意，所有要求我都会答应。"

顾悠然正要开口拒绝，却被温修远抢了先："她不同意，不过，只要你们同意她的方案，倒是我可以答应你们的任何要求。"

"电视剧已经开机，不是我一个人的事情，牵一发而动全身，这里边有太多利益牵扯，也有太多不得已……"

温修远不耐烦地打断她："利弊分析就免了吧，既然态度已经明确，那就谈谈下一步措施，看在我们认识多年的分上，也算是提前向你打过招呼了。"

代薇紧张地看着温修远。

"我们已经找了全国最会打侵权案的律师，一定会把维权之路走到底。律师会向法庭申请在侵权案尘埃落定之前，所有和小说有关的项目全部停止，"温修远着重强调，"包括电视剧拍摄。"

代薇倒抽一口冷气。

"这种侵权案短则半年宣判，长则持续一两年，回去告诉你们的人，尽早做好电视剧停拍的思想准备。"

顾悠然简直要为这招釜底抽薪鼓掌了。她最多是在微博上闹一闹，若说下一步的对策，她还真没想过。

代薇的态度突然变得非常诚恳，称呼变了："温总，攸心老师的原著非常棒，资本方很满意，会用最好的团队来打造电视剧，很多资本参与其中。都怪我用人不精，对剧本把关不严，但是角色已定，电视剧已经开机，有些内容没有办法更改的。希望您能多体谅一下。"

"停拍两年的话，应该有足够的时间改剧本了吧？"温修远无所谓地说。

代薇愣怔了片刻，语气骤然变得强硬起来："您确定要这样做吗？您不知道这部剧背后有多少资本的力量，严重了可能会影响您的事业。"

温修远笑了，仿佛听到了天大的笑话："既然你称呼我一声'温总'，那就应该明白，我会怕你所谓的资本？"

第十三章 只有我能欺负你

代薇浑浑噩噩离开会所，走出电梯，经纪人早已焦急地等在那儿。

一看到代薇，她立刻走上前说话，又想到场合不对，拽着代薇的手腕说：“先上车。”

代薇失魂落魄地上车，重重叹口气。

经纪人已经无暇顾及代薇的情绪，焦急地说出如今的处境：“制片人接到攸心的代理律师的电话，如果不删戏份道歉，就向法庭提请诉讼，让电视剧停拍！”

代薇缓缓回头，语气平静地说：“这么快？”

经纪人皱眉：“你都知道了？”

一想到这都是代薇捅出来的娄子，经纪人就气不打一处来：“当初让你和原著一起出任编剧，你死活不同意，还偏要用原著写下的五集剧本。要不是你一意孤行，怎么会闹到现在这步田地？”

“你在怪我？”代薇反问。

经纪人一时口快，急忙解释：“没有没有，我只是，只是太着急了。对了，你不是说有办法说服攸心吗？”

代薇不说话，只是扶着额头，望着窗外叹气。

这时，经纪人的手机响了，看到屏幕上显示的号码，她一副想“就地去世”的表情，运足气，咧开笑容，才接起电话：“林总，没有没有，怎么会呢？是原著老师搞错了，对对，我们正在和原著老师详谈，很快就能解决了。”

终于挂了电话，经纪人抹了一把汗。像这样的电话，她一天要接上百通。

她扔了手机，没好气地问：“现在怎么办？”

代薇疲惫地闭上眼睛：“继续拍。”

经纪人犹豫了：“律师那边？”

代薇冷冷一哼：“反正横竖都是死，那就死磕到底。”

代薇离开后，顾悠然的心情有些复杂。一切误会都搞清楚了，而且温修远不仅没有计较她拿他写小说，还帮她维权。

回想这段时间，她总是遇到层出不穷的麻烦，而他坚定地站在她身边，一一帮她摆平。明明说过凡事靠自己解决，可是到头来，好像都逃不掉他的手腕。

代薇有句话是对的，这部电视剧背后的资本错综复杂，让电视剧停拍，相当于和那些资本为敌，会不会真的连累到温修远？

温修远半倚半坐在长桌旁，将她拉到面前，顺手环住她的腰。这个高度他刚好与她平视，她茶色的眸子像是藏了心事，根本不看他。他惩罚似的捏了一把她的腰，她终于肯看向他。

“在想什么？”他问。

听着他的话，看着他眼中清晰映着自己的影子，顾悠然立刻忘了他刚刚被她捏痛，反倒像是受了蛊惑似的说：“我就是写小说的，混不混影视圈都无所谓，可是会不会牵连你？”

温修远挑眉：“关心我？”

顾悠然抿唇，如实点头。

他笑了，拉住她软若无骨的手指，轻刮她的鼻子：“行，还知道关心我，没白疼。那你准备什么时候把我从黑名单放出来？”

那晚看到温修远和代薇见面，顾悠然一气之下拉黑他所有的联系方式。既然是误会，确实没必要继续把他的号码放在黑名单。

亲眼看到“解除黑名单”温修远才放心，并回答顾悠然的问题：“求索还没有软弱到能被一个小明星威胁。”

他话锋一转：“但我是真的没想到你会写小说，还有那么多粉丝。然然，你真的让我很惊喜。”

忽然得到温修远的夸奖，顾悠然有些难为情，很是谦虚地说：“没有没有，读者赏脸，比我写得好的作者大有人在。”

温修远笑了：“攸心老师，什么时候恢复更新？”

“……”

“需不需我做点什么，帮你找灵感？”

“……”

他越靠越近，她及时推着他的胸膛阻止他继续靠近：“不需要，都在脑子里了。”

“脑补就够了？”

她重重点头：“嗯！”

开玩笑，在这里做什么，万一被人闯进来怎么办？刚刚代薇闯进来的心理阴影还没消退呢！

就在这时，温修远的手机振动起来，是周昊打来的。

温修远依然没放开顾悠然，腾出一只手接电话。

“温总，温部长已经转入普通病房。”

“嗯，时教授到了吗？”

“在路上。”

“知道了。”

看温修远挂了电话，顾悠然急切地催促：“快去吧，叔叔阿姨等着你呢。”

温修远眉尾一挑，她这急不可耐要离开的样子，他反倒不着急走了。

顾悠然作势要走，温修远站直，扯动她的胳膊，将她拉回怀里。

他抱得特别特别紧，顾悠然觉得自己要被掐断了，她只好气若游丝地说：“师兄，太紧了。”

“我害怕。”

“嗯？”

“万一你真的跟我分手怎么办？”

原来自己的分量已经这么重了吗？顾悠然心中甜滋滋的，却故意沉着声音问他：“那你准备怎么办？”

他松开她，看着她的眼睛：“知道我今天为什么戴眼镜吗？”

她摇头，问：“为什么？”

“如果哄不好你，”他压低身子，在她耳边低喃，“只能用美色迷惑你。”

“……”

这个男人！怎么这么骚气！

可他并未就此罢休，继续说：“代薇的确给我看了一些意想不到的东西。”

说到这里，温修远故意推着眼镜暗示她。

一瞬间，顾悠然的脑海中警铃大作！难道代薇看到她的小作文了？不不不，这不可能。

可温修远随后的动作，恰恰否定了她的否定。

他摘下眼镜，解了领带，将她拉回怀里：“纸上得来终觉浅，绝知此事要躬行。”

“不是师兄，你听我解释，这里有误会……唔……”

……

仿佛报复似的，过了好久，好像要把吵架的几天都给补回来。

温修远终于肯放过顾悠然，她的脑子也晕乎乎的，像是缺氧了，腿也软绵绵的，伏在他怀里，一动不动。

终于，听到他在头顶的一声轻叹：“走吧，先送你回家。”

“我打车走就好，你直接去医院。”

"腿软成这样，怎么打车？"

"谁腿软了，你胡说。"

"好，是我胡说了。"他笑，"不过我不放心你一个人回家。这个世界坏人太多，防不胜防，你我都要小心一点。"

顾悠然忍不住笑起来。他像是被代薇这一出给搞怕了。

顾悠然回到家，打开文档，酝酿着继续码字。但是这几天发生的事情太多了，一时间难以理清思路，她对着文档半天，却无从下手。

这几天都没有登录微博，她终于鼓足勇气打开微博，消息提示数量已经变成省略号。

不用看也知道，大多数都是代薇粉丝发来的，其中也会有少部分许星河的粉丝。剩下应该就是她的读者，一边强硬支持她维权，一边哭唧唧地求大大不要停更《喜欢你》。

想来她一时冲动宣布停更，很对不起读者的期待，确实不应该。

正想着，就看到几条奇奇怪怪的评论。

——观光打卡！听说大大为了写小说，营销恋爱翻车。

——现在的作者都这么浮躁吗？写小说就写小说，营销什么恋爱啊！

——真是 yue（吐）了，一边维权，一边假恋爱，还真是两副面孔呢。

私信里也有几个眼熟的读者在问。

原来，有个博主爆料顾悠然假恋爱营销小说，读者们来求证，更希望她能站出来辟谣。

顺着粉丝指路博主，顾悠然看到了那条微博。

某 ID：最近风头很劲的某言情作者，一边手撕剧组侵权装柔弱小白莲，其实自己也干着不干净的勾当。一边为营销小说虚假恋爱，幻想出一个男友让读者捧，被知情人捏到把柄，就声称分手还要停更。呵呵，没底线。

这……这话说得也太恶毒了吧！

小说用了她和温修远的人设，虽然有些情节是杜撰的，有些却是真实发生的，没有他说的这么差劲吧？！

确实，她一开始是抱着用微博营销小说的念头，可她发的每一条微博都是真的，绝无掺假。

攸心 V：维权之路艰难，但是不会放弃。不到今天，我肯定想不到那些和我素昧平生的人对我会有这么大的怨恨，用尽一切手段去污蔑、泼脏水。网络不是法外之地，请造谣者及时停手，我也会继续用法律武器捍卫我的权利。另外，《喜欢你》会继续更新，和 W 先生的误会已经说清楚。感谢读者对我的支持，我一定会努力，不辜负你们的期待，爱你们 [心]。

一口气写完这条微博，顾悠然点击发送。

接下来要面对什么，顾悠然其实很没底，但她也很清楚，想要与她为敌的人根本不会在意她说什么，他们总能找到攻击她的点位，和他们硬扛，只会被他们带偏思路，而眼下她需要做的就是：专心维权、认真码字。

“顾悠然，你可以的！”

她给自己打气，关掉微博，打开文档开始码字。

不知过了多久，钱朵乐打来电话，顾悠然把一段写完才接通，电话那头立刻传来刺耳的叫喊声。

钱朵乐：“啊！温总太帅了，一句‘我不是幻想出来的’，真slay（秒杀）全场！温总和你一起吗，请代为传达我对他浓浓的敬意！”

钱朵乐叽里呱啦说了一堆，顾悠然一头雾水：“你在说什么？”

“微博啊！你没看？”

“码字呢，没工夫看。”

“话不多说，快去欣赏你家W先生的潇洒英姿！”

顾悠然挂了电话，打开网页版微博，在@我列表里，竟然看到温修远的名字。

他也有微博？不对啊，她之前特意搜过，没有他大名的微博啊！

新开的吗？骗子吧！

带着疑惑，顾悠然点开他的头像，认证信息是：求索集团总裁。

这……应该不能造假吧！

往下翻，看到他唯一一条微博，是转发的她不久前发的那条微博。

温修远：已截屏造谣者发送律师。另外，我不是幻想出来的。

——哇！这位是真的W先生吗？

——温，W，对上了！

——啊！真的假的！他本人好帅！吊打娱乐圈小鲜肉！

——等等，我是失忆了吗？不久前他不是和求索员工？

——对对，排楼上，前段时间还在飞机霸气护妻抵制私生，这才几天啊，就移情别恋了？

——等下，大家的思路是不是要换换？说不定那位求索的员工就是攸心大大？老板就是温修远？小说里的确有那段剧情啊！

——排楼上，和小说对上了！

——啊！我嗑的CP有脸了！温总太帅了！

——妈耶！这是什么神仙爱情啊！

——某些营销号真是没有底线，收了多少钱来踩原著作者！被打脸了吧！活该！

——肯定是被《有一点动心》剧组买来转移视线的！

——这么差劲的剧组，趁早解散！

——报！那个无良博主“某ID”删博了！！！

——毁灭证据？

——不慌，温总已截屏。

——啊啊啊，我不行了，大大！快去码字！我要看更新！！！

——大大答应我，今天更新一万字好吗？

——妈妈问我为什么会流鼻血？

——楼上可以啊，已经想得这么深入了？

——我怀疑你们在空口开车。

——不是，难道那之前锁掉的车，就是温总？！我不行了，我也要流鼻血了！

——啊！大大！求车！

“有点甜”店里，萌萌兴奋地对着手机“啊啊啊啊啊”大叫。

萌萌：“他们终于和好了，这两天我心都快碎了，比我自己失恋都难受。”

小宋继续翻白眼：“你能不能行，吓到客人了。”

萌萌头也不抬地说：“哪有客人？”

小宋：“你不能这样啊，好好一个姑娘，天天嗑其他CP。”

“老板不也这样吗？你怎么不说她？”

小宋看向沙发里抱着手机一脸花痴的多总，无奈道：“当我没说，为失踪多日的小路师傅点根蜡烛。”

顾悠然想不到温修远会特意为了她注册微博，为了给她撑腰，还加了认证。这样一来，“攸心”这个马甲是彻彻底底地掉了……

不得不说，他这番操作的确很得她心，需要好好表扬一下。

想到他还在医院，大概不方便接电话，她正要给他发微信，仿佛心有灵犀似的，收到他的微信：在做什么？

顾悠然快速回复：方便打电话吗？

信息刚发出去，他的电话便打了过来。

克制着心底的喜悦，顾悠然接起电话：“不忙了？”

温修远在病房客厅的阳台打电话，她的声音小小的、糯糯的，带着一点不确定，就像吻到动情时的她。单是听她的声音，他就有点儿克制不住了。思念真的很磨人，明明分开没多久。

他开口时，声音已经微哑：“没什么事。”

“你嗓子哑了？”顾悠然有些担心，“是不是太着急了，你别着急上火啊，多喝水，医院有那么多专家医生守着，叔叔肯定没事的。”

她叽里呱啦说了一堆，他望着夜色无奈地笑了，该怎么解释他父亲没事，有事的是他？

他对着夜色做了一个深呼吸，又听她说：“你今晚是不是要守在医院？”

“嗯。”

“好辛苦，需要的话，我可以去陪你。”

刚刚垒起来的城墙轰然倒塌，一片乱麻。他捏着眉骨，无奈地说：“然然，你在诱惑我。”

电话彼端的顾悠然脸一红：“你想什么呢，我的意思是去医院陪你聊天。”

“聊天就不用了，什么时候需要找灵感，可以过来。”

“你能不能正经一点？”

她现在已经没办法直视“灵感”这个词了！

他低低的笑声隔着听筒传来，震得她心底一片酥麻。

“我哪里不正经，是你想多了。”

竟然还恶人先告状！算了，看在他在医院守夜的分上不和他计较！想到打这个电话的目的，她试着问：“你是为了我才注册微博的吗？”

“嗯。”

“为什么？”虽然是明知故问，却还是想听他亲口说。

“看不得有人欺负你，”他顿了一下，声音更低几分，“只有我能欺负你。”

顾悠然的脸如火烧般滚烫，佯怒道：“你太讨厌了！我去码字，不跟你说了！”

“等等，别挂电话。”

她故意语气不善地说：“又干吗？”

他轻叹一声：“想你了。特别特别想。”

夜凉如水，他的话穿过耳膜直击心灵，让她整个人几乎沸腾起来。一句话，轻轻松松撕掉她所有伪装。她也想念他，特别特别想。

“我也是。”

顾悠然写过多本小说，塑造过几百个角色，又“苏”又会撩的大有人在，本以为早已经练就金刚不坏之身，却总是轻易被温修远撩到。

老男人一定经验丰富，才这么会撩！哼！

想到这里，她敲键盘的力气都更重了呢！

顾悠然一直到很晚才写完一章，读者们知道她恢复更新，都在翘首以盼。新章上传不到一分钟，单章评论已经破100，而那时已经是深夜两点。

大家没有怪她忽然停更，没有骂她不负责任，只是暖心地说：大大终于回来了！

顾悠然翻着大家的评论，暗暗发誓，即使她真的和温修远分手，

也一定要把这部作品继续写下去。

于是，她又在“作者有话”里留言：大家放心，绝不会弃坑，就算是真的分手，我也会给故事中的他们一个幸福的结局。

没想到，读者们不答应了！

——大大绝不能分手！

——我刚开始相信爱情，你们怎么可以分手？

——大大一定要和小说主角一样幸福才行！

……

啊！这群读者实在是太可爱了！太爱他们了！

第二天清晨，顾悠然收拾完毕，打算去“有点甜”耗上一天。

刚出门，就有一辆车停在跟前，车窗降下来，露出时蓝的笑脸。

“大嫂，去哪里？我送你。”

大嫂？这也太快了！顾悠然只好硬着头着说：“时蓝姐，不用麻烦了，我打车。”

又是嫂，又是姐的，这辈分委实有点儿乱。时蓝笑了一下，说：“上来吧，反正我上午没有案子需要处理。如果大哥知道我遇到你还不送你，一定不会放过我的。”

“……”

都说到这分上了，顾悠然只好道了声谢，绕过车头开门上车。

顾悠然拉着安全带系上，时蓝问：“去哪里？”

“‘有点甜’，是一家甜品店，我给你导航。”

“不用了，”时蓝轻踩油门，汽车缓缓驶动，“它挺有名的，那里的甜品非常好吃，但是好奇怪，我最爱吃的几款甜品最近都不做了，也不知道为什么。”时蓝分外可惜地皱紧眉。

一定是小路师傅不在的缘故！他那几道甜品，小李师傅依葫芦画瓢做了两星期，也还是东施效颦。

顾悠然笑着说：“我和老板很熟，我帮你问问。”

“谢了。”时蓝看着双向车道都没有车，打着转向灯，驶入对面车道，“我都不知道你还写小说呢。”

一提这个顾悠然就尴尬，硬着头皮假笑说：“你都知道了。”

“我上网，5G 冲浪。我已经把全国最会打侵权案的律师介绍给大哥，这次你稳赢了，估计对方已经收到律师函了。”

“这么快？”

“高效为客户服务是我们的宗旨。”

顾悠然抿唇笑了笑，真诚地说：“谢谢。”

“我最近也在看《喜欢你》。”

“……”

她写的又不是诗歌散文，还能谈谈思想与风月，都是爱来爱去的快餐文字，放到现实就特别尴尬，真不想被身边的人谈起。就算和钱朵乐已经认识十几年，每当钱朵乐要和她探讨剧情时，她都想把钱朵乐拉黑。

顾悠然实在是为难地说：“时蓝姐，要不我们聊点别的吧，我真的很不习惯和三次元的朋友聊小说，怪尴尬的，你看我鸡皮疙瘩都起来了。”

时蓝趁着等红灯回头看了顾悠然一眼，她的表情诚恳，甚至真的把手臂举起来给自己看鸡皮疙瘩，无奈地笑了一下：“行吧，我们聊聊我大哥。”

“……”

完了，还不如聊小说呢。

时蓝：“我一直认为，联姻是唯一让大哥走入婚姻的路子。”

“为什么？”

“他既没有恋爱的想法，也没有时间和精力，否则他白手起家，又没有家人支持，怎么能在短短几年就成为行业翘楚？”

说到这儿时，她们的车恰好经过公交站牌，求索手机的推广海报铺满公交站的三个灯箱，苏亦身着与手机同色系的西装，时尚与科技完美融合，几个小姑娘拿着同款手机与海报上的苏亦自拍。

这都是温修远赤手空拳打下来的江山啊！他走到今天，所经历的挫折和磨难是她无法想象的。

想至此，顾悠然不禁轻叹：“他好辛苦。”

时蓝笑了，普通人听到这番话，第一反应都是赞叹、敬佩，只有她想到的是大哥很辛苦。她大概知道为什么大哥会喜欢顾悠然了。

“还好他遇到你。否则没有机会尝到甜甜的恋爱，多可惜。”

“……”

说起这个，时蓝就想笑：“我大哥可逗了，他总接送你，既然回来了肯定不可能不回爷爷家，你知道他给自己找了一个什么借口吗？”时蓝挑了下眉，卖起了关子。

“什么？”

“找书。”

顾悠然失笑，忽然想起来那天早上时教授也问温修远是不是来找书。

“很可爱是不是？有天老爷子就说，”时蓝清了下嗓子，压低声音学时院长说话，“你最近回来找书的频率有点儿高。哈哈哈，真是笑死我了。有多少书一次找不完，隔三岔五地回来找。三十多岁的人第一次谈恋爱，难免青涩，你多担待。”

“第一次？”顾悠然惊讶至极。

“对啊！”时蓝冲她眨了下眼睛，“初恋哦！”

她竟然是温修远的初恋？

顾悠然整个心一下子热腾起来，喜悦的小分子按捺不住地往外跑。可是，他撩她的时候，一点都不像没经验的样子！

到了“有点甜”，顾悠然向时蓝道了谢，看着她的车尾渐渐消失，才转身往店里走。

刚开始营业，店里还没有客人，钱朵乐坐在老位置伸着懒腰问：“谁送你来的？”

顾悠然在钱朵乐对面坐下来说：“师兄的表妹。”

钱朵乐眉一挑，乐滋滋地说：“哟！全家都知道你们的关系了？效率挺高的嘛！”

“没有，应该就她知道了吧。”顾悠然这样说着，心里很没底。或许时斐也知道了，他肯定会告诉南山。

接着，就听钱朵乐说：“这可不好说，这种事情瞒不住的。”

“对了，时蓝让我问问你，她最爱的几款甜品为什么不做了？”

提到这个，钱朵乐果然没了刚刚的吃瓜神情，有些不自在地说：“哪有为什么，不做就不做了。我们这儿好吃的甜品太多了，你好好给她推荐推荐！”

“你就说句软话哄哄小路师傅，让他回来嘛！”

“打住，他想回来我还不让呢！”

“小路师傅真的不错。”

“能不能不提他？”

“行吧！”

顾悠然碰了一鼻子灰，拿出电脑开始摩拳擦掌。

“干吗呢？”钱朵乐问。

“码字。”

近来顾悠然总是晚上码字深夜更新，忽然白天开始码字了，有些反常。

果然，她喜滋滋地说：“这样晚上就有时间和师兄约会啦！”

钱朵乐：“……”

毫无预兆的一把狗粮铺天盖地而来，钱朵乐起身就走，并扯着嗓子喊：“萌萌快来，你的狗粮来了。”

中午时分，顾悠然忽然接到制片人的电话，说是他接到律师函，限期一周内道歉删戏，否则就要起诉。

因为早上时蓝提到过，所以顾悠然并不惊讶，只是表示，律师函代表的就是她的立场和态度。

制片人好声好气地说：“您看这样好不好？戏份全删，我们剧组登门向您道歉。”

说得好听，不就是不想公开道歉？

网友们对于一件事的关注度不会超过三天，很多热点事件搞到最后都是不了了之。只要不公开道歉，不公开承认抄袭，他们就可以继续拍戏、赚钱，至于戏份到底删没删，只有播出的时候才知道。到那时候若发现戏份没删，他们赚了盆满钵满，而她的权利已经被侵犯，还怎么维权？

这次是他们大意，留下把柄，若是把剧本改得透透的，她根本看不出来，只能打落牙齿和血吞。

顾悠然说：“万一你只是敷衍我，并没有删戏，到时候你拍完了我才发现，岂不是更加被动了？”

“不不，您放心，戏份一定删，主要这里牵扯的资本太多，我们要为出品人负责，希望您能体谅。”

“作为原创者，我也想得到你们的体谅。”顾悠然吸吸鼻子，开始装可怜，“为了码字，我一天要在电脑前坐十二个小时，颈椎病、腰间盘突出，脊柱侧弯，一身职业病，医生都说我再这样下去会英年早逝。如此辛苦写出来的文字，就像是我的孩子。老师，您有孩子吗？”

她的声音柔软细腻，能掐出水一般，直接把制片人给忽悠蒙了，半天才磕巴着说：“我……有。”

“对，那您一定非常体谅作为父母的情感，见不得孩子受一点委屈。他们那么可爱，怎么能受到伤害？”

“是……”

“谢谢，那我挂了，拜拜。”

“不是攸心老师……”

制片人这才反应过来，急忙叫她，可是顾悠然已经按下红色键，挂断他的电话。

钱朵乐全程目睹顾悠然的表演，啧啧两声：“这么爱演，不当演员可惜了。”

顾悠然微笑着拂动头发：“我演得好吗？”

“坦白说有点儿做作。”

“……”

温修远工作很忙，顾悠然给他发的微信，总是很久才能等到回复。

一直到晚上八点多，温修远的车终于出现在街头，等待这一刻许久的顾悠然看到后，立刻提着包飞奔出去。

司机为温修远打开车门，人还没有站稳，便被迎面的人扑了个满怀。

空荡的怀抱忽然多了个温暖柔软的姑娘，一整日的思念都有了着落，温修远的嘴角弯起，将顾悠然抱紧。

“等很久了？”

她在他怀里点头：“很久很久。”

他笑，在她发顶落下轻轻一吻。

回去路上，温修远一路都在玩顾悠然的手指，又细又长，软若无骨，可以让他随心所欲地揉圆搓扁。

“等会儿还要去医院吗？”顾悠然问。

“嗯。”

顾悠然心疼地说：“你好辛苦啊，白天那么忙，晚上去医院，还要抽空陪我。其实，你如果太忙可以不来找我的。”

温修远挑眉：“真的？”

“嗯。”

“小没良心的。”

“……”

他拉住她的手指，报复似的咬住。她惊愕地倒吸一口气，随后，感受到他温热灵巧的舌头从指尖划过。

他真的是第一次恋爱吗？这挑逗意味太明显了！司机还在，在车里乱来还有什么脸见人啊！

顾悠然趁着脑子还算清醒，飞速转着，终于想到了可以转移注意力的主意，她兴奋地说：“我们去 C 大转转吧！”

“现在？”

顾悠然点头，眼睛亮亮的：“大学时同学都是成双成对，我那时暗暗下决心，有男朋友了一定带他每晚绕着情人湖转一圈，再和他一起钻小树林。”

还想钻小树林？你决心够大的！温修远气笑了：“然后呢？”

“然后，到今天才有男朋友。”

听她这语气，还挺可惜的。他屈起手指敲她额头，她“哎哟”一声捂住额头：“干吗？”

“去钻小树林。”

“……”

C大东门的隔壁就是C大家属院，温修远和顾悠然在C大东门下车，他将她的棉服领子拉高，向她伸出手。

顾悠然笑着握住他的手，两人手拉着手走进校门。

路灯将他们的身影拉得很长，沿着大门正对的路走了最多 100 米，顾悠然忽然看到顾教授骑着那辆年久失修的脚踏车迎面而来，这可把她吓坏了，迅速拽住温修远躲入旁边的小路，藏在一棵大树后面。

拐角处的阴影中，没有路灯，大树挡着，确实能勉强应付一下。

温修远被迫靠在树干上，回想这一生，第一次干这种躲躲藏藏的事情。他垂下眼眸，看到小姑娘的手正按在他胸口，探出小脑袋小心打量着，一脸紧张。

终于，她松口气，直起身子说：“走了，还好没看到。”

温修远扣住她的腰，一个旋身，在她的惊呼声中，人已经被按在墙上。

顾悠然还在愕然之中，温修远已经俯身，额头抵住她，声音低哑：“什么时候带我见教授？”

他的语气竟然有些哀怨不满。

顾悠然忍着笑，手指抠着他的大衣领子，内眼角微勾，眼睑抬起，眼睛清澈明亮。

“我们才刚开始呢，再等等好不好？师兄？”

“……”

她在撒娇，他怎么抵挡得住？

只消片刻，他便彻底破功，轻舒一口气，俯身吻住她。

他一步步攻城略地，她溃不成军，手指紧紧攥着他的衣领，脑海里却有一个坚定的意念，终于寻得机会得以喘息，她喘着粗气说：“我们还没钻小树林呢。”

反正对小树林有很深的执念就对了。

最后也没钻成小树林，因为他们发现每走几步就能碰到熟人，东躲西藏的实在是扫兴，顾悠然这辈子都不想再去小树林和情人湖了。

这么一耽误时间也不早了，把顾悠然送回家，温修远便直接赶去医院。

顾悠然一进门，顾海生便听到动静从书房出来，顾悠然看着他一副来者不善的样子，瞬间不安起来。难道刚刚……暴露了？

顾海生在她对面站定，她紧张地抠着指头：“爸，我……”

“我看你的脚伤也好得差不多了，打算什么时候去上班？”

“……”

顾悠然差点儿就不打自招了，听到这里忽然松口气，直言道：“我辞职了。”

顾海生瞬间把眼睛睁得圆圆的，他是没胡子，否则一定能气得把胡子吹起来。

“为什么辞职？”

“我要写小说啊，还想争取做编剧。”

“你怎么还想写小说？”

顾悠然给自己倒了杯热水：“写小说怎么了，我师兄都是支持我的。”

顾海生一顿，又问：“修远也知道了？”

顾悠然握着杯子，羞赧地点点头。他不仅知道了，还参与了，天天给她提供素材和灵感。

顾海生的眉心越蹙越紧，沉声道："你别笑！严肃点！"

"……"

顾悠然努力压平唇线，放下水杯。

"你能写情情爱爱的小说多久？现在还年轻，年纪大了准备怎么办？"

"那就以后再说吧，想那么远做什么？"

顾海生恨铁不成钢地说："从小我就教育你……"

顾悠然抢答道："做个有追求有梦想的人，不要浑浑噩噩地过日子。我记着呢。"

"你现在不是浑浑噩噩？走一步算一步，完全不考虑将来！"顾海生叹气，语重心长地说，"人这一辈子很长，要让这一辈子过得有意义，而不是当一天和尚撞一天钟。"

顾悠然忽然转身，满腹委屈地看着他："爸爸，我发现您很有问题。"

顾海生一愣："我？我怎么了？"

"你从来不舍得这样和南山说话，你怕惹南山不开心。"

"我……我哪有！"

顾悠然可怜兮兮地吸着鼻子说："就有！您就是看我好欺负，每次都数落我，骂我。"

顾海生更蒙了："我什么时候骂你？"

"您有您有您就有！"说到最后，她竟然还小声抽噎起来。

这下顾海生可慌了，立刻手足无措起来，他好像……也没说什么吧，怎么还哭了？

顾悠然委屈极了，抽抽噎噎地走回卧室。顾海生也不敢拦，连安慰的话都不敢轻易说，就怕哪个词用得不当。

顾悠然一进卧室就立刻关门，耳朵贴在门板上，确定顾海生没有找过来，这才长舒一口气。

不过她也没说错，顾大教授在南山面前一句重话都不敢说，只敢对她数落！

还是师兄最温柔了，不管她做什么都无条件支持她。

一想到温修远，她就有些心疼。

虽然他一如既往地温柔耐心，可是他眉间疲惫是掩盖不住的。听说到现在温部长还没有苏醒，作为女朋友，她总要为他做点什么分担一下的。

思来想去，她还是决定给他煲个汤，食补一下。

第二天一早，她就去市场买来新鲜的食材，在厨房叮叮咣咣一天，勉勉强强煲了一锅汤。

她的厨艺遗传了母亲，实在是……一般。

为了给温修远惊喜，她先打电话说晚上要和大学同学吃饭，他还在开会，只是应了一声，正要挂电话，就听他说：“继续，不用等我。”

上一刻听筒里还有汇报工作的背景，下一刻，世界一片安静。

他似乎从会场出来，然后又问：“几点结束，我去接你。”

顾悠然急忙拒绝：“不用接我了，我们很久不见，所以开了酒店，今晚住一起。”

“住一起？”

“女的女的，都是女的。”

他沉吟片刻，说：“知道了。”

他的语气已经有点儿不悦，顾悠然忍着解释的冲动，挂了他的电话。

总裁去而复返，兴致明显比刚刚低落不少，变得更加挑剔，甚至可以称之为苛刻。大家都变得小心翼翼，战战兢兢。

吃过晚饭，顾悠然用保温盒将汤盛好，打了车去医院，在医院外买了一束向日葵。

找到温照入住的病房，门半掩着，顾悠然轻轻推开门，里面空无一人，她站在门口，有些进退两难。

这是一个套间，外间摆着沙发、茶几，里间才是温照的病房。她贸贸然闯入里间，会不会不合适?

正犹豫着，忽然看到温修远在外间的阳台上接电话。

阳台的推拉门关着，他背对着房间，根本不知道顾悠然已经来了。这时，从内间传来脚步声，随后，时教授出现了。

时谨见到来人，眼睛瞬间亮起来：“然然？怎么这么晚过来？”

顾悠然抿唇一笑：“阿姨晚上好，这束花送给叔叔。”

时谨笑着接过花束：“谢谢你，有心了。”

阳台上的温修远似乎听到顾悠然说话，一转身，果然看到是她，所有烦躁的情绪被瞬间抚平，惊喜涌入眼眶，拉平的嘴角终于有了向上弯的弧度。

时谨让人把花插起来，拿起包说：“正好我也要走了，你陪陪他，今天不知道怎么了，情绪不太好。”

“心情不好？”顾悠然问。

时谨摇头，表示不太清楚。

顾悠然举起手里的保温盒说：“我煲了汤，您喝完汤再走吧。”

时谨笑着说：“你们喝吧，我晚上七点后断食。”

“阿姨好养生啊，所以你才会一点儿皱纹都没有吧！”

时谨点了一下她的脸颊：“就你嘴巴甜。我走了，待会儿让修远送你。”

“那您怎么走？”

“司机在楼下等我。”

“我送您。”

“不用。”

顾悠然还是坚持把时谨送进电梯，看着电梯门合上才走回病房。

温修远已经从阳台回来，此刻正在沙发上坐着，一边打电话，一边对着她招手。

顾悠然乖乖走过去，在他旁边坐下来，打开保温盒，小心地把汤盛出来。

温修远捏了她一撮头发在手指间揉搓着，如丝缎般光滑，他笑了一下：“是吗？听说你们今天还在拍摄，吴彤、柳照照两个演员也在现场，你们似乎并没有把律师函当回事。”

顾悠然手一抖，汤洒出来一些，温修远看到了，抽了纸递给她。

果然是一边敷衍她会删戏份，一边置若罔闻地继续拍摄，还真是明目张胆。但温修远是如何知道的？

顾悠然慢条斯理地擦拭着洒出来的汤汁，心思却全在他接下来的话上。

“现在已经不是改剧本、道歉就能解决的问题。”

温修远打开免提，电话那端的声音清晰传来：“我是真的不太清楚，好像是代薇通知全剧组继续拍摄，昨天还骗我说这些都是误会。”

又是代薇！有没有办法让这个女人消失啊！真的太讨厌了！

顾悠然皱眉的样子没有逃过温修远的眼睛，他沉吟片刻，说道：“既然一切因代薇而起，不如这样吧，让她退出拍摄，重新选演员，剧本推翻重来。”

顾悠然惊闻，抬眸，看到他冲她眨了下眼睛。

电话彼端的人还在犹豫：“可是这样一来会耽误很多时间，其他演员的档期也不够，预算肯定会超的。”

温修远也不废话：“林总，两害相较取其轻。停拍两年、代薇退出，总要选一个。”

“这……好吧！”

“尽快给我答复，我可能没有太多耐心。”

温修远这招釜底抽薪绝对厉害，剧组够聪明的话就不会硬扛，停拍两年电视剧肯定黄了，还要背上抄袭剧的骂名，所有演职人员的生涯都会受到或多或少的影响，及时止损，方是上策。

温修远刚刚结束通话，顾悠然便一下子搂住他的脖子，称赞道：“师兄，你好厉害！竟然想出这么棒的主意！”

温修远非常受用地挑了下眉：“棒吗？”

“嗯嗯！”顾悠然不停点头。

温修远顺势向后靠着沙发靠背，搂住她的腰，找了个舒服的姿势。

顾悠然依偎在他怀里继续说：“原本我还有点担心，停拍的话，我这本小说 IP 也浪费了。剧方肯定也不想停拍，最好的办法就是让代薇退出，这样我和剧方都满意。最好把制片人也换掉，纵容代薇抄袭，也不是什么正经人。”

看她这么高兴，温修远捏捏她的笑脸，柔声道：“你满意就好。”

随后，他又说：“不过，还是不能太乐观。”

“代薇不同意退出？”

他点了下头：“一旦退出，等于坐实了抄袭，这是品德问题。别说她的编剧之路就此终结，演员肯定也难做了。”

顾悠然又惆怅起来。这样一来就比较棘手了，代薇不同意退出，双方一定来回扯皮，耽误更多时间、浪费更多投资。

“那怎么办？”

“新的资本参与，继续推进电视剧拍摄，代薇和剧组就让他们继续纠缠，双线并行，互不干涉。”

听起来是这个道理，只是……

顾悠然叹气：“闹到现在，大概不会有资本方愿意投资了。”

“也还好，剧方发现代薇的侵权行为，及时终止合作，也是个建立正面形象的机会。”

“可是，要让剧组看到有资本投资的希望，才会坚定地取消和代薇的合作。”谁会在这种紧要关头，毫不犹豫地站出来投资呢？顾悠然有点发愁地想。

温修远的手虚握成拳，在唇边轻咳一声，顾悠然一惊：“不舒服吗？会不会是最近太累，上火了吧！”

温修远无奈，只好直言道：“我来投资。”

顾悠然：“……”

温修远投资《有一点动心》？

应该说，温修远为了力挺顾悠然，要给《有一点动心》投资！

想起苏亦的电影首映时，出品人曾问过他有没有兴趣涉足影视行业，他的态度很明确。如今却为了她去投资电视剧。

看到顾悠然在发呆，温修远的手指屈起划过她的脸颊：“想什么？”

顾悠然抬眸看着他，有些犹豫地问：“我是不是让你为难了？”

温修远挑眉，笑了一下：“你为什么会这样想？”

顾悠然眉心微蹙着说：“你曾经说过不想涉足影视行业，现在却要给电视剧投资。”

他抬手抚平她的眉心，又刮了一下她的鼻子，满眼宠溺地说：“我还说过，只要是你想做的事情，我都会支持。你只需要决定要不要做编剧。”

顾悠然的眼睛瞬间明亮起来，嘴角上扬：“我可以吗？”

温修远点头：“当然。”

顾悠然刚刚激动了一些些，又开始犯难：“可是这样一来电视剧

的拍摄周期就要延长了，其他演员会不会不同意？”

“那就看剧组有没有本事把演员们留下来了。”温修远挑眉看着茶几上的保温盒问，“那是什么？”

顾悠然这才想起盛好的汤，立刻双手捧起小碗，端到他面前，歪着头求表扬地说：“这是我给你煲的汤。”

温修远真的很爱她这些古灵精怪的小表情。如果她有尾巴，一定早摇起来了。

他接过碗，俯身向她靠近。

顾悠然配合地闭上眼睛，却听他在耳边低语：“谢谢。”

“……”

温修远好笑地看着她：“怎么了？”

顾悠然尴尬撇开目光：“没有，你快喝吧。”

温修远喝了一口，细细品着。

顾悠然紧跟着追问：“怎么样？我放了很多东西，有养神的、补气的、明目的，还有……”太多了记不清，“反正很多功效。”

他点点头：“你放了很多东西，”顿了一下，看着她说，“但是没放盐。”

“……”

顾悠然借着他的手尝了一口，确实淡得不行，只能尴尬一笑：“少吃盐比较好。”

“有道理。”温修远笑了一下，继续喝汤。

“你最近太辛苦了，一定要好好补补。”

听到这里，温修远却停下来，把碗放回茶几，倾身朝她压过来，眼神幽深、声音低哑：“我还行，要不……”

“……”

顾悠然又羞又臊地推开他，起身往外走：“我去阳台看星星。”

她急匆匆逃开的样子，像只受惊的小兔子。他又是一笑。

推开玻璃门，一股寒风袭来，吹散了身上的燥热，顾悠然对着夜色长舒一口气。

听到背后的脚步声渐进，接着，一件大衣落在她肩头。

温修远与顾悠然并排而立，望着远方问：“哪里有星星？”

城市霓虹灯闪烁，将天空映得红彤彤的，根本看不到星星，顾悠然指着万家灯火说：“那些都是星星。”

温修远摇头：“不对。”

“哪里不对？”顾悠然歪头问他。

他搂住她的腰，看着她晶莹闪烁的眼睛：“这里有星星。”

他低头，一吻轻轻落在她的眼睛上。她笑了，满心欢喜。

“温部长醒了！”

护工惊喜的声音忽然传出来，温修远和顾悠然迅速回到病房。在病房里间的病床上，已经昏迷数日的温照终于苏醒，但是意识还不清楚。

护工按响呼叫铃，医生、护士很快赶来，顾悠然帮不上忙，也不想添乱，便从病房退出去。

医生检查了温照的身体状况，虽然恢复得不错，但还是不能掉以轻心。

等到忙碌的病房再次安静下来，温修远舒口气，走到客厅，却没有看到顾悠然的身影。

他拿出手机才看到她发来的微信：师兄，我先回家了。我会想你的哟！【亲亲】

还发来了一个出租车的车牌号。

温修远笑了一下，警惕心还挺高。他走到沙发前坐下，疲惫地捏着眉心，拨通顾悠然的电话。

“怎么不等我？”

“你要操心的事情太多了，我不想成为你的负担。”

“你不是负担。”

“我已经快到家了，放心吧。”

“嗯。”

“那我挂了。”

“到家再挂。”

“那我唱歌给你听吧。”

温修远在沙发找了一个舒服的姿势坐着，应了一声：“唱什么歌？”

“你想听什么？”

“都行。”

“那就……”顾悠然想了一会儿，清清嗓子开始唱，“一闪一闪亮晶晶，满天都是小星星……”

同一首歌唱到第三遍，出租车在大院门口停下来，听筒里已经传来他轻缓绵长的呼吸声。

第十四章
体会到甲方的快乐

夜里，顾悠然辗转反侧。

温修远的建议当然是顶好的，不会毁掉她的IP，又能把代薇踢出去，还能让她做编剧，她是想不出比这个更好的主意，可是这个投资不该让他来承担。虽然她是他女朋友，他也没道理要为她付出这么多真金白银。是她坚持要维权，这些就该由她来负担。

虽然她拿不出这么多钱，不过，杨大小姐有!

隔天清晨，顾悠然一睁开眼睛就给杨女士打电话。她还在床上伸懒腰的时候，杨女士已经在美容院做脸了。

顾悠然赶到美容院时，杨文欣已经做完一个项目，正在喝茶。

顾悠然风风火火地冲进来，还没说话，杨文欣便指着她对经理说：“你看看她脸上的伤，不会留疤吧？”

“……”

她脸上的伤疤已经掉了，长出粉粉的新肉，怎么可能留疤?

经理也说：“不会的，您放心吧。”

杨文欣这才放心地点点头：“行了，你出去吧。”

经理点头道：“有事儿您叫我。”

经理退出去，顺手关上门。杨文欣端起茶杯，顾悠然扑上去问：“妈，您给我准备了多少嫁妆？”

“噗！”

杨文欣一口茶喷出去，还被呛到，咳了许久。

顾悠然抚着母亲的背，吓成这样，好像不打算给她嫁妆似的?

杨文欣挥开顾悠然给她拍背的手，皱着眉问:“你要结婚？跟谁？”

“不是结婚，我只是想提前预支我的嫁妆。”

“你要干吗？”

“创业。”

杨文欣语气轻蔑、态度不屑地说：“你能创什么业？专业追星？”

顾悠然无语：“既然您记着我追星，那您记不记得我跟您说过，我一直在写小说。”

杨文欣皱眉想了许久，顾悠然无奈地挥手道：“算了，不重要。重要的是，我写的小说要拍电视剧，我要投资。”

杨文欣抬手制止她：“你等会儿，你写的小说拍电视剧，还要你投资。你是遇到骗子了吧？”

“不是骗子，是真的。但这事儿有点儿复杂。”

“那就简单地说。”

顾悠然只好把这事儿从头到尾地复述了一遍。

杨文欣：“你说抄你剧本的小明星叫什么？”

“代薇。”

杨文欣若有所思地点点头，拿出手机。

顾悠然有点儿担心地说：“手机转账？会不会有限额？”

杨文欣瞪她一眼：“我得先确定你没骗我。”

“……”

顾悠然无聊地吃起水果，等了半天：“要不我帮您找？”

“不用，谁知道你是不是拿提前准备好的东西来忽悠我。”

顾悠然叹气：“您怎么就不相信我呢？”

杨文欣冷哼：“我是不相信我自己！我还能生出写小说拍电视剧的女儿？”

顾悠然郑重地说：“妈，您可以不相信您自己，但您得相信我爸，还是我爸基因强大。”

杨文欣：“……”

杨文欣有微博，但是不怎么上，打开浏览器搜索“攸心”，搜索到的第一条内容就是娱乐版头条新闻，正如女儿说的那样。

“这个攸心真的是你？”

顾悠然点头：“童叟无欺。”

杨文欣收起手机问：“带身份证了吗？”

顾悠然咬着樱桃摇头：“没有啊。”

杨文欣站起来，开始换衣服。

“干吗？”顾悠然仰着脸问她。

“我名下刚好有一家文化公司，我们去工商局办个法人变更，我名下的股份也都转让给你，顺便把营业范围扩展一下，什么电视剧电影制作、发行的牌照都拿下。”

顾悠然瞠目结舌，慢悠悠地站起来。

杨文欣白了她一眼：“你有时候就是有点没脑子，想一出是一出，不做长远打算。投资电视剧总要有个公司吧？”

“……”

杨文欣看了一圈才明白，女儿这是被欺负了，也不掂量掂量自己几斤几两重，敢欺负她的女儿？

换好衣服，会所的小姑娘给杨文欣化妆的时候，她拿着手机连着打了几个电话。

两个小时后，顾悠然站在工商局门口，恍如隔世。稀里糊涂地，她名下有了一家注册资本超过一个亿的公司，还是最大股东。

她长这么大，第一次真切体会到她是有钱人，哦不，她妈是有钱人。

温修远没有去公司，在医院陪着父亲做了几项检查。顾悠然打来电话的时候，他也正准备打给她。

“师兄，我有件事情要告诉你。”

她的语气郑重、声调沉着，像是有事发生。温修远看了眼时间，问：“你在哪里，我去找你？”

顾悠然正在工商局附近的咖啡馆，报了地址，大约半个小时后，温修远的车出现在路边。

从咖啡馆出来，温修远已经站在车边等着她。她飞奔上前，旁若无人地扑进他怀里。

她的眼睛闪闪发亮，犹如宝石闪耀，他笑着抚平她乱掉的刘海：“这么高兴？”

她搂着他的腰，仰着兴奋的小脸说：“师兄，我提前预支了我妈给我准备的嫁妆，我要自己做出品人。”

其他的都无所谓，温修远非常精准地捕捉到两个字：“嫁妆？”

顾悠然忙不迭点头：“我妈特别支持我，把名下一家文化公司过户给我。”担心他会生气，她认真又郑重地说，“师兄，我想来想去，既然是我坚持维权，就应该由我去做这件事，而不是一味地依附着你，让你为我冲锋陷阵。”

温修远看了她片刻，满眼温柔：“好，不管你做什么决定，我都支持你。”

顾悠然笑了，就知道他一定会支持她的。

“既然你准备了这么丰厚的嫁妆。”

“……”

顾悠然复盘了一下自己说过的话，终于意识到不妥，急忙解释：“不不不，我只是预支嫁妆的钱，重点是钱，不是嫁妆，你千万不要误会。”

温修远却仿佛没有听到，兀自说：“我也要好好准备聘礼才行。”

顾悠然连连摇头摆手：“我没有变相索要聘礼的意思。”

都怪她多嘴，一开始就不该说预支嫁妆，就是她妈给的钱！

“你不要，我也要准备的。”

顾悠然着急地说：“师兄，你真的别误会，真的不是嫁妆。”

温修远反问："是嫁妆怎么了？"

"现在聊这个太早了吧？"

"嗯，不急，刚好多给我点时间准备。"

"……"

温修远抬腕看了眼时间："我约了律师，走吧，去见见。"

律师姓赵，是时蓝介绍的，也正如她说的那样，是全国打侵权案最厉害的律师。

在这次见面前，他已经将律师函发给《有一点动心》剧组。这次见面，顾悠然更加明确自己的态度：对准代薇，狙。

赵律师将她的要求逐一记下来："我会按照您的要求重新拟一份律师函，到时候需要您在微博上发一下，利用大众的舆论，来给对方施加压力。"

顾悠然点头："当然没问题。"

然后，他们又讨论了一些关于维权要注意的问题。

和律师分开后，顾悠然挽着温修远朝路边走。

"师兄，你要去医院吗？"

温修远反手将她的小手完完全全包裹住："不了，回公司处理一些文件，还有个会要开。"

顾悠然点点头："哦。"

温修远歪头打量着似乎很失落的她，笑了一下："怎么了？"

顾悠然低着眸，脚尖踢着路沿石，摇头说："没什么，那我就先回家了。"

温修远抬起手臂，揽住她的肩膀将她搂进怀里："陪我去公司。"

"算了吧，影响不太好。"

"谁不知道你是我女朋友？"

"话是这么说，可是……"

这时，车在他们旁边稳稳停下，司机打开后排车门，温修远拉着顾悠然上车，直接吩咐司机："去公司。"

顾悠然睁圆了眼睛说："我没说要去公司啊。"

温修远看了眼时间："原定4点钟开会，现在已经4点20分，从这里到公司不堵车需要30分钟，送你回家需要40分钟，从你家到公司需要一个小时……"

"行了，我们去公司吧。但是你的电脑需要借我用一下。"说着，她两只手做敲键盘状。

温修远意会，比了一个OK的手势。

周昊已经在求索大厦一楼候着，温修远习惯坐在车的右侧，周昊直接打开右侧车门，然而出现在门后的竟然是顾悠然。

正要开门的顾悠然看到周昊替她开车门，有些难为情地笑了一下，打招呼说："昊哥。"

周昊被这一声称呼吓到，挤眉弄眼地小声说："别叫我哥，我害怕。"

"……"

司机打开左侧车门，温修远迈下车，将西装扣子系上，绕过车尾来到顾悠然身边，正要牵她的手，却被她一个"请"的姿势挡住。

他无奈地抿了下唇，迈腿走入求索大厦。周昊和顾悠然一左一右地跟在后面，就像曾经无数次随着温修远回公司一样。

不同的是，曾经的顾悠然总是以各种样式的正装，今天则是马丁中筒靴、牛仔裤、白色及膝羊绒大衣，再演助理，也没人信。

前台小姑娘们一路目送着她走入电梯，几个小姑娘小声聊起天来。

"我觉得她好像又变美了。"

"爱情的滋润嘛！"

"我也好想谈恋爱哦！"

"你们有没有看她写的小说？"

"嗯嗯，看了，好好看啊！真的想不到她还是作者呢，好厉害！"

"是啊，特别牛！不是还拍电视剧了吗？"

"我们温总也太帅了吧，公开示爱！我什么时候能遇到这样的爱情？"

"那可难了，你还得会写小说才行。"

电梯到60层，顾悠然随着温修远经过秘书办。大家看到顾悠然都很意外，顾悠然挥着小手和他们打招呼。

走进办公室，温修远关上门。

赵峥已经把新电脑送上来，温修远拿起来递给顾悠然。

顾悠然没有接："不用给我新的，你的电脑让我用就行。"

"我还要用。"

"哦。"顾悠然只好接过电脑，拆开包装纸，"这是新款吗？"

温修远脱下大衣："嗯，下个月上市。"

顾悠然有些兴奋："还是苏亦主推的吗？"

温修远无奈地提醒她："苏亦只代言手机。"

"……"

温修远的办公室有个长长的议事桌，顾悠然直接坐在长桌前。

温修远帮她做了新电脑设置，找到office软件，把电脑推给她："我去处理几份文件，等会儿还有个会。"

顾悠然点头："嗯，你去忙吧。我也要开始工作了。"

温修远揉揉她的发顶，起身到办公桌前。

顾悠然盯着空白的文档，脑袋也是空空的，完全没有思路，写不出东西，干脆托着脑袋，看温修远工作。

他的西装多是三件式，黑色、灰色、蓝色等，今天是深卡其色，美式领，细纹领带。今后她写小说不用再为男主穿什么西装而浪费脑子，直接照着他写就行，简直是衣服架子，穿什么都好看。

他工作的时候真的很帅，如果再戴上眼镜，那就……

只见他忽然叹气，将文件夹合上，手指扯着领带松了松。

哇！松领带的动作也帅翻了！

他忽然抬眸朝她看过来，眸色幽深，晦涩不明。

她不禁一愣。

温修远无奈地说："你再这么看下去，这些文件明天也处理不完。"

"……"

意识到他话里的意思，顾悠然赶紧低下头，心里却仿佛有一头小鹿，在四处乱撞。她能怎么办，谁让他那么帅？

顾悠然努力让自己把精力集中在写小说上，可是写写删删，写出来的东西她总是不满意。

终于，温修远处理完最后一份文件，拿起电话说："五分钟后开会。"

顾悠然也舒了一口气。

他终于要去开会了！终于可以心无旁骛地码字了，她正在喜悦的时候，他已经走近，在她旁边坐下来。

顾悠然眼明手快地将电脑合上，不想让他看她都写了什么。

温修远轻笑："这么久，就写了三行？"

顾悠然一本正经地说："我还在酝酿。"

"我是不是影响你酝酿剧情了？"

"有点儿吧。"

听到这里，温修远脸上的笑意更浓，凑近她几分："原来我也会让你分心。"

"倒也没有……"

她话还没说完，他便覆上她的唇，辗转，在欲罢不能之前，即使抽身，哑声道："我去开会，不影响你创作。"

她抿着唇点点头。

"累了就去里面休息一会儿。"

！！！

刚刚的亲吻，和此刻的眼神、亲昵的语气，让她想起上次在休息室写的颜色小作文。

"怎么了，脸这么红？"他不禁皱眉，抬手去拭她额头的温度。

顾悠然胡乱地推开他的手，捂着脸说："我没事，你快去开会。"

温修远又怎么看不出她的反常，却不再过问，只是离开前，又深深看了一眼休息室。

温修远走后，顾悠然的效率就高多了。一章很快写完，一本20万的小说已经进入收尾阶段。如果真的要创作《有一点动心》的剧本，那她就得尽快把《喜欢你》写完才行，不能再像过去一样，写完每天的更新就万事大吉。

不知不觉，天已经黑透了，温修远开完会回来，已经是两个小时后。

“怎么样？”

顾悠然点击保存，关掉文档，喜滋滋地说：“你不在，我效率超高。”

“晚饭想吃什么？”

“不知道。”

“火锅？”温修远提议。

顾悠然的眼睛瞬间一亮，忙不迭点头：“嗯嗯！”

“我去换件衣服。”

温修远走向休息室，走到门口，她忽然想起了什么，冲她招手：“过来。”

顾悠然从长桌后起身，轻快地走到他面前，仰着小脸问：“怎么了？”

温修远揽着她的肩推开休息室的门：“帮我挑衣服。”

顾悠然立刻全身写满了抗拒，笑得非常不自然地说：“我就不进去了吧，你是衣服架子，穿什么都好看，不用挑。”

他眯着眼打量她，问道：“你似乎很怕进这间屋子？”

她摇着头否认：“没有啊。”

然后，人被他拥着，不太情愿地进了休息室。

屋里的摆设和上次没什么差别，依然是灰色禁欲系，一进来她就控制不住地想起曾经写下的文字，脸热得能煎鸡蛋。

温修远拉着顾悠然在床边坐下去，她立刻弹起来。不行不行，这床只要碰一下，仿佛就要发生不可描述的事情。

他诧异地挑了下眉，她只能硬着头皮解释说：“坐太久，站一会儿。”

他拉开衣柜，一半正装，一半休闲装。

“毛衣？”温修远问。

顾悠然看都没看就点头：“行。”

“大衣？”

“可以。”

温修远将挑好的衣服摆在床上，脱下西装，解开领带与扣子，紧实胸肌若隐若现。

顾悠然咽了下口水，眼睛仿佛被吸铁石吸引。这种时候，不管她做出什么荒唐的事，都应该被原谅。不是她不坚定，而是敌人太强大……

然而已经解开全部扣子的温修远忽然停下来，看着她说："我要换衣服。"

"嗯？"

"你，不出去？"

"……"

顾悠然极速离开休息室，大力关上门。

背贴着门板，她大口大口呼吸着新鲜空气，心里恨不得把温修远大卸八块。太可恶了！她只是有七情六欲的普通人，为什么总是这样考验她？

她拿出手机，愤愤然地发了一条微博。

攸心V：有些人，看着是个人，就是不干人事。

——这不是去幼儿园的车！

——禽兽啊！

——别说了！快写！

自从爆出顾悠然就是攸心，康宁就关注了攸心的微博。等男朋友的时候，她无聊刷起微博，刚好看到这一条，忽然激动。

她看了一眼总裁办公室的大门，这？

"咔嗒"一声，紧闭的大门打开，当事人一前一后地走出来，走在后面的小姑娘脸红得像苹果。重要的是，温总换了衣服！

名贵西装很容易皱，一定是动作太猛……所以换掉了！

路上，顾悠然收到康宁发来的微信。

康宁：我把你当朋友，所以提醒你一下。公司很多人都关注了攸心。

顾悠然：……

终于吃到心心念念的火锅，顾悠然很快忘记微博掉马，酣畅淋漓地饱餐一顿，直到吃得肚子圆鼓鼓才依依不舍地离开。

然而这一顿辣锅吃得太放肆，她从半夜开始拉肚子，整整一天，胃里仿佛有一团火在烧着，难受得不行。吃冰的、喝凉的，都无解，她只能安慰自己说：这把肯定是要火啊！

下午，温修远要带她出去吃饭，她哼哼唧唧不愿意去。问为什么，她也不答，就是不想吃东西。

温修远软磨硬泡，说尽好话，她才勉强愿意出门。

温修远没有带司机，接上她，去超市买了很多菜，打算亲自下厨做饭给她吃。

温修远在厨房忙碌，顾悠然抱了一盒冰激凌，电视开着，播放的

是近期很火的综艺节目，而她却并没有心思看。

此时此刻的电视声音、抽油烟机的声音，忽然让这个精致犹如样板房的地方，有了烟火气。

她写过很多故事，个个都有完美结局，那些华丽的幸福，都不及这一刻的平静。

这时，手机铃声打破了她的神思，她随意瞧了一眼，整个人立刻抖擞起来。

屏幕上显示的竟然是“苏亦”的名字！

苏亦给她打电话了！天哪！

顾悠然拿起手机，做了好半天的心理建设，才按下通话键。

厨房里的温修远刚好炒完一道菜，起锅、关火，看到原本半躺着的顾悠然忽然坐起来，以为她有事，走近才听到她真情实感地喊了一声：“苏老师。”

温修远：“……”

苏亦：“攸心老师？”

“……”

“失敬失敬。”

顾悠然几乎要哭了，差点对着手机点头哈腰：“别别，我受不起。”

“真没想到你还会写小说，听说《喜欢你》是以你和温总为原型写的？之前还和经纪人讨论，你和温总一定不简单。”

呜呜，太不可思议了！爱豆竟然会聊她！还聊她的八卦，死而无憾了！

“朋友一直向我推荐《喜欢你》，说买了版权，想一起合作。”

顾悠然激动地捂住嘴巴，差点尖叫！

她按捺着兴奋的心情，努力让自己的声音听起来沉着平静，报了购买《喜欢你》版权的影视公司名字，得到苏亦肯定的答复。

“对，这就是我朋友的公司。”

顾悠然忽然从沙发一跃而起，差点吓到站在她背后的温修远。

顾悠然没有发现背后的人，一门心思都在电话上，小心翼翼地问：“苏老师，你准备接吗？”

“可能公司会是参与出品。”

参与出品已经是对她巨大的认可，但人的欲望是无止境的，总是妄想更多。顾悠然试着问：“不演吗？”

苏亦顿了一会儿，问道：“那你先告诉我，小说里女主的偶像原型，是不是我？”

“是！”顾悠然坚定又快速地回答。

苏亦笑了一声：“好，我尽量安排时间，特别出演。”

！！！

“你要尽快把小说写完才行。”

“一定一定！期待合作！”

挂了电话，顾悠然激动地尖叫、跺脚，在沙发上转圈圈，结果一转身，就看到温修远在背后，不知道已经站了多久，下颌线紧紧绷着，眼神犹如一盆凉水，浇灭了她似火的热情。

完了。触到逆鳞了吧。

她站在沙发上，视线和他平视，气势上却矮了不止一星半点。她灵机一动，先发制人，隔着沙发靠背直接扑在他身上，像只考拉一样攀住他，兴奋地说：“师兄，我追星成功了！”

“……”

担心顾悠然掉下去，温修远抓紧她的大腿，眉尾一挑，语气不悦道：“还想我替你高兴？”

顾悠然才不管他是不是生气了，只管搂住他的脖子，撒着娇说道：“当然了，你女朋友遇到这么高兴的事情，你不开心吗？嗯？不开心吗？”她不安分地晃动着双腿，紧追着问，“嗯？”

温修远真是被她吃得死死的，很快就败下阵来，只好说：“好了好了，我开心。”

一听他开心，她更高兴了，搂紧他的脖子问：“可以开饭了吗？”

“嗯，还有最后一道菜。”

“好香啊！师兄你厨艺真棒！”

顾悠然撒完娇又开始拍马屁，温修远觉得自己完了，干脆将她抱进厨房，放在中岛台上。

就在他背对着她炒菜时，她就像一只冬眠结束的小狐狸，每一道菜都偷偷尝一口，明明嘴角还闪着油光，却一口咬定自己没吃。

“回答我一个问题，”温修远将手臂撑在中岛台上，将顾悠然环在其中，眼睛逼视着她，“为什么喜欢我？”

顾悠然环住他的脖子，撒着娇说：“因为你喜欢我、疼我、宠我呀！”

“那为什么喜欢苏亦？”

“……”

大意了。

他的眸色重了几分：“因为他就是苏亦？”

“……”

他倏地退后了一步，声调冷了几分：“出来吃饭。”说着，便转身往外走。

顾悠然急匆匆地跳下中岛台，故意跌坐在地上，抚着脚踝“哎哟”一声。

温修远紧张地蹲下来卷起裤管看她的脚，又一把将她抱起来，送

到客厅的沙发，担心她上次的脚伤未愈又添新伤，于是小心翼翼地检查着。

顾悠然看着他为她担心的样子，觉得鼻子酸酸的。那一刻他冷漠地转身，她真的很紧张，担心他生气，害怕他不高兴。那是一种从未有过的不知所措，不知道怎么办才好，只想把他留下来，不管用何种办法。

安全感并不是女方必需品，是双方都需要。而她似乎没有给他足够多的安全感。

想到这里，她倾身抱住他，在他耳边低喃："师兄，如果苏亦有女朋友我一定会替他开心，并且爱护他心爱的姑娘。但是你和代薇说哪怕一句话，我就气得要爆炸了。你能明白我的心情吗？"

低头的温修远听到顾悠然这么说，嘴角不由自主地向上弯起，可是抬起头时，唇线又被拉得平平的，语调平淡："直白一点，我不喜欢绕弯子。"

她轻拧眉，倾身搂住他的脖子，柔情似水地说："我总是时时刻刻想你，想每天和你在一起。"

他却轻轻拧起眉心："你在向我求婚？"

"啊？"顾悠然一愣，忙不迭摇头，"不是……"

温修远有些为难地说："你父母还不知道我们的关系，你是不是太着急了？"

"我不着急！"

他眉尾一挑，眼神不善："不急？"

她立即坚定地说："有！我急死了！"

他满意地笑了，倾身吻住她，她也全心全意地回应，吻得难分难舍。

《有一点动心》剧组连着开了两天的紧急会议，商讨侵权解决方案。

攸心的态度已经很明确，只要代薇退出拍摄，就不会继续对剧组追责。

剧方打算以代薇侵权为由，与她解除所有合作，并要求她赔偿剧组损失。

对此，制片人持反对态度。并不是为了维护代薇，只是他更多考虑的是实际问题，电视剧已经开拍，演员、剧本、各种场景、服装、道具，投资如流水一般出去了，现在换人，重新写剧本，不仅前期投资打水漂，演员的档期不够怎么办？

许星河也是这个态度，原本三个月就能拍完的电视剧，如今至少要推迟两个月，他的团队已经在对接之后的项目，忽然延期两个月，对后续的项目也会有很大的影响。

因为没有新的投资方进入，增加的成本谁来负担？这个问题得不到解决，出品方的态度也不坚决。虽然开了两天的会，不过是来回扯皮，始终没办法下决断。

到了第三天，一家文化公司突然联系剧组，只要同意他们提出的要求，将追加电视剧的投资。

文化公司的要求有三点：代薇退出拍摄、换掉制片人、攸心出任编剧。

这个消息对于《有一点动心》剧组来说，犹如久旱逢甘霖，各方都有了新的考量。

有了新的资方来分担出品的压力和风险，原出品方自然喜不自胜。而原本不同意换掉代薇的制片人，这次可以随着代薇一起出局了。许星河方则打算趁机索要更多片酬。

出品人之一林总是知道这家文化公司的，一直专注于文物投资，为何忽然对拍影视剧感兴趣？还在风波未定时追加投资？

他特意安排人去打听了一下，发现公司在几天前变更了法人和营业范围，然而新的法人，竟然就是攸心！

林总第一时间和温修远通了电话："这家文化公司我是知道的，浦城杨氏长公主的公司，为什么忽然变更法人了？"

温修远笑了一下，反问："你难道不知道长公主有个女儿吗？"

林总一惊："您的意思是……"

"如果你们不把握这次机会，那就只有停拍等宣判了。"

"是是，我懂。谢谢温总提醒，替我谢谢攸心老师。哦不，这两天我们会专程请攸心老师吃饭，到时候一定郑重致歉、道谢。"

"客气话就免了吧，把这部电视剧认认真真做好才是最重要的。"

"一定一定。"

代薇得知新的投资方加入，剧组上下已经统一态度要把她踢出局，向她提出解约，让她来承担所有抄袭的骂名。

代薇当然不会坐以待毙，找到出品方林总，想要讨一个说法。

林总一看到代薇就烦得不行，要不是她整这一出，事情会闹到今天这步田地？

"剧本是你抄的，你还想讨什么说法？"

"不能让我一个人背着抄袭的骂名。"

"你想说制片人吗？他已经滚蛋了，我答应和你见面，已经是对你的尊重，不要得寸进尺。"

见林总态度坚决，代薇只好把姿态放低，动之以情，晓之以理地说："林总您消消气，其实没有您想的那样悲观。大众对这些事情的关注度只有几天，只要我们默默拍戏，把戏拍好，这件事很快都会过去的。"

林总冷笑："过去？攸心会让你安心拍戏？温修远会放过你？你

不退出拍摄，整个剧组都得跟着遭殃，反正这个锅剧组是不会背的，你自己种的因，就要承担这个结果。”

代薇觉得自己无助极了，像流落深海，孤助无援，哪怕是一根浮木，都要紧紧抓住：“是不是……只要我找来新的投资方……”

林总打断她道：“别想了，怪只怪你惹错了人。换成任何一个没背景的人，给她一点蝇头小利她都会顺从，可你偏偏惹了攸心。”

代薇越想越气不过：“不就是有个有钱的男朋友吗，看她得意多久。我就不信他们不分手。”

“浦城杨氏你听过吗？”

“怎么了？”

“杨氏长公主，是攸心的妈妈。”

“……”

“惹到她算你倒霉，只能吃不了兜着走。你知道剧组新的投资人是谁吗？就是攸心，那家文化公司就是她名下的产业。人家不用你捧，更不用你封杀，反倒是能把你封杀得再无回天之力。”

“……”

“我早就劝过你，低调行事，爱惜羽毛，结果把自己搞到今天这步田地，谁也帮不了你，好自为之吧。”

当天晚上，攸心的微博发了最新律师函，诉求有两点：

1. 代薇立即退出《有一点动心》拍摄。

2. 向她道歉。

吃瓜网友发现，这次攸心的攻击点已经从剧组变成代薇本人。

代薇的粉丝蜂拥而至，大肆谩骂与诅咒，甚至给攸心P遗照，肮脏得简直没眼看。

攸心的律师函发出不久，自爆出“侵权”后一直默不发声的“电视剧《有一点动心》官方微博”终于有所行动，发布声明称：经过了解，代薇非法占用攸心的剧本，作为剧方有不可推卸的责任，郑重向原著作者攸心道歉。代薇不再担任电视剧编剧，即日起退出电视剧拍摄。将重新启动女主选角。

声明最后还写道：原创不易，需要更多的尊重和支持。期待电视剧《有一点动心》以更健康的姿态与大家见面。

此声明一出，简直是压倒代薇粉丝的最后一棵稻草，不少粉丝纷纷脱粉，甚至还有粉丝回踩，称代薇耍大牌、脾气差、骂粉丝等。这样一来，更多粉丝脱粉。

原本几部有意想请代薇出演的电视剧，纷纷站出来辟谣称，从未接触过代薇。而代薇几部待播作品的制作方，真是叫天天不应叫地地不灵。

“电视剧《有一点动心》官方微博”发出声明第二天，剧方约顾悠然见面，声势有点大，导演、监制、出品人悉数在列，许星河和一众演员也在。

顾悠然不知道会是这样的阵仗，也没提前准备，穿着羽绒服、牛仔裤就来赴约，当时就有点慌。

还好跟着温修远这段日子她见过不少世面，亿万富豪都见过，最终还是把气场稳住了。

她忽然想到第一次被制片人解约时，在马路上又哭又闹，当时钱朵乐为了安慰她，曾和她说过一句话：你是他们永远得不到的爸爸。

想至此，她笑了一下。

林总一愣，以为是哪里不妥，赶忙问：“攸心老师觉得哪里不对？”

“没有没有。我自己的问题。”

趁着机会，她拿出手机给钱朵乐发微信：体会到了当爸爸的快乐。

一番寒暄过后，剧方正式宣布顾悠然为《有一点动心》的编剧，又向她介绍了新的制片人，并筛选了几个比较适合女主的演员给她挑选。

这是顾悠然第一次做编剧，经验方面有所欠缺，再加上时间紧张，剧方紧急安排了另一位小有名气的编剧和她一起做剧本。

为了高效率完成剧本，顾悠然从家里搬出来，住进剧组，开始了白加黑、5 加 2 的写剧本行程。《喜欢你》还没有完结，每天还要抽一个小时写《喜欢你》，她忙到连约会的时间都没有。

温修远只能在每天晚上来找顾悠然，强迫在电脑前坐了一天的顾悠然下楼散步半个小时，以此当作约会。

温修远每次来都会让人准备宵夜、甜品，分给剧组的各位。

大家纷纷表示：不羡慕女主，就羡慕攸心老师。

“我们这样像不像学生谈恋爱？白天忙着学习，不能见面，每天晚上趁着放学才能约个会。”

“不像。”

“哪里不像？”

“学生谈恋爱白天还能见面，趁人不注意拉个小手，说句悄悄话。”

“师兄，你确定学生时代没有谈过女朋友？你这摆明了就是过来人。”

温修远失笑，拥紧她：“这点儿事我用得着骗你？没吃过猪肉，总见过猪跑。只可惜你比我小太多，我们没机会同校。”

顾悠然不由得叹气：“你真的比我大太多了，我爸像你这么大的时候，我都三岁了。”

“你在暗示，我该娶你了？”

顾悠然一愣，疯狂摇头：“没有没有，绝对没有。”

天地良心，她仅仅是发表一下感慨而已！

“我随时准备好，只要你点头。”

顾悠然随手一指：“我们去那边看看，好热闹。”

温修远笑着看她强行转移话题，被她拽着过了马路。

顾悠然入组了，没人陪着钱朵乐逗贫，她忽然觉得生活好空虚。

之前顾悠然去工作的时候，店里还有郑路宁在瞎晃，现在连个瞎晃的人都没有，每天睁眼盼天黑，十分无聊。

有了更多的时间去思考人生，钱朵乐在想，或许她也应该去做点儿什么？没有生活和工作的压力，她的生活仿佛一潭死水。

可她实在是不适合思考，想来想去，连中午吃什么都想不出来。

“唉！”

在钱朵乐一百零一次叹气时，忽然听到小宋惊喜的声音喊道：“小路师傅！”

“小路师傅！”

小路？郑路宁？

钱朵乐忽然坐直身子看向前台，竟然真的看到了多日不见的郑路宁。

他的头发剪短了，似乎晒黑了一些，眼睛却很明亮。

钱朵乐不禁有些发愣。

说起来，他们俩也没什么矛盾，无非是赌约到期了，他连个招呼都不打就走了，让她觉得很没有面子。所以此刻，她断不可能对他有什么好脸色。

郑路宁在店外就已经看到钱朵乐，和小宋打了招呼，便径直朝她走过去。他看着她有些愣怔的脸庞，自顾自地在对面坐下去，咧嘴一笑：“老板好。”

钱朵乐冷冷一笑：“我可不是你老板。”

“我来应聘。”

“不好意思，我不缺甜品师傅。”

“那你缺不缺扫地打杂的？我都行。”

“呵呵，不缺。”

“唉，”郑路宁重重叹息一声，“没有工作，又没有地方住，老板，我好惨啊！”

钱朵乐神情有些松动：“为……为什么没地方住？”

郑路宁凄凄一叹：“我被我妈赶出来了。”

钱朵乐嗤之以鼻：“装模作样。”

尽管这么说，但她的态度已然不如刚刚那般坚决。就在这时，放在桌上的手机忽然响起，钱朵乐瞬间烦躁地皱紧眉。

钱朵乐接起电话，很不耐烦地说：“说好的早十点到晚十点，现在给我砍半，不就是想坐地起价？不可能！就这个价！呵，浦城大屏幕多得是，老娘不差这一块！”

钱朵乐叽里呱啦怼了一通，没好气儿地把手机往桌上一扔。

郑路宁跷起二郎腿，闲闲一靠：“要大屏幕做什么？给苏亦搞生日应援？”

钱朵乐掀起眼皮看他：“你怎么知道？”

“网上不都在说苏亦生日要到了。这样吧，如果我能给你找到商业中心大屏幕，你让我来店里上班。”

钱朵乐一副不信的样子，可是眼下只能死马当成活马医，试着问：“你能找到几块？”

“你要几块？”

钱朵乐挑眉，故意为难他：“五块。”

郑路宁一拍桌子：“没问题。”

“地段偏僻的我可不要啊。”

“放心，绝对是一线商圈。等着吧，十分钟给你答复。”说着，他便起身拿着手机出去打电话。

短短几分钟，郑路宁便去而复返，眼睛亮亮地说：“搞定了。”

钱朵乐不相信地说：“骗我的吧？”

“走，带你去看，直接和商场签合同，拒绝中间商赚差价。”

“……”

“发什么愣，快走啊！”

钱朵乐跟着郑路宁连着看了四五块商业中心的大屏，顺利拿下苏亦生日当日的大屏幕应援，价钱比中介报的还要便宜三成。

不得不说，郑路宁还是有点儿本事的。

一切顺利，郑路宁挑着眉说：“怎么样，我可以到店里工作了吧？”

看在大屏幕的分上，钱朵乐咬咬牙同意了：“试用期三个月，工资三千，五险一金，不包吃不包住。”

工资比小宋和萌萌的低了一半都不止，哼，看他怎么办！

结果，郑路宁眼都不眨地答应：“成交。”

“……”

“大哥，你不是找工作，是来找乐子的吧？”

“我先干着，你要觉得我不错，可以给我涨工资。”

“……”

大屏幕的问题解决了，钱朵乐的情绪好多了。萌萌说：“果然小路师傅一回来，老板你就好了。”

钱朵乐一听，立刻奓毛：“我心情好是因为苏亦要过生日了，和他有什么关系？”

“好吧，好吧。”萌萌灰溜溜地跑了。

不过，看多了熟悉面孔，忽然多了个新人，确实看着挺新鲜。再加上郑路宁帮她找到大屏幕，的确为她省去了不少的麻烦。

郑路宁立即就上岗了，做了一款她从来没见过的米其林级别甜品：水晶面包。

那是一种看不出材质、吃不出味道、就是好看的甜品，的确够夺人眼球，但是上架出售？大概是卖不出去的——成本太高了！

她请的是甜品师傅吗？不，是大爷！

钱朵乐默默告诉自己，不要生气，让萌萌打了包，打算送给在剧组苦兮兮写剧本的顾悠然尝鲜。

钱朵乐到剧组时已经是晚上七点多，她还担心会打扰顾悠然和温总温存，一敲门，却只有顾悠然一个人，扎着丸子头，戴着黑框眼镜，身穿宽大的卫衣，素面朝天。

“温总呢？”

“打算完结《喜欢你》，就没让他来，耽误我工作。”

“……”

语气里是满满的嫌弃。

所以，爱会消失对吗？

顾悠然打开包装精美的蛋糕盒：“这是什么？哇！太漂亮了！这……可以吃？”

“小路师傅为你做的甜品。”

顾悠然一喜：“小路师傅回来啦！太好了！正好我最近没空陪你，小路师傅陪着你，也不会孤单。”

钱朵乐开口也是满满的嫌弃：“我需要他陪？店里天天那么多人陪我。”

顾悠然耸肩，嘴硬。

钱朵乐打量着房间，看到书桌上摆着电脑和打印机，A4 纸打印的剧本到处都是，说：“你就天天在房间待着？”

“嗯。”

“累不累？”

“累是肯定的，但是特别充实，我觉得以前都白活了。如果我把时间利用起来，能写多少字啊！被我浪费的时光啊，一去不复返。”顾悠然深深叹息一声，转头看钱朵乐，“你要是没别的事儿赶紧回去吧，别耽误我工作。”

“……”

第十五章 小说完结，甜蜜继续

i love you

顾悠然搬入剧组写剧本，顾南山还在俱乐部训练比赛，顾海生忽然觉得自己像个空巢老人，每天看着空荡的家，这种感觉一天比一天强烈。

这天，他在外参加学术会议，刚结束出来，便看到温修远。

温修远迎上前打招呼："教授。"

顾海生有些惊讶地看着他："你怎么在这儿？"

"在附近有工作，听说您在这儿开会，过来看看您。"

顾海生点点头："来得正好，陪我吃饭。"

"是。"

温修远预订了一家私房菜馆，中式庭院风格很得顾海生的心，主动要喝几杯。

"你爸爸身体怎么样？"

"已经出院，在家里休养。"

三杯酒下肚，顾海生的脸上泛起红光，说："说吧，找我什么事？"

温修远浅抿唇微笑："果然瞒不过教授，确实有一件要事想征得教授同意。"

顾海生哼笑："说来听听。"

温修远抬手扯着领带松了松，活到三十一岁，第一次面对恩师、长辈如此紧张，一口喝下一杯酒，他深呼一口气，才郑重地说："我钟情悠然多时，希望教授能同意我们交往。"

听到温修远的这些话，顾海生完全不意外，他养了二十三年的女儿，天天生活在眼皮底下，有些事情他看不到，也能猜得到。

他掀起眼皮看着对面的温修远，紧张、迫切，还有对未知的不确定，都没能逃过他的眼睛。温修远自小就有着超出年纪的成熟，读大学时

已经有了运筹帷幄的气质，更别说现在是千亿集团的掌权者，像这般紧张的温修远，他还是第一次见到。

温修远在同龄人中绝对算佼佼者，却不骄不躁。他读书时就很有想法，踏实、能干，顾海生想带他读研读博，他却坚持创业。虽然有钱，但是并没有因为有钱就乱来，也懂礼貌。两家人也算知根知底，女儿应该不会受欺负。

什么都好，就是……年纪差得有点儿大。

“什么时候开始的？”顾海生的声调犹如冰窟一样冰冷。

温修远如实道：“刚刚开始。”

“她跟着你工作之后？”

“是。”

顾海生忽然将酒杯“砰”的一声放下：“我让她跟着你工作，你居然和她谈恋爱？”

温修远立即道歉：“教授对不起，是学生情不自禁。”

见他态度还算诚恳，顾海生的态度也有所缓和，又问：“你比然然大几岁？”

“八岁。”

“也就是说，你大学毕业时，她还没有成年。”

“是……”

顾海生皱眉：“我怎么觉得你是蓄谋已久，不安好心呢？”

温修远郑重地否认：“绝对没有，教授，在这之前，我从未考虑过男女情爱，只是把然然当小妹妹看待。自从一起工作，慢慢了解，情不自禁地被顾悠然吸引，”他低眸，想起她便是一笑，“我才明白爱情是什么。”

顾海生是了解温修远的，他看似温润如玉，却很难走进他的内心，而今他的表现，着实让人觉得吃惊。

顾海生清了下嗓子，挑着眉反问：“这么说，你们俩还是我撮合的？”

“我坚信，即使没有一起工作，我和然然也会以另一种方式相爱。”

顾海生又是一哼：“你倒是很自信。”

温修远不语，将顾海生的杯子斟满酒。

顾海生轻叹一声，拿起酒杯又停下来：“我不反对你和然然接触，但仅此而已，至于你和她能不能更进一步，要看她的意思。”

温修远如释重负，笑着说：“谢谢教授。”

“我女儿从小到大没有受过委屈，一旦你欺负她，别怪我翻脸，时院长的面子我也不给。”

“不会的，您放心。”

“还有，在然然事业有着落前，我是不打算让她结婚的，你最好提前了解这一点。”

顾海生说完就后悔了，前一句才是接触，怎么下一句就变成结婚了？

温修远嘴角的笑意更浓，再度为顾教授斟满酒杯：“一切以然然的意愿为准。”

顾海生很少喝酒，这晚直接喝断片，不知道怎么回的家，醒来已经是第二天早上，头疼得要命。

顾海生走出房间，却看到温修远在厨房忙碌，诧异地问：“你怎么在这儿？”

温修远将早饭端上餐桌，如实答道：“昨晚您喝了不少酒，家里又没人照顾您，所以我就住下来了。”

顾海生点头，拉开椅子坐下去，忽然想起昨晚温修远说要和女儿谈恋爱，声调高了八度质问他：“你住哪个房间？”

温修远指着客厅说：“沙发。”

算你有分寸！顾海生挥了下手说：“我没事了，你去忙吧。”

“是，您有事随时打我电话。”

顾海生眼睛一瞪：“我能有什么事？你是觉得我老了？”

“不，绝没有这个意思。”

温修远从顾家出来，嘴角是压不下去的笑意。

代薇遭遇了事业最低谷。

她二十二岁被星探发现，拍了几部广告、MV之后，很顺利有了电视剧配角的机会，从此平步青云，一路顺畅。她从未想过自己的事业会遭遇这样的危机，说是“万人踩”都不为过。

每年有大批年轻人削尖脑袋想挤入娱乐圈，她的年纪已经没有优势，想要站稳脚跟，必须转型，当编剧是第一步，可她怎么也想不到，会将所有路子走死。这样下去，娱乐圈不会再有她的容身之地，她不能坐以待毙。

她翻遍通讯录，终于联系上一个浦城名媛，对方答应带她去近期举办的一场慈善晚宴。

“我只能帮你搞到邀请函，至于能不能进去，看你本事了。”

代薇由衷地说：“谢谢，感激不尽！”

“唉，你也是，惹谁不行。算了，不说了，你好好准备，到时候见。”

到了慈善晚宴当日，代薇一袭抹胸红裙，盛装打扮，只要能在慈善晚宴上搭上名流，或许，她立刻就能翻身了。

她来到晚宴现场，看到不少熟悉面孔，她知道她们在窃窃私语，她告诉自己不要在意，现在所承受的一切痛苦，都是为了未来能站得更高。她挺起胸膛，提着裙子走上台阶。

然而，她却被会场外的工作人员拦下。

工作人员笑容可掬地说："不好意思，您不能进去。"

"为什么？"

"邀请函有些问题。"

四周的人都在等着看她的笑话，代薇告诉自己要挺住，努力微笑地说："这不可能。"

工作人员给她留面子，不愿多说，只是说："抱歉。"

就在这时，几位身着华丽礼服的女士出现在门口，为首的，便是送邀请函给代薇的名媛本人。

旁边人问："邀请函是假的吗？"

名媛一笑："怎么可能是假的？只不过，不是她的。"

代薇："……"

"也不掂量一下自己的分量，这里不是她该来的地方。"

"人家事业遭遇危机，来这里寻求机遇。"

"也没有那么容易。"

"真是倒胃口。"

代薇握紧拳头，她们的一言一语仿佛将她扒光扔在大街上，此时此刻的屈辱，她永生不会忘。

杨文欣一下车就看到几人的僵持，走上台阶，从一袭红裙的人身旁经过。

为首的名媛眼睛一亮，热情地打招呼："姐，您来了。"

"这是在做什么？"杨文欣问。

"她就是代薇。"

杨文欣听闻回首，俯视着立在台阶上的代薇，在红裙的衬托下，她的脸色更显苍白，胸膛挺起，眼神倔强，眼底蓄着泪。

杨文欣吩咐工作人员道："让她进来吧，是我的人。"

工作人员点头："是。"

其他人惊愕不解："姐，您……"

杨文欣微笑："行了，这是我的私事，谢谢你。"

代薇站在台阶上进退两难，最后，还是在众人鄙视的目光中，挺起胸膛走进会场。

杨文欣将代薇带到一处偏僻的阳台，直接打开天窗说亮话："你就是抄袭我女儿剧本的代薇？"

"对不起，我真的不是……"

杨文欣抬手制止她："如果换成其他人，你还会道歉吗？用一点蝇头小利，换取你高枕无忧？你不就是觉得抄袭代价小，才随心所欲的？"

杨文欣的咄咄逼人，让代薇招架不住，她的手紧扶着栏杆，咬住下唇低下头。

“我大概猜到你来这里的目的。有不服输的性子这很好，但似乎用错了地方。我也认识一些娱乐圈的朋友，他们都曾经历低谷，想要走出低谷只有沉淀自己，重新出发。人都会犯错，能不能重新站起来的关键在于，是否真的认识到自己的错误。”

在会场外看到代薇倔强不服输的样子，让杨文欣有些动容，所以才心软带她进来，才愿意和她说这么多。

代薇望着夜色，流下眼泪，说：“你带我进来其实是为了羞辱我。”

杨文欣自嘲一笑，看来是她看走眼了。于是，她反问：“难道不是你自取其辱？”她轻哼，声音冷然道，“今后这样的场合，我不希望再看到你出现。”

说罢，杨文欣转身离开，却看到温修远，喜色瞬间浮上眉梢：“修远。”

杨文欣惊喜的声音传来，代薇身形一晃，缓缓转头，看到温修远，这一眼，恍如隔世。他依然那样耀眼夺目，而她是沾满泥巴的丑小鸭，再也没有机会站到他身边。

有钱的妈妈，有权有势的男朋友。呵，有些人是事事不争，那是因为她生来就什么都有。而自己呢，一无所有、孑然一身，不为自己争取，谁还能为她双手奉上?

她环顾了会场，盛装笑脸、觥筹交错。这些人，谁会将她放眼里?没有人看得起她，只有自己爱自己。

温修远看到阳台上那抹红色身影匆匆离去，微笑着走近杨文欣，颔首，礼貌地打招呼：“阿姨。”

虽然年轻人都喊她“姐”，只有他喊她“阿姨”，但杨文欣丝毫不生气，而且很开心。

“你似乎很少来这种场合的。”

“听说您在，专程而来。”

杨文欣惊讶：“来找我？为了悠然？”

温修远低眸一笑，点头道：“是。希望您同意然然和我交往。”

杨文欣眉间有着难掩的喜色，嘴上却不依不饶地说：“让我猜猜，你一定找过顾海生了吧？然后才来找我的？所以你觉得爸爸比妈妈重要？”

温修远没想到遭遇如此一问，失笑道：“对不起，教授是我的恩师，所以……”

杨文欣打断他：“行了，我也不是那么计较的人。你能专程征求我的同意，我还是很欣慰的。其实我早就发现了，然然看到你眼睛就放光，我养的女儿我还不知道吗？只是你那么忙，确定能照顾好她？”

温修远郑重地点头：“我保证，一定不会让然然受任何委屈。”

“说来说去都是空话，我就看你表现吧。”

温修远莞尔：“绝不让您失望。”

远在剧组闭关写剧本的顾悠然压根儿没有心思去想怎么搞定爸妈，她的男朋友已经把她摆平了。从此，可以光明正大谈恋爱，不必躲躲藏藏。

平安夜前夕，《喜欢你》终于完结，读者们纷纷撰写长评与《喜欢你》告别。

——小说结束了，生活还在继续。大大的爱情要长长久久啊!

——不舍得再见，大大要一直幸福呀!

——我们微博见。期待温先生闪亮登场。

小说写完了，了结了顾悠然一桩心头事，每日三十分钟的约会终于可以恢复。

为了配合圣诞氛围，酒店外竖起了一株高高的圣诞树，挂满了星星和礼物，入夜便火树银花的，很是夺目。

顾悠然接到温修远的电话便在圣诞树下等着，终于看到他的车驶入酒店，她开心不已。

他们已经有三天没见面，真的好久好久了。

温修远一下车，顾悠然便迫不及待地扑进他怀里。

他用大衣将她裹住，紧紧抱着她，问：“冷吗？”

顾悠然摇头：“不冷。就是好想你。”

“散步吗？”

“不要！”她看着他，轻声说，“我们回房间。”

刷开房间的门，黑暗之中，她迫切地踮起脚去寻找他的唇，他干脆将她抱起，把她抵在墙上，狠狠吻住。

多日思念倾泻而出，她热烈回应着他，小手没有章法地胡乱撕扯着。

他忽然停下来，他们在黑暗中凝视着彼此，炙热的呼吸交织，他抵着她的额头，轻喘着，声音沙哑：“接下来的事情，你准备好了吗？”

她已是意乱情迷，哑声道：“什么？”

黑暗中，他低笑一声，震得她心脏发麻。

“你写了那么多，不懂吗？”

“懂，我……”

她仅仅犹豫了两秒，他便吻了吻她的额头：“去吧，自己玩一会儿。”

“……”

“那你呢？”

“我需要冷静一下。”

他按开房灯，瞬间灯火通明，她不能适应光亮地闭上眼睛。

片刻后，从洗手间传来哗啦啦的水声。她睁开眼睛，地上扔着她的羽绒服，还有他名贵的大衣。

不是，师兄，你的决定是不是太武断了？我没说拒绝啊……

顾悠然住的是普通大床房，一张两米大床占据主导地位，此时此刻，怎么看怎么刺眼，完全无法无视它的存在，而且让她坐立不安。

刚刚如果他没有停下来，可能已经……

顾悠然，你可太“拉胯”了！小作文写过那么多，连温修远的小作文都写过几篇，为什么到关键时候就掉链子？

就在她暗自懊恼的时候，洗手间的门打开，她立刻换上一副无所谓的表情，坐在电脑前，装出写剧本的样子。

温修远从洗手间出来，原本一丝不苟的头发已经凌乱不堪，还沾着水。他拿起挂在衣柜的大衣，对顾悠然招手：“我们去散步。”

顾悠然皱眉，为难地说：“可是，太冷了。”

温修远走过去，将她拉起来，帮她穿上羽绒服，又将自己的大衣裹在外面，拉着她就往外走。

从书桌到大门口，短短几步路，顾悠然几经挣扎，看到他伸手去开门，她一咬牙，上前把他的手摁住。

顾悠然红着脸，声音低浅软糯道：“师兄，其实，我可以……”

他轻吻她的发顶，抚着她的后背安慰她说：“没关系，我会等你准备好。”

“……”

顾悠然被裹得圆滚滚，像一只熊猫，稀里糊涂地被他拽下楼去散步。

浦城虽然地处江南，但最近几天冷得不行，夜里温度已经接近零度，明明可以在房间温存，却被硬拉着出来散步。

路上遇到剧组工作人员，人家刚刚平安夜聚餐回来，热情地打招呼说：“攸心老师，约会呀？”

顾悠然却只能笑着说：“不不，坐太久需要运动一下。”

他俩手拉着手，沿着酒店外的宽阔马路慢慢走着。寒风吹散心头郁结，顾悠然一下子就想开了。

温修远忽然说：“这两天我去见了顾教授和杨阿姨。”

顾悠然骤然停下步子，仰脸看着他：“你见他们干什么？”

“让他们同意我们谈恋爱。”

顾悠然真的要被这男人气笑了：“谈恋爱是我们俩的事情，还需要他们同意吗？他们不同意我们就分手吗？”

“你父母是看着我长大的，我还是你爸的学生，我们在一起的事

情很多人都知道，与其从其他人口中得知，不如我们主动告诉他们。这是我作为你的男朋友，对你父母应该有的尊重。”

还……挺有道理的。可她更犯难了：“照你这么说，我是不是也要去见你父母？”

“那倒不用，我已经和他们说过了。”

“……”

坦白说，温修远帮她解决了一大难题。她一直没想好该怎么告诉爸妈他们的事情，是独自坦白比较好，还是带着温修远一起去比较好。如今他把双方父母搞定了，剩下的就是安心谈恋爱了。

果然，找个比自己年长的男朋友还是有很多优点的，考虑事情更周全，所有她想不到的问题，他都会帮她解决，和他在一起好像就不用带脑子了。

顾悠然搂住温修远的腰，在他怀里仰着脸说：“谢谢你，师兄。”

他拥着她，低头吻住她冰凉的唇。

“我下周要出差。”

“去哪里？”

“伦敦。短则三四天，长的话一周回来。”

“去呗，反正我们也没什么时间约会，但你每天必须和我视频！”

温修远点头：“没问题。”

顾悠然抠着他胸口的衣料，可怜巴巴地说：“我们第一个新年，难道要分开了吗？”

“这话说得好像我不走，我们就能一起跨年了？”

顾悠然挑眉，卖起关子：“说不定呢！”

温修远点头，低声道：“我很期待。”

吴子清和温修远一起去伦敦出差，原定于 12 月 28 号出发，被温修远硬生生拖到了新年以后。

每天在公司，都有人问吴子清：吴总不是要出差吗？

吴子清只能假笑着说：“再等等。”

至于等什么呢？不知道。反正是，要等等。

尽管如此，顾悠然还是没时间陪温修远跨年，在新的一年到来之际，她和另一位编剧苦兮兮地趴在房间改剧本，一直改到深夜。可怜到让温修远没脾气。

他别说生气了，她连夜改剧本心情奇差，他还要反过来安慰她、哄着她。

吴子清啧啧感叹：“男人，你的骨气呢？”

温修远新年第一天出差了，去了整整八天才回来。

刚好顾悠然这边的剧本可以暂告一段落，她找导演和制片人请了半天假，打算去机场接机，给温修远一个惊喜。

顾悠然提前和周昊联系，拿到了航班号和落地时间。

8号下午，她很早就到机场了，VIP通道外围了好多粉丝，不知道要接哪位哥哥呢？

她好奇地走近一看，粉丝们竟然拿着苏亦的应援手幅？

苏亦从哪儿飞浦城？

飞浦城做什么？

以前她最清楚苏亦的行程了，如今却忙到根本没时间关注他的行程。要不是到机场接温修远，她甚至都不知道苏亦要来。

顾悠然很惭愧，默默向苏亦道歉。

哥哥对不起！真的不是我脱粉，是我太忙了。忙着工作，忙着谈恋爱，请不要怪我！呜呜！

苏亦的飞机4点30分落地，比温修远晚10分钟。接了温修远，还可以接一下苏亦。

粉丝们得知顾悠然也是苏亦的粉丝，先接男朋友，再接苏亦，于是非常热心地让出了前排的位置给她。

啊，苏亦的粉丝真是人美心善，都是可爱的小姐姐！

大约4点50分，顾悠然隔着玻璃门隐约看到一个高大身影，深灰色及膝羊绒大衣，在一行人中，最为耀眼。

她激动地低呼一声，拔腿跑上前。

身后的粉丝们纷纷喊道：小姐姐要幸福呀！

温修远正和吴子清说话，被旁边的人提醒，看到飞奔而来的顾悠然，多日的思念终于有了着落，他迎上去，稳稳接住跳起来的她。

一阵欢呼声骤然响起，大家皆是一愣，看到外面一群人在鼓掌叫好。

吴子清笑着打趣："温总这么红吗，都有粉丝接机了？"

顾悠然从温修远身上下来，解释说："她们是苏亦的粉丝，来接苏亦的。"

吴子清："原来如此，我们这位代言人的确很火啊！"

一听到苏亦，温修远立刻拧眉："你也是？"

顾悠然忙不迭摇头否认："不是！我是来接你的！你问昊哥，不是，你问周昊，我特意问了你的航班，就是想给你惊喜的。"

温修远这才满意地挑了下眉，转身对吴子清说："你们回公司再最终确定一下，我不回去了。"

吴子清点头，非常体贴地说："了解，放心，我们肯定不打扰你们。"

温修远又吩咐周昊说："你坐吴总车走。尽快整理出来行程报告。"

周昊："是。"

大家在门口分道扬镳，温修远的车已经开过来停在门廊下，顾悠然却不肯上车，扯着他的袖子小声商量："师兄，我们等等再走吧？"

温修远低眸看着她，声调凉如水：“等谁？苏亦？”

“就10分钟。拜托了。师兄最好了，总是帮我追星。”

他似笑非笑地反问：“你不是来接我的吗？”

顾悠然点头：“是这样没错，这不是赶上了吗？”

她眨巴着眼睛看他，轻轻蹙眉，粉嫩小嘴微微嘟起。纵是他再坚定，也败下阵来。更何况，一开始是他自愿帮她追星，现在又怎么停得下来？

温修远随着顾悠然站在粉丝群中，他作为唯一一位男士，得到了足够多的注视，粉丝还主动让出应援手幅给他。

温修远拿着手幅，哭笑不得。

一个粉丝忽然拍了拍顾悠然的肩膀，小声问：“小姐姐，我看你很眼熟，你是不是……攸心？”

顾悠然立即把食指放在唇间：“嘘！”她小声道，“拜托！”

那位粉丝眼睛亮亮的，忙不迭点头。

顾悠然友好地冲她笑了笑，心想，完了，这下估计大家都知道，她是苏亦的粉丝了。

苏亦在助理的簇拥下走出VIP通道大门，现场粉丝热烈大喊“苏亦”。

苏亦照例冲粉丝们挥手示意，手挥到半空，蓦然停住。

他竟然在人群中看到了温修远？旁边是顾悠然！

陪着女朋友来追星？

温修远真的太引人注目了，最高，还是唯一的男性，衣着不菲，在粉丝群中格格不入。

苏亦失笑，摘下口罩，举起两只手臂冲他们挥手。这下，粉丝们叫得更大声了。

上车前，他还拿出手机拍了粉丝。

粉丝彻底炸了，扯破了喉咙似的叫喊。

叫得温修远脑瓜子嗡嗡的。尤其是身边这个小姑娘，激动得恨不得上天。

苏亦终于上车走了，温修远舒一口气，拉着顾悠然上车离开。

路上，顾悠然收到苏亦发来的微信。

是一张粉丝大合照，她和温修远站在第一排中央。

苏亦：温总脸上大写的四个字，生无可恋。

苏亦：温总OS（内心独白），我怎么摊上个这样的女朋友？

顾悠然看了一眼旁边望着窗外一语不发的温修远，又低头回复：苏老师，为了接你，知道我顶着多大的压力吗？不说了，我要去哄他了。

顾悠然放下手机，挪到温修远身边，抓起他的胳膊搭在自己肩膀上，然后钻进他怀里，搂住他的腰。

“师兄，你在想什么？”

温修远手撑着额头，不动声色地低眸瞧着她，她水汪汪的眼睛中倒映着他的影子：“在想，怎么罚你？”

她手指抠着他的衬衣扣子，声调轻柔又为难：“我和导演请假了，今天无家可归，能罚我住你家吗？”

“……”

营销号爆料：笑死了。老板娘是亦粉，金主，亲自陪着老板娘一起接机。金主是为了讨老板娘开心才签的代言人吗？不解码。

——博主这是明码。

——温总吗？

——温总吧，听说今天陪着攸心接机？

——事情是这样的，温总今天出差回国，攸心去接机，顺便接苏亦。

——现场粉丝爆料，温总真的超帅！超级温柔！攸心也超美的！陪着女朋友接机，真的是神仙爱情。

——攸心是亦粉？哈哈哈，许星河怎么办？

——许星河没有拿到求索代言人，是因为没有攸心这样的粉丝吧！

——攸心不是在给许星河写剧本吗？哈哈哈。有趣。

——攸心难道不想把许星河换成苏亦？

——许星河掉队了！只能演苏亦粉丝的电视剧。

——拒绝引战！抱走苏亦，送走攸心。勿 cue。

——能公私分明吗？攸心是编剧，人家私下想追谁追谁！真是吃太饱，管太多！

晚餐后，温修远准备了水果，顾悠然找了一档有意思的综艺节目，一边看一边聊天。

顾悠然说起剧组发生的趣事就停不下来，一双眼睛闪闪发亮。

她真的是做了喜欢的工作，所以再累再辛苦，心情也是好的。温修远微笑地看着她，听得很认真，偶尔接话，谈一下自己的观点。

顾悠然真的觉得他很好，信息密度和知识层面都远高于她，却愿意耐心听她讲这些不着四六的废话。还陪她追星，真的超好了！

顾悠然依偎进他怀里，搂住他的脖子：“师兄，谢谢你。”

温修远故意不动声色地瞧着她：“空口说谢谢？”

“那我以身相许。”

巧笑倩兮，美目盼兮，她定是不知此刻的她有多美。他搂住她的腰，在她唇畔笑着说：“说话算话。”

唇瓣相触之际，手机铃声骤响。

顾悠然本来就紧张，手机铃声又把她惊到，立即推开温修远去找手机，结果却不是她的手机在响。

是盛子棠打来的，温修远不想接，顾悠然却说：“接吧。万一有事呢？”

温修远按下接通键，开了免提，盛子棠吊儿郎当的声音传出来：“到家了？出来玩呀。”

温修远抚眉，没什么耐心地直接拒绝：“不去。”

“然妹要写剧本又没空理你，孤家寡人多难受。”

“只要你别再给我打电话，我就不难受。”

“……”

温修远放下手机，将顾悠然拉回怀里，鼻尖相触，轻声道：“继续。”

顾悠然羞赧抿唇：“嗯。”

就在这时，手机铃声再次响起，温修远没理，揽住顾悠然的腰，几乎要把她勒断了。

顾悠然没办法像他那样淡定，最后还是推开他，拿起手机递到他手里：“时蓝，先接吧。”

她脸颊酡红，双眸水润地望着他，温修远闭眼长舒一口气。

时蓝：“大哥，你是今天回国吧？”

“嗯。”温修远应了一声，声音带着沙哑。

时蓝一愣：“感冒了？最近流感盛行，你可要小心了。”

“还有事吗？”

时蓝怎么可能听不出来话里的意思，言简意赅地说：“爷爷让你明天回家吃饭。”

“知道了。”

挂了电话，温修远把所有铃声全部关掉，刚放下手机，门铃又响了。

“……”

顾悠然笑了一下：“那……我去看电影，你先忙吧。”

说罢，她像只受惊的兔子，一蹦一跳地跑开。

门铃还在接连不断地响着，温修远重重叹了一声，起身去开门。

何启明和老婆吵架，摔门而出，美其名曰要给她一点颜色瞧瞧。

实际上，他就是被赶出来了，脚上还穿着拖鞋，无家可归。他们和温修远住在同一个小区，平均一个季度就要来投奔一次。

何启明气哼哼地抱怨：“脾气瞬息万变，捉摸不定。

“哼！今天她要是不道歉，我就不回去。”

温修远坐在何启明对面，手撑着眉骨，面（生）无（无）表（可）情（恋）听着他吐槽。

四十多岁的成功男士，平时梳得一丝不苟的头发此刻凌乱不堪，一脸倔强，在商场上有多运筹帷幄，此刻就有多狼狈。

何启明就是想不明白，说：“夫妻之间最重要的不是沟通？有什么你得说出来，不说出来我怎么知道呢？

“一天天我都不知道到底错哪儿了，还得昧着良心道歉说我错了，我到底错哪儿了？”

就在这时，从楼上传来“咚”的一声，像是什么东西掉在地上。

何启明一惊，双眼瞬间睁大：“什么声音？你家还有人？”

“嗯。”温修远平静地把手换到另一边，继续撑额，“女朋友。”

何启明：“嘁，女朋……”说到一半才发觉不对，眼前这位不再是孤家寡人了，最近有女朋友了！

“弟妹在？”何启明试着问。

“嗯。”从喉咙溢出一声，温修远又强调，“在。”

何启明瞠目：“你怎么不早说？”

“你没给我机会说。”

何启明尴尬地笑了笑，试着问：“我是不是耽误你们了？”

“对。”

温修远以为话说到这里，何启明会自觉离开，结果他又开始新的一轮滔滔不绝：“还是谈恋爱好啊！听哥一句劝，千万别那么早结婚，鸡毛蒜皮的生活琐事把爱情都给消磨光了！”

大哥，你再不走，我可能谈都没得谈了。

温修远耐着性子说：“你出来时间也不短了，嫂子估计到处找你。”

“会吗？”

“嗯，快回去吧。”

“那我回去，给她个机会？”

温修远重重点头：“去吧。”

终于送走了何启明，温修远立即跑上楼去找顾悠然。她在影音室，开着苏亦的电影，走近才看到她开了一瓶酒，已经喝了小半瓶。

她的脸颊泛着不正常的粉色，眼神飘忽，还痴痴地笑。

温修远无奈，小半瓶红酒喝多了？

顾悠然抱着酒瓶子说：“我写小说的时候经常写到这个酒，罗曼尼康帝，可我还没尝过，所以就开了一瓶，你不会生气吧？”

“不生气。”

她抿唇一笑：“我就知道。”

“但是呢，”她忽然拧起眉，有些不悦，“为什么这么难喝？不是葡萄酒吗？为什么一点葡萄的味道都没有？”

她还拿出手机晃了晃，说：“我还上网查了一下，说是有樱桃的香味，我也没喝到啊。我觉得，是我喝得不够多。”说着，就要继续倒酒。

温修远挡住，从她手里把酒瓶拿开，酒杯也被放一旁：“好了，已经喝得够多了。”

“可是它不好喝。”

温修远笑了一下，柔声哄着她道：“对，确实不好喝，没有葡萄味，

下次给你买葡萄味的。好吗？”

顾悠然长呼一口气，有点可惜地说：“好吧。”

“我送你去睡觉。”说完，他打横将她抱起来，往卧室走去。

温修远将顾悠然放在主卧的大床上，拉开被子为她盖好，打开一盏床灯，柔和的光线照在她脸上。她闭着眼睛，呼吸轻缓，根根分明的睫毛在脸上洒下浅浅的阴影。

她忽然一脚把被子踢开，扯着领子皱紧眉：“好热。”

“……”

随后，她又挣扎着坐起来，要去脱衣服，温修远眼神一紧，急忙按住她的手：“会冷。”

顾悠然放弃脱衣服，看着温修远，眼睛眨巴眨巴着，眼神涣散，忽然扑过来搂住他，在他耳边吹气：“我好热，师兄，你热吗？”

……

“不热。”

“我帮你脱。”

“……”

温修远按住她胡乱撕扯的手，闭了下眼睛，努力按下轻易被她撩起的冲动，声音沙哑地说：“你知道自己在做什么吗？”

她闭着眼睛，抿唇一笑：“脱衣服睡觉。”

她又一次朝他扑来，他在床边坐着，重心不稳，再加上他心不在焉，直接被她扑倒在松软的地毯上。

她趴坐在他身上，手撑着他的胸膛：“师兄，我好喜欢你。”

他忽然扣住她的后脑，将她拉向自己，狠狠吻了上去。

本就是一片枯草，遇火便燎原。

薄薄的衣料，隔开两具滚烫的身体，辗转、深入，接下去会发生什么他很清楚。可她呢？

他能感受到她的混沌，在酒精的催化下，渐渐迷失心智。

不行，温修远，不能乘人之危。他强迫自己停下来，只是，很紧很紧地抱住她。

她似乎被勒痛了，嘤咛一声。过了许久，他终于肯松开她，将她抱回床上。

第二天清晨，顾悠然被闹钟吵醒，头痛得要命。闹钟响到第二遍的时候，她终于艰难地爬起来，睁开眼睛看着陌生的房间，疑问三连。

我是谁？

我在哪儿？

发生了什么事？

顾悠然揉揉头发，看到床头放置的一块爱彼，温修远也有这样的一块表。

温修远？

她忽然一个激灵，昨晚发生的一切渐渐浮现在脑海里，有些地方虽然模模糊糊，但是她已经大致猜到发生了什么事。

昨晚她有些紧张，所以才想要喝点酒壮壮胆子。她记得扒他衣服，记得扑到他身上，然后呢？

她拉开被子，看到身上还穿着昨天的衣服，整整齐齐，甚至连扣子都没解开。

然后，就没有然后了。

她盘腿坐着，双手扶额。她都已经做到那种地步了……还没成？那要她怎么办！

听到脚步声渐近，她忽然紧张，急忙拉起被子钻进去，把整个脑袋都盖住。

感觉到他走近，似乎是来拿手表，他站了一会儿，在床边坐了下来。

“醒了吗？”

她没吭声，装作没睡醒。

“九点进组，再不起就要迟到了。”

顾悠然咬咬牙，还是没出声。

“出来吧，这样会呼吸困难。”

确实有点……短短一会儿，她已经热得开始冒汗了。她轻轻拉开被子，露出一双眼睛，看到他正看着自己，眼下似乎有淡淡的青色。

他俯身，轻吻她的额头：“快去洗洗，下楼吃饭。”

说着，正要起身，她忽然拽着他的胳膊。他看着她，反手握住她，问：“怎么了？”

“我睡你房间，”她慢悠悠地说着，抬眸看向他，“你怎么办？”

他示意旁边的空位：“你旁边。”

“那我们……就盖着被子睡觉？”

他轻笑，反问：“不然呢？”

“我以为……哎呀，算了算了，我去洗脸。”

她有些烦躁地起身，却被他拽住按回来坐下。

“昨晚你喝多了。”他说。

“是啊。”

“什么都不记得？”

“也不是，有些还是能记住的。”

他俯身在她耳边低喃：“等你可以清醒记住每个细节的时候，我们再来。”

“……”

她的脸爆红。

他揉揉她的头发，宠溺地说：“去吧。”

温修远先送顾悠然去了剧组，一路上她都可乖了，一句话都不说，

安安静静的。

到了剧组，顾悠然去开车门，忽然想到什么，又转头说：“师兄，今天开始就正式开拍了，到杀青都不会有假期。可能，连见你的时间都没了。”

温修远闻言挑眉。

“你自己，保重。”

温修远拽住正要下车的顾悠然：“晚上我来找你。”

她嫣然一笑：“不好意思，我没空。”

“……”

温修远和何启明在公司大堂遇上，一同乘电梯上去。何启明精神焕发，神清气爽，没有一丝一毫像昨晚那般狼狈。

反观温修远呢，下眼睑有淡淡的青色，似乎是没休息好。

何启明看四下无人，小声说：“运动量太大了吧？”指着他的下眼睑，“都有黑眼圈了。”

温修远冷声提醒：“何总，这是公司，少谈私事。”

何启明只好闭紧嘴巴。

温修远望着跳动的数字，默不作声地叹息。

顾悠然在旁边躺着，睡得那么香，还把他当抱枕一样，腿跷着、胳膊抱着，他怎么可能睡得好？

尾 声
美艳又可爱的她

i love you

时家有着逢年过节举行家宴的传统。如今全家上下各自忙碌，除了老两口子，其他人都奔波在自己的岗位上，很难凑齐，新年家宴亦是因为各种各样的原因，推迟了十天。

温修远开完会赶回大院已经接近晚上七点，看他独自前来，时蓝颇有些失望地说：“还以为你来这么晚，是带了重要客人。”

时老太太跟着附和：“就是，怎么没带着然然一起来？”

温修远简单解释：“她在剧组，比较忙。”

时蓝妈妈跟着问：“听说她的小说拍电视剧啦？”

“是。”

“真好，小姑娘真能干。我们家还没出过文艺圈的人才呢。”

时蓝：“要不然能赢得我哥的心呢，那必定不是凡人。”

温修远看向时蓝，虽然什么也没说，但是从那眼神里，时蓝充分感受到两个字：闭嘴。

她立即抿紧嘴巴，无害一笑。

温修远作为小一辈的老大，又是第一次谈恋爱，全家都很关注。毕竟已经有二十多年没办过喜事，大家都很期待。这次家宴，基本上每个话题都能扯到温修远的感情生活。

温修远忽然想起顾悠然曾经说过的一个词：公开处刑。

时蓝妈妈很热心地问时谨：“大姐，你们是不是要约一下顾教授，两家一起吃饭？”

一直没说话的时谨笑了一下说：“不急，我觉得还是不要给孩子太多压力，让他们先相处着吧，父母参与太多了容易拔苗助长。”

时蓝立即称赞道：“听听姑妈的境界！”

时蓝妈妈冷哼："那你倒是找个男朋友，让我学习一下啊。"

时斐妈妈跟着说："是啊蓝蓝，你也不小了，可不能学你大哥这么晚才谈恋爱。"

时蓝"呵呵"一笑，说："我去厨房看看菜。"

时家家宴的同时，钱朵乐带着甜品去剧组探班，还带了烧烤和啤酒。

顾悠然看到酒就想到昨晚发生的事情，以写剧本要头脑清醒为由，拒绝饮酒。

她托着下巴，若有所思地问："如果，男女主情到深处，男主忽然暂停，是为什么？"

钱朵乐正在剥小龙虾，想都没想地回答："身体有问题？"

"……"

钱朵乐剥虾的手蓦然停住，压低声音问："温总？"

顾悠然立刻否认："不是！男主！我这剧本的剧情！"

"哦，你是编剧，为什么还不是你说了算的？不过我建议你别这么写，谁会喜欢这样的男主？"

顾悠然点点头说："我就问问。"

钱朵乐打量顾悠然片刻，再度低声问："是不是温总……"

"没有！"顾悠然像被点燃的小炮仗一样大声否认，"我说了是男主，男主！"

"好好，男主，"钱朵乐忙不迭点头，随后，她嘿嘿一笑，挑挑眉问，"所以，你和温总已经……嗯嗯？"

她这不是自己套路自己吗？

钱朵乐兴奋地追问："怎么样？"

顾悠然扶额："没有试过，什么都没有。"

钱朵乐以为她在害羞："都是成年人，怕什么。"

顾悠然再次郑重地重复："真的没有！"

钱朵乐皱眉："你今天怎么了，怪怪的？"

顾悠然舒口气，说道："今天和导演制片讨论了剧本，他们打算三天后正式开拍。我忽然好紧张。"

"你如果真的写了你刚说的那样的剧情，那是要紧张的。"

"……"

"劝你删除。"

"……"

电视剧经历一个月停工后，正式开拍。

这是顾悠然第一次做编剧，时间又很仓促，虽然尽心尽力地写了，依然非常忐忑，害怕写得不好影响拍摄，于是日日守在剧组，时刻跟在导演旁边，认认真真做笔记，发现不妥的地方及时修改。

电视剧一天一天地拍着，顾悠然压力一天比一天大，但凡大家因为剧情产生争论，她总会觉得是剧本有问题，主动提出修改。

导演总是宽慰她说："剧情有争议正常，大家一起讨论讨论，你不要这么紧张。"

面对宽慰，顾悠然总是笑一笑，却没办法做到不紧张。

她开始失眠，掉头发，情绪起伏不定。

有一天清晨洗澡洗到一半发现洗发水用光了，这成为压倒她的最后一根稻草，在浴室号啕大哭起来。

哭完之后，她反倒轻松了一些。可是没过多久，又会再度陷入焦虑。

她开始怀疑自己的坚持到底是不是正确的。

为了维护自己的权益，让整个剧组停工等她，如果最后写出来的本子不尽如人意，不仅浪费了大家的时间和精力，更辜负了所有人的期待，让投资人血本无归。她不想她的编剧之路刚刚开始，就彻底终结了。

温修远知道她的压力，尽量把晚上的时间空出来陪她，带她吃饭、看电影，或者带她去健身，尽可能地帮她疏散紧张的情绪，甚至打算带她去探苏亦的班。

放在过去，顾悠然肯定二话不说就答应了，如今却拒绝了。编剧做成自己这种鬼样子，哪有资格去见苏亦？！

转眼间，春节到了。

剧组还在赶进度，只给大家放了除夕半天假，顾悠然也不例外，回家陪着顾海生吃了一顿年夜饭便匆匆返回剧组。

大年初一，温修远来家里看望顾海生，往年他都会带各种名贵的礼品，今年更是大手笔，什么古董字画，应有尽有。

顾海生想起还在剧组的女儿，不住叹气："这次回来，然然瘦了很多，以前总是不理解她，觉得她不务正业，没有给她足够多的支持。现在看她这么辛苦，想帮忙都帮不上。"

温修远当然也心疼顾悠然，此时此刻，只能尽可能地宽慰教授，于是说："写剧本和写小说不一样，她很努力，也很优秀，现在所有的辛苦都会有回报。"

"你多跑跑，照顾好她。"

温修远点头："您放心。"

温修远经常安排人给剧组送东西，各种各样的甜品、下午茶，每次送东西，剧务都会在小黑板上写：感谢攸心老师和温先生请全组吃下午茶。

顾悠然打电话告诉温修远小黑板的事，温修远说："沾了夫人的光，万分感谢。"

只有听到温修远说话，她的心情才会轻松一点。只有待在他身边，她的心情才是平静的。

她不止一次地想，逞什么能来写剧本，写小说不好吗？哪怕什么都不做，混吃等死也有足够的资本，为什么要自讨苦吃？

可是当看到那些她用文字创造的人物、她编织的世界真实呈现出来时，她又特别有成就感。

她一次次地否定自己，又一次次地肯定自己，渐渐练就了顽强的心脏。随着拍摄进程接近尾声，她才开始走出焦虑。

三月底，暮春时节，《有一点动心》全剧杀青。

当顾悠然坐在导演身后，从监视器看到最后一场戏拍完，听到导演高声宣布“杀青”时，直接泪崩。

全组人都是开心兴奋的，顾悠然却躲进洗手间痛痛快快地大哭一场。

然后，她彻底想开了，反正已经拍完，能做的都做了，至于结果怎么样也无所谓了。哪怕最后扑街，也是她人生唯一一次做编剧的体验，也算没有遗憾。

杀青宴上，大家都喝了不少酒。顾悠然也是。

她举着杯子挨桌向大家敬酒，很抱歉，因为她耽误进度，更感谢大家愿意给她时间。

当温修远来接她时，她已经明显喝高了，脸颊绯红，车轱辘话说了一遍又一遍。看到温修远，她兴奋地搂住他的脖子，一直提着的一口气彻底松下来，歪倒在他怀里便睡着了。

导演、制片人怕温修远生气，赔着笑解释说：“大家都特别高兴，尤其是攸心老师。”

温修远点点头，有些敷衍地说：“谢谢各位照顾，我带她先走。”

制片人连说：“好好，我送您。”

顾悠然这一睡便到了第二天早晨，这是她第二次在温修远房间醒来，平静地掀开被子瞅了一眼，却彻底愣住。

身上的衣服被换掉了！

丝绸睡衣，柔软、轻薄，宛若什么都没穿！

顾悠然立即拉着被子蒙住头，不知道该高兴，还是懊恼。她竟然断片了，脑子里混混沌沌，只记得温修远去杀青宴接她，然后呢？

她躲在被子下陷入深深的思考，所以，昨晚到底发生了什么？

不知道过了多久，从被子外传来温修远的声音：“怎么这么喜欢躲在被子下面？”

顾悠然猛然屏住呼吸，心跳瞬间加速。

随后，床边被压陷下去。

怎么办啊？是不是只要装作什么事情都没有发生过，就可以了？

顾悠然不知所措地咬住指甲。

等了许久，都没有等到顾悠然拉开被子，温修远便拽着被子一角，轻轻抖开，看到她睁着大大的眼睛，双眸水润，脸颊绯红，他很想一亲芳泽。

这样他想了，就这样做了。

他的手臂撑着床，俯身，含住她的双唇。

顾悠然紧张地抓紧被子。

一番辗转吸吮，他放开她，哑声问：“还想吐吗？”

顾悠然摇头，随后愣了一下，抿了抿唇：“我昨晚……吐了？”

“嗯。”

“那你还亲我？”

他轻笑：“我不嫌弃你。”

这可太尴尬了。

想想就挺恶心的，如果换成温修远吐，她一定会离得远远的。想到这里，她的脸更加滚烫了，心也跳得更快，问：“那我的衣服……”

“你吐得满身都是，所以帮你换了衣服。”

嗯？

“就……这样？”

他轻挑眉：“你似乎很失望？”

“没有！”顾悠然坚决否认，脑子飞快地转着，“我只是……”

她忽然用胳膊抱紧自己：“我岂不是被你看光了？”

“我们的关系，不能看吗？”

“……”

他俯身，轻轻亲吻她的额头，柔声道：“起来喝点粥再睡。”

顾悠然有些恍惚。

重点是，你都把我看光了，竟然……什么都没有发生？！

顾悠然强撑着爬起来，喝了两口粥，再度倒床睡觉。

拍戏的这些日子，她每晚都会做各种梦，压力大，睡不好觉，身心俱疲，天天想着杀青以后一定要好好睡一觉。如今杀青了，她却睡不着了。

待在剧组的这些日子习惯了争分夺秒，已经很久没有刷微博、刷论坛，于是躺在床上玩了半天手机，又在微博发了一篇杀青小作文。

一直到下午，顾悠然才梳洗打扮去“有点甜”。

推开门，萌萌正在柜台后，看到顾悠然进门，眼睛亮亮地朝她挥手，随后继续向顾客解释：“抱歉，今天的限定甜品已经没有名额了。您可以关注我们公众号，每晚八点有甜品预约，数量有限，先到先得。”

听说小路师傅把米其林星级餐厅才能吃到的甜品搬到了“有点甜”，

每天一款，限定出售，尽管贵得吓人，依然供不应求。

顾客为了买到一款限定甜品磨破嘴皮子，当事人小路师傅却在和老板一起打游戏。

看到顾悠然，钱朵乐直接放下手机扑过去："我的大编剧来了！"

郑路宁正等着钱朵乐大招，她却跑了，结果被对手砍死，气得不行，指着钱朵乐说："你给我回来！把这一局打完！"

钱朵乐只好乖乖拿起手机。顾悠然忍着笑，在旁边坐下来观战。

一局结束，郑路宁去后厨看甜品，钱朵乐看着四下无人，偷偷塞给顾悠然一张小字条。

"什么？"

"嘘，自己知道就行。"

神神秘秘的，太奇怪了。顾悠然打开字条，写着"××男科"，还有一个电话号码。

顾悠然立即把字条合上还给钱朵乐："我不要。"

"以备不时之需。"

"不需要！"

"你也别太介意，我研究过，男人啊，到了这个年纪可能就……你要放平心态，正确应对这个问题。但是你最好搞清楚，到底是为什么不行？如果只是年纪到了就还好，如果本来就不行……我劝你三思。"

"三思什么？"

"这种事情呢，还是蛮重要的，你要重视起来。"说着，她把小字条塞进顾悠然的大衣口袋，"收好了啊，收好。"

"……"

顾悠然和钱朵乐有不同观点，对这种事情不太看重，只要能和温修远在一起，其他的不重要。柏拉图式恋爱有何不可？

"有点甜"提前打烊，顾悠然请大家吃了一顿火锅，鉴于前一天喝得太多，她没有喝酒。

萌萌和小宋对剧组有太多的好奇，不停提出疑问，顾悠然也非常乐意分享，还拿出在剧组拍的照片给大家看。

顾悠然和"有点甜"聚餐，温修远也有应酬。

九点左右，温修远从饭店出来，接到顾悠然的电话。

"看对面。"

温修远回头看向马路对面，穿着白色羊绒大衣的顾悠然正大力向他挥手："Surprise（惊喜）！"

他笑了，说了两个字："等我。"

顾悠然收起手机，乖乖地等着温修远。看到他和大家道别，穿过马路，大步朝她走来。

在众目睽睽之下，他将她抱住。

顾悠然隔着他的肩膀看到对面各位大佬都在看他们，于是提醒他：“很多人看着呢。”

“让他们看。”

“喝酒了？”

“嗯，几杯。”

“不是不喝酒吗？”

他在她耳边轻“呵”一声，说：“没办法，最近总放他们鸽子，不喝不能走。”

他说话时的热气扑在耳边，她痒得想躲，他却抱着她，不肯放手。

就这样抱了许久，他才轻叹一声，放开她，问：“冷吗？”

“嗯。”

他朝她伸出手，她意会，从口袋里拿出手，同时，一张雪白纸片缓缓落下。

顾悠然：“……”

温修远的视线落在纸片上，问：“什么？”

“什么也不是！”

然而为时已晚，温修远已经弯腰捡起来，顾悠然要抢，他却举得高高的，她根本够不到。

他挑眉：“不想让我知道？”

“不是不是……”

说话时，他已经打开，她咽了下口水，努力解释：“师兄，不是你想的那样，这其中有误会。”

温修远看清纸片上的字迹，瞬间将纸片揉成团，咬着后槽牙质问她：“误会什么？我不行？”

顾悠然头摇得像个拨浪鼓：“不不，我不是这么想的。”

他两指夹着纸团：“这又是什么？”

她伸手去夺，却被他藏入手心，扑了空，她只好继续解释：“不是我的，不知道怎么就跑到我的口袋来了。”

这么蹩脚的借口，顾悠然说完就后悔了。

温修远冷冷一哼，拿出手机打了电话：“把车开过来。”

很快，宾利车便稳稳停在路边，温修远打开车门将顾悠然塞进去，动作有些粗鲁，然后他跟着坐进来。

他现在的样子有点吓人，顾悠然躲在另一侧，离他远远的。

她能理解他的气愤。于是，她试着宽慰他：“师兄，你别生气，其实……其实我不太在乎这些的。”

不在乎？呵。

温修远抓住领带用力扯了扯，他真是要被她气死了。

顾悠然发现温修远好像更生气了，就知道自己又说错话了。反正

这个时候她说什么都是错的，干脆就彻底闭嘴。

车里的气压极低，顾悠然每呼吸一次都是小心翼翼的，就怕再触动他的逆鳞。

车刚在停车场停稳，顾悠然被温修远从车里拽出来。

他的腿长，步子大，顾悠然一路小跑着才勉强跟上，放在过去，他都会放慢步速等着她的。

电梯爬格子似的上升，温修远发红的眼睛紧盯着跳动的数字，手紧紧握着她的手腕。电梯门一打开，他便急不可耐地拽着她离开电梯。

家门打开，他将她推进去。门再度关上时，他已经将她抵在墙角，狠狠吻起来，隐忍了一路，不，隐忍许久的欲望再也不必藏着掖着。

顾悠然很快就意识到，这次的接吻与平常不一样，带着狠戾、欲望，她大脑一片空白，双腿发软。

“师兄……”她嘤咛一声，“我没力气了……”

他一把将她抱起来，没有开灯，银色月光透过窗户洒进来，暗淡的光线下，他抱着她穿过客厅，走上楼梯。

顾悠然几乎是昏睡过去，一夜无梦。

大脑先于眼睛苏醒，整个人依然瘫软无力，昨晚的一切渐渐清晰。原来男女之事是这样妙不可言。

她笑着翻了个身，睁开眼睛，看到他清晰的脸庞，似乎已经醒了很久，正在盯着她看。

她忙压下嘴角，搞清了她此时的姿势，被他抱在怀里，腿缠在一起。

她脸一红，埋在他胸口不看他。

“你怎么……不上班？”

“嗯。”他轻应一声，“工作都推了。”

“这不好吧。”

“君王从此不早朝，我懂了。”

“……”

电视剧杀青后，顾悠然开始频繁接到各种求合作的电话，有买小说影视改编权的，还有请她写剧本的，更有制片人找她投资的。电话多到她不止一次动了换号码的念头。

这也让她一度陷入茫然，她真的有那么优秀，让那么多人争抢着要和她合作？

在她看来未必是这样，不过是经过《有一点动心》维权、换人等一系列风波后，再加上有许星河这个大流量在，给她带来了热度。在娱乐圈里，优不优秀不重要，有热度才最重要。

在这些热度的催化下，如何保持清醒，做自己该做的事情，尤为重要。那如今，什么是她该做的呢？她一度陷入迷茫。

她向顾教授请了假，和钱朵乐一起旅行。从西北穿过青藏，从西南返程，玩了大半个月。高原通透的空气净化了她的心灵，洗去铅华，她终于明白父亲总对她说的一句话：对未来做好规划，找到人生目标。

她喜欢写作，想要长久走下去，但她也认识到自身有许多不足，需要充电，才能走得更远。

所以，她决定了，读书！继续深造！

有了这个打算后，她开始研究戏剧学院剧本创作方向的研究生考试。

《有一点动心》电视剧的导演就是戏剧学院毕业，她又拜托他向导师推荐，买了一堆备考书籍。

一切妥当后，她发微信通知温修远：师兄！我终于知道我该做什么了！

温修远很快回复电话，顾悠然接起来，问道："你不忙吗？"

"刚开完会，你刚说，你要做什么？"

"读书！我要考戏剧学院的研究生。"

"好啊，读书不错，我认识几个戏剧学院的教授，找时间一起吃个饭。"

"不用，我已经找到了！是我自己的人脉，厉害吧！"

"嗯。"温修远赞叹一声，"那是非常厉害。"

听到他的夸赞，顾悠然喜不自胜。

顾海生非常支持顾悠然读研，既然她已经决定要沿着写作道路走下去，继续深造非常必要。

杨文欣对此却颇有微词。

她认为顾悠然已经有了做编剧的经验，也写了不少小说，经验丰富，大可不必浪费时间去学习，有这些时间就好好谈恋爱多好？

但是顾悠然已经有了自己的打算，杨文欣根本拦不住。

"修远也支持你？"

"当然了。"

"他都三十多了，不着急结婚？"

顾悠然一听就不高兴了，她可以说温修远年纪大，但是其他人说，哪怕是亲妈，也不行！

"才不急呢，男人越老越有魅力，我得尽快追赶，免得他被外面的狐狸精勾走。"

温修远走到餐厅，刚好听到顾悠然说话，笑了一下，走过去打招呼："阿姨好。"

杨文欣看到温修远，眼睛瞬间一亮："修远来了，快坐。"

温修远点头，在顾悠然旁边坐下来，手在桌下握住她。

找了机会，他在她耳边低语："你不就是勾我魂的小狐狸？"

顾悠然抿唇笑，脸颊粉扑扑的。

杨文欣看到他们如此恩爱，也就放心了。他们的事就随他们去了，她只要自己过得舒心就好。

7月份的时候，顾悠然参加学校的入学面试。如果通过面试，基本上就是板上钉钉，只要艺考和文化考试过线就能上。

面试那天，温修远陪顾悠然一起去的，他早早预订好了餐厅，打算为她阶段性的胜利庆祝一番。

顾悠然："还没考试你就准备庆祝了。万一我通不过面试呢？"

温修远摊手："那我只能帮你找关系了。"

"……"

最终，顾悠然顺利通过了。从学校出来，他看到温修远就兴奋地扑上去，又蹦又跳的，像个孩子："我过了，师兄！我过了！"

他笑着接住她："我就知道，你这么能干，一定行的。"

温修远的公司还有一堆工作等着他处理，面试之后，顾悠然陪着温修远去公司。

最近为了准备面试，她都没有休息好，她也不想耽误他工作，到公司后就直接钻进休息室打算睡一觉。

躺在床上，她却怎么也睡不着。这里的小作文，她还记着呢，还不知好歹地把当时的小作文打开又回味了一遍。

然后，她就彻底不安分了。

温修远刚开始开会，就收到顾悠然的微信：结束了吗？

他弯了弯嘴角，回复：刚开始。

顾悠然：还要多久？

温修远：一个小时。

一个小时也太久了。顾悠然开始使坏，给他发各种挑逗微信：我有点热，可以穿你的睡衣吗？

——太大了，裤子没办法穿。只穿上衣？

——我可以用你的杯子喝水吗？

——师兄，你结束了吗？我想和你写小作文。

……

温修远关了手机声音，手机屏幕一会儿亮一下，每看一条微信，他就烦躁一分。看到"小作文"，他彻底丧失了开会的耐心。

他忽然站起来，眉心微蹙，面色不耐，正在汇报的总监立即噤声，拼命回想是不是哪里说错了。

"你们继续，会后整理成报告给我。"

说罢，他大步离开会议室。

何启明看着他离开，小声问："他又怎么了？"

吴子清小声回答："弟妹陪他一起来的。"

何启明再次感慨："谈恋爱真好。"

吴子清笑着清了下嗓子，看着停在半截的总监："继续吧。"

顾悠然趴在床上刷论坛，听到门外有脚步声，立刻放下手机从床上爬起来，温修远刚推开门，她便跳上去，双腿缠在他腰间。

他稳稳地接住她，二话不说就吻住她。

温修远订好了位置，庆祝顾悠然面试通过，顺便请她的朋友们吃饭。

为了融入她的朋友圈，他特地穿得休闲一点。总是正装示人，难免让人感到拘谨。

先吃饭，后唱歌，大家玩得很尽兴。

顾悠然忽然想到钱朵乐曾经问她的问题，找了机会偷偷在钱朵乐耳边说："你之前问我那事。"

钱朵乐非常没有耐心地问："什么事？"

顾悠然"啧"了一声："听我说完。"

"……"

"顾悠然你太色了！"

钱朵乐声音之大，全场人都看向她，包括正在唱歌的郑路宁。顾悠然尴尬地捂住她的嘴说："开玩笑，开玩笑。"

大家恢复如常，唱歌的唱歌，玩游戏的玩游戏，温修远却把顾悠然拽过去，问她刚在聊什么。

闺蜜之间的话题怎么能和他分享，尤其是……那种事情。她眨着眼睛想了想，忽然灵机一动："师兄，我给你唱首歌！"

她不由分说地切掉了小路师傅唱到一半的歌切掉，点了一首《你的微笑》。

把小路师傅气得够呛！

这首歌轻快、甜蜜，很适合顾悠然清脆生动的声音。忽明忽暗的光影洒在她绝美的脸庞上。

温修远笑着，完全挪不开目光。她怎么可以这么美艳，又这么可爱。

太多的幸福报到
拼凑爱的美妙
笑一笑
投入你怀里然后撒娇
……
有了你世界神魂颠倒
你的微笑
编织了每一个奇妙

一曲唱毕，顾悠然放下话筒就扑进温修远怀里，在他唇上轻轻一吻，也不管什么众目睽睽，只想告诉他，她真的很喜欢、很喜欢他。

而他直接扣住她后脑，搂紧她的腰，加深了这一吻。

一屋子叫喊声，比歌声还要高。

唯独小路师傅有些郁闷，无缘无故被切歌，某些人还像个木头一样迟钝，这种时候，竟然在发呆。

他拿起啤酒连喝几口，不由分说地拉起钱朵乐的手腕离开包间。

“干吗呢？去哪儿啊？”

酒精的催化下，有些事情他也不想再藏着掖着，这样说不清道不明的感觉真的很不好。

郑路宁将钱朵乐带到走廊尽头，手臂撑墙，将她堵在墙角。

她眼睛一眨一眨地看着他，他隐忍着翻涌的情绪，声音变得沙哑起来。

“我喜欢你，你呢？”

“……”

钱朵乐愣愣地看着他，仿佛没听懂他在说什么一样。

郑路宁气结，耐着性子继续说：“喜不喜欢我，给个态度！”

他等了许久，她还是没答案。就在他要放弃的时候，她忽然踮脚，亲了他一下。

郑路宁欣喜若狂，一把将她抱起来。

顾悠然开始每天背着书包、电脑到C大图书馆自习，拿着顾教授的卡，在图书馆进出自如。

图书馆的管理员发现，经管学院院长顾教授最近借的书都很别致，什么戏剧创作、文学素质培养等。

顾悠然自习的时候，经常会被搭讪，一个两个毛没长全的小子，跑上来喊她同学，又是要请她喝奶茶，又是要微信。

本着不能打击青少年自信心的态度，顾悠然每次拒绝都是和颜悦色、干脆利落。

——不喝奶茶。

——没有微信。

——这里有人。

温修远参加一个商务活动，结束后看时间还早，便直接到图书馆找顾悠然，打算碰碰运气，没想到运气挺好，进入第一个自习室便一眼看到顾悠然。

隔着一个空位的地方，还坐了一个乳臭未干的臭小子，托着脑袋看着她，嬉皮笑脸，没安好心。

他脸色沉了几分，径直走过去，停在自习桌旁边。

顾悠然埋头看书，根本没发现温修远，旁边那小子却发觉不对劲，一抬头，那眼神，比教授都可怕。那一身定制西服，一看就价值不菲，气场绝了，吓得他差点从椅子上摔下去，颤颤巍巍地站起来，拔腿跑开。

顾悠然还没明白过来怎么回事，身边就又多了一个人，她平静地掀过一页，头也不抬地说："这里有人。"

"谁？"

顾悠然手指一顿，惊喜地抬头，看到真的是温修远，差点笑出来："你怎么来了？"

"找你。"

"你怎么进来的？"她上下打量着他，应该是从工作场合直接赶来的，身上还穿着西装，于是故意说，"年纪这么大，一看就不是学生。"

温修远无奈地笑了一下，从西服内口袋拿出一张图书卡放在桌上，上面写着"时谨"。

顾悠然挑了下眉，拿出一张写了"顾海生"名字的图书卡摆在旁边。

这样看，还真是有趣。

顾悠然笑着，小声说："读书的时候都不来图书馆，毕业了却借长辈的图书卡混进自习室。"

"我是忙着创业。"

"我忙着写小说，也算创业吧。"

他宠溺地摸摸她的头，不吝称赞："嗯，真棒。"

"我要很久的，你要陪我吗？"

"嗯，今天剩下的时间，由你支配。"

顾悠然喜不自胜地笑着，看了眼时间，又说："等着，有惊喜。"

"什么？"

"等等就知道了。"

她卖起了关子，他便不再追问，拿了一本书看着。

大约过了二十分钟，顾悠然轻轻碰他，对他使了个眼色。顺着她视线的方向，温修远看到了手揣着口袋匆匆而来的时斐，径直走到一个小姑娘身边，正要坐下去，察觉到有人在看他，顺着视线看过来。

目光与目光交汇，彼此拧了下眉。

温修远：呵，打着学习的旗号来约会。

时斐：哼，这么大年纪来图书馆谈恋爱！

目光与目光的较量后，时斐拉开椅子坐下去。

温修远低声问："他天天来？"

顾悠然点头，很八卦地说："嗯，最近每天都来，小姑娘一早就来占位，他总是到这个点才出现。不知道是不是女朋友，但至少是他喜欢的姑娘。他明明看到我在，却压根儿不理我，连个招呼都不打。我打算找个机会去试探一下。"

看着她一副跃跃欲试的样子，温修远只好提醒她："你是来学习的。"

顾悠然轻叹一声，合上电脑，收拾书本笔记："不想学了。"

"怎么了？"

顾悠然眉头一蹙，郑重地说："谈恋爱影响学习。"

"……"

两人站在图书馆高高的台阶上，温修远牵住她的手："想做什么？"

"先吃个饭吧，等天黑。然后……"

温修远不动声色地接话："钻小树林？"

顾悠然笑得眉眼弯弯："师兄，你懂我。"

12月底，全国研究生入学考试拉开序幕，顾悠然自信满满地走入考场。

温修远在考场外等她考试结束，终于看到她信步走出学校大门，他上前牵住她的手："怎么样？"

"一切尽在掌握。"

他笑着拥紧她。

这一年的春节来得比较早，1月中旬便是除夕。

除夕晚上，顾悠然和顾南山陪着顾海生吃了年夜饭，顾海生照例给他俩一人一个大红包。

顾南山给顾海生准备了一份新年礼物，是一个最新款电动剃须刀，他勤俭惯了，现在用的剃须刀还是十年前买的。

顾海生笑着收下，一转身，眼角已经湿润。

"我的呢？"顾悠然伸着手问。

顾南山拿出一盒棒棒糖放在她手上，顾悠然撇嘴："就这？"

顾南山想了一会儿："要两盒？"

"……"

顾悠然决定不和他计较，拆了一根棒棒糖塞嘴里，拿出准备好的羊毛衫，父子俩一人一件。

大年初一的晚上，温修远照例来家里看望顾海生，礼物一箱又一箱地往家里搬。

晚饭时，温修远陪着顾海生喝酒，顾悠然在一旁陪着，等得都困了，他们都没有结束的意思。

顾海生心情不错，喝得有点多，但是思维依然清晰，特地给时院长打电话，大概意思是，温修远喝酒了，一个人回家不安全，要在时院长家住一晚。

这样一来，彻底杜绝了顾悠然跟着温修远回家的可能性。

哼，在我眼皮底下就敢眉来眼去的，以为我年纪大老眼昏花？

顾海生："送送修远，一定要送到家。"

顾悠然没好气儿地说：“送到房间行吗？”

“那就不必了，安全到家就行。”

顾悠然冲着顾海生的背影做了个鬼脸，温修远笑着牵住她的手，拉着她走出家门。

他站在台阶上，呼吸着凉凉的空气，酒气散了大半。

温修远拿出车钥匙递给顾悠然：“能开车吗？”

“能是能，可是……”

他一把搂住她的腰，伏在她脖颈间：“明天早上送你回来。”

她的呼吸开始凌乱，字不成句：“时、时院长那边，怎么办？”

“打电话说一声就行。”

他轻吮她纤细的脖子，她咬紧唇忍住才没叫出声。

初二晚上，顾悠然和顾南山去陪杨文欣吃饭，温修远也一起去了。

杨文欣现任老公也是商场上赫赫有名的人物，和温修远有些生意上的交集，免不了又是一顿酒。

杨文欣问起他俩未来什么打算，温修远温柔地看着顾悠然说：“听然然的。”

杨文欣语重心长地说：“你别什么都听她的，她太任性了，你得管管。”

顾悠然故意说：“我就是任性，师兄都听我的。”

杨文欣：“……”

温修远笑着揉揉顾悠然的头发。

这一晚，顾海生的几个学生到家里吃饭，顾海生又喝了不少酒，温修远故技重施，送顾南山回到家，又偷偷带顾悠然离开，第二天清晨再把她送回来。

初三晚上，顾悠然和温修远父母吃饭。

时谨一见到顾悠然就心疼地说她又瘦了。

“阿姨，我没减肥，最近在健身，身上都是肌肉，”顾悠然瞟了温修远一眼，“免得被人说体力不好。”

温修远无奈地扶额。

时谨和杨文欣真的是两种完全不同类型的妈妈，尽管她的儿子已经三十多岁，却丝毫没有催他们结婚的意思，让顾悠然感到被尊重。

温修远这么好，一定是因为有个好妈妈。

2月初，研究生考试出成绩。顾悠然一直都很有信心，到了这一天反倒㞞了，准考证号输进去，却一直犹豫。

钱朵乐在一旁实在是看不下去，替她点了确定。

页面缓冲的几秒钟，她一口气提到嗓子眼。全世界都知道她参加

戏剧学院研究生考试，如果考不上那就太丢人了！随后她又开始安慰自己，想开一点，就算考不上也没什么，继续写小说、写剧本，明年还可以重考。

短短几秒，顾悠然已经鼓足勇气，页面打开后，她平静地看着屏幕上的分数。

钱朵乐不知道分数线是多少，看到分数也没用，只能着急地问："怎么样？"

再三确定自己没有看错后，顾悠然平静地点了下头："应该是过了。"

钱朵乐搂住她，比当事人还要激动地说："太好了！"

顾悠然长舒一口气："今天我请客，不醉不归！"

中午时分，顾悠然接到导演的电话，听说今天出成绩，特地问问她考得怎么样。

顾悠然说："以后就是同门师兄妹了，师兄多多照顾。"

温修远一进来就听到顾悠然在喊人"师兄"。

师兄？他拧紧眉，停在她背后。

钱朵乐先看到温修远，正要告诉顾悠然，他比了一个噤声的手势，钱朵乐立即意会，默默起身走开。

顾悠然还在接电话，听导演说："恭喜恭喜，我再来给你添一喜。"

"什么？"

"定档了，京城和浦城双卫视，下周开播。"

"啊！太好了！"

今天是什么好日子啊，竟然有这么多好消息！

顾悠然又和导演聊了几句，挂了电话，兴奋地起身，忍不住地舞动着双臂律动起来。她一转身，竟然看到温修远，更是喜上眉梢，立即上前搂住他的腰，迫不及待地把好消息分享给他。

温修远微笑地抱着她，柔声道："恭喜你，攸心老师。"

顾悠然美滋滋地说："谢谢你，温总。"

"我刚刚似乎听到你喊其他人师兄？"

顾悠然的笑容一滞，解释说："那个啊，是导演，我们一个导师，所以……"

"我不喜欢和人重名，改个称呼。"

"那叫你什么？修远？远远？"顾悠然不由得一抖，太不习惯了。

他附在她耳边低语："你可以喊我，老公。"

"……"

就在这时，咖啡馆落地窗的遮阳帘纷纷落下，室内光线骤然变暗，顾悠然诧异地看着，感觉有事要发生。

果然，墙上的投影大屏忽然亮起，屏幕上出现的是她的照片。一张又一张，是连她都没见过的样子。专心写剧本的她、图书馆自习的她、片场的她……他竟然在她不知道的时候，拍了这么多照片。而且光线和角度都非常好，竟然都挺好看的，就算是素颜也抗住了。

照片的最后，温修远出现在屏幕上。

“你尽管去追求你的梦想，我会时刻跟随你的脚步，为你保驾护航。然然，我爱你，你愿意嫁给吗？”

画面定格，顾悠然笑着，眼泪却涌出眼眶。今天到底是什么神仙日子？

温修远拿出一个黑色的天鹅绒盒子，里面是一枚粉钻戒指，顾悠然惊喜得不知如何是好。

那枚粉色钻石正是前段时间看到的一则拍卖提示，而她当时只是随口感叹了一声：好漂亮。

温修远拿着戒指，正要单膝跪地，顾悠然忽然拦住他：“你干吗？”

“求婚。”

“不用不用，我答应了。”

温修远无奈：“你把我的节奏打乱了。”

顾悠然瞟了一眼，小声说：“他们都在看着，你快给我戴上完事。”

温修远取出戒指为她戴上，一把将她抱起来。

一时间，欢呼叫好声此起彼伏，就连店里的客人，都站起来为他们鼓掌祝福。

温修远抱顾悠然的手臂又紧了几分。

顾悠然伏在他肩头说：“求婚都不忘记给你的手机做广告。”

“对。”

“那我要发个微博，不能浪费这么好的宣传机会。”

“谢谢你，老板娘。”

“不客气，老板。”

顾悠然当真挑了九张照片发到微博上。

攸心V：求索S60 pro怎么拍都好看！ @苏亦 @求索集团

——啊！大大好美！买了买了！下单了！

——此处不@温先生吗？

——买手机送女朋友吗？就照片里这种。

——老板娘亲自推广，太甜了！

顾悠然喊不出“老公”，直接喊温修远的名字也很别扭，于是继续喊他师兄。不过她也表态了，以后，只有他能做她的师兄。

温修远约了双方父母，宣布已经求得顾悠然同意，他们准备结婚了。

有人欢喜，有人忧愁。欢喜的当然是杨文欣和时谨夫妇，忧愁的便是顾教授。

顾海生还没准备好呢，女儿就要嫁人了。当初他说过，在她事业

有着落前不能结婚，可现在她考上研究生，担纲编剧的电视剧就要播出……好像没有阻止的理由，只能尽所能地把婚礼从春天拖到秋天。

3月初，《有一点动心》正式开播，剧情又甜又带感，男女主颜值高、演技在线，开播一周后，双台收视率破1%，最高达到2.2%，是近几年收视率最高的偶像剧。

男女主演的事业跨上新台阶，攸心也一跃成为炙手可热的人气编剧，求合作的人几乎要把门槛踩破了。

顾悠然不得已申请新的手机号，原号作为工作号码继续使用。

婚礼可以到秋天举行，但是证可以早点领吧。

顾悠然试着和顾海生商量早点领证。

顾海生瞟了顾悠然一眼，说："修远那小子的主意吧。"

以前张口闭口都是修远这好那也好，自从他俩谈恋爱，顾教授就没有夸过温修远，还总用"那小子"指代。

"不是，我想的。"

顾海生冷哼："那你就想想吧。别以为我不知道你们打的什么主意。"

顾悠然大大方方地承认："对啊，就是那主意。"

顾海生嗔怒："女孩子家家，不害臊。"

"怎么了？你跟我妈不也是未婚先孕吗？结婚的时候，我在我妈的肚子里都四个月大了。"

"……"

"你俩还挺潮的，二十多年前思想就已经这么前卫了，果然年轻人血气旺盛。"

顾海生脸一阵红一阵白，气得不行，拂袖而去。

顾悠然把顾教授彻底惹毛了，以为这事彻底黄了，几天都小心翼翼，不敢再招惹他。

几天后，顾教授让温修远到家里吃饭，竟然主动拿出户口本。

顾悠然和温修远意外极了。

顾海生当场就想改主意："不要算了。"

温修远立即去接户口本："谢谢教授，我一定会照顾好然然。您放心。"

顾海生嫌弃地挥挥手："赶紧带走吧，一天天就会气我。"

领了结婚证，婚礼只是形式，顾悠然开始光明正大地留宿温修远的家。

他们开启了"夫妻生活试用期"，不过，他们俩的步调异常协调，基本没有摩擦，也不用磨合。

其实夫妻之情不可能步调完全一致，只是他总在无底线地迁就她。

顾悠然都懂得，所以，也会提醒自己做出改变。

比如说，早起的时间。她从9点挪到8点，再挪到7点20分，这样他就不用为了陪她吃早餐而推迟会议，也不会为了不得不参加的会议而不陪她吃早餐。

他去公司后，她会在家里看书、构思剧本和小说。中午若是有空，她会去公司找他吃午餐。然后，再去“有点甜”耗上一下午，他忙完后，会去接她回家。

有时候，她也会打包“有点甜”的咖啡甜品去找他。康宁每次见到她都开心得不得了，那意味着她又能吃到有钱也买不到的“限定甜品”啦！

不过，鉴于小路师傅有钱任性，产出太低，能吃到“限定甜品”的概率还是比较小的。

夏末初秋，一场国剧盛典在浦城隆重举行，求索手机是盛典唯一的赞助商。

顾悠然作为编剧，受到盛典邀请。

官方写好介绍词后，发给周昊过目。

“求索集团总裁温修远及夫人知名编剧攸心”。温修远皱眉，大笔一挥，全部改掉。

盛典当天，主办方铺设了五十米的红毯，在红毯两侧是各家媒体和粉丝，长枪短炮闪个不停，尖叫声更是此起彼伏。

顾悠然和温修远乘坐的车停在红毯尽头，温修远率先下车，顾悠然深吸一口气，扶着他下车。顾悠然穿上了当季高级定制长裙，化了精致的妆，美丽不可方物。温修远亲自为她整理好裙摆，引来一阵又一阵的尖叫与欢呼。

他们相携出现在红毯尽头，主持人开始介绍：“接下来，有请知名编剧攸心及先生温修远。”

——先生？他俩结婚了？

——他们竟然结婚了？

——小说里才有的爱情啊！

……

顾悠然挽住温修远的胳膊：“听说之前的介绍词不是这样的？”

温修远笑了一下，看向她，外界的嘈杂与关注似乎都与他无关，他的眼中，只有她。

“夫人的主场，我怎能喧宾夺主？”

顾悠然很受用，他倾身，轻轻吻上她的额头。无数的镜头、目光聚焦在他们身上，而他们眼中只有彼此。

最好的爱情，势均力敌。我可以是你的盾，也可以是你的长矛。

余生有你陪伴，无憾。

番 外
婚后日常

9 月初，戏剧学院开学了。

《有一点动心》大爆，顾悠然成为本届研究生的大红人。这让她更加有压力了，成绩如果不好，那真是一手好牌打得稀烂。

然后，顾悠然发现，把婚礼定在 10 月底是个不太明智的选择。鬼知道，读研竟然会这么忙！

定做婚纱礼服、选伴手礼、确定婚礼方案等，好在她只要说出想要的效果，其他一切都不用她操持，于是她大部分精力都扑在学业上，只在必要的场合出现一下。

临近婚期，杨文欣和顾海生竟然因为嫁妆吵了起来。原因很简单，杨文欣嫌顾海生准备的嫁妆太简陋，顾海生觉得杨文欣准备的嫁妆太浮夸。

顾悠然两边调和：“我和师兄都能挣钱，房子别墅都有，珠宝首饰都不缺，不需要你们准备嫁妆。”

顾海生和杨文欣异口同声：“不行！”

这次倒是很统一。他俩嫌弃地看了彼此一眼，谁也不理谁。

顾悠然只好说：“反正是给我的嫁妆，只要我满意就行，你们俩吵什么呢？我不嫌一套房少，也不嫌别墅现金珠宝多，都给我，我全收。”

其实就是这么简单一件事，他们俩非要争个输赢，有什么意义呢？都离婚这么多年了，这一点真是完完全全没改变。

顾悠然先后送走了顾海生和杨文欣，等着温修远来接她。

温修远没带司机，预约了山顶餐厅。这是一家网红餐厅，顾悠然提过一次，他便记住了，得了空便带她去吃。

路上，顾悠然吐槽爸妈的幼稚行为，温修远笑着听着。

温修远订到了餐厅唯一的露台位置，可以俯瞰整个城市，风景绝美，非常有情调。

温修远拿出一个牛皮纸袋递给顾悠然。

“什么？”她问。

“聘礼。”他答。

顾悠然接过牛皮纸袋，前后翻看着，一个字都没有，质感硬硬的，试着问：“不会又是房子吧？”

他笑着卖关子：“打开看看就知道了。”

神神秘秘的，顾悠然将缠着的绳子绕开，拿出里面的文件，一页又一页地翻过去，逐渐震撼。

“你以我的名义捐了学校？”

“嗯。”

自从杨文欣送了一家公司给顾悠然，温修远就一直在盘算着要用什么做聘礼。房子珠宝这些就不说了，要更有意义才行。

温修远：“想来想去，还是觉得要做些更有意义的事情。求索自盈利以来一直在做慈善，便从这方面入手了。一共25所学校，和你的年纪一样。今后每年，再以我们两个的名义捐两所学校，为社会做了贡献，也为我们的感情做见证。”

顾悠然慢慢往后翻着，崭新的校舍，孩子们兴奋的笑脸、清澈的眼神，让她既震撼又感动。

“我很喜欢，谢谢师兄。”

“你喜欢就好。”

“我们可以去看看吗？”

“当然，等有时间就可以去看。”

婚礼地点定在大溪地，只邀请了最亲近的亲人和朋友，参加婚礼的人不多，却很隆重。

在碧海与蓝天下，在亲朋的见证下，他们结婚了。

顾悠然选了一张晚宴的照片发到微博。照片逆光而拍，只有光影轮廓，两人亲昵地依偎。

攸心V：我们结婚了。@温修远

——啊啊啊，太苏了。虽然看不到眼神，但我就是知道，一定全是爱！

——恭喜大大。温先生如愿以偿。

——大大要一直幸福呀！

温修远：承蒙夫人不弃，余生尽予。@攸心

——呜呜，一时间不知道该羡慕谁了。

——温先生好福气！
——我又相信爱情了。

自从结婚后，杨文欣从催婚，改为催生，苦口婆心地劝，顾悠然总是左耳朵进，右耳朵出。

顾悠然自然是不想这么早要孩子的，她还有很多事情要做，并且没有做好做母亲的准备。

温修远也不想要，他想要完完整整的顾悠然，不想有个孩子来分享她，更理解作为一个母亲，要为生孩子付出什么样的代价，哪怕她这辈子不要孩子，他都支持。

时谨是很理解和支持小两口的，从来不催，顾悠然的战斗力对付亲妈一个人绰绰有余，日子自然过得美滋滋。

有一天，顾悠然整理储藏室时，意外在柜子里发现两个抱枕，竟然印着他俩的头像。

顾悠然将它们收拾干净，放回床上，左一个，右一个。

晚上，温修远看到床上的抱枕，失笑："你从哪儿找到的？"

"该我问你吧，你为什么做抱枕？还不让我知道？"

"觉得好玩就做了。"

"都做好了，为什么不给我？"

面对顾悠然一连串的质问，温修远只好坦白："那时候你在和我闹分手，后来又觉得太幼稚了，于是，将其束之高阁。"

"不幼稚啊，我喜欢，我这照片选得也不错，就放床上了，以后就抱着睡。"

说着，她便躺了下去，抱着枕头，美滋滋地闭上眼睛。

温修远抽走抱枕扔到床角，俯身过去："抱它不如抱我。"

顾悠然顺势钻进他怀里，小声问他："你是不是吃醋了，因为我床上放着苏亦的抱枕？"

"嗯。"他承认，并说，"很不高兴。"

她笑了，用力推着他的胸膛，翻身坐在他身上，撩起碍事的长发，抓住他的手腕举到头顶。

他失笑："做什么？"

她俯身，蹭着他嘴角，幽幽地说："今天写到一场女主的戏，想试试戏。"

"好，全力配合。"

《喜欢你》进入剧本创作阶段，片方想请顾悠然担纲编剧，她拒绝了。

她是原著作者，小说又是以她和温修远为原型写的，读者们自然认为小说就是真实的，如果她再参与编剧，难免会让他们更多地暴露在公众之中。不管是公众人物还是普通人，都有权拥有自己的隐私，她私心不希望他们的关系成为“消费品”。

不过在创作剧本的过程中，她还是被制片人邀请和编剧见了一次面，谈了创作小说的初衷，自己理想的演员。并表示希望苏亦能出演女主的偶像，满足她追星女孩的愿望。

制片人拍着胸脯说：“这没问题，苏老师的公司就是出品方，我们一定会尽量协调苏老师的时间。”

因为有《喜欢你》这个大热 IP 加持，片方非常谨慎地选择男女主人选。毕竟有原型在那儿摆着，观众会更加挑剔。

电视剧开机时，因为男女主选择贴合原型而上了热搜。拍摄进程过半，苏亦特地来客串，又一次上了微博热搜。大家对这部剧更加期待。

苏亦客串那天，顾悠然和温修远来探班，还带了应援甜品车。

顾悠然和温修远在监视器里看着苏亦出席代言人发布会那场戏，相视一笑。

导演喊“卡”后，苏亦看到两人故意开玩笑说：“本色出演，这场戏我有印象。”

在场的人哄笑，纷纷看向顾悠然和温修远。

温修远搂紧顾悠然，而她笑红了脸。

制片人特地拿起现场的大喇叭，郑重地向在场所有工作人员介绍：“这位是本剧原著作者攸心老师，这位是她先生温修远温总。大家应该都知道吧，这二位也是本剧的原型。”

女主扮演者是 95 后挺有名的小花：“我是你们的 CP 粉，见到你们太开心了，我可以和你们合影吗？”

顾悠然笑着点头：“当然可以。”

制片人说：“来来，我给你们拍，男主也来，苏老师呢？一起拍。这才是真真假假、假假真真、亦真亦假。”

顾悠然粉了苏亦那么多年，亲眼见过许多次，竟然连一张合照都没有拍过，这次借着探班终于如愿了。然而，她并不满足于此。

大合照拍过，她拿出手机塞给温修远：“给我和苏老师拍一张照片。”

温修远非常配合，横着、竖着，拍了许多张。

苏亦又说：“和温总一起拍一张吧。”

制片人再次担纲摄影，为他们拍下照片。

当晚，顾悠然挑了一张三人合影发了微博。

攸心 V：追星成功。

——原来大大真的是苏亦的粉丝。

——《喜欢你》的爱豆原型真的是苏亦！

——追星典范啊！各位饭圈 girl（女孩），好好学习一下！

——有这么帅的老公，还追星，老公还帮忙追星。我太酸了。

——“人生赢家”四个字，我已经说倦了。